Deeanne Gist

J. Mark Bertrand

Auf verborgenen Wegen

Roman

Über die Autoren

Deeanne Gist lebt mit ihrem Ehemann, den vier gemeinsamen Kindern und zwei Hunden in Houston, Texas. Im Frühjahr 2008 erschien ihr preisgekrönter Roman „Die widerspenstige Braut" auf Deutsch und im selben Jahr auch ihr zweites Buch „Die unbeugsame Dame". Darüber hinaus lieferbar: „Die eigenwillige Jungfer", „Das kratzbürstige Frauenzimmer" und „Eine Braut auf Bestellung".

J. Mark Bertrand hat ebenfalls fünfzehn Jahre lang in Houston, Texas gelebt, wo er einen Abschluss in Kreativem Schreiben gemacht hat. Nachdem er und seine Frau einen Hurrikan zu viel erlebt hatten, kehrten sie Texas den Rücken und zogen nach South Dakota.
Im Juli 2010 veröffentlichte Mark seinen ersten Krimi.

Auf verborgenen Wegen

Roman

Aus dem Englischen
übersetzt von Silvia Lutz

Deeanne Gist
J. Mark Bertrand

Gerth Medien

FSC
www.fsc.org
MIX
Papier aus verantwortungsvollen Quellen
FSC® C014496

Verlagsgruppe Random House FSC® N001967
Das verwendete FSC®-zertifizierte Papier *Holmen Book Cream*
für dieses Buch liefert Holmen Paper, Hallstavik, Schweden.

Originally published in English under the title „Beguiled“,
Published by Bethany House Publishers, 11400 Hampshire Avenue
South, Bloomington, Minnesota 55438.

1. Taschenbuchauflage 2013
Bestell-Nr. 816 797
ISBN 978-3-86591-797-3

Umschlaggestaltung: Michael Wenserit, Andrea Gjeldum
Bearbeitung: Konstanze von der Pahlen, Nicole Schol
Satz: DTP Verlagsservice Apel, Wietze
Druck und Verarbeitung: GGP Media GmbH, Pößneck
Printed in Germany

Kapitel 1

Irgendetwas stimmte nicht. Rylee Monroe löste die Leine von Romeos Halsband und blieb regungslos in der stillen Küche stehen. Alle ihre Sinne waren in Alarmbereitschaft.

Der Schnauzer lief mit tapsenden Pfoten über den Parkettboden zu seiner Wasserschüssel, schlabberte durstig und spritzte das Wasser in seiner Begeisterung über den Rand. Kein einziges Staubkorn lag auf den blitzblanken Arbeitsplatten aus schwarzem Granit. Über dem verchromten Gasherd hing eine ordentliche Sammlung von Löffeln, Schöpfkellen und Pfannenwendern. Darüber stand eine von Reihe Speise , Salat- und Desserttellern.

Aus der Küche konnte sie das etwas tiefer liegende Wohnzimmer und den Türbogen sehen, der ins Esszimmer führte. Weiße Vorhänge hingen vor den zwei großen Fenstern, um den Versuch der Sonne zu vereiteln, die weichen Polstermöbel auszubleichen. Jedes Kissen war fein säuberlich aufgestellt. Alles befand sich genau an seinem Platz.

Sie schloss langsam die Hintertür und drehte dabei

leise den Türknopf, um kein Geräusch zu verursachen. Romeo blickte von seiner Schüssel auf. Das Wasser tropfte von seinen nassen Backenhaaren. Sie ging in die Hocke und klopfte leise auf ihren Oberschenkel.

Er kam mit wedelndem Schwanz angelaufen.

„Still", flüsterte sie, während sie ihm das Kinn abwischte und ihn hochhob. „Hörst du etwas?"

Draußen bemühte sich ein Reisebus mit laut dröhnendem Motor, sein Tempo zu beschleunigen. In der Ferne sorgten elektrische Sägen, Meißel und Hämmer für einen gleichbleibenden Geräuschpegel. Alles schien wie immer in Charlestons historischem Stadtteil.

Plötzlich knarrten die Bodendielen über ihr unter dem Gewicht von Schritten.

Sie erstarrte. War Karl zurückgekommen, weil er etwas vergessen hatte? Sie warf einen schnellen Blick auf ihre Armbanduhr. Zehn Uhr. Zu spät, um noch etwas zu holen. Zu früh, um schon wieder Feierabend zu machen.

Romeo begann herumzuzappeln. Sie schlich auf Zehenspitzen zum Waschraum und setzte ihn hinter das Hundegitter. Er fing sofort an zu winseln.

„Pssst." Sie hielt ihm liebevoll die Schnauze zu. „Ich bin gleich zurück."

Sie warf einen Blick auf die Küchenmesser, die in einem Holzblock steckten. Die Versuchung war groß, sich mit einem zu bewaffnen, aber wenn es nur Karl war? Was würde er denken, wenn er seine neue Hundesitterin dabei überraschte, wie sie mit einem Metzgermesser in der Hand die Treppe hinaufschlich?

Die junge Frau betrat die Stufen nur am seitlichen Rand, wo das Holz weniger knarrte. Ihre Hände waren schweißnass und erschwerten es ihr, sich am Geländer festzuhalten. Auf halber Höhe blieb sie stehen, ihr lautes Atmen im Ohr.

Die Geräusche von draußen drangen nicht mehr zu ihr vor.

Hinter ihr knarrte es.

Sie fuhr herum. Eine Büste von Henry Timrod, dem Haus- und Hofdichter der Konföderation, starrte sie an. Sie schaute die Treppe hinab.

Die massive Haustür mit den abgeschrägten Seitenlichtern war zugeschlossen und die Kette vorgezogen.

Sie holte tief Luft, ging weiter die Treppe hinauf und betrat schließlich den Orientteppich im ersten Stockwerk. Die Tür rechts von ihr stand offen. Der Fuß des Bettes und die geschnitzte Truhe waren zu sehen. Hier schien alles normal zu sein.

Die Tür links von ihr war geschlossen. Sie runzelte die Stirn und überlegte, ob sie immer zu war. Die junge Frau hatte noch nie einen Grund gehabt, nach oben zu gehen. Obwohl sie die Familie schon lange kannte, waren die Sebastians neue Kunden, und es war noch zu früh, um sagen zu können, was in ihrem Haus normal war und was nicht.

Ein Schatten zog unter der Tür vorbei.

Ihr Herz stockte.

Sie zwang sich, ruhig zu bleiben. Sie würde sich

furchtbar töricht vorkommen, wenn die Tür aufging und Karl herauskäme.

Der Boden knarrte wieder.

„Hallo?“, rief sie.

Der Schatten blieb in der Mitte des Türrahmens stehen.

„Karl?“

Hinter der Tür vernahm sie ein lautes Rascheln.

Sie fuhr sich mit der Hand an die Kehle. Und wenn er mit einer Frau dort drinnen war? Karl war ledig. Mitte dreißig. Und sehr attraktiv.

Wärme kroch ihren Hals hinauf. „Karl? Ich bin es, Rylee. Ich will nicht stören. Ich dachte nur, ich hätte etwas gehört, und wollte nachsehen, ob alles in Ordnung ist. Ist da drinnen alles in Ordnung?“

Ein Zischen. Ein Klappern. Ein Knurren.

Ihr Puls begann zu rasen. Er hätte längst antworten müssen.

„Karl? Ich komme jetzt rein.“ Sie legte die Hand auf den Türgriff. Das Metall fühlte sich unter ihrer verschwitzten Handfläche kühl an. Langsam, sehr langsam drehte sie den Türgriff und spähte hinein.

Das Zimmer war makellos aufgeräumt. Ein Bett, eine Palme, eine Mahagonikommode. Eine große Vase.

Sie schob die Tür ganz auf. Nichts.

In diesem Moment löste sich mit einem lauten Krachen ein Ende der Vorhangstange vor dem Fenster und stürzte herab.

Sie fuhr entsetzt herum. Ein Männerbein, das sich in dem Goldbrokatvorhang verheddert hatte, ragte durch das Fenster ins Zimmer. Der Mann befreite sein

Bein und riss dabei die Vorhangstange ganz nach unten.

Schreiend rannte sie aus dem Zimmer und knallte die Tür hinter sich zu.

Der Lärm schreckte Romeo auf. Sein lautes, unablässiges Kläffen hallte wie ein Schlachtruf durch die Küche.

Sie eilte stolpernd die Treppe hinab und rannte zum Telefon in der Küche. Die junge Frau sprang über das Hundegitter und zu Romeo in den Waschraum, knallte die Tür hinter sich zu und wählte hastig die Nummer der Polizei.

„Bitte helfen Sie mir! Hier ist ein Einbrecher! Er ist im ersten Stock auf dem Balkon. Kommen Sie schnell!"

Die Stimme am anderen Ende ließ sich die Adresse geben und forderte Rylee auf, am Telefon zu bleiben.

Romeo stand mit gespitzten Ohren und aufgestelltem Schwanz am Gitter und bellte so laut, dass sie kein Wort verstehen konnte.

Sie zitterte am ganzen Leib. Ihre Beine drohten unter ihr nachzugeben. Ihre Arme bebten. Das Telefon rutschte ihr zweimal aus den Händen.

Rylee glitt an der Tür zum Fußboden hinab. „Ja, ja. Mir geht es gut. Beeilen Sie sich bitte."

Einige Fragen, beruhigende Worte, und Minuten vergingen, bis eine tiefe Männerstimme aus der Küche zu hören war. „Miss Monroe?"

„Ja! Ich bin hier drinnen." Sie öffnete die Tür einen Spaltbreit.

Der uniformierte Mann war über fünfzig, aber sehr

kräftig gebaut. „Sie sagen, dass Sie einen Einbrecher gesehen haben, Ma'am?"

Sie nickte. „Oben. Erste Tür links. Er ist aus dem Fenster geklettert."

Der Beamte drückte eine Taste an dem Funkgerät, das er auf der Schulter befestigt hatte, senkte seine Stimme um eine Oktave und murmelte etwas, das sie nicht verstehen konnte.

Er schaute sie an. „Schließen Sie die Tür, und kommen Sie erst heraus, wenn ich Sie hole."

Sie schluckte schwer und tat, was er sagte. Ihr Zittern war noch schlimmer geworden. Hatte es der Einbrecher geschafft, sich vom Vorhang zu befreien und vom Balkon zu klettern? Und wenn er immer noch da war? Wenn er jünger und stärker war als der Polizist? Wenn er eine Waffe hatte und auf ihn schoss?

Dann saß sie hier in der Falle.

Romeo, der offenbar ihre Unruhe fühlte, kroch auf ihren Schoß. Sie drückte ihn an sich und fand Trost in seiner Nähe. Die meisten Schnauzer hatten einen gestutzten Schwanz und gestutzte Ohren und waren kahl rasiert. Nicht so Romeo. Aus irgendeinem Grund war er nie kupiert worden. Seine Ohren, sein Schwanz und auch sein Fell waren lang, struppig und schön. Sie hatte sich auf den ersten Blick in ihn verliebt.

Sie küsste ihn auf den Kopf. Vielleicht hieß er deshalb Romeo.

Die junge Frau griff zum Telefon, das sie aus der Küche mitgenommen hatte, und rief Karl in der Kanzlei Sebastian, Lynch & Orton an. „Hier ist Rylee

Monroe. Würden Sie Karl bitte sagen, dass es sich um einen Notfall handelt?"

Eine langweilige Fahrstuhlmusik drang an ihre Ohren, bis Karl abhob.

„Rylee? Was ist passiert?"

„Hier ist ein Einbrecher."

„Im Haus?", rief er. „Ist mit dir alles okay?"

„Mir geht es gut. Die Polizei ist jetzt hier."

Jemand klopfte an die Waschraumtür. „Officer Quince hier. Sie können jetzt herauskommen."

Sie rappelte sich auf die Beine. „Ich rufe dich später wieder an, Karl."

„Nicht nötig", antwortete er. „Ich bin schon unterwegs."

Vorsichtig öffnete sie die Tür und spähte hinaus. „Haben Sie ihn erwischt?"

„Er ist längst fort, Ma'am."

Sie öffnete das Hundegitter und trat mit Romeo zum Polizisten in die Küche.

Der Beamte hörte sich ihre Geschichte an und machte sich Notizen, während sie erzählte. „Sie haben ihn also nicht richtig gesehen?"

„Nein, Sir."

„Ein Weißer, ein Schwarzer, ein Südamerikaner?"

„Das weiß ich nicht. Ich habe nur das Bein gesehen, als er versuchte, sich vom Vorhang zu befreien."

„Fehlt etwas?"

„Das weiß ich nicht. Das hier ist nicht mein Haus."

Er blickte auf. „Nicht Ihr Haus?"

„Nein. Ich bin die Hundesitterin. Das Haus gehört Grant und Amelia Sebastian."

„Haben Sie die Besitzer schon angerufen?“

„Sie sind auf Hochzeitsreise. Ich kümmere mich um den Hund, bis sie wieder zu Hause sind. Aber Mr Sebastians Sohn wohnt auch hier. Er ist schon unterwegs.“

Sie nannte dem Polizisten gerade ihre Personalien, als Karl zur Hintertür hereinkam. Eine blonde Strähne fiel ihm über die Stirn, die so blass war, dass sie fast durchsichtig wirkte.

Er musterte sie schnell von Kopf bis Fuß. „Geht es dir gut? Hat er dir etwas getan?“

Sie schüttelte den Kopf. „Mir geht es gut.“

„Du hast am Telefon ziemlich aufgelöst geklungen.“ Ein maßgeschneidertes, braunes Jackett schmiegte sich an seinen sportlichen Oberkörper; sein weißes Leinenhemd stand am Kragen offen. Seine Jeans verlieh ihm einen sportlichen Charme. Das war nicht gerade die Kleidung, die sie vom Partner einer Anwaltskanzlei erwartet hätte. Seinen Vater kannte sie nur in Anzug und mit Krawatte. Aber Karl stand seine Kleidung sehr gut.

„Ich habe ihn gestört, als er oben in einem Zimmer war.“

Er hielt den Atem an. „In welchem Zimmer?“

„Erster Stock, die Tür links neben der Treppe.“

Eine schmerzverzerrte Miene zog über sein Gesicht. „Das ist mein Zimmer.“

Der Polizist ging voraus, als sie zu dritt die Treppe hinaufstiegen. Da jetzt kein Einbrecher mehr da war, der Rylee ablenkte, konnte sie sich in Ruhe im Zimmer umschauen. Es sah nicht so aus, wie sie es bei einem ledigen Mann Mitte dreißig erwartet hätte. Sie war beeindruckt.

Der Kristallkronleuchter hätte besser in ein elegantes Esszimmer gepasst. Sein Bett war ordentlich gemacht. Statt dass Kleidungsstücke über den ganzen Boden verstreut waren, hing ein einziges Leinenjackett an einem antiken Holzkleiderdiener, darunter stand ein Paar polierter Schuhe. Ein Flachbildfernseher auf der Kommode war so gedreht, dass er von seinem Bett aus fernsehen konnte. Neben einer Vase lagen eine abgegriffene Ausgabe eines Katalogs mit Luxusartikeln sowie eine DVD.

Sie kniff die Augen zusammen und lächelte. Die zweite Staffel von „Heroes". Sie liebte diese Serie.

Auf dem Nachttisch entdeckte sie einen iPod, ein Taschenbuch von James Patterson und drei Fernbedienungen, die alle ordentlich nebeneinanderlagen.

Karl ließ seinen Blick durchs Zimmer schweifen, ging ins Badezimmer, kam wieder heraus und verschwand dann in seinem begehbaren Kleiderschrank.

„Meine Schmuckschatulle!"

„Schmuckschatulle?" Der Polizist folgte Karl. Rylee kam hinterher und entdeckte das leere Regalfach über den Schuhen.

Karl hielt sich die Hand vor den Mund und schüttelte den Kopf. „Nichts."

„Sind Sie sicher?"

„Karl, was ist?", fragte Rylee.

„Wenn er etwas mitgenommen hat, Sir, müssen wir das wissen."

Karl schaute die beiden an und zuckte die Achseln.

„Ja, sie ist weg. Eine Schmuckschatulle, die aussah wie eine kleine Truhe." Er beschrieb die Größe mit den Händen. „Die Seiten sind handbemalt und mit Kreuzblumen verziert. Sie stammt aus der Mitte des neunzehnten Jahrhunderts und ist seit Jahren im Besitz unserer Familie."

„War der Schmuck wertvoll, der sich darin befand?"

Mit traurigen Augen trat er aus dem begehbaren Kleiderschrank. „Nein."

Der Polizist nickte. „Dann war die, ähm, Schatulle wertvoll?"

Der junge Mann fuhr sich mit den Fingern durch die Haare. „Für mich war sie wertvoll. Aber sie ist bei Weitem nicht so wertvoll wie diese Amphore." Er deutete zu der Vase, die Rylee vorher schon entdeckt hatte. „Warum hat er sie bloß nicht mitgenommen?"

„Wie viel ist diese Vase denn wert?", wollte Quince wissen.

Karl lief aufgebracht durchs Zimmer. „Fünfundzwanzigtausend? Dreißigtausend? Ich müsste nachsehen, um es genau zu sagen."

Rylees Aufmerksamkeit richtete sich auf die Vase. Sie war ungefähr fünfzig Zentimeter groß, hatte einen schmalen Hals und zwei Griffe. Eingravierte Silhouetten von männlichen und weiblichen Figuren zierten ihren Bauch. Genau so etwas hatte sie erst in der vergangenen Woche in einer Zeitschrift gesehen.

„Und die Schmuckschatulle?", fragte der Polizist. „Wie viel, schätzen Sie, ist sie wert?"

Karl rieb sich die Stirn. „Das kann ich wirklich

nicht mit Bestimmtheit sagen. Aber nicht viel. Irgendwas zwischen ein- und zweitausend Dollar."

Rylee runzelte die Stirn. Zweitausend Dollar? Und ihm wäre es lieber gewesen, wenn der Einbrecher die Vase für dreißigtausend Dollar mitgenommen hätte?

Sie fragte sich, ob die Schmuckschatulle einen persönlichen Wert für ihn hatte. Rylee erschauderte und berührte den Perlenanhänger an ihrem Hals. Es war das einzige Erinnerungsstück, das sie von ihrer Mutter hatte. Der Anhänger wäre mit keinem Geld der Welt zu bezahlen.

„Das passt genau zur Vorgehensweise unseres Robin Hood", sagte der Polizist.

Karl schüttelte den Kopf. „Das war er nicht."

„Jede Wette, Sir. Das ist jetzt das dritte Mal, dass er in ein Haus in South of Broad* einbricht und nur einen einzigen Gegenstand mitnimmt. Ein Stück, das bei Weitem nicht so wertvoll ist wie einige andere Gegenstände im Haus. Mit Sicherheit können wir es aber erst dann sagen, wenn beziehungsweise *falls* es irgendwo an eine gemeinnützige Organisation gespendet wird." Er machte Notizen auf seinem Block. „Sind Sie sicher, dass sonst nichts fehlt?"

Karl blinzelte, als verstünde er die Frage nicht. Seine Selbstsicherheit war plötzlich verschwunden.

Rylee trat neben ihn und berührte ihn am Ärmel. „Hatte die Truhe einen persönlichen Wert für dich?"

* South of Broad ist ein von wohlhabenden Leuten bewohntes, historisches Wohnviertel in Charleston im US-Bundesstaat South Carolina.

Seine gebräunte Haut hatte jede Farbe verloren. „Ja", sagte er leise. „Einen sehr großen Wert sogar."

Sie drückte seinen Arm. „Das tut mir so leid."

Der Polizist räusperte sich. „Fehlt sonst noch etwas?"

Karl zog einige Schubladen auf, ging noch einmal in seinen Schrank und kam dann wieder heraus. „Mir fällt nichts auf." Er blieb am Fenster stehen. Die Vorhangstange lag vor seinen Füßen, der dicke Brokat hatte sich wie flüssiges Gold auf den Boden ergossen. „Der Mann ist hier hereingekommen?"

„Das wissen wir nicht. Auf jeden Fall ist er auf diesem Weg verschwunden."

Karl nickte.

„Würde es Ihnen etwas ausmachen, sich im restlichen Haus umzusehen, um festzustellen, ob noch etwas anderes ungewöhnlich ist?"

„Nein, natürlich."

Ein Gang durch alle vier Stockwerke brachte keine weiteren Hinweise.

In der Küche gab der Polizist Karl die Hand. „Wir melden uns. Versuchen Sie bitte, ein Foto von der Schmuckschatulle zu finden."

„Mach ich. Vielen Dank." Der junge Mann schloss die Tür und drehte sich dann wieder zu Rylee.

„Es tut mir so leid, Karl."

„Mir auch." Er schüttelte den Kopf. „Aber das sind nur materielle Dinge. Es hätte schlimmer kommen können. Genauso gut hätte dir etwas zustoßen können. Bist du sicher, dass es dir gut geht?"

„Ja."

„Ich habe gesehen, dass du dir die Schulter gestoßen hast."

Sie berührte ihre rechte Schulter. „Ich bin gegen den Türrahmen gerannt, als ich aus dem Zimmer geflüchtet bin."

Er runzelte die Stirn und machte einen Schritt auf sie zu. „Lass mich mal sehen."

„Es ist nichts. Ehrlich."

Karl zog eine Augenbraue hoch und blickte sie aus Augen an, die mehr türkis als blau waren.

Mit geröteten Wangen zog sie ihre sommerliche Weste etwas beiseite.

Sanft strich er mit den Fingern über ihre Schulter. „Sieht so aus, als würdest du einen hässlichen Bluterguss bekommen."

Er stand dicht vor ihr. Sehr dicht.

Sie schob ihre Weste nach oben. „Das wird schon wieder. Ich spüre fast nichts."

Ein leichtes Lächeln umspielte seine Mundwinkel und vertiefte seine Lachfältchen. „Lügnerin."

Sie entspannte sich ein wenig. „Es tut gut, dich lächeln zu sehen."

Schon seit drei Jahren war sie in ihn verliebt. Seit sein Vater, ein langjähriger Freund ihrer Familie, ihr geholfen hatte, das Haus am Folly Beach zu verkaufen. Aufmerksam verfolgte sie, was auf den Seiten mit den Neuigkeiten aus der High Society über Karl berichtet wurde. Aber sie hätte nie erwartet, dass er überhaupt Notiz von ihr nahm.

Sie schluckte. „Wenn du sonst nichts brauchst, sollte ich jetzt wahrscheinlich gehen."

„Kommst du heute Abend wieder?“

Sie warf einen Blick auf ihre Armbanduhr. „Ja. Ich kümmere mich darum, dass Romeo einen ausgiebigen Spaziergang macht und etwas zu essen bekommt.“

„Dann bis heute Abend.“

Sie ging um ihn herum und eilte dann zur Tür.

„Rylee?“

Die junge Frau drehte sich um.

„Gehört die dir?“ Er hielt eine rosagelbe Oilily-Tasche hoch.

„Ja.“ Sie nahm die Tasche und schob sich den Riemen über den Kopf. Als er ihre schmerzende Schulter berührte, bemühte sie sich, keine Miene zu verziehen. „Danke.“ Sie trat einen Schritt zurück. „Also dann. Bis bald, Karl. Bis bald, Romeo.“

Mit einem schnellen Winken verschwand sie aus der Tür.

Kapitel 2

Rylee hatte keine Angst vor der Dunkelheit. Sie war ihr sogar fast noch lieber als der Tag. Die Touristen, die jeden Tag nach Charleston strömten, verschwanden nach Sonnenuntergang aus dem *Battery Park*, und sie hatte die breiten Straßen und die mit Kopfstein gepflasterten Gassen für sich.

Aber jetzt, da sie Robin Hood ins Gesicht, oder besser gesagt auf den Fuß, geschaut hatte, machte sie die Vorstellung nervös, ihm wieder über den Weg zu laufen. Er war am helllichten Tag in das Haus der Sebastians eingebrochen, aber die weiteren Einbrüche hatte er bislang nachts verübt.

Deshalb hatte sie beschlossen, ihre Abende jetzt mit den kleinsten und nettesten Hunden, die sie betreute, zu beginnen und ihren größten Hund, Toro, erst später am Abend auszuführen.

„Uns wird niemand etwas tun." Sie setzte sich auf die überdachte Veranda der Davidsons, kraulte Toro den Kopf und zog dann ihre Inliner an. „Und falls es doch jemand wagt, kriegt er es mit dir zu tun. Okay, Dicker?"

Die argentinische Dogge hechelte als Antwort.

Rylee schob sich die Tasche über die Schulter. Dann stand sie auf und stieß sich ab. Die beiden liefen die Meeting Street hinauf und bogen dann rechts in die Tradd ab. Toro blieb stehen, um vor der alten Kneipe sein Geschäft zu verrichten. Die geschnitzten Halbmonde an den grünen Fensterläden verrieten den einstigen Zweck dieses Gebäudes. Auf der anderen Straßenseite stand ein ehemaliges Bordell. Seine cremefarbenen Fensterläden waren mit Herzen verziert.

Rylee schaute sich in der Straße um und fragte sich nicht zum ersten Mal, wie es gewesen sein musste, in einer Zeit zu leben, in der die wichtigen Symbole nicht goldene Böden, sondern Herzen und Monde gewesen waren.

Plötzlich bemerkte sie eine Bewegung weiter unten in der Gasse. Sie erstarrte und schaute sich um. Die Dunkelheit vertiefte sich und wurde wieder schwächer und schuf genauso viele verschiedene Formen wie die Wolken am Himmel.

Sie zog an Toros Leine. „Komm, Dicker. Weiter geht's."

Die beiden bogen in die East Battery und kamen an Romeos Haus vorbei. Toro wurde langsamer und blieb schließlich neben einem alten Kutschpfosten stehen.

Rylee verlagerte ihr Gewicht von einem Bein auf das andere und bemühte sich, ihn nicht zur Eile zu drängen, aber sie konnte es trotzdem nicht erwarten weiterzukommen. Hier schien es jedoch einige verlockende Gerüche zu geben, denn sie hatte Mühe, die Dogge weiterzuziehen.

Nervös warf sie einen Blick über die Schulter und zog entschlossen an der Leine. „Komm jetzt, Toro."

Sie liefen über die Atlantic Street zur Meeting, dann zur South Battery. Noch vor einer Stunde waren die Vorkriegshäuser, die gegenüber den White Point Gardens lagen, voll Licht und Leben gewesen. Jetzt waren sie dunkel und wirkten bedrohlich.

Rylee drehte sich auf ihren Inlinern um und rollte zurück. Es gab keine Anzeichen dafür, dass ihr jemand folgte. Nichts als ein paar Straßenlaternen und viele dunkle Ecken, in denen man sich verstecken konnte.

Toro trabte neben ihr her und interessierte sich nicht im Geringsten dafür, dass ihnen möglicherweise jemand auflauern könnte. Rylee strengte ihre Ohren an, vernahm aber nichts als das Geräusch ihrer Rollen und der Baumwipfel, die sich im warmen Abendwind bewegten.

Ein Blick auf die Uhr verriet ihr, dass es schon elf war. Noch eine Straße, dann waren sie am Wasser und würden umkehren.

Auf der geraden Strecke raste Toro so schnell los, dass sich die lederne Leine spannte. Sein Körper strotzte vor Energie, er zog sie vorwärts und vertrieb mit berauschender Geschwindigkeit ihre Sorgen. Ihre Lippen verzogen sich zu einem Lächeln. Sie beugte sich weiter nach vorn und ließ sich von Toro ziehen.

Das liebte sie an ihrer Arbeit: das körperliche Miteinander von Hundesitter und Hund, das Gefühl, unverwundbar und mit der Welt um sich herum eins zu sein.

Plötzlich blieb Toro abrupt stehen, legte die Ohren an und stellte den Schwanz auf. Rylee bremste blitzartig und schaute zurück. „Was ist denn, Dicker?“

Aber seine Aufmerksamkeit galt nicht der Gasse hinter ihnen. Er knurrte in den dunklen, bewaldeten Park hinein, der vor ihnen lag. Ihre Augen folgten seinem Blick und sie spähte in die Dunkelheit hinein.

Eine Gestalt bewegte sich hinter den Sträuchern. Die Umrisse eines Mannes – nein, zweier Männer – waren zu erkennen.

Ihr Herz raste. Die Gestalten kauerten auf dem Boden. Dann richtete sich einer von ihnen auf, bewegte sich vorwärts und kam direkt auf sie zu. Sie versuchte zu sprechen, aber kein Ton kam über ihre Lippen.

Toro machte einen Satz nach vorne.

„Nein, Toro! Halt! Halt!“ Sie stemmte ihre Rollen seitlich in den Asphalt und riss mit beiden Händen an der Leine. Vergebens. Sie konnte den Hund nicht aufhalten. Die Leine drohte ihr durch die Handflächen zu gleiten, aber sie hielt sie fest. Auf keinen Fall wollte sie von der Dogge getrennt werden.

Toro zerrte sie in den Park hinein und raste geradewegs auf die Männer zu. Die Silhouetten erstarrten einen Moment und stürmten dann davon.

Der Erste bog seitlich in Richtung eines Pavillons ab. Als sie durch eine Lücke zwischen den Bäumen kamen, fiel schwaches Laternenlicht auf ihn. Er war groß und schwarz und hielt etwas in seiner Hand umklammert.

Rylee stockte der Atem. Eine Waffe?

Toro ignorierte ihn und konzentrierte sich auf den anderen Mann, der zum Parkrand floh. Der Mann tauchte aus den Bäumen auf und rannte auf einen kreisförmigen, gepflasterten Platz zu, der das *Confederate Soldier Memorial* umgab, das Soldatendenkmal der Konföderierten Armee aus dem amerikanischen Bürgerkrieg. Im Licht sah sie, dass er ein Baseballtrikot trug.

Ein Baseballtrikot?

Noch bevor sie diesen Gedanken richtig fassen konnte, raste Toro weiter und zerrte sie wie einen Anker hinter sich her.

Der Mann hatte keine Fluchtmöglichkeit. Vor ihm lag außer dem Park nur ein riesiges, freies Gelände. Würde er stehen bleiben, um Luft zu schnappen, hätten sie ihn.

Aber er blieb nicht stehen. Er steuerte geradewegs auf das Denkmal zu, ohne auch nur einen einzigen Blick zurückzuwerfen. Flugs lief er die breiten Stufen hinauf, die zu dem Podest führten, nahm Anlauf und sprang ab. Sein Körper flog mit ausgebreiteten Armen durch die Luft.

Rylee hielt den Atem an. Er würde es nie schaffen, oben auf dem Podest anzukommen. Es war viel zu hoch. Aber seine Finger klammerten sich an den Rand des Steins, an dem er einen Moment baumelte und sich dann hinaufhievte.

Zu jedem anderen Zeitpunkt wäre sie von seinem Sprung beeindruckt gewesen. Aber jetzt musste sie sich auf die niedrige Steinmauer, die das Denkmal umgab, konzentrieren. Sie sprang mit knapper Not darüber und ihre Inliner landeten mit einem dumpfen Schlag auf der anderen Seite.

Während die Stufen des Denkmals bedrohlich schnell näher kamen, riss sie kräftig an Toros Leine. In diesem Affentempo konnte sie die Stufen unmöglich schaffen.

Aber die Dogge dachte gar nicht daran anzuhalten. Im letzten Moment ließ Rylee die Leine los und kam atemlos zum Stehen.

Toro raste weiter auf das Podest zu, sprang immer wieder in die Luft und schnappte nach dem Mann, konnte ihn aber nicht erreichen.

Der junge Kerl starrte mit großen Augen auf den Hund hinab. Sein Gesicht war gerötet, sein Brustkorb arbeitete schwer.

Rylee war nicht sicher, was sie jetzt tun sollte. Sie warf einen Blick hinter sich in den Park. Bis auf wenige beleuchtete Stellen hier und da war das Gelände in Dunkelheit getaucht. Ein Schatten sprang von einem Baum zum nächsten. Eine Gänsehaut lief der jungen Frau über den Rücken.

Kam der andere Mann zurück? Konnte Toro sie vor beiden Männern beschützen?

Panisch wühlte sie in ihrer Tasche – ein Durcheinander aus Hundeleinen, Tüten für Hundedreck, Schlüsseln, einer Taschenlampe und einer Wasserflasche. Endlich ertastete sie ihr Handy und wählte die Nummer der Polizei. Zum zweiten Mal an diesem Tag.

„Hallo? Ich werde von zwei Männern verfolgt. Bitte kommen Sie schnell. Ich bin in den ‚White Point

Gardens' beim ‚Confederate Memorial'. Einer der Männer kann mir nicht entkommen."

„Was machen Sie denn da?", rief der Mann fassungslos.

Sie blickte kurz zu ihm hinauf. Seine Muskeln waren angespannt, er sah wütend aus.

Nachdem sie die Fragen des Polizisten beantwortet hatte, legte Rylee auf und stellte dann erst fest, dass sie damit ihre einzige Rettungsleine durchtrennt hatte. Zögernd steckte sie das Handy wieder in ihre Westentasche und schaute sich dann in der Dunkelheit um. Nichts bewegte sich.

Hinter ihr stellte Toro seine Vorderpfoten auf die Füße der großen Statue und stieß ein tiefes, durchdringendes Knurren aus.

Der Mann kletterte weiter am Bein der Statue hinauf. „Rufen Sie diesen Albino zurück!"

Die junge Frau schaute sich weiter auf dem Gelände um. Der Tonfall des Mannes missfiel ihr. „Das ist kein Albino. Das ist eine argentinische Dogge."

„Ist mir egal. Rufen Sie ihn einfach zurück!"

Sie fuhr herum. „Rufen Sie Ihren Freund zurück!"

Sein Lachen überraschte sie. „Er ist längst verschwunden. Würden Sie jetzt bitte Ihren Hund zurückpfeifen? Ich kann nicht die ganze Nacht hier oben bleiben."

Seine Verzweiflung klang echt, aber sie war nicht bereit, dem Park den Rücken zuzuwenden. Sie schritt zur Vorderseite der Statue und baute sich so auf, dass sie sowohl das dunkle Gelände als auch den Kerl im Baseballtrikot im Blick hatte.

Sein blaues Trikot, auf dessen Brust in großen, roten Buchstaben „Mets“ stand, spannte sich über seinen muskulösen Brustkorb. Seine Hose war mit rostfarbenem Schmutz bedeckt. Er nahm seine blaue Kappe ab, wischte sich mit dem Ärmel über die Stirn und lächelte sie hoffnungsvoll an.

Rylee biss sich auf die Lippe. Vielleicht hatte sie mit ihrem Anruf bei der Polizei vorschnell gehandelt. Als sie ihn jetzt anschaute, sah er ziemlich harmlos aus. Aber warum hatte er sich im Dunkeln versteckt? Warum war er weggelaufen? Vielleicht hatten er und sein Freund die Häuser beobachtet, die gegenüber vom Park lagen.

Vorsichtshalber zog sie ihre Inliner aus – nur für den Fall, dass der andere Typ auftauchen würde. Sie wollte nicht, dass Toro sie zu ihm zerrte.

Der junge Mann warf einen nervösen Blick auf den Hund. „Warum haben Sie die Polizei gerufen? Halten Sie mich für einen Perversling oder so was?“

„Oder so was!“

„In dieser Kleidung?“ Er zupfte an seinem Trikot, was Toro dazu veranlasste, ein lautes Knurren auszustoßen. „Hören Sie zu, wir haben nur ein paar Fotos gemacht.“

„Im Dunkeln? Hinter den Büschen?“

„Wir haben einen Auftrag.“

„Einen Auftrag?“

„Genau.“ Er seufzte. „Mein Name ist Logan Woods. Ich bin Reporter beim ‚Post & Courier‘ und schreibe über die Robin-Hood-Einbrüche. Vielleicht haben Sie schon einmal einen meiner Artikel gelesen?“ Er griff in seine Hosentasche und zog vorsichtig eine dicke, braune Brieftasche heraus.

Toro stellte sich auf die Hinterbeine. Speichel lief aus seinem Maul.

„Hier ist meine Visitenkarte." Die Karte flatterte nach unten und landete vor ihren Füßen.

Rylee hielt die Karte ins Licht und erkannte das Logo der Zeitung. Sein Name stand in schwarzer Farbe darauf. Jeder konnte heutzutage gefälschte Visitenkarten drucken, aber diese hier schien echt zu sein.

Erneut blickte sie zu ihm hinauf. *Das ist der Mann, der die Artikel über die Einbrüche schreibt?* Sie wurde unsicher.

In ihrer Vorstellung waren Reporter blasse, dickbäuchige, ältere Männer, aber auf Logan Woods traf dieses Bild ganz und gar nicht zu. Er sah aus, als würde er mehr Zeit im Fitnessstudio verbringen und Gewichte – schwere Gewichte! – heben, statt hinter einem Schreibtisch zu sitzen.

Seine Muskeln waren perfekt. Seine Oberschenkel waren kräftig, sein Bauch flach wie ein Brett, sein Brustkorb breit, und seine Oberarmmuskeln waren auch nicht zu verachten.

Scheinwerfer leuchteten in der East Battery auf. Einige Sekunden später fuhr ein Streifenwagen an den Straßenrand. Ein junger Polizist stieg auf der Fahrerseite aus, steckte einen Gummiknüppel in seine Gürtelschnalle und steuerte auf sie zu.

„Rylee Monroe?" Der Polizist betrachtete ihre Füße, die nur mit Strümpfen bekleidet waren. Dann wanderte sein Blick weiter zu Toro und dem Mann, der an der Statue hing. „Ich bin Officer Kirk. Ist alles in Ordnung?"

„Ja, aber irgendwo da draußen treibt sich noch ein Mann herum."

Während Kirk mit seiner Taschenlampe das Gelände zwischen den Bäumen absuchte, kam ein alter, klappriger Mustang angefahren und blieb hinter dem Streifenwagen stehen. Der Motor wurde abgestellt und ein zweiter Baseballspieler in einem Mets-Trikot stieg aus dem Wagen.

Kirk sah den Mann und richtete sich auf. „Detective! Ich habe nicht erwartet, Sie hier zu sehen."

„Ich bin nach dem Spiel nur hier durchgefahren, um mich zu vergewissern, dass alles ruhig ist. Dann habe ich Ihr Blaulicht gesehen und dachte, ich könnte vielleicht behilflich sein. Was ist denn los?"

„Das weiß ich noch nicht genau, Sir. Ich wurde hergeschickt, weil sich hier jemand herumtreiben soll."

Der Detective betrachtete den Mann auf der Statue. Der Lichtschein fiel auf sein kantiges Gesicht, das von einer großen, spitzen Nase beherrscht wurde. Er fuhr mit der Hand über seinen Bürstenhaarschnitt und musste plötzlich breit grinsen.

Rylee runzelte die Stirn. „Wer sind Sie denn?"

Er klappte seine Polizeimarke auf. „Detective Campbell, Ma'am. Sieht so aus, als hätten Sie einen guten Fang gemacht."

„Sehr witzig", knurrte Logan.

Ihr Blick wanderte von einem Mann zum anderen. „Sie kennen ihn?"

Detective Campbell zog seine Baseballhose nach oben. „Ja, leider."

„Er ist also nicht der Einbrecher?"

„Erzählen Sie uns am besten, was passiert ist."

„Dieser Kerl und noch ein anderer Mann sind hier herumgeschlichen ..."

Logan lachte. „Wir sind nicht herumgeschlichen."

„... sie schlichen im Schatten herum, als mein Hund sie entdeckt hat. Dann haben sie versucht davonzulaufen."

„Ich bin erst gelaufen, als dieses Ungetüm auf mich losging."

Campbell schüttelte den Kopf. „Was ist los, Logan? Jagt dir dieses kleine Hündchen etwa Angst ein?"

„Du würdest auch hier oben hängen, wenn dieser knurrende Hund mit fletschenden Zähnen hinter dir her wäre."

„Ist er friedlich?", fragte Campbell und deutete auf Toro.

„Ja, Sir." Rylee kraulte den Hund zwischen den Ohren. „Er ist sehr sanft und lieb. Sein Name ist Toro."

Aus Officer Kirks Funkgerät kam ein lautes, knisterndes Geräusch. Er drehte die Lautstärke zurück und schaute dann Rylee an. „Sie wohnen hier in der Nähe, Ma'am?"

„Nein, aber ich hüte den Hund für jemanden, der hier in der Nähe wohnt." Sie kramte in ihrer Tasche nach ihrem Adressbuch und zog eine verknitterte Visitenkarte aus der Innentasche. Kirk warf einen Blick auf die Visitenkarte und reichte sie dann Campbell.

Sie wollte nur noch weg von hier. Wenn der Kerl

auf der Statue wirklich ein Reporter war – und inzwischen war ihr klar, dass er die Wahrheit gesagt hatte –, dann musste sie sich bei ihm entschuldigen.

Ihre Wangen glühten vor Verlegenheit, und es fiel ihr schwer, seinen Blick zu erwidern. Sie wartete darauf, dass die Polizisten den ganzen Vorfall als Missverständnis abtaten, damit sie sich entschuldigen und verschwinden konnte.

Logan hing an der Statue und jeder Muskel seines Körpers brannte. Er verlor allmählich die Geduld. Die ganze Sache war absurd, und er konnte nicht glauben, dass es immer noch nicht vorbei war. Die Frau hätte doch sofort begreifen müssen, dass sie sich geirrt hatte. Sie hätte ihren Hund zurückpfeifen sollen, damit er hinunterklettern konnte. Stattdessen hatte sie die Polizei gerufen, und Nate Campbell sah nicht so aus, als hätte er vor, die Sache einfach so auf sich beruhen zu lassen.

Er genoss das alles wahrscheinlich. Es kam nicht jede Nacht vor, dass Nate es mit einem hübschen Mädchen mit langen Beinen zu tun hatte, und er hatte nicht die Absicht, die Sache zu beschleunigen.

„Hübsch“ war noch eine Untertreibung. Sobald sie ins Licht getreten war und er sie genauer hatte betrachten können, bemerkte Logan, dass die Hundesitterin umwerfend aussah. Sie war groß und schlank und bewegte sich trotz ihrer unübersehbaren Angst mit einer faszinierenden Grazie. Ihre Wangenknochen wurden von den Fransen ihres modischen Kurzhaarschnitts umrahmt.

Und Nate genoss das alles.

„Vergesst ihr hier nicht etwas?", rief er nach unten. „Ich bin hier derjenige, der angegriffen wurde. Vielleicht will ich ja Anzeige erstatten wegen Angriffs mit einer tödlichen Waffe."

„Toro hat Sie nicht angegriffen." Rylee stemmte eine Hand in die Hüfte. „Und er ist keine tödliche Waffe. Er hätte überhaupt nichts getan, wenn Sie nicht losgelaufen wären."

„Wenn ich nicht weggelaufen wäre, läge ich jetzt im Krankenhaus!" Er blickte Nate ungeduldig an. „Hilfst du mir jetzt?"

Nachdem er seinen Spaß gehabt hatte, setzte Nate sein ernstes Polizistengesicht auf. „Das stimmt, Miss. Dieser Mann hat das Recht, im Park spazieren zu gehen, ohne fürchten zu müssen, von Ihrem Hund belästigt zu werden."

„Im Park spazieren gehen?" Sie blickte ihn mit offenem Mund an. „Er ist nicht spazieren gegangen. Er ist herumgeschlichen." Sie deutete mit dem Finger zu den Bäumen. „Und er hatte noch jemanden bei sich ..."

„Ihr Hund hat diesen Mann angegriffen und ihn diese Statue hinaufgejagt." Er schaute zu Logan hinauf. „Wie bist du überhaupt da raufgekommen?"

Logan warf einen Blick auf den gepflasterten Kreis, der das Denkmal umgab, und schüttelte angesichts der Höhe den Kopf. „Wenn ich das wüsste, würde ich es dir sagen. Es war bestimmt beeindruckend."

Nate schmunzelte.

Die Augen der Hundesitterin funkelten zornig.

„Das ist nicht komisch. Vielleicht habe ich mich ja geirrt, aber ich habe diesen Mann wirklich für eine Bedrohung gehalten."

Logan hatte sich darauf gefreut, dass diese Frau ihre gerechte Strafe bekam, aber wenn sie wirklich Angst gehabt hatte, wenn sie wirklich gedacht hatte, jemand sei hinter ihr her …

„Hey, Nate. Vergiss das Ganze. Ich kann verstehen, dass sie erschrocken war."

Aber Nate Campbell war nicht der Typ, der etwas vergaß. Wenn er sich in etwas festgebissen hatte, ließ er so schnell nicht wieder davon ab. Die Frau hatte sich die Sache vielleicht selbst zuzuschreiben, aber es war trotz allem nur ein Missverständnis.

Logan wagte einen erneuten Anlauf. „Hör zu. Ich will einfach wieder runterkommen. Okay?"

Der Hund schien seine Worte zu verstehen, denn er schaute mit wolfsähnlichen Augen zu ihm hinauf. Ein langes, tiefes Knurren kam aus seiner Kehle.

Trotz des großen Abstands zwischen ihnen, trotz der Anwesenheit der Polizei und obwohl die Hundesitterin die Hundeleine fest um ihre Faust gewickelt hatte, war Logans Mund wie ausgetrocknet. Er war sich bewusst, dass er sich nicht in Gefahr befand, aber er konnte das Bild nicht abschütteln, wie dieses Tier ihn ansprang, seine Krallen in ihn hineinbohrte und mit dem Maul zuschnappte, um ein Stück Fleisch aus ihm herauszureißen. Seine Kehle schnürte sich zusammen und er begann zu husten.

„Was hast du denn?", fragte Nate. „Du kannst doch herunterkommen. Keiner hindert dich daran."

Die Hundesitterin wickelte die Leine noch fester um ihre Hand. „Er beißt nicht, Mr Woods. Versprochen."

Er schloss die Augen und zwang sich, tief und langsam durch die Nase einzuatmen. Durch das kräftige Ziehen an der Leine hörte das Knurren auf. Aber es war zu spät.

„Eine Sekunde", sagte er.

Während die beiden sich am Fuße des Denkmals weiter unterhielten, klinkte Logan sich aus dem Gespräch aus. Seine Hand umklammerte die Statue, aber jetzt, da das Zittern ihn erfasst hatte, fühlte er sich kraftlos. Die anderen konnten es nicht sehen. Wenn er sich nichts anmerken ließ, würden sie vielleicht nicht ahnen, wie viel Angst er hatte.

Er holte tief Luft und versuchte, sich vorzustellen, wie er nach unten zu den anderen kletterte. Aber er war noch nicht so weit. Noch lange nicht. Er traute seinen Armen nicht, dass sie ihn halten würden.

Als er die Augen wieder aufschlug, wusste er nicht, wie viel Zeit vergangen war. Nate schaute die Hundesitterin streng an. Trotz des Mutes, den sie noch vor wenigen Momenten an den Tag gelegt hatte, sah die Frau aus, als wäre sie den Tränen nahe. Officer Kirk stand mit einem Pokergesicht daneben und verriet mit keiner Miene, was er von der Situation hielt. Logan zwang sich, Toro nicht anzusehen.

Er schloss erneut die Augen und versuchte, sich schöne Dinge vorzustellen. Seine Mutter, wie sie auf der Veranda stand und ihn zum Essen rief. Seinen Vater, der mit einem Lächeln auf den Lippen die Zeitung zuschlug, nachdem er einen Artikel von ihm gelesen hatte. Das dumpfe Geräusch, wenn er mit seinem Schläger einen Baseball traf und die weiße Kugel im Himmel verschwand. Langsam nahm sein Herzschlag wieder einen normalen Rhythmus an.

Unter sich hörte er das Poltern von Nates Stimme. „Reden Sie nicht in diesem Ton mit mir."

Es kam keine Antwort. Logan schlug die Augen wieder auf.

Er hatte erwartet, dass die Hundesitterin eingeschüchtert und unterwürfig wäre, aber sie sah aus, als würde sie jeden Augenblick zuschlagen.

Bevor die Dinge weiter außer Kontrolle gerieten, ließ sich Logan nach unten gleiten und zappelte dabei unsicher mit einem Bein in der Luft, bis sein Fuß festen Halt fand. Im Vergleich dazu war es leicht gewesen, nach oben zu kommen. Als er so weit war, loszulassen und den letzten Meter hinabzuspringen, war das Gespräch verstummt. Alle drei beobachteten ihn. Alle vier, wenn er den Hund mitzählte, aber Logan versuchte, so zu tun, als gäbe es ihn überhaupt nicht. Und sprang.

„Gute Landung", sagte Nate und klopfte ihm auf die Schulter. „Also, was sagst du, Logan? Willst du Anzeige erstatten?"

„Natürlich erstatte ich keine Anzeige." Er warf der hübschen Hundesitterin einen entschuldigenden Blick zu und hoffte, sich ein wenig von Nates brüskem Verhalten distanzieren zu können, aber sie wollte davon nichts wissen.

Er seufzte. Der Polizist hatte seine raue Seite. Aber

tief in seinem Herzen war der Mann ganz in Ordnung. Logan betrachtete ihn als Freund, und in den vergangenen beiden Jahren hatte sich Nate als große Hilfe für den Kriminalreporter erwiesen, da er ziemlich gesprächig sein konnte. Aber das gab ihm noch lange nicht das Recht, die junge Frau einzuschüchtern. Der Journalist warf einen Blick auf den Hund. Jetzt, da er wieder auf festem Boden stand, konnte Logan seine Nähe nicht mehr ignorieren. Der Hund ging einen kleinen Schritt auf ihn zu, wie ein Feinschmecker, der sich unauffällig dem Festessen nähert.

Logans Gliedmaßen fühlten sich wie Gummi an. Wenn er wieder zu einem Sprint gezwungen wäre, hätte er diesmal keine Chance zu gewinnen. Aber es war zu spät, Angst zu haben. Er stand aufrecht da und bemühte sich, gleichgültig zu wirken.

„Wenn das so ist", meinte Nate, „können Sie jetzt gehen, Ma'am. Und in Zukunft sollten Sie zweimal nachdenken, bevor Sie uns rufen."

„Und was ist mit dem anderen Mann? Vielleicht ist er immer noch irgendwo da draußen!"

Nate schaute Logan mit hochgezogener Augenbraue fragend an.

„Sie meint Wash Tillman, meinen Fotografen."

„Ah." Nate schaute Rylee wieder an. „Wenn Sie ihm über den Weg laufen, sollten Sie in seine Kamera lächeln."

Rylee bedachte Nate mit einem vernichtenden Blick, dann schnappte sie sich ihre Inliner und ging den Weg zurück, den sie gekommen war. Am Rand des Denkmals drehte sie sich noch einmal um und schaute Logan mit bohrendem Blick an.

Hey, Moment mal, dachte er. Er wollte nicht, dass sie ihn mit seinem Freund in eine Schublade steckte. Am liebsten wäre er ihr gefolgt, um ihr die Sache zu erklären.

Nate musste seine Gedanken gelesen haben, denn der Polizist brach in lautes Gelächter aus.

„Du bist wirklich unglaublich. Weißt du das?", sagte er. „Die Frau jagt dich die Statue hinauf und du willst hinter ihr herlaufen und dich entschuldigen. Wenn ich daran denke, dass du beim Baseball eine viel höhere Trefferquote hast als ich, tut mir das wirklich weh, Logan."

Aber Logan hörte ihn nicht mehr. Er strengte seine Augen an und schaute ihr nach, bis sie schließlich in der Nacht verschwand.

Kapitel 3

Die Morgensonne spiegelte sich auf dem Wasser im Hafen und ein warmer Wind ließ die Flagge stolz über dem Haus der Sebastians wehen. Rylee ließ ihren Blick über das faszinierende zweistöckige Haus schweifen, dass im Regency-Stil erbaut war, und betrachtete die Fenster über dem Balkon im ersten Stock.

Keine Spur von einem Eindringling. Sie atmete wieder aus, nachdem sie nervös den Atem angehalten hatte, huschte durch das Gartentor und fischte einen überdimensionalen Schlüsselbund aus ihrer Tasche. Daran hing eine große Ansammlung von farblich markierten Schlüsseln. Mit geübter Leichtigkeit fand sie den richtigen und sperrte die Hintertür auf.

Karl stand in der Küche und schenkte sich gerade eine Tasse Kaffee ein. In seiner freien Hand hielt er einen halb gegessenen Toast.

„Karl! Oh, Entschuldigung! Ich hätte klopfen sollen."

Er grinste sie nur an und hob einen Finger, während er fertig kaute und schluckte. „Sei nicht albern.

Du brauchst nicht zu klopfen. Du gehörst praktisch zur Familie."

Die junge Frau lächelte, obwohl das nicht ganz stimmte. „Sebastian, Lynch & Orton" hatte früher „Sebastian, Lynch & Monroe" geheißen. Bis Rylees Vater einfach verschwunden war und seine Frau, seine Tochter und seine Kanzleipartner im Stich gelassen hatte. Kurze Zeit später war der Name „Monroe" durch „Orton" ersetzt worden. Karl war damals achtzehn gewesen, Rylee erst fünf.

Grant, Karls Vater, hatte geholfen, das finanzielle Chaos zu beseitigen, das ihr Vater hintergelassen hatte. Seit damals war er in Notsituationen immer zur Stelle und auch bei den verschiedenen Meilensteinen in Rylees Leben für sie da gewesen.

Trotzdem hatten sie und Karl den größten Teil ihres Lebens in verschiedenen Welten gelebt.

„Willst du einen Kaffee?", fragte er.

„Lieber nicht. Ich habe nach Romeo noch zwei Hunde, und sie mögen es nicht, wenn ich sie zu lange warten lasse."

Seine Augen zwinkerten belustigt. „Das können wir natürlich nicht zulassen."

Ihr Herz schlug höher. Das passierte immer, wenn er diesen verschwörerischen Ton anschlug, als hätten sie ein gemeinsames Geheimnis.

Als ihr bewusst wurde, dass sie ihn zu lang angeschaut hatte, suchte sie eilig nach etwas, das sie sagen konnte. „Dein Vater hat mir erzählt, dass du ausziehst, wenn sie von ihrer Hochzeitsreise zurückkommen. Hast du dich schon für eine Wohnung entschieden?"

Er wischte sich Krümel von den Fingern. „Er hat mich gebeten, das noch ein wenig aufzuschieben."

„Ach so. Schön." *Ich Idiot!* „Es ist nett von dir, ihm diesen Gefallen zu tun."

„Ich habe dich gestern Abend verpasst." Er lehnte sich mit der Hüfte an die Arbeitsplatte und nahm einen Schluck aus seiner Kaffeetasse. „Du bist nicht zu deiner gewohnten Zeit gekommen, um Romeo auszuführen. Er macht dir doch nicht zu viel Arbeit, oder? Denn falls das so ist …"

„Nein, nein, ganz bestimmt nicht." Sie strich mit dem Daumennagel über den Riemen ihrer Tasche. „Ich habe Romeo gestern Abend vorgezogen, weil er einer meiner kleineren Hunde ist. Wegen der Einbrüche und so habe ich beschlossen, mir meine größten Hunde für später aufzuheben, wenn es schon dunkel ist."

„Aber es ist doch nichts passiert, oder?" Er senkte seine Kaffeetasse. „Wenn du Probleme hast, musst du es mir sagen."

Ihr erster Impuls war es, so zu tun, als wäre alles in Ordnung. Aber nach dem Einbruch, ihrer Angst vom Vortag und der herablassenden Art, mit der dieser Polizist sie behandelt hatte, war Karls Besorgnis wie Balsam für ihre Seele.

„Ehrlich gesagt, ist gestern Abend schon noch etwas passiert", gestand sie. „Ich hatte das Gefühl, es würde mich jemand verfolgen, und dann schlichen diese zwei Männer in der Nähe des Konföderierten-Denkmals durch den Park. Ich habe die Polizei gerufen."

Er richtete sich auf. „Schon wieder? Ist denn irgendwas passiert?“

„Nein, alles in Ordnung.“ Sie nahm die Hundeleine von einem Haken bei der Tür. „Die ganze Sache war nur ein Missverständnis.“

Bevor er weiterfragen konnte, kam Romeo mit aufgestellten Ohren um die Ecke und wedelte vor Freude mit dem Schwanz, als er sie sah.

Lächelnd legte sie ihre Tasche auf den Tisch und ging in die Hocke. „Hallo, Romeo. Wie geht es meinem Liebling?“ Sie versuchte, die Leine an seinem Halsband zu befestigen. „Still halten, du Dummerchen.“

Sie strich mit den Fingern sein weißschwarzes Fell zur Seite und versuchte, sein Halsband zu finden. Ganz verträumt schob er die Schnauze immer näher an ihre Nase heran, und bevor sie die Leine einhaken konnte, schoss seine hellrosa Zunge heraus und fuhr über ihre Lippen.

Mit einem Lachen streichelte sie seinen Hals und kraulte ihn hinter den Ohren.

„Dieser Hund ist ein Glückspilz“, sagte Karl mit leuchtenden Augen. „Du hast ihm sein Herz gestohlen. Er wartet den ganzen Tag nur darauf, dass du kommst.“

Rylee lächelte. „Ich gebe zu, dass ich auch eine Schwäche für ihn habe.“ Sie ließ Romeo los. „Ich wollte dich fragen, ob es dir etwas ausmacht, wenn ich ihn diese Woche einmal mit in ein Seniorenheim nehme. Deine Stiefmutter hat gesagt, das sei in Ordnung, aber ich wollte dich auch noch mal fragen.“

Karl spülte seine Tasse aus und stellte sie aufs Abtropfgitter. „Nein, nein. Ich habe nichts dagegen. Nimm ihn so oft mit, wie du willst. Ihm ist bestimmt langweilig, wenn er die ganze Zeit hier eingesperrt ist."

„Vielen Dank. Das wäre super." Sie schob sich ihre Tasche über die Schulter und ging zur Tür.

„Apropos langweilig", meinte er. „Ich wollte dich noch etwas fragen."

Sie blieb mit der Hand am Türgriff stehen.

„Du hast am Freitagabend nicht zufällig Zeit, oder? Um mit mir essen zu gehen?"

Ihr stockte der Atem. „Essen? Am Freitag?"

Er schob die Hände in seine Jeans und schaute sie fragend an. „In diesem großen, alten Haus ist es manchmal ganz schön still. Ich dachte, eine kleine Abwechslung vom grauen Alltag wäre ganz nett."

„Grauer Alltag? Du bist dauernd auf tollen Partys, von denen ich immer nur in den Zeitungen lese."

Er zuckte die Achseln. „Nach einer Weile ist es immer das Gleiche."

Vielleicht stimmte das, aber sie konnte sich vorstellen, dass jemand mit seinem Aussehen und seiner Herkunft eine lange Liste von Frauen hatte, die gern mit ihm essen gehen würden. Frauen, die sich in seiner Welt bewegten. Frauen, die nicht für seine Familie arbeiteten.

Trotzdem war es sehr verlockend.

Sie nahm ihre ganze Willenskraft zusammen, um dieser Versuchung zu widerstehen. „So gern ich die Einladung annehmen würde, Karl, ich kann das leider nicht. Das würde gegen meine Regel verstoßen, nie mit Kunden auszugehen."

Er zog einen Mundwinkel nach oben. „Aber ich bin nicht dein Kunde. Sondern meine Stiefmutter."

Sie ließ den Türgriff los und drehte sich noch einmal zu ihm herum. „Du weißt, was ich meine."

Als er einen Schritt auf sie zukam, betörte ein leichter Hauch seines Rasierwassers ihre Sinne. „Betrachtest du mich wirklich als Kunden? Wir kennen uns doch schon ewig."

„Das stimmt nicht ganz, Karl. Seien wir ehrlich. Wir haben uns nicht mehr gesehen, seit dein Vater mein Haus verkauft hat. Und auch damals hatten wir nur sehr kurz Kontakt."

„Und früher, als du noch ein Kind warst?"

„Ich erinnere mich an nicht mehr so viel von damals."

„Ich schon. Ich erinnere mich, wie du an Ostern ein weißblaues Matrosenkleid angehabt hast. Und wie du dir das Handgelenk verstaucht hast, als du draußen vom Baum gefallen bist." Er deutete zu einer großen Eiche im Garten. „Man hätte meinen können, du hättest dir jeden Knochen gebrochen, so laut hast du geschrien."

Ihre Augen wurden groß. Er sprach von der Zeit, bevor ihre Eltern gestorben waren. Von Dingen, die sie so gern wissen würde, an die sie sich aber nicht mehr erinnern konnte.

„Du kamst durch diese Tür gerannt und hast das ganze Haus zusammengeschrien."

„Ich war hier, als ich vom Baum gefallen bin?",

flüsterte sie. „Bei euch? Nonie hat mir erzählt, das wäre bei uns zu Hause passiert. Aber sie bringt manchmal die Dinge durcheinander."

Er schüttelte den Kopf. „Es war hier. Ganz sicher. Wie geht es deiner Großmutter eigentlich?"

Rylee wich seinem Blick aus. „Manchmal geht es ihr gut, und manchmal kann sie … kann sie sich nicht an die einfachsten Dinge erinnern."

Karl strich mit dem Finger ganz leicht über ihren Arm. „Das tut mir leid. Das muss sehr schwer sein."

Sie schluckte. „Ja. Also, ich geh jetzt wohl besser. Wir sehen uns später. Okay?"

„Das hoff ich doch."

Sie spürte seinen Blick auf sich, als sie hinausging. Die junge Frau zog Romeo am dreistöckigen Springbrunnen und am Pool vorbei und schaute erst zurück, als sie auf der anderen Seite des grünen Tores angekommen war.

Ihre Inliner hatte sie im Auto gelassen, weil sie sich diese für größere Hunde und die Spaziergänge im Dunkeln aufhob, wenn auf den Straßen weniger los war. Während Romeo glücklich neben ihren Füßen herhechelte, spielte sie die Szene in der Küche noch einmal durch. Die Essenseinladung war aus heiterem Himmel gekommen. Sie war nicht sicher, was sie davon halten sollte.

Sie fand Karl durchaus attraktiv. Das stand außer Zweifel. Aber mit Kunden auszugehen war schlecht für ihr Geschäft. Wenn aus der Beziehung nichts wurde, konnte ihr Ruf darunter leiden. Und in ihrem Job war ein guter Ruf sehr wichtig.

In ihrer Tasche hatte sie die Schlüssel zu zig Häusern, von denen jedes mehrere Millionen wert war. Es war wichtig, dass sie Vertrauenswürdigkeit ausstrahlte. Wenn sie in diesem Punkt auch nur die kleinsten Kompromisse einging, könnte sie sich ihren Lebensunterhalt nicht mehr verdienen. *South of Broad* war eine Wohngegend, in der man sich kannte und miteinander redete.

Eine Gruppe Touristen auf dem gegenüberliegenden Gehweg blieb stehen, um Romeo zu bewundern. Sie schossen Fotos von dem kleinen Schnauzer, als gehörten er und seine Hundesitterin zu den Sehenswürdigkeiten der Stadt. Rylee lächelte und winkte.

Von der vornehmen Architektur, die manchmal auch schon etwas bröckelte, den kräftigen Farben und dem Blumenduft versteckter Gärten umgeben, hatte sie das Gefühl, Teil der Stadt zu sein. Tatsächlich eine der Sehenswürdigkeiten zu sein. Tief verwurzelt im Herzen dieser Gegend, die sie so liebte.

Als sie sich der Tradd Street näherten, überquerten sie die Straße, um an der Kirche der Presbyter-Gemeinde vorbeizukommen, in der sie seit fünf Jahren zu Hause war. Ein Blick auf das schöne alte Gebäude, die Säulen und Türme genügte, um sie mit Ehrfurcht zu erfüllen.

Aber als sie näher kamen, verflog ihre Ehrfurcht. Ein Polizeiwagen stand mit eingeschaltetem Blaulicht am Straßenrand, aber niemand saß hinter dem Steuer.

Durch die Stäbe des schmiedeeisernen Zauns erblickte sie ihren Pastor, Dr. Welch, der in ein angeregtes Gespräch mit einem Polizisten vertieft war.

Dieser war älter als seine Kollegen, denen sie in der vergangenen Nacht begegnet war, und hatte einen viel größeren Bauchumfang.

Mit einem leichten Ziehen an der Leine führte sie Romeo weiter. „Komm, wir schauen, ob alles in Ordnung ist."

Sie traten durch das Tor und sprangen die breiten Stufen im Schatten der atemberaubend großen Säulenhalle der Kirche hinauf.

„Dr. Welch?", rief sie.

Die zwei Männer drehten sich um und Dr. Welch lächelte sie freundlich an. „Guten Morgen, Rylee."

Sein rostfarbenes Polohemd und seine braune Hose waren ordentlich und sauber, obwohl seine grauen Haare sich in der feuchten Augustluft kräuselten. Der Polizist, der mit einem Klemmbrett in der Hand neben ihm stand, betrachtete sie fragend. Auf dem glänzenden Namensschild über seiner Brusttasche stand R. MUNN.

„Ist was passiert?", erkundigte sie sich.

Dr. Welch beugte sich nach unten und kraulte Romeo. „Ja. Aber wir stehen vor einem kleinen Rätsel. Schau nur, was gestern Abend vor unsere Tür gestellt wurde."

Oben auf der Treppe entdeckte sie hinter einer Säule eine sechzig Zentimeter große Bronzefigur. Ein Reiter, der mit einem abgewinkelten Bein dastand und die Hand elegant in die Hüfte gestemmt hatte. In der anderen Hand hielt er eine Reitgerte.

Sie ging in die Hocke und zitterte, als sie die Figur erkannte. Der Ausdruck im grüngrauen Gesicht des

Reiters war geheimnisvoll und auf unerklärliche Weise faszinierend wie der der Mona Lisa. Ein altmodisches Etikett hing mit einem Gummiband um seinen Hals, auf dem in schwarzer Tinte stand: „Verkaufen Sie mich und geben Sie das Geld den Armen."

„Das ist eine nette Geste", erklärte Dr. Welch, der neben sie trat. „Aber unter den gegebenen Umständen hielt ich es für ratsam, die Polizei zu benachrichtigen."

Sie schaute zu ihm hinauf. „Ich kenne diese Figur."

Officer Munn wurde sofort hellhörig. „Wirklich?"

„Das ist die Figur, die den Bosticks gestohlen wurde. Sie werden sich sehr freuen, wenn sie sie zurückbekommen."

Dr. Welch seufzte laut. „Es ist also tatsächlich der Robin-Hood-Einbrecher? Ich habe es geahnt. Stellen Sie sich das nur vor. Von allen möglichen Orten, an die er sein Diebesgut hätte bringen können, hat er sich ausgerechnet unsere Kirche ausgesucht. Warum bloß?"

„Ich weiß es nicht. Aber ich kann sie den Eigentümern gern zurückbringen." Sie umfasste die Figur an den Beinen.

„Nichts anrühren!"

Sie zuckte zusammen und nahm schnell die Hände von der Figur. Sie lächelte den Polizisten entschuldigend an. „Oh, Entschuldigung. Keine Ahnung, was ich mir dabei gedacht habe."

Dr. Welch versuchte, die Wogen mit einem Schmunzeln zu glätten, aber der Polizist schaute Rylee streng an.

Na toll, dachte sie. Nach dem gestrigen Abend war sie nicht gerade ein Fan der Charlestoner Polizei.

„Also“, sagte Officer Munn schließlich, „woher kennen Sie die Bosticks?“

„Sie sind Kunden von mir“, erklärte sie. „Ich führe ihren Hund, Cocoa, aus und versorge ihn, wenn sie verreisen. Im Moment sind sie auf Long Island und kommen erst nächsten Dienstag zurück.“

Officer Munn runzelte die Stirn. „Die Bosticks waren verreist, als der Einbruch passierte, oder? Und jetzt sind sie schon wieder fort?“ Er versuchte nicht einmal, die Missbilligung in seiner Stimme zu verbergen. Viele Einheimische waren nicht besonders begeistert vom Zuzug vermögender Fremder, die die historischen Häuser der Stadt als eine Art Ferienwohnung benutzten.

„Sie sind nicht so“, sagte sie, als sie ahnte, was er dachte. „Sie wohnen schon ihr ganzes Leben lang hier. Bloß reisen sie nur gern. Das ist alles.“

„Und wie lautet Ihr Name, Ma’am?“

„Rylee Monroe. R-y-l-e-e.“

Er strich das, was er geschrieben hatte, durch und schrieb ihren Namen neu. „Würden Sie bitte hier warten, bis ich das gemeldet habe? Der Detective will bestimmt mit Ihnen sprechen.“

Sie zögerte. „Detective Campbell?“

Er blickte auf. „Sie kennen ihn?“

„Ich bin ihm gestern Abend begegnet.“

Munn machte sich noch eine Notiz, dann ging er zu seinem Streifenwagen. „Bleiben Sie bitte hier. Vielleicht will er noch mit Ihnen sprechen.“

Sie verspürte nicht die Neigung, Detective Campbell wiederzusehen. Nie wieder.

„Dr. Welch?“ Eine Frau Mitte vierzig steckte den Kopf aus der massiven Eingangstür. „Könnten Sie bitte kommen? Ihr Besuch ist da.“

Er schaute Rylee an. „Kommst du allein zurecht? Oder soll ich hierbleiben?“

„Nein, danke. Gehen Sie ruhig. Die Polizei will mir bestimmt nur ein paar Fragen stellen.“

„Gut, wenn du meinst. Falls du irgendetwas brauchst, dann komm bitte zu mir. Hörst du?“

„Das tue ich. Danke.“

Einige Minuten später fuhr der Detective in seinem Mustang vor. Anstelle der Baseballkleidung trug er jetzt eine schlecht sitzende Uniform und eine fleckige, glänzende Krawatte. Er sprach auf dem Gehweg mit dem anderen Beamten – allerdings konnte sie nicht verstehen, worüber die beiden redeten –, bevor er die Treppe zu ihr heraufkam.

„Sie tauchen anscheinend immer dort auf, wo es Probleme gibt, Miss Monroe“, begrüßte er sie.

Sie kniff die Lippen zusammen.

„Ich habe heute Morgen ein wenig recherchiert und erfahren, dass Sie an einem Einbruch in der East Battery beteiligt waren?“

„Ich war nicht daran beteiligt. Ich habe den Einbrecher *überrascht*.“

„Das behaupten Sie.“

Sie öffnete den Mund, um ihm zu widersprechen.

„Und Sie arbeiten für die Eigentümer dieser Figur da?“

„Das ist richtig."

„Und Sie haben in Anwesenheit von Officer Munn Ihre Fingerabdrücke überall darauf verteilt?"

Sie versteifte sich. „Ich habe sie nicht überall darauf verteilt. Ich habe sie bloß unten angefasst, weil ich sie den Bosticks zurückbringen wollte."

„Was für eine gute Idee."

„Ich habe es nicht mit Absicht gemacht, Mr Campbell. Ich wusste, dass sie meinen Kunden gehört und wollte sie ihnen einfach zurückbringen."

„Es heißt ‚Detective Campbell', und ich will nur sichergehen, dass ich alle Fakten richtig verstanden habe."

„Jetzt haben Sie sie verstanden. Ist sonst noch etwas?"

„Allerdings." Er schaukelte auf seinen Füßen vor und zurück. „Arbeiten Sie zufällig für Nathaniel Shelby drüben in der Orange Street?"

„Nein."

„Haben Sie in der Vergangenheit in irgendeiner Form für ihn gearbeitet?"

„Nein. Was sollen diese Fragen?"

„Zwei von den drei Häusern, in die Robin Hood eingebrochen ist, gehörten Kunden von Ihnen."

Sie keuchte. „Wurde Karl Sebastians Schmuckschatulle auch gespendet?"

„Noch nicht." Er schaute sie durchdringend an. „Trotzdem möchte ich von Ihnen eine vollständige Liste Ihrer Kunden. Alle Namen. Adressen. Wie lang Sie schon für sie arbeiten."

„Unter keinen Umständen. Brauchen Sie dafür nicht einen richterlichen Beschluss?"

„Haben Sie etwas zu verbergen?"

„Ich habe nichts zu verbergen. Aber ich habe Kunden, die von mir erwarten, dass ich ihre Privatsphäre schütze." Sie wickelte sich Romeos Leine um die Hand. „Wenn Sie mich jetzt bitte entschuldigen würden. Ich habe einen sehr vollen Terminplan."

Nach einem kurzen Zögern trat Campbell einen Schritt zurück. „Sie werden wieder von mir hören, Miss Monroe."

Heute ist es so weit, dachte Logan.

Auf der Fahrt zur Arbeit hatte er sein Telefon zweimal nach neuen Nachrichten abgehört, und dann noch einmal, sobald er in seinem Büro angekommen war. Nichts. Nun saß er vor seinem Bildschirm und starrte den blinkenden Cursor auf der leeren Seite an. Sein Agent würde sich nicht zur Eile drängen lassen. Es hatte also keinen Sinn, sich falsche Hoffnungen zu machen.

Er fühlte eine Hand auf seiner Schulter und drehte sich in der Erwartung um, Wash vor sich zu haben. Aber es war Lacey Lamar, perfekt gekleidet in einem engen Rock und mit einer Perlenkette. Sie trug Parfüm und verbreitete einen angenehmen Duft. Sie war die Einzige, die sich das an ihrem neutralen Arbeitsplatz traute.

Er machte Anstalten aufzustehen.

„Bleib sitzen." Sie schaute ihn mit ihren klaren, blauen Augen an. „Wir müssen über die Robin-Hood-Sache sprechen."

Er lehnte sich auf seinem Stuhl zurück. „Stimmt etwas nicht damit?"

„Die Geschichte ist gut, Logan. Sie hat Titelblattpotenzial. Vorerst arbeitest du an nichts anderem als an den Einbrüchen. Wir wollen eine regelmäßige Berichterstattung. Eine unorthodoxe Berichterstattung. Wenn die Fernsehnachrichten nicht von uns abpinseln, bin ich enttäuscht."

„Wo ist dann das Problem?"

„Wie ich schon sagte: Ich will, dass du an nichts anderem als an dieser Geschichte arbeitest."

Er nickte. „Okay."

„Es gibt hier Gerüchte, dass du an einem zusätzlichen Projekt arbeitest. Und ich spreche hier nicht von deiner Baseballmannschaft. Stimmt es, dass du ein Buch schreibst?"

Er schaute sie mit einem erstaunten, unschuldigen Blick an. „Wir sind da ganz auf einer Linie. Ich arbeite an nichts anderem als an den Robin-Hood-Einbrüchen. Rund um die Uhr, jeden Tag. Großes Pfadfinderehrenwort, Lacey."

„Also gut", erwiderte sie mit einem skeptischen Nicken. „Aber falls mir etwas anderes zu Ohren kommt …"

„Das wird nicht passieren."

Es war die Wahrheit. Obwohl er nach Feierabend an einem Buch schrieb, stimmte es, dass er an nichts anderem als an den Robin-Hood-Fällen arbeitete.

Seit Monaten versuchte sein Agent Seth, Logans Manuskript in New York zu verkaufen, aber bisher ohne Erfolg. Seiner Sammlung wahrer Verbrechergeschichten im Low Country, die von sympathischen, überlebensgroßen Schurken erzählte, fehlte noch etwas. Den Lektoren gefiel sein Schreibstil, aber die Geschichten brauchten noch einen Aufhänger, einen roten Faden, der alle miteinander verband.

Diesen Aufhänger boten ihm die Robin-Hood-Einbrüche. Anfangs war er sich dessen nicht ganz sicher gewesen, aber seit der Einbrecher zum zweiten Mal zugeschlagen hatte, war Logan und mit ihm ganz Charleston überzeugt, dass es sich hier nicht um einen Zufall handelte. Robin Hood hatte vor weiterzumachen. Der Einbrecher wollte der Welt irgendeine Botschaft mitteilen, und das bedeutete, dass es noch mehr Einbrüche geben würde – eine Reihe von Einbrüchen, die seinen Geschichten über die Verbrechen der Stadt als roter Faden dienen konnte.

Seinem Agenten gefiel die neue Herangehensweise, und er hatte einen Verlag gefunden, der Interesse zeigte. Heute sollte Logan Bescheid bekommen, eine Zusage oder eine Absage erhalten. Aber bis die Rechte an seinem Buch verkauft waren, war er auf seine Anstellung bei der Zeitung angewiesen. Und das bedeutete, dass er Lacey zufriedenstellen musste. Er konzentrierte sich wieder auf sie.

„Du bist ein guter Junge", sagte Lacey, „und du wirst eines Tages auch ein guter Reporter sein. Vorausgesetzt, es gibt noch Zeitungen, wenn du in mein Alter kommst. Aber bis dahin solltest du nicht auf irgendwelche Ideen kommen. Und keine Dummheiten machen."

„Wer, ich?"

Sie warf ihm einen vielsagenden Blick zu. „Sei vorsichtig, Logan. Ich setze dich auf diese Story an, aber nur, wenn du dir keine Illusionen machst. Du glaubst vielleicht, dieser Robin Hood wäre ein verrückter Exzentriker aus einem Märchen, aber glaube mir, Leute wie er sind gefährlich."

„Er bestiehlt die Reichen und gibt es den Armen. Was ist daran gefährlich?"

„Wir kennen seine Motive nicht, aber aus Nächstenliebe macht er das bestimmt nicht. Ein Verbrechen ist ein Verbrechen. Sobald du das vergisst, hast du ein Problem."

Sie drehte sich um und entfernte sich den Flur hinab. Ihr enger Rock und ihre grauen Stöckelschuhe lenkten die Blicke aller Männer auf sie. Während er ihr nachschaute, dachte Logan über ihre Warnung nach. Sollte er sich vor dem Robin-Hood-Einbrecher oder vor einer Nebentätigkeit hüten?

Sein Telefon, das auf Vibration gestellt war, bewegte sich leicht über den Schreibtisch. Er griff schnell danach und eilte in den Lagerraum, um ungestört telefonieren zu können.

„Sitzt du?", fragte Seth.

Die Spannung war unüberhörbar. Sie waren während des Studiums Zimmergenossen gewesen, bevor Seth nach New York gezogen war. Er kannte seinen Agenten also ziemlich gut.

„Sag es mir einfach. Hast du es geschafft?"

„Fast. Zu fünfundneunzig Prozent."

Logans Kehle war wie zugeschnürt. „Was meinst du mit ‚fünfundneunzig Prozent'? Was fehlt zu hundert?"

„Dora ist begeistert. Sie hat es im Lektoratsmeeting

vorgestellt, und es klingt so, als wären die anderen auch ziemlich beeindruckt."

„Und wo ist der Haken? Wollen sie uns einen Vertrag anbieten oder nicht?"

„Es gibt keinen Haken", meinte Seth. „Aber es gibt ein kleines Problem. Es ist dein erstes Buch, und du versuchst, eine Geschichte zu verkaufen, die noch nicht abgeschlossen ist."

„Natürlich ist sie noch nicht abgeschlossen. Sie haben den Kerl noch nicht gefasst. Solange er in Häuser einbricht, geht die Geschichte weiter."

„Das ist zwar gut für das Buch, aber nicht so gut für den Vertrag. Sie brauchen ein fertiges Manuskript, bevor sie uns ein Angebot machen. Sie wollen sicher sein, dass das Ende genauso gut ist wie der Anfang."

Logan war es inzwischen gewohnt, *fast* Erfolg zu haben, aber eben nicht ganz. Die meisten Illusionen, denen er sich in Bezug auf eine Buchveröffentlichung hingegeben hatte, waren längst verflogen. Aber er hielt immer noch an seinem Traum fest. Er wollte, dass die Lektoren von seinem Schreibstil begeistert waren, dass sie seine Texte vorbehaltlos liebten. Ohne irgendeinen Haken. Ohne Bedingungen. Er hatte wirklich gedacht, dass der Traum dieses Mal wahr werden könnte.

„Logan, bist du noch dran?"

„Ja."

„Hör zu, das ist eine wunderbare Nachricht. Schreib das Buch fertig, und wenn es so gut ist wie das, was du bis jetzt geschrieben hast, werden sie dir ein Angebot machen. Versprochen. Du hast schon viel zu viel Energie in dieses Buch gesteckt, um jetzt aufzugeben."

Der Reporter seufzte. „Ich weiß. Es ist nur so, dass sich diese Geschichte ewig hinziehen könnte …"

„Schreib sie einfach, Mann. Mach dir keine Sorgen um den Rest. Und überleg doch mal: Du hast eine Chance, die viele Autoren nicht haben. Du bist Teil der Geschichte. Du bist derjenige, der diesem Kerl seinen Namen gegeben hat – *Robin Hood*. Du recherchierst diesen Fall für deine Zeitung. Hey, du könntest vielleicht sogar derjenige sein, der herausfindet, wer hinter der ganzen Sache steckt."

„Ja, klar …"

„Hey, das wäre für das Buch genial. Aber du solltest dich ab sofort nur noch mit dieser Geschichte befassen, bis der Fall gelöst ist. Mach den Fall zu deinem Fall, okay? Und den Rest überlässt du mir."

Sie verabschiedeten sich und Logan steckte sein Telefon ein. Lacey und Seth befanden sich in diesem Fall auf zwei verschiedenen Seiten, aber beide sagten das Gleiche: Dieser Robin-Hood-Fall war seine Zukunft. Er sollte sich darauf konzentrieren.

Das bedeutete, dass er mehr tun musste, als nur Wash Tillman für einige spektakuläre Nachtaufnahmen in den Park zu schleppen. Er musste Robin Hoods Vorgehensweise durchschauen. Und ihm zuvorkommen.

Kapitel 4

Logan schlüpfte in Washs Büro, das in den Tagen, bevor es Digitalkameras gegeben hatte, die Dunkelkammer gewesen war. Um hineinzukommen, musste man sich immer noch in den pechschwarzen Zylinder zwängen und eine Drehtür aufdrücken, nur dass jetzt die leuchtenden, roten U-Boot-Lichter durch kahle Leuchtstoffröhren ersetzen worden waren.

Wash saß mit dem Rücken zur Tür und surfte im Internet.

„Du hast mich im Stich gelassen“, fuhr Logan ihn an.

Der Angesprochene schaute überrascht auf. „Bruder, so war es nicht …“

„Komm mir nicht mit ‚Bruder‘.“

„Du glaubst, ich hätte dich im Stich gelassen? Ich habe dir deinen Rücken frei gehalten, Mann … aus dem Schatten.“ Er deutete mit dem Kopf zu seinem Computerbildschirm. „Schau dir das Bild an.“

Wash schloss eine seiner Kameras mit einem langen, grauen Kabel an den Computer an. Kurze Zeit später wurden seine Fotos auf den Bildschirm geladen.

Logan sah ein verschwommenes Bild, auf dem er weglief. Sein Name war auf dem Rücken seines Trikots nicht zu entziffern. Dann sah er ein anderes aus einem breiteren Winkel, das zeigte, wie der Hund nach seinen Beinen schnappte. Auf einem dritten Foto sprang er mit einem Satz das Denkmal hinauf.

Der Fotograf grinste. „Ich hätte nicht gedacht, dass du so schnell laufen kannst."

„Du bist also einfach stehen geblieben und hast Fotos geschossen?"

„Ich dachte, du hättest alles unter Kontrolle."

Der Hinterkopf des Mädchens war auf dem nächsten Bild gerade noch zu erkennen. Auf dem nächsten hatte sie sich umgedreht. Logan sah sie von vorne. Dunkle Haare. Schlank. Beine, die kein Ende zu nehmen schienen.

Auf dem nächsten Bild bückte sie sich, um sich die Inliner auszuziehen.

„Hast du …" Das nächste Bild verschlug ihm die Sprache. Sie blickte direkt in die Kamera, obwohl ihr das nicht bewusst war. Er schaute in ihre braunen Augen, die halb hinter einem ungezähmten Pony versteckt waren. Vielleicht bildete er sich die leichte Beugung in ihren Mundwinkeln, die leichten Grübchen auf ihren sonnengebräunten Wangen nur ein.

„Sie ist …"

„Heiß", ergänzte Wash.

„Verrückt."

„Aber irgendwie auch heiß, findest du nicht?"

„Sie lebt davon, dass sie fremde Hunde ausführt.

Auf Inlinern. Mitten in der Nacht. Während immer wieder diese Einbrüche passieren. Ein klarer Fall von verrückt."

„Klaaar", sagte Wash und zog das Wort in die Länge. „Ein Mann wie du mit ehrgeizigen Plänen muss sein Ziel im Auge behalten und darf sich nicht ablenken lassen. Du willst dich auf keinen Fall mit so einem Mädchen einlassen. Schon klar, dass ich dieses Bild nicht ausdrucken und dir geben soll und so."

„Es ausdrucken? Auf keinen Fall." Logan wandte sich zum Gehen. An der Drehtür blieb er noch einmal stehen. „Du kannst die Bilder löschen. Alle."

Wash ignorierte seine Anweisung. Als Logan in sein Büro zurückkam, wartete das Bild des Mädchens bereits in seinem Posteingang auf ihn.

Er schaute es lange an und versuchte, sich an ihren Namen zu erinnern. Es war irgendein komischer Name gewesen. Ein Jungenname.

Sie hatte keine Ahnung gehabt, dass sie fotografiert worden war. Die Kamera hatte ihren Gesichtsausdruck ganz anders eingefangen, als er sie in Erinnerung hatte. Als er das Bild jetzt anschaute, war es, als sähe er sie zum ersten Mal.

Dann fiel ihm ihr Name wieder ein. Reilly.

Vielleicht auch Riley, wie der NBA-Trainer Pat Riley. Vielleicht waren ihre Eltern damals Lakes-Fans gewesen und hatten sie nach ihm benannt.

Er versuchte, anhand des Bildes ihr Alter zu erraten. Sie war jünger als er. So viel stand fest. Anfang zwanzig vielleicht.

Riley. Ehrlich, was war das für ein Name für eine Frau? Ob sie deshalb wohl sauer auf ihre Eltern war?

Er klickte in die Ecke des Bildes und es verschwand. Er musste arbeiten. Er brauchte einen Anhaltspunkt. Neue Informationen. Irgendetwas.

Logan ging seine Notizen durch und fasste den ersten Einbruch zusammen. Der Dieb war durch ein Fenster ins Haus eingedrungen und hatte eine sechzig Zentimeter große, bronzene Reiterfigur gestohlen. Wenn der historische Gesichtspunkt nicht wäre – eine ungewöhnliche Figur in einem historischen Haus –, hätte der Diebstahl kaum Beachtung gefunden.

Der zweite Einbruch war interessanter gewesen. Der Dieb hatte nachts zugeschlagen, als niemand zu Hause war. Er war durch eine Hintertür gekommen und mit einer Bronzeuhr aus dem neunzehnten Jahrhundert verschwunden. Wieder hatte es wertvollere Gegenstände im Haus gegeben und der Dieb hatte nichts davon angerührt.

Nachdem seine Geschichte von der gestohlenen Uhr in der Zeitung erschienen war, war alles noch verrückter geworden. Eine gemeinnützige Organisation hatte bei der Polizei angerufen und gemeldet, dass die Uhr an ihrer Hintertür gelegen und noch getickt hatte. Nate Campbell hatte ihm diesen Tipp gegeben, aber Logan war derjenige, der dem Einbrecher seinen Namen gegeben hatte.

„Du sagst, dieser Kerl bricht in eine reiche Villa in der Innenstadt ein, nimmt eine wertvolle Uhr vom Kaminsims und spendet sie einer gemeinnützigen Organisation?“

„Ja“, antwortete der Detective.

„Du sagst, er bestiehlt die Reichen und gibt das Diebesgut den Armen?“

„So sieht es aus.“

Damit hatte Robin Hood seinen Namen. Es folgten ein Artikel über die Uhr, ein weiterer über die gemeinnützige Organisation und noch einer über die Geschichte des Hauses, aus dem die Uhr gestohlen worden war.

Am Vortag hatte sich Robin Hood nun mit einer antiken Schmuckschatulle aus dem Staub gemacht. Logan hatte versucht, das Opfer des Diebstahls zu interviewen – einen Anwalt aus einer angesehenen Kanzlei –, aber bis jetzt hatte Karl Sebastian ihn nicht zurückgerufen.

Logan ging seine Notizen noch einmal durch und versuchte, eine Verbindung zwischen den Einbrüchen herzustellen. Er war gestern Abend an allen drei Tatorten gewesen und hatte Wash gebeten, sie zu fotografieren, dann waren sie zu Fuß von einem Einbruchsort zum anderen gegangen. Die Häuser lagen nahe nebeneinander.

Ihm blieb nichts anderes übrig, als Nate Campbell anzurufen. Ihm graute vor dem Gespräch. Nate war der Typ, der ihn bestimmt nicht so schnell vergessen ließ, dass er ihn vor einem bellenden Hund gerettet hatte.

Der Polizist meldete sich beim zweiten Klingeln.

„Hier ist Logan. Ich habe noch gar keinen Polizeibericht von dem Sebastian-Einbruch bekommen.“

„Hey, ich habe gerade an dich gedacht.“

„Verschone mich mit den Einzelheiten.“

„Erinnerst du dich an deine kleine Freundin von gestern Abend?“

„Den Hund?“

„Nicht den Hund“, entgegnete Nate. „Das Mädchen. Miss Monroe.“

Riley Monroe, so hieß sie. „Was ist mit ihr?“

„Du willst bestimmt mit ihr sprechen, vorausgesetzt, du bringst den Mut dazu auf. Erinnerst du dich an die gestohlene Reiterfigur vom ersten Einbruch? Die ist heute Morgen auf den Stufen vor einer Kirche aufgetaucht. Als der Priester oder Pfarrer oder wie er sich nennt, die Figur entdeckte, tauchte plötzlich Miss Monroe auf und erkannte die Figur. Sie gehört einem ihrer Kunden.“

„Vielleicht hätten diese Leute den Hund zu Hause lassen sollen. Dann hätte der das Haus bewachen können.“

„Jedenfalls sieht es so aus, als hättest du mit deiner Robin-Hood-Theorie recht. Diesmal hing ein Zettel an der Figur: ‚Verkaufen Sie mich und geben Sie das Geld den Armen.‘ Ich dachte, das würde dich interessieren.“

Er verspürte einen Energieschub. Dieser Einbrecher – wer auch immer er war – hatte offenbar die klare Absicht, Eigentum neu zu verteilen.

„Kannst du mir ihre Telefonnummer geben?“

„Die Nummer von dem Mädchen? Klar.“

Nate ratterte die Nummer herunter. „Und der Name wird lustig geschrieben“, fügte er hinzu und buchstabierte ihn.

„Rylee?", schmunzelte Logan. „Sie muss ihre Eltern hassen."

„Sie ist ganz schön schwierig. Hat eine scharfe Zunge."

„Ach, ich weiß nicht. Ich fand, dass sie sich gar nicht so schlimm aufgeführt hat. Immerhin hatte sie große Angst."

„Du machst wohl Witze. Es kann doch nicht jeder, der nachts zwei Männer im Park sieht, die Polizei rufen. Dann wären wir ja rund um die Uhr unterwegs. Ich habe versucht, ihr das klarzumachen, und sie ist fast aggressiv auf mich losgegangen."

Logan runzelte die Stirn. „Sie hat vielleicht übertrieben reagiert, Nate, aber sie hatte Angst."

Er schnaubte. „Du hättest sie heute Morgen mit dieser Figur sehen sollen. Hat alles lautstark abgestritten. Irgendetwas stimmt da nicht."

Als Logan auflegte, zögerte er, Rylee Monroes Nummer zu wählen. Wenn er sich in ihre Situation hineinversetzte, war es schwer, kein Mitgefühl mit ihr zu empfinden. Sie hatte sich so sehr gefürchtet, dass sie die Polizei gerufen hatte. Auch wenn sie die Situation falsch interpretiert hatte, war ihre Angst echt gewesen. Und statt sie zu beruhigen und zu trösten, hatte Nate sie zur Schnecke gemacht.

Jetzt tat er so, als wäre sie eine Verdächtige. Logan hatte keine Schwester, aber wenn er eine hätte und ein Polizist sie so behandeln würde, hätte er ein echtes Problem mit ihm. Tatsache war, dass das Mädchen eine Entschuldigung verdiente. Und es sah ganz danach aus, als hätte sie von Nate keine zu erwarten. Aber das bedeutete nicht, dass Logan sich nicht in Nates Namen bei ihr entschuldigen konnte.

Er nahm das Telefon und gab ihre Nummer ein.

„Hallo?“, erklang es Augenblicke später zögerlich am anderen Ende der Leitung.

„Miss Monroe, hallo. Hier ist Logan Woods. Von gestern Abend.“

Schweigen.

In diesem Moment schlenderte Wash zu seinem Schreibtisch und warf ihm ein Hochglanzfoto von Rylee hin.

Logan nahm das Bild in die Hand. „Sind Sie noch dran, Ma'am?“

„Was wollen Sie?“

„Ich wollte Sie fragen, ob ich mich mit Ihnen über das unterhalten könnte, was heute Morgen vor Ihrer Kirche passiert ist. Meine Zeitung schreibt einen Artikel über diese Geschichte, und da Sie Augenzeugin waren, als die Figur …“

„Ich denke, daraus wird nichts. Ich …“

„Bitte warten Sie.“ Er umklammerte das Telefon fester. „Bevor Sie Nein sagen, will ich Ihnen versichern, dass Sie das nicht viel Zeit kosten wird und dass Sie der Öffentlichkeit einen großen Dienst erweisen, wenn Sie Ihre Sicht der Dinge schildern.“

Der Öffentlichkeit einen großen Dienst erweisen?, wiederholte Wash stumm. Er setzte sich auf die Kante von Logans Schreibtisch und versuchte erst gar nicht, seine Neugier zu verbergen.

Logan räusperte sich. „Hören Sie … wegen gestern. Detective Campbell hat ein wenig übertrieben.“

„Finden Sie?“ Nun klang ihre Stimme aggressiv.

„Kann ich es wiedergutmachen? Bei einer Tasse Kaffee?“

Wash zog die Augenbrauen nach oben.

„Lieber nicht.“

Logan drehte seinen Stuhl so, dass er Wash den Rücken zukehrte, aber er hielt das Foto immer noch in seinen Fingern. „Nur eine Stellungnahme, Ihren Kommentar zu dem Ganzen. Mehr brauche ich nicht.“

„Ich dachte, Sie wollten die Unfreundlichkeit Ihres Freundes wiedergutmachen?“

„Das will ich auch.“

„Aber Sie wollen auch eine Stellungnahme.“

„Wenn Sie nichts dagegen haben.“

Eine Straßenbahnglocke im Hintergrund übertönte ihre nächsten Worte. „… Ihre Fragen nicht einfach am Telefon beantworten?“

Er strich mit dem Daumen an ihrem Foto entlang. „Sie könnten mir Ihre Stellungnahme auch am Telefon geben, aber ich dachte, Entschuldigungen sollten immer persönlich ausgesprochen werden.“

Schweigen.

Er spürte, dass ihre Entschlossenheit ins Wanken geriet. „Es gibt da ein Café in der …“

„‚City Lights‘“, schlug sie resigniert vor. „Kennen Sie dieses Café?“

„‚City Lights‘?“ Er schaute Wash mit einem fragenden Blick an.

„In der Market Street zwischen der Meeting und der King Street“, erklärte sie.

„Ach ja, genau." Logan schaute auf seine Uhr. „Wann?"

„Können Sie jetzt gleich kommen? Wenn nicht, müssen wir es auf morgen Nachmittag verschieben."

„Jetzt gleich passt mir gut. Ich bin schon unterwegs."

„Sieht so aus, als möchte sie, dass du um Gnade winselst." Wash machte ein Foto und deutete dann zu den Tischen vor dem „City Lights".

Rylee griff sich draußen einen der Stühle, setzte sich und warf dann einen Blick durch das große Fenster.

„Der älteste Trick: Bring sie dazu, dass sie zu dir kommen." Wash stellte sein Objektiv scharf. „Aber bei einer solchen Frau ist es natürlich ein Vergnügen, um Gnade zu winseln."

Logan überflog schnell die Speisekarte, die mit Kreide auf eine Tafel geschrieben war. „Bitte zwei Kaffee." Er legte das Geld auf die Theke. „Du bleibst hier, Wash."

„Was? Komme ich dir etwa in die Quere, wenn ich mit hinausgehe?"

„Für sie ist es so bestimmt leichter."

Wash grinste. „Bist du sicher, dass du keinen Zeugen brauchst? Für den Fall, dass sie dir wieder die Polizei auf den Hals hetzt?"

Logan kniff drohend die Augen zusammen.

„Schon gut."

Der Journalist warf sein Wechselgeld in die Trinkgelddose, nahm die Kaffeebecher und ein paar Sahnedöschen und drückte dann die Tür auf.

Sie wartete an ihrem Tisch. Ihre Augen waren hinter einer Sonnenbrille versteckt. Ein dunkler Jeansminirock bedeckte den oberen Teil ihrer Oberschenkel, und ihr gerüschtes Oberteil ließ ihre Schultern und Arme frei.

Er begann zu lächeln, doch im nächsten Moment erstarrten seine Gesichtszüge. Unter ihrem Stuhl schaute ein weißbrauner Hund zu ihm herauf, dessen Leine lose in Rylees schlanker Hand lag.

„Ich darf nicht mit ihm hineingehen. Aber keine Sorge. Er beißt nicht." Sie beugte sich nach unten und kraulte das Tier zwischen den Ohren. „Stimmt's, Süßer? Du bist ganz brav."

„Mir war nicht bewusst, dass Sie im Dienst sind."

Sie richtete sich auf. „Ich bin immer im Dienst. Stört Tippy Sie? Sie haben keine Hundehaarallergie oder so?"

Er schüttelte den Kopf und versuchte, die Enge in seinem Brustkorb zu ignorieren. „Ich habe Ihnen eine Tasse schwarzen Kaffee und Sahne mitgebracht. Wenn Sie lieber etwas anderes möchten …?"

„Nein. Ich trinke ihn am liebsten schwarz." Sie nippte kurz und nickte dann. „Danke."

Er setzte sich auf den schmiedeeisernen Stuhl, der neben ihrem stand, aber auf der anderen Seite des Hundes. Dann beugte er sich über den Tisch. So nah, dass er ihren Duft einatmen konnte, fast so nah, dass sich ihre Arme berührten. „Es tut mir leid, was gestern Abend passiert ist. Ich sehe Nate normalerweise entweder auf seiner Polizeiwache oder auf dem Baseballplatz. Wenn ich gewusst hätte, wie … wie sehr er sich hineinsteigert, hätte ich ihn nie um seine Hilfe gebeten."

Rylee schlug die Beine übereinander und wippte mit ihrem Fuß. Ihre flachen Schuhe waren feuerrot. „Wie sind Sie darauf gekommen, dass Sie Hilfe brauchen würden? Ich hatte Ihnen doch gesagt, dass ich Toro an der Leine habe und ihn von Ihnen fernhalte."

Das wäre jetzt die Gelegenheit gewesen, ihr seine traurigen Erlebnisse mit Hunden zu schildern und ihr sogar einige traumatische Narben aus seiner Kindheit zu zeigen, aber er verkniff sich dies. Wenn man sich entschuldigte, sollte man nicht Mitleid heischen. „Es war falsch von mir. Es tut mir leid. Und es tut mir leid, dass Nate sich so benommen hat."

Das Wippen ihres Fußes hörte auf. Er wünschte, er könnte ihre Augen sehen.

„Ihr Freund ist ein Grobian."

„Wir haben alle hin und wieder einen schlechten Tag."

„Wollen Sie ihn jetzt etwa in Schutz nehmen?"

„Nein. Er war völlig daneben, und das tut mir ehrlich leid."

Sie schob ihre Sonnenbrille nach oben. Ihre Pupillen zogen sich im Sonnenlicht zusammen und ihre braunen Augen hatten die Farbe von Sahnebonbons. Die Kamera war ihnen nicht gerecht geworden.

Ihre Stimme war so leise, dass er bei dem Straßenlärm im Hintergrund ihre Worte fast nicht verstand. „Ich hatte wirklich Angst. Diese Robin-Hood-Sache macht mich nervös. So etwas sollte in ‚South of Broad' nicht passieren." Sie schaute ihm in die Augen. „Sie haben ja keine Ahnung, wie viel Angst Sie und Ihr Fotograf mir eingejagt haben, als Sie plötzlich vor mir aufgetaucht sind."

Er legte die Hand um seine Tasse. „Ich weiß. Und das tut mir auch leid. Wir wollten eine spektakuläre Perspektive für unsere Fotos. Deshalb haben Sie uns nicht gleich gesehen."

Was seine Entschuldigung anging, hatte er sein Bestes getan. Und er schien es ernst zu meinen. Aber sein Motiv war ihr immer noch nicht klar. Tat es ihm wirklich leid, oder hatte er sich nur entschuldigt, weil er eine Stellungnahme von ihr wollte? Oder noch schlimmer: Hatte sein Polizistenfreund ihn auf sie angesetzt, um sie auszufragen?

Tippy taperte zu einer Wasserschüssel, die unter dem Fenster stand. Rylee ließ der Leine genug Spielraum. Der Hund trank und steuerte dann auf Logan zu.

Ohne seine Baseballkappe sah er anders aus. Seine braunen Haare, die von der Sonne ausgebleicht waren, waren modisch zerzaust, und die Enden kräuselten sich leicht in der feuchten Luft. Seine schokoladenbraunen Augen waren von Wimpern umrahmt, die länger waren als ihre, aber er strahlte absolut nichts Weibliches aus. Seine Brauen sahen aus, als hätte ein Künstler einen schnellen Pinselstrich gemacht, um jedes Auge zu umrahmen. Seine gerade Nase und sein ausgeprägtes Kinn lenkten ihre Augen auf seinen Mund. Leichte Grübchen auf beiden Seiten verrieten, dass er gern lächelte.

Er beäugte Tippy besorgt, als der Hund sich am Ohr kratzte und mit der Pfote nach jedem Kratzen Logans Schuh berührte.

Sie schnippte mit den Fingern. „Komm hierher, Tippy."

Logans Schultern entspannten sich ein wenig. Er schlug seinen Notizblock auf und legte ihn vor sich auf den Tisch. „Also." Er räusperte sich. „Noch böse?"

„Das kommt darauf an."

„Worauf?"

„Ob der Detective Sie hierhergeschickt hat, um mich auszufragen."

„Nate?" Er lehnte sich zurück. „Warum sollte er das tun? Nate verhört seine Leute schon selbst. Ich habe mit seiner Arbeit nichts zu tun und er nichts mit meiner."

Unsicher knabberte sie an ihrer Unterlippe.

Er streckte ihr die Hand hin. „Vergessen wir, was war, okay? Ich bin Logan."

Seinen flehenden Blicken konnte sie nur schwer widerstehen. Nach kurzem Zögern schlug sie in seine Hand ein. Sie fühlte sich warm an. „Ich bin Rylee."

„Wie ich hörte, hattest du einen ziemlich anstrengenden Morgen."

Sie trank noch einen Schluck und stellte dann ihre Tasse vorsichtig ab. „Ja, das stimmt."

„Du kennst also die Bosticks. Die Leute, deren Reiterfigur gestohlen wurde?"

Sie nickte. „Es war irgendwie surreal, sie dort vor der Kirche zu sehen. Ich sah sie und dachte: ‚Moment mal. Ich kenne dieses Ding.' Und dann habe ich Blödmann angeboten, sie den Bosticks zurückzubringen. Es könnten Fingerabdrücke darauf gewesen sein und ich habe sie jetzt wahrscheinlich verwischt."

Er zog ein digitales Aufnahmegerät aus seiner Tasche und legte es auf den Tisch. „Darf ich oder stört dich das?"

„Nein, ist schon okay."

Er drückte auf die Aufnahmetaste. „Diese Figur war das Erste, was Robin Hood gestohlen hat. Hast du mit den Bosticks darüber gesprochen?"

Sie schaute zu dem Sonnenschirm hinauf, unter dem sie saßen, und versuchte, sich zu erinnern. „Ich erinnere mich, dass Mr Bostick sagte, dass sie die Türschlösser austauschen lassen wollten. Das war irgendwie komisch, da der Kerl durch das Fenster auf der Gartenseite ins Haus gekommen war. Als ich ihn fragte, was passiert war, zeigte er mir, was in der Zeitung stand." Sie drehte sich zu ihm. „Der Artikel war von dir?"

„Ja."

„Weißt du noch, dass du geschrieben hast, an welchem Abend der Einbruch passierte?"

Er nickte.

„In Wirklichkeit war das aber der Abend, an dem sie festgestellt haben, dass die Figur fehlte."

„Sie wurde also nicht am …" Er blätterte in seinem Notizblock. „… neunten August gestohlen?"

Sie schüttelte den Kopf. „Sie wissen nicht genau, wann sie verschwand."

„Wie kann das sein?"

„Man sah nur von außen, dass das Fenster beschädigt war. Als der Dieb es wieder zumachte, war der Schaden von innen nicht zu erkennen."

„Und der Einbrecher kam durch den Garten ins Haus?"

Vorsichtig blies sie über die warme Flüssigkeit in ihrer Tasse und sandte Wellen über die schwarze Oberfläche. „Die Bosticks sind viel auf Reisen. Sie haben einen schönen Garten, aber ich glaube, der Gärtner und ich sind fast die Einzigen, die sich darin aufhalten."

„Aber sie hätten doch bemerken müssen, dass die Figur fort war. Sie ist sechzig Zentimeter groß, oder?"

„Ja, aber ich verstehe, warum sie es nicht gleich gemerkt haben. Ihr Haus ist wie ein Museum. Das sind viele dieser historischen Häuser, aber im Haus der Bosticks ist das besonders auffallend." Sie schob sich die Haare aus den Augen und lächelte. „Weißt du, wie sie überhaupt gemerkt haben, dass sie gestohlen wurde?"

„Ehrlich gesagt, nicht. Ich hatte mich bei meinem Artikel auf den Polizeibericht und ein paar Telefongespräche mit Doug Bostick berufen. Und er klang, als wäre der Einbruch sofort, nachdem er passiert war, gemeldet worden." Seine Augen hatten sich leicht geweitet und lenkten ihren Blick auf die karamellfarbenen Punkte, die aus ihnen hervorstachen.

„Ich kann dich verstehen, aber an dem Tag, an dem sie bei der Polizei anriefen, hatte Mrs Bostick ihrem Mann gerade erklärt, dass sie einen neuen Putzdienst beauftragen wollte. Während des Gesprächs ging sie zu dem Tisch hinüber, auf dem die Figur gestanden hatte, und deutete auf die verstaubten Oberflächen. Dabei entdeckte sie das quadratische Stück, das nicht mit Staub bedeckt war. ‚Was hat denn hier gestanden?', fragte sie, und er konnte sich nicht daran erinnern. Sie gingen durch das ganze Haus, und schließlich fiel ihr ein, dass es der Bronzereiter gewesen war. Ist das nicht unglaublich?"

„Aber wirklich." Als er sich eine Notiz machte, nahmen seine Arme und Schultern fast den ganzen runden Tisch ein.

Tippy ging um die Lücke zwischen ihren Stühlen herum. Rylee hob ihre Tasche auf und berührte dabei unabsichtlich Logans Arm. Sie zuckte zurück, aber er schien es überhaupt nicht bemerkt zu haben.

„In diesem Haus gibt es vieles, das wertvoller ist als eine Bronzefigur", erklärte sie. „Genauso wie bei der Schmuckschatulle, die den Sebastians gestohlen wurde."

„Du kennst die Sebastians?"

„Ja. Sie sind neue Kunden von mir."

Er notierte sich wieder etwas. „Und die Schmuckschatulle? Hast du sie vor dem Diebstahl gesehen?"

Sie schüttelte den Kopf. „Ich war vor diesem Tag nie im ersten Stock. Aber Karl sagte, sie sei seit Jahren im Besitz seiner Familie gewesen."

„Ich habe versucht, ihn zu sprechen."

„Weißt du, was mich wirklich beunruhigt?" Ein verwirrtes Funkeln trat in ihre Augen. „Dass der Dieb seine Beute einem wohltätigen Zweck spendet, und plötzlich sieht dieses … Verbrechen wie ein Jux aus. Die Reichen bestehlen und es den Armen geben. Die Leute halten das für lustig."

„Es ist ziemlich ungewöhnlich. Das musst du zugeben."

„Du hast Karls Gesicht nicht gesehen, als er feststellte, dass die Schatulle fort war. Wer auch immer das getan hat, er hat dieser Familie mehr gestohlen als nur eine Schmuckschatulle."

Er notierte sich einige ihrer Aussagen. Die junge Frau schaute zu, wie seine Hände die Buchstaben in einer überraschend ordentlichen Schrift zu Papier brachten.

Wer auch immer das getan hat, er hat dieser Familie mehr als eine Schmuckschatulle gestohlen.

„Schau dir das an." Sie wühlte in ihrer Tasche und zog ihren Schlüsselbund heraus. Der Bund erinnerte ihn an die großen Schlüsselringe, die Gefängniswärter in alten Filmen an der Hüfte hängen hatten. Sie bewegte die Finger zielsicher durch die farbig markierten Schlüssel und zog einen kleinen Bund heraus, der mit rosa Klebepunkten markiert war. „Vor dem Einbruch hatte ich nur den einen Schlüssel für die Bosticks, und jetzt sind es drei. Drei Schlösser an jeder Tür."

Logan starrte den Schlüsselbund an. „Moment mal. Du hast Schlüssel für die Häuser der Sebastians und der Bosticks? Du gehst dort ein und aus?"

„Natürlich. Die Leute öffnen mir nicht die Tür und übergeben mir ihre Hunde. Einige sind verreist, andere arbeiten tagsüber, und manche meiner älteren Kunden haben Probleme beim Treppensteigen. Und einige wollen schlicht nicht gestört werden."

„Und all diese Schlüssel?" Er deutete auf die vielen

Schlüssel an ihrem Bund. „Die sind alle für die Häuser von Leuten in der Stadt?"

Sie richtete sich auf und verstand ganz genau, was er damit andeutete. „Ich biete einen besonderen Service an."

„Für Charlestons obere Zehntausend."

„Ja, ich arbeite in ‚South of Broad', wenn du das meinst."

„Genau. Das alte Geld."

„Und das neue. Viele meiner Kunden sind neu zugezogen und haben Charleston als Zweitwohnsitz gewählt."

„Ziemlich teuer für ein Wochenendhaus."

„Wie ich schon sagte, der Begriff ‚wertvoll' ist relativ." Sie fühlte sich bei der Richtung, die das Gespräch einschlug, nicht wohl, und schaute auf ihre Uhr. „Hör zu, ich muss jetzt gehen. Hast du alles, was du brauchst?"

„Ja. Vielen Dank, dass du gekommen bist." Er drückte die Stopptaste an seinem Gerät und stand auf.

Er musste ungefähr eins fünfundachtzig groß sein. Das war ihr nicht aufgefallen, als er an dem Denkmal gehangen hatte. Aber als sie jetzt neben ihm stand, stellte sie fest, dass er ein ganzes Stück größer war als sie, und sie war ohne Schuhe eins dreiundsiebzig groß.

Tippy sprang mit wedelndem Schwanz an ihr hoch.

Rylee zögerte. „Ich wollte noch sagen, dass es mir leidtut, dass Toro dich gestern auf das Denkmal gejagt hat."

Er lächelte. Es war ein knabenhaftes, gut gelauntes Grinsen. „Kein Problem."

Sie benetzte ihre Lippen und war nicht sicher, ob sie ihm die Hand reichen sollte. Am Ende winkte sie unbeholfen und führte Tippy den Gehweg hinab in Richtung *Market Hall.*

Kapitel 5

Toro stieß mit der Schnauze an die Tür und konnte es kaum erwarten, auf seinen allabendlichen Spaziergang zu gehen.

„Rylee?“

Sie drehte sich um.

Mrs Davidson stand in einem fließenden Seidenkaftan und dazu passenden Hausschuhen an der Haustür. „Vielleicht sollten Sie lieber nicht allein unterwegs sein, solange dieser Einbrecher nicht gefasst ist. Eine junge Frau, ganz allein …“ Sie erschauerte. „Ich will gar nicht daran denken, was passieren könnte.“

Rylee beruhigte sie mit einem breiten Lächeln und kraulte Toros Hals. „Mir wird nichts passieren. Toro passt schon auf mich auf.“

Mit einem Winken rollte Rylee in die Nacht hinaus, ohne Mrs Davidson noch eine Chance zu geben, ihr zu antworten. Ihre Besorgnis war gut gemeint, aber Rylee kannte die Stadt, sie kannte jeden Winkel, die versteckten Gärten, die Gassen und Abkürzungen.

Sie zog unter einem tief hängenden Zweig den Kopf

ein und bog auf einen gepflasterten Weg, während Toro sie weiterzog. Jetzt, da sie wusste, dass es nur Logan und sein Fotograf gewesen waren, die sich am Vorabend in der Dunkelheit herumgetrieben hatten, war ihre Angst fast verschwunden.

Plötzlich blieb Toro stehen und zwang sie, abrupt zu bremsen.

Die Silhouette eines Mannes am anderen Ende der Gasse verschwand schnell im Schatten. Eine Straßenlaterne warf unregelmäßiges Licht auf die Gasse, da die Zweige der Bäume sich im Wind wiegten und das Licht teilweise verdeckten.

„Bleib hier, Toro", flüsterte sie und verstärkte ihren Griff um die Leine. Sie bekam eine Gänsehaut.

Sie tastete mit der Hand unter die Klappe ihrer Umhängetasche und kramte darin, bis ihre Hand die Taschenlampe umklammerte. Auf keinen Fall würde sie schon wieder die Polizei rufen.

Die junge Frau schaltete die Taschenlampe ein. Der Lichtkegel fiel auf die Holzbretter eines Zauns.

Sie bewegte den Lichtstrahl nach links und rechts.

Nichts.

Aber sie konnte fühlen, dass jemand da war.

Toro knurrte und stemmte sich auf die Hinterbeine, obwohl er zögerte, ins Unbekannte hineinzustürmen.

„Ist schon gut, Dicker." Sie streichelte seinen Kopf. „Komm schon. Lass uns umkehren."

Vorsichtig gingen sie den Weg zurück, den sie gekommen waren.

Es raschelte in den Zweigen. Rylee fuhr herum und schaltete die Taschenlampe wieder ein.

Es war nichts zu sehen.

Ihr Herz raste. Etwas in ihr wollte sich umdrehen und weglaufen. Aber sie hatte Toro bei sich. Und sie wollte sich durch ihre Angst nicht von den Straßen vertreiben lassen, die sie so liebte. Rylee schaltete das Licht aus, behielt die Taschenlampe aber fest in der Hand. Dann schlug sie ein schnelleres Tempo an und zog an der Leine, um Toro zum Mitkommen zu bewegen. Sie gingen in Richtung der Straßenlaternen der Meeting Street, weg von den duftenden Gärten, die von der Seitengasse abzweigten.

Wieder vernahm sie ein Rascheln hinter sich. Eine Bewegung, von Baum zu Baum. Schritte, die über das Pflaster schlurften.

In ihrer Fantasie bildete sie sich ein, wie ein Schatten immer näher kam und gespenstische Hände nach ihr ausstreckte.

Die Haare in ihrem Nacken stellten sich auf, aber sie rollte weiter. Sie war bereit, ihre Taschenlampe auf jedes Geräusch zu richten, das nicht vom Wind oder einer streunenden Katze verursacht wurde.

Ich werde verfolgt.

Dieser Gedanke kam ihr verrückt vor. Aber sie bildete sich das alles nicht nur ein. Sie hatte die Silhouette gesehen. Sie hatte die Bewegung gehört, obwohl ihr Verfolger sich bemüht hatte, unbemerkt zu bleiben.

Die beiden erreichten die Meeting Street und gingen zur Broad, wo sich auch um diese Zeit bestimmt noch einige Touristen, Partygänger oder Liebespaare mit Hund tummeln würden.

Die junge Frau schaute hinter sich und da stand er.

Sie sah nur die Oberseite eines Kopfes, der das Licht einer Straßenlaterne verdeckte. Er lauerte am anderen Ende der Gasse. Sie war zu weit weg, um irgendetwas von seinem Gesicht zu erkennen.

Dann war er fort.

Rylee erschauderte am ganzen Körper. Ihre Kraft war wie weggeblasen. Toro stieß hechelnd an ihre Hüfte und hätte sie beinahe umgeworfen.

Ohne jemandem zu begegnen, liefen sie weiter zur Prices Alley, wo die Davidsons wohnten. Am Eingang der Gasse blieb sie stehen und schaute durch die Dunkelheit in Richtung King Street.

Er konnte auf einem anderen Weg zurückgegangen sein, eine Abkürzung durch die King Street genommen haben und dann ans andere Ende der Prices Alley gelaufen sein.

Sie schaltete die Taschenlampe wieder ein und leuchtete vor sich in die Straße hinein. Rylee bemerkte nichts Ungewöhnliches, aber die Straßen waren alle miteinander verbunden. Hier gab es viele Nischen, in denen man sich verstecken konnte. Er konnte Rylee beobachten wie ein Jäger sein Wild, ohne sich zeigen zu müssen.

Schließlich holte sie tief Luft und rollte weiter. Toro lief fröhlich durch die Gasse, ohne sich die geringsten Sorgen zu machen. Seine Nähe gab ihr Sicherheit.

Als sie am Gartentor ankam, zog sie die Dogge hinein und atmete erleichtert auf.

Die Gefahr war vorüber. Im warmen Licht, das aus dem Küchenfenster der Davidsons fiel, zog sie ihre Inliner aus. Von bekannten Gegenständen umgeben, konnte sie sich fast einreden, alles wäre ein Irrtum gewesen. Nur ein Mann, der einen Abendspaziergang machte und dessen Weg sich zufällig mit ihrem gekreuzt hatte.

„Ist mit Ihnen alles in Ordnung?"

Sie blickte auf.

Mrs Davidson stand im Türbogen. Ihr Seidenmantel blähte sich um ihre Knöchel herum auf, die Lesebrille saß auf ihrer Nasenspitze. In ihrer mit Adern übersäten Hand hielt sie ein zugeklapptes Taschenbuch, in dem sie mit dem Finger die Seite markierte, die sie gerade gelesen hatte.

Rylee wollte auf keinen Fall den Eindruck erwecken, sie wäre ihrer Arbeit nicht gewachsen. Wenn sie die Hunde nachts nicht ausführen konnte, würden die Davidsons und all ihre Kunden einen anderen Hundesitter suchen, der damit keine Probleme hatte.

„Mir geht es bestens", entgegnete sie. „Sehen Sie? Kein Grund, sich Sorgen zu machen."

Einige Minuten später steuerte sie auf ihr Auto zu, das sie Daisy getauft hatte. Sie hatte den alten Honda Civic in der Meeting Street abgestellt, was bedeutete, dass sie durch die dunkle Gasse zurückmusste, um zu ihrem Auto zu gelangen. Sie leuchtete mit ihrer Taschenlampe nach beiden Seiten und ging dann los. Ihre Schritte hallten auf dem unebenen Pflaster. Als sie etwa die Hälfte des Weges zurückgelegt hatte, warf sie noch einmal einen kurzen Blick hinter sich und erstarrte.

Er war wieder da. Direkt vor dem Gartentor der Davidsons. Wieder nur ein kurzer Blick auf die Umrisse eines Mannes, der aus dem Licht in den Schatten eintauchte.

Ihr stockte der Atem.

Dann lief sie los. Mit laut pochendem Herzen rannte sie bis zur Meeting Street. Sie erreichte Daisy und steckte den Schlüssel ins Schloss. Endlich ging die Tür auf und sie glitt schnell hinein. Der Motor erwachte ruckelnd zum Leben, drohte dann aber, wieder abzusterben. Ihre Scheinwerfer leuchteten auf und wurden dann wieder dunkel.

Lass mich jetzt nicht im Stich, Daisy.

Sie legte eilig den Gang ein und drückte aufs Gaspedal. Im Stillen warnte sie den Mann, es ja nicht zu wagen, aus der Prices Alley aufzutauchen und sein Gesicht zu zeigen.

Er tauchte nicht auf.

Rylee fuhr an der Einbiegung zur Prices Alley vorbei, ohne die geringste Spur von ihm zu sehen.

Sie atmete schwer und umklammerte ihr Lenkrad so fest, dass ihre Fingerknöchel weiß hervortraten, während sie nach Hause fuhr und sich fragte, was sie jetzt tun sollte. Diesen Vorfall der Polizei zu melden kam nicht infrage.

Vielleicht sollte sie Logan anrufen, aber was würde er ihr sagen? Sie konnte den Mann nicht beschreiben. Sie hatte sein Gesicht nicht gesehen. Kein auffallendes Merkmal. Nicht einmal seine Hautfarbe.

Sie könnte Karl anrufen, aber er war ihr Kunde, und sie wollte nicht, dass ihre Kunden dachten, sie wäre ihrer Arbeit nicht gewachsen.

Rylee seufzte. Sie konnte nichts tun. Es gab niemanden, den sie anrufen konnte. Niemanden, an den sie sich anlehnen konnte. Sie war ganz auf sich allein gestellt.

Während seine Mutter in der Küche mit den Töpfen klapperte, stand Logan mit seinem Vater auf der Terrasse. Der Garten seiner Kindheit, ein feuchter Fleck Erde, der zu einem großen Moor hinabführte, war von einem schmiedeeisernen Zaun umgeben. Die Schaukel war verschwunden, die Erde war jetzt von Steinplatten und exotischen Pflanzen überzogen.

„Als Nächstes habe ich vor, rundherum Lichter aufzustellen." Sein Vater zeichnete mit dem Zeigefinger eine Linie durch die Luft. „Ich hatte schon welche ausgesucht, aber deine Mutter fand sie zu modern."

Sie standen vor einem Wasserspiel. Ein schmaler Wasserstrom sprudelte aus einer Felswand in einen Teich, der von unten mit Glühbirnen beleuchtet wurde.

Sein Vater steckte die Hände in die Taschen. „Es ist eine Weile her, seit wir dich das letzte Mal im Gottesdienst gesehen haben."

Logan schaute ihn von der Seite an. „Ich versuche ja zu kommen. Es ist nur so, dass ich in meinem Beruf manchmal verrückte Arbeitszeiten habe, und wenn ich frei habe, arbeite ich an meinem Buch."

Sie schauten auf die gewellte Wasseroberfläche hinab. Im Wasser sahen ihre Köpfe winzig und ihre Beine riesig aus.

„Ich weiß, wie es ist, mein Sohn. Du hast so viel zu tun und glaubst, du könntest alles schaffen, und plötzlich hast du für nichts anderes im Leben mehr Zeit. Ich habe das am eigenen Leib erfahren. Aber die Wahrheit ist, dass du nicht alles schaffen kannst. Nicht allein."

„Das weiß ich, Papa."

„Deine Mutter wäre überglücklich, wenn du in die Kirche kämst. Aber ich habe meinen Sohn nicht dazu erzogen, nur an einem Tag in der Woche Christ zu sein. Ich spreche davon, dass du jeden Morgen mit deiner Bibel auf dem Schoß auf Gott hören solltest."

Logan legte den Kopf in den Nacken und schaute zu den riesigen Zweigen einer Eiche hinauf, in der er viele Stunden herumgeklettert war. Bei jedem anderen hätten diese Worte vielleicht wie eine Moralpredigt geklungen, aber er wusste, wie wichtig seinem Vater sein Glaube war. Außerdem hatte er in letzter Zeit wirklich nicht mehr in seiner Bibel gelesen und war an den vergangenen Sonntagen nicht mehr nach James Island zum Gottesdienst gefahren. Wenn er es sich genau überlegte, waren es mehr als nur ein paar Wochen gewesen. Aber er hatte die Gottesdienste nicht absichtlich ausfallen lassen. Er hatte im Moment nur sehr viel zu tun. Das war alles. Trotzdem hatte sein Vater recht. Er musste seine Prioritäten ordnen.

„Okay, Papa. Ich werde mich bessern."

„Das ist gut, mein Sohn." Er nickte ihm zustimmend zu. „Jetzt erzähl mir, wie es mit dieser Robin-Hood-Sache läuft. Jeder in unserem Büro spricht davon. Ich soll dich wegen Insiderinformationen löchern."

„Ich arbeite an einem neuen Entwurf meines

Manuskripts“, sagte Logan. „Mit der Robin-Hood-Geschichte als Mittelpunkt.“

„Das ist eine sehr gute Idee.“

„Meinst du? Am Anfang dachte ich das auch, aber jetzt habe ich meine Zweifel. Ich mache damit meine Zukunft von einer Geschichte abhängig, die noch nicht zu Ende ist. Eine Geschichte, die vielleicht nicht einmal ein vernünftiges Ende hat, wenn die Polizei nicht herausfindet, wer hinter den Einbrüchen steckt. Aber das ist nicht der einzige Grund. Ich frage mich allmählich, ob es nicht den Rest des Buches irgendwie abwertet, wenn ich mein Augenmerk zu stark auf dieses eine Verbrechen richte.“

„Inwiefern?“

Er zuckte die Achseln. „Ursprünglich wollte ich über die Stadt schreiben. Über ihre Geschichte, die exzentrischen Menschen, die hier leben. Die Personen in meinem Buch sind nur zufällig Verbrecher. Aber sie sind Verbrecher aus Charleston. Für mich passt die Robin-Hood-Geschichte nicht dazu. Es ist kein typisches Charlestoner Verbrechen.“

„Was ist denn ein typisches Charlestoner Verbrechen?“

Logan rieb sich den Nacken. „Ich weiß nicht. Ein Verbrechen aus Leidenschaft wahrscheinlich.“

„Nur weil niemand ermordet wird, heißt das nicht, dass keine Leidenschaft dahintersteckt, mein Junge. Überleg mal, was bei solchen Verbrechen mitspielt. Jemand kennt diese Häuser oder hat die Möglichkeit, sie auszukundschaften. Er sucht sich überall einen bestimmten Gegenstand aus, den er stiehlt. Als hätte diese Sache eine Bedeutung, nur eben keine finanzielle. Was auch immer dahintersteckt, es ist bestimmt faszinierend. Ich bin sicher, *dass* es ein Charlestoner Verbrechen ist."

„Du denkst also, ich sollte es machen?", fragte Logan mit Skepsis in der Stimme.

„Willst du meine Meinung hören?" Sein Vater klopfte ihm auf die Schulter. „Nichts, was du schreibst, wird dein Buch abwerten." Sie drehten sich um, um wieder ins Haus zu gehen. „Du weißt, wie du das Buch wirklich zum Bestseller machen könntest, nicht wahr?"

Er konnte sich ein Lächeln nicht verkneifen. „Wie kann ich es zum Bestseller machen, Papa?"

„Wenn es dir irgendwie gelingt, dieses Verbrechen selbst aufzuklären. Der Polizei zuvorzukommen."

Logan schaute ihn neugierig an. „Das hat Seth auch gesagt. Ich bin aber nicht sicher, ob ich das schaffen kann."

„Natürlich kannst du das. Du bist Enthüllungsjournalist."

„Offiziell nicht."

Sein Vater lächelte und legte Logan die Hand auf die Brust. „Hier drinnen schon."

Während der Heimfahrt konnte Logan immer noch die Hand seines Vaters auf seiner Schulter spüren. Bei dieser Erinnerung schlug sein Herz höher. Trotz der ganzen Tabellenkalkulationen und Zinsberechnungen war sein Vater zutiefst sentimental. Viel stärker als seine Mutter, auch wenn er vielleicht einen anderen Anschein erweckte.

Während seine Mutter völlig vernünftige Träume hatte und das wollte, was jede Mutter sich wünscht, dachte sein Vater immer noch, sein Sohn könnte ein Baseballstar werden, eine schöne Frau finden und ein Verbrechen aufklären. Die Träume seiner Mutter waren ziemlich gewöhnlich, während die seines Vaters etwas Abenteuerlustiges an sich hatten.

Andererseits hatte er recht: Seit es Tageszeitungen in Keilschrift auf Tonplatten gegeben hatte, waren immer wieder Journalisten der Polizei zuvorgekommen.

Aber noch ein anderer Satz, den sein Vater gesagt hatte, ging ihm nicht aus dem Kopf.

Du schaffst das nicht allein.

Natürlich meinte sein Vater damit: Ohne Jesus schaffst du das nicht. Aber im Prinzip hatte er recht. Wenn er einen großen Durchbruch erreichen wollte, musste er dafür mehr tun, als auf einen neuen Tipp von Nate Campbell zu warten.

Rylees Gesicht tauchte ungebeten vor seinem geistigen Auge auf.

Er musste herausfinden, ob sie noch mehr wusste. Er musste herausfinden, ob sie irgendeine Verbindung zu Robin Hood hatte. Er musste … sie kennenlernen.

Kapitel 6

Rylee fuhr vor der Seniorenresidenz „Bishop Gadsden" auf einen Besucherparkplatz. Die Bremsen ihres gelben Civic quietschten. Auf der Veranda las Mr Lusky in einem kurzärmeligen, karierten Hemd seine Zeitung.

Sie seufzte, da sie wusste, dass er ihr wieder einen Vortrag darüber halten würde, wie wichtig es war, ihr Auto regelmäßig zu warten. Aber das musste sie über sich ergehen lassen. Sie konnte ihm ja schlecht sagen, dass sie schon viel Fantasie und all ihr Geld aufbringen musste, um den Pflegeplatz ihrer Großmutter in „Bishop Gadsden" zu bezahlen. Die junge Frau drehte den Zündschlüssel herum, und der Motor hustete wie ein jahrelanger Kettenraucher, ehe er ausging.

Mr Lusky ließ eine Ecke seiner Zeitung sinken. „Dieses Auto braucht mehr Pflege, Rylee", rief er. „Wenn einer deiner Hunde solche Geräusche von sich gäbe, würdest du ihn sofort zum Tierarzt bringen. Es ist richtig grausam, dass du dein Auto so leiden lässt."

Sie ging den Gehweg hinauf und blieb dann neben ihm stehen. „Sieht so aus, als würde es heute wieder heiß werden."

Er faltete die Zeitung zusammen.

Ihr stockte der Atem. Ein Bild von Logan nahm eine kleine Ecke unten auf der Seite ein. Mit verzerrter Miene rutschte er über ein Baseballfeld, dicht gefolgt von einem Gegner.

Er trug sein Mets-Trikot. Das gleiche Trikot, das er an dem Abend angehabt hatte, an dem Toro ihn gejagt hatte. Auf dem Schnappschuss traten die Muskeln an seinen Armen und Beinen hervor. Sie beugte sich nach unten und las über Mr Luskys Schulter hinweg die Bildunterschrift.

Logan Woods von den Charleston „MABL Mets" wurde am Sonntag von Harold Hearn von den „Orioles" kurz vor dem Ziel geschlagen. Die „Orioles" warfen die „Mets" mit einem 4:3-Sieg aus den Playoffs.

Mr Lusky schnaubte. „Interessierst du dich etwa für Baseball, Rylee?"

Sie richtete sich auf. „Was? Nein, natürlich nicht."

Er hob das Kinn und schaute durch die untere Hälfte seiner Brille. „Das ist Logan Woods. Er ist Mittelfeldspieler bei den ‚Mets'. Ein guter Spieler. Ziemlich erfolgreich. Er hat für die ‚Trojans' an der hiesigen Highschool gespielt."

Rylee blinzelte. „An der ‚James Island Highschool'?"

„Ja. In seinem letzten Schuljahr hätten sie fast die Landesmeisterschaft gewonnen."

„Wann war das?"

„Neunundneunzig, glaube ich. In dem Jahr hatten sie eine richtig gute Mannschaft. Einer ihrer Spieler hat danach für die ‚Rockies' gespielt."

Rylee schaute das Bild wieder an. Sie war auch auf die „James Island Highschool" gegangen. Als sie nachrechnete, stellte sie fest, dass sie in der neunten Klasse gewesen war, als er in die zwölfte ging.

Da es die einzige Highschool auf der Insel war, gab es dort immer ziemlich viele Schüler. Es war also keine Überraschung, dass sie ihn damals nicht gekannt hatte. Aber sie musste ihn trotzdem in ihrem alten Jahrbuch suchen.

„Er schreibt jetzt für die Zeitung." Mr Lusky kniff wissend die Augen zusammen. „Er hat einen Artikel über diese Einbrüche in der Gegend geschrieben, in der du deine Hunde ausführst. Ich hab ihn gelesen; du wurdest darin zitiert."

Sie hatte den Artikel an diesem Morgen beim Kaffeetrinken gelesen. Ein Foto des Bronzereiters in der Mitte des Artikels beherrschte die gesamte Seite. Rylee wurde zweimal zitiert – einmal am Anfang, wo sie erzählte, wie sie die Figur vor der Kirche erkannt hatte, und ein zweites Mal im Hauptteil des Artikels: „Wer auch immer das getan hat, er hat dieser Familie mehr als nur eine Schmuckschatulle gestohlen."

Sie hoffte, dass Karl das nicht gelesen hatte. Als sie diese Bemerkung schwarz auf weiß vor sich sah, hatte sie das Gefühl gehabt, seinen Schmerz öffentlich zur Schau zu stellen.

„Rylee!"

Als sie ihren Namen hörte, drehte sie sich um. Eine Altenpflegerin lief auf sie zu. „Ich dachte doch, dass ich Sie vorfahren gesehen habe. Kommen Sie schnell. Ihre Großmutter!"

Rylee eilte zu Zimmer C5. Der Flügel der Seniorenresidenz, in der sich das Zimmer befand, wurde ausschließlich von Menschen bewohnt, die rund um die Uhr betreut werden mussten. Er ähnelte einem Krankenhaus mit einem achteckigen Stationszimmer in der Mitte und Gängen, die wie Speichen eines Rades in alle Richtungen abgingen. Die Zimmer waren Krankenzimmer und bei vielen stand die Tür offen.

Aber hier endete die Ähnlichkeit auch schon. Es roch nicht wie in einem Krankenhaus. Auf den Gängen lagen Teppiche. Es gab keine Sprechanlage. Keinen klingelnden Aufzug.

Sie schaute auf die Nummern, die neben jeder Tür hingen, und spähte in das eine oder andere Zimmer hinein: ein Fernseher, in dem Wiederholungen von „I Love Lucy“ liefen, eine Truhe aus Walnussholz mit Schubladen, die einem langjährigen Bewohner gehörte, ein Paar einsamer Füße, die in rosa Hausschuhen steckten und auf der Fußstütze eines Liegesessels lagen, und dann kam Zimmer C5.

Die Tür war zu. Rylee klopfte leicht und öffnete sie dann vorsichtig. Überwachungsmonitore piepten.

Dr. Craig Morris schaute von seinem Klemmbrett auf.

Rylee nickte ihm und Schwester Melanie zu und trat an das Bett ihrer Großmutter. Nonies Augen waren geschlossen.

„Geht es ihr gut?“

Dr. Craig nickte. „Bald wieder. Sie hat Kekse gebacken und vergessen, einen Topflappen zu nehmen, als sie sie aus dem Backofen holte.“

Sie betrachtete die Hände ihrer Großmutter. Die rechte Hand war verbunden.

„Wie schlimm ist sie verletzt?"

Der Arzt war Ende vierzig und damit noch jung genug, um nicht unnahbar zu wirken, aber doch alt genug, um Vertrauen in sein fachliches Wissen zu wecken. „Es ist eine Verbrennung zweiten Grades. Sie hat einige Brandblasen, die eine Weile rot und schmerzhaft sein werden. Aber es sieht nicht so aus, als wären die Nerven beschädigt worden."

„Gott sei Dank." Rylee atmete tief aus. „Wie hat sie nur die Topflappen vergessen können?"

Er wechselte einen Blick mit der Krankenschwester.

Rylee schaute schnell auf. „Sie ist nicht wieder herumgeirrt, oder?"

„Nein, das ist sie nicht", antwortete Schwester Melanie. „Aber sie hat die Zeit vergessen und wusste nicht mehr, was passiert war. Leider treten diese Phasen immer häufiger auf. Sie hat nicht mehr so viele lichte Momente wie früher. Wir achten darauf, dass sie die Mahlzeiten nicht vergisst …"

Rylee strich Nonie eine Haarsträhne aus dem Gesicht. Ihre Großmutter lebte seit fast drei Jahren in „Bishop Gadsden". Die Entscheidung, sie hierherzubringen, war nicht leicht gewesen. Aber sie konnte nicht gleichzeitig den Lebensunterhalt für sich und ihre Großmutter verdienen und sie pflegen.

Der Verkauf ihres Hauses am „Folly Beach" ermöglichte Nonies Aufenthalt in „Bishop Gadsden".

Vorerst. Aber Rylee hatte bei ihrer damaligen Rechnung nicht die steigenden Arztkosten einkalkuliert, und davon gab es eine Menge. Jetzt schrumpften ihre Ersparnisse immer schneller und die neuen Arztrechnungen würden ihr Sparkonto noch mehr belasten.

„Kann sie uns hören?“, fragte sie.

Der Arzt schüttelte den Kopf. „Ich habe ihr etwas gegen die Schmerzen gegeben. Sie wird eine Weile ruhig schlafen. Sie können also gehen, falls Sie zur Arbeit zurückmüssen.“

„Nein, nein. Ich habe bis zwei Uhr Zeit. Wenn es Ihnen recht ist, bleibe ich bei Nonie. Vielen Dank.“

Der Arzt verließ das Zimmer. Schwester Melanie folgte ihm, versprach aber, nach einer Weile wieder hereinzuschauen. Rylee blieb sitzen und betrachtete Nonies zerbrechliche Gestalt unter der Decke, während die Raumbeleuchtung summte und die Geräte hinter ihr piepten und zischten. Rylee wollte die Hand ihrer Großmutter ergreifen, doch dann fiel ihr der Verband ein. Selbst hier konnte Nonie eine kleinere Katastrophe auslösen.

Sie setzte sich und lauschte den Atemzügen ihrer Großmutter, die unregelmäßig ein- und ausatmete, und machte sich bei jeder längeren Pause Sorgen, dass dies ihr letzter Atemzug gewesen sein könnte. Nichts konnte diese Angst aus ihrem Denken vertreiben. Ein Gefühl von Einsamkeit und Verlassensein legte sich wieder auf sie.

Bitte, Herr. Sie ist alles, was ich habe.

Kapitel 7

Rylee sperrte die Haustür der Petries auf und spitzte ihre Ohren, um herauszufinden, woher das Miauen kam. Sie steckte den Schlüsselbund wieder in ihre Tasche und lauschte.

Tin Man, eine graue Tigerkatze mit einem geringelten Schwanz, rannte zu ihr und lief mehrere Achten zwischen ihren Beinen. Sie hob sie hoch und suchte dann die anderen drei Katzen, die Mrs Petrie nach Personen aus ihrem Lieblingsfilm – „Der Zauberer von Oz" – benannt hatte.

Dorothy fand sie im Wohnzimmer, wo sie sich auf einem Sessel zusammengerollt hatte, von dem sie die junge Frau herablassend anschaute und ganz offenbar nicht gestört werden wollte.

Das Miauen ging weiter. Wahrscheinlich Lion. Er war als kleines Kätzchen von einem Rottweiler angegriffen und schwer verletzt worden. Latisha Petrie hatte die Perserkatze damals nur dazu gebracht, etwas zu essen, indem sie sie die ganze Zeit gestreichelt hatte. Jetzt rührte Lion sein Essen nicht an, wenn er nicht während der Mahlzeit gestreichelt wurde.

Als sie durch das Esszimmer kam, stellte sie Tin Man auf dem Boden ab und legte ihre Tasche auf ein Sideboard. „Lion?“, rief sie mit einer Singsangstimme. „Hierher, Kätzchen. Komm, mein Kleiner.“

Als sie in die Küche trat, bemerkte Rylee einen Koffer, der an der Hintertür stand.

Sie schaute zum Wintergarten. „Lion?“

Die Katze kam durch die Tür. Ihr schien es gut zu gehen. Aber das Miauen hörte dennoch nicht auf. Es kam von der anderen Seite der halb offenen Tür. Rylee ging langsam weiter und blieb dann mit angehaltenem Atem stehen.

Latisha saß zusammengesunken auf einem gepolsterten Rohrsessel. Ihre Hose war zerknittert, ihre Haare waren zerzaust, ihre schwarzen Wildlederschuhe lagen unordentlich neben ihren Füßen.

„Was ist passiert?“ Rylee eilte zu ihr und kniete sich auf die Seegrasmatte neben ihr. „Geht es Ihnen gut?“

„Dieser Einbrecher …“ Latisha blickte auf. Tränen liefen über ihre schwarzen Wangen.

Rylee stockte der Atem. „Er war hier?“

Latisha nickte so heftig, dass ihre langen schwarzen Locken hüpften.

Rylee schaute sich um. „Wann? Waren Sie zu Hause, als er kam?“

Scarecrow sprang von Latishas Schoß und ließ rote Haare auf ihrem weißen Kaschmirpullover zurück.

„Ich bin wegen eines Notfalls im Büro früher aus London zurückgekommen“, begann sie.

Rylee dachte an den Koffer in der Küche.

„Als ich in mein Schlafzimmer kam, war … war es …“ Sie schlug sich die Hände vors Gesicht. Ihre Schultern zitterten.

Die Haare in Rylees Nacken stellten sich auf. „War er noch hier, als Sie kamen?“

„Nein.“

„Haben Sie die Polizei benachrichtigt?“

„Die Beamten waren hier und sind schon wieder gefahren. Aber sie haben nichts gemacht. Nichts.“ Sie schlug mit den Händen auf ihre Sessellehnen. „Sie haben sich nur umgesehen und einen Bericht geschrieben. Das war's!“

Genau das Gleiche hatten sie bei Karl auch gemacht. Bis jetzt war Rylee nicht auf die Idee gekommen, dass sie wahrscheinlich mehr hätten tun sollen.

„Sie haben mir gesagt, dass ich anrufen soll, wenn er wiederkommt“, sagte Latisha. „Können Sie sich das vorstellen? Sie suchen nicht nach Fingerabdrücken, machen keine Fotos und lassen niemanden zu meinem Schutz da.“

„Das verstehe ich nicht.“

„Sie haben gesagt, dass das, was er mitgenommen hat, für einen solchen Aufwand nicht wertvoll genug gewesen sei.“

Rylee schaute sie mit offenem Mund an. „Das sollte doch keine Rolle spielen. Ein Verbrechen ist ein Verbrechen, egal, was gestohlen wurde. Jemand ist in Ihr Haus eingedrungen und hat etwas gestohlen.“

„Das dachte ich auch. Aber sie haben nur gesagt, dass sie die gemeinnützigen Organisationen und Kirchen in der Stadt auffordern werden, es zu melden, falls das Gestohlene bei ihnen auftaucht. Offenbar muss ein Diebesgut viel mehr wert sein als meine schwarze Brosche, damit sie etwas unternehmen. Das ärgert mich einfach."

„Eine schwarze Brosche?"

„Ja. Es ist eine alte viktorianische Brosche, die Pauls Mutter mir geschenkt hat. Ich trage sie immer zu meinem roten Cape. Sie wissen, welche ich meine?"

Rylee wusste, wovon sie sprach, und nickte. „Natürlich. Die Onyxbrosche. Hat er sonst noch etwas gestohlen?"

„Nein, sonst nichts."

„Und Sie sind sicher, dass Sie die Brosche nicht verlegt haben?"

„Ganz sicher."

Rylee erinnerte sich daran, wie Officer Quince die Vorgehensweise von Robin Hood beschrieben hatte: Er nahm nur einen Gegenstand mit, und dieser Gegenstand war nicht unbedingt das Wertvollste im Haus. Er hatte offensichtlich wieder zugeschlagen. „Wie ist er denn ins Haus gekommen?"

„Durch diese Tür." Sie deutete zu der doppelten Terrassentür, die zum Garten hinausführte. Von der Scheibe neben dem Riegel waren nur spitze Kanten übrig.

„Als ich gestern Abend das Haus verlassen habe, war die Tür noch ganz. Da bin ich mir ganz sicher." Tin Man drückte sich an Rylees Arm. Sie strich mit der Hand über seinen Kopf, seinen Rücken und seinen Schwanz. „Ich kann mir nicht vorstellen, dass Ihr

Mann das alles stillschweigend hinnimmt. Er wird dafür sorgen, dass die ganze Sache ordentlich aufgeklärt wird. Haben Sie ihn schon angerufen?“

Latisha lehnte sich mit einem lauten Seufzen zurück und legte ihren Kopf an den Sessel. „Er ist noch in London und geht nicht an sein Handy.“

Rylee schaute auf die Uhr. „Wie spät ist es in London?“

„Nach Mitternacht.“ Sie atmete zitternd ein. „Unser Schlafzimmer wurde völlig auf den Kopf gestellt.“ Wieder traten ihr Tränen in die Augen. „Ich will dort oben nicht schlafen. Ich will überhaupt nicht im Haus schlafen. Und schon gar nicht allein.“

Rylee stand auf. „Machen Sie sich deshalb keine Sorgen. Ich bleibe bei Ihnen, bis Ihr Mann zurückkommt.“

Ein schwaches Lächeln umspielte Latishas Lippen. „Das ist nicht nötig. Meine Schwester kommt aus Asheville zu mir und ich habe meiner Freundin Cheryl eine Nachricht hinterlassen. Ich denke, dass sie sich jeden Augenblick meldet.“

„Gut. Aber jetzt koche ich Ihnen erst mal einen Tee. Und dann fange ich an, Ihr Schlafzimmer aufzuräumen.“

Latisha beugte sich vor und hielt Rylees Hand fest. „Sie sind so gut zu uns. Danke.“ Sie richtete sich auf. „Oh, fast hätte ich es vergessen. Der Detective will, dass Sie ihn anrufen.“ Sie nahm eine Visitenkarte vom Tisch und reichte sie Rylee.

Detective Nathan Campbell. Kriminalabteilung. Polizeizentrale Charleston.

Rylee fuhr mit dem Finger über die Karte. „Hat er gesagt, was er will?"

„Nur Routinefragen, nehme ich an. Er hat genau wissen wollen, welche Leute Zugang zum Haus haben und wann wer kommt und geht. Wahrscheinlich will er sicherstellen, dass die Türen zugeschlossen waren, als Sie gestern Abend das Haus verlassen haben." Ihr Blick wanderte zu den Glasscherben auf dem Boden. „Anscheinend gehen sie der Sache doch ein wenig nach."

„Will er auch mit Carmel sprechen? Und mit George?"

Latisha runzelte die Stirn. „Nein, für die beiden hat er keine Visitenkarten dagelassen. Obwohl ich ihm gesagt habe, dass wir eine Haushälterin und einen Gärtner haben. Soll ich den beiden sagen, dass sie ihn auch anrufen sollen?"

Rylee schluckte schwer und schüttelte den Kopf. „Nein. Wenn er mit ihnen sprechen will, wird er Sie das bestimmt wissen lassen."

Sie steckte die Karte in ihre Tasche und ging in die Küche, um Tee zu kochen.

Rylee stand mit großen Augen an der Tür zum Schlafzimmer und hielt sich die Hand vor den Mund. Familienfotos waren vom Sekretär gestoßen worden, der Teppich war von Glassplittern übersät. Die Schubladen waren aus den Mahagonikommoden gerissen, ihr Inhalt war überall verstreut. Die teure Designerkleidung war aus den Schränken geworfen worden und in einer wilden Zerstörungswut hatte jemand darauf herumgetrampelt.

Es kam Rylee so vor, als falle sie in einen tiefen Abgrund. In vier Häuser war bis jetzt eingebrochen worden. Drei davon gehörten Kunden von ihr. Detective Campbell würde den Grund dafür wissen wollen.

Aber wenn er etwas von ihr wissen wollte, musste er sie anrufen. Nur weil er einen brauchbaren Verdächtigen suchte, bedeutete das nicht, dass sie sich freiwillig anbieten würde.

Im Zimmer herrschte ein so großes Chaos, dass sie nicht wusste, wo sie anfangen sollte. Schließlich trat sie zum Bett und räumte eine Schmuckschatulle wieder ein. Sie hob eine Perlenkette hoch und legte sie in ein Fach. Sie war so glatt. So kühl in ihrer Hand.

Diesem Einbrecher ging es nicht um Geld. Man könnte viele Rechnungen mit dem Geld bezahlen, das man für den Schmuck bekam, der hier auf der weißen Bettdecke verstreut lag.

Rylee berührte einen Schlüssel an einer Quaste, der vom Schlüsselloch der Schmuckschatulle hing. Der Gedanke, dass ein Fremder im Haus, in diesem Zimmer gewesen war, gab ihr das gleiche Gefühl, verwundbar zu sein, das sie bei den Sebastians gehabt hatte.

Ein Klingeln an der Haustür riss sie aus ihren Gedanken.

„Ich mach schon auf", rief sie und eilte die Treppe hinab. „Es ist wahrscheinlich Cheryl."

Sie schaute durch das Guckloch, zog den Kopf zurück und schaute dann noch einmal. Er verlor wirklich keine Zeit.

Die junge Frau sah, wie Logan sich nach rechts beugte und versuchte, durch das Esszimmerfenster ins Haus zu schauen, bevor er noch einmal auf den Klingelknopf drückte.

Am Vorabend hatte sie ihn in ihrem Jahrbuch gefunden. Sein Foto war ein typisches Schulfoto, aber er hatte schon damals gut ausgesehen. Allerdings hatte er seitdem den Schritt vom Jungen zum Mann erfolgreich gemeistert.

Rylee öffnete die Tür. Er trug seine Arbeitskleidung – ein Hemd, eine gestreifte Krawatte, eine Jeans und Turnschuhe. Das Gleiche, was er im Café angehabt hatte.

Seine Augen weiteten sich, doch dann trat ein zögerndes Lächeln auf sein Gesicht. Die Grübchen um seinen Mund wurden deutlich sichtbar. Seine dunklen Haare, die in alle Richtungen abstanden, konnten dringend einen Kamm vertragen.

„Was machst du hier?", fragte er.

Sie zog eine Augenbraue in die Höhe. „Das Gleiche wollte ich dich gerade fragen."

„Du wohnst hier nicht, nehme ich an."

„Nein. Die Petries sind Kunden von mir."

„Du machst Witze." Er warf einen nervösen Blick ins Haus. „Was für einen Hund haben sie?"

Sie verkniff sich ein Lächeln, lehnte sich an den Türrahmen und versperrte ihm damit die Sicht. „Keine Sorge. Hier gibt es keine bissigen Hunde. Nur Katzen."

„Ich wusste nicht, dass Katzen auch ausgeführt werden müssen."

Sie schnaubte. „Ich füttere die Katzen. Was kann ich für dich tun?"

Er steckte die Hände in seine Gesäßtaschen und neigte den Kopf zur Seite. „Damit sind es drei von vier, nicht wahr?"

„Wie bitte?"

„Drei von vier Häusern, in die Robin Hood eingebrochen ist, gehören Kunden von dir."

Sie versteifte sich sichtlich und ihr Humor war wie weggeblasen. „Was willst du, Logan?"

„Ich wollte dich nicht beleidigen. Ich habe nur eine Feststellung gemacht."

„Ich habe zu tun. Wenn du mich also bitte entschuldigen würdest ..."

Er hielt die Tür mit der Hand auf. „Ich wollte damit wirklich nichts andeuten, Rylee."

Sie nickte knapp.

„Sind die Petries zu Hause?"

„Sie sind im Moment nicht zu sprechen."

Der Journalist zog eine Visitenkarte aus seiner Hemdtasche. „Würdest du ihnen bitte kurz sagen, dass ich hier bin? Es dauert nur eine Minute."

Rylee nahm seine Karte nicht an. Sie hatte ja immer noch die eine, die er ihr in der vergangenen Woche zugeworfen hatte, als er auf dem *Confederate Memorial* gehangen hatte.

Als er ihr Zögern bemerkte, hielt er ihr die Karte mit Nachdruck hin. „Ich warte auch an der Tür, wenn dir das lieber ist. Ich habe nur zwei Fragen an die Petries."

„Vielleicht kann ich sie dir beantworten."

Er zögerte. „Warst du hier, als der Einbruch passierte?"

„Nein."

„Dann würde ich lieber mit den Petries sprechen. Ich habe letztes Mal etwas durcheinandergebracht, weißt du noch?"

„Sie waren während des Einbruchs auch nicht hier."

„Ich würde trotzdem gern mit ihnen sprechen."

Rylee zögerte.

Seine blauen Augen waren faszinierend. Er sah wirklich gut aus. Und sosehr sie es auch versuchte, sie war dagegen nicht immun.

Schließlich nahm sie die Karte und trat einen Schritt zurück. „Warte hier."

Sie hatte kaum die Tür geschlossen, als Latisha in den Flur kam. „Ist das Cheryl?"

„Nein, ein Reporter von der Zeitung." Sie reichte ihr die Visitenkarte.

„Er will über den Einbruch sprechen?"

„Ich wollte ihn schon wieder wegschicken."

Latisha biss sich auf die Lippe. „Lieber nicht. Ich sollte mit ihm sprechen. Vielleicht rüttelt das die Nachbarschaft wach, und die Polizei fängt an, diese Einbrüche ernst zu nehmen."

Rylee war sich da nicht so sicher. Mit der Presse zu sprechen konnte sehr gefährlich sein. Genauso wie mit der Polizei zu reden. „Soll ich ihm sagen, dass er bei Ihnen im Büro anrufen und sich einen Termin geben lassen soll?"

Latisha tat Rylees Vorschlag mit einer abwinkenden Handbewegung ab. „Unsinn. Bring ihn ins Wohnzimmer."

„Sind Sie sicher, dass Sie nicht warten wollen, bis Ihr Mann zurückkommt?“

„Je früher es in der Zeitung steht, desto besser.“

Rylee schaute ihr nach, bis sie aus ihrem Blickfeld verschwunden war. Dann holte sie tief Luft und öffnete die Haustür wieder.

Kapitel 8

Als Logan hereinkam, saß Latisha Petrie in einem Clubsessel, der das gleiche Blumenmuster hatte wie ein zweiter Sessel und die geöffneten Vorhänge. Für eine Frau, in deren Haus gerade eingebrochen worden war, wirkte sie ausgesprochen gefasst. Aber als sie aufstand, um ihn zu begrüßen, zitterte ihre ausgestreckte Hand und verriet ihm, dass ihre Ruhe nur gespielt war.

Er räusperte sich. „Es tut mir leid, dass wir uns unter diesen Umständen kennenlernen, Mrs Petrie."

„Es freut mich, dass Sie hier sind", sagte sie mit wackliger Stimme. „Bitte nehmen Sie Platz."

Er setzte sich so auf die Sofakante, dass seine Knie fast den Wohnzimmertisch berührten, während sie sich wieder in den Sessel am Fenster setzte. Rylee baute sich hinter Mrs Petrie auf wie eine Löwin, die jederzeit zum Angriff bereit war.

„Mrs Petrie …"

„Sie können mich ‚Latisha' nennen."

„Danke." Er stellte sein Aufnahmegerät auf einen großen Bildband, der auf dem Tisch lag – „Pariser Innendekor". „Darf ich?"

„Gern."

Auf seine Fragen hin beschrieb Latisha ihm, wie sie am Morgen vom Flughafen nach Hause gekommen war und das eingeschlagene Fenster in der Tür entdeckt hatte. Ohne nachzudenken, war sie durch das Haus geeilt und schließlich im Schlafzimmer gelandet. Erst da war ihr bewusst geworden, in welcher Gefahr sie sich befand.

„Er hätte ja noch im Haus sein können." Sie betrachtete ihre ineinandergelegten Hände. „Aber er war nicht mehr da. Dann rief ich die Polizei an."

„Wann wussten Sie, was gestohlen worden war?"

Ihr Gesicht straffte sich. „Es dauerte eine Weile. Der Einbrecher hat meine Schubladen nicht nur durchwühlt. Er hat sie herausgerissen. Ich habe das Zimmer kaum wiedererkannt."

„Und er hat nichts anderes mitgenommen als nur diese eine Brosche?"

„*Nur?* Diese Brosche habe ich von der Mutter meines Mannes geschenkt bekommen." Sie schluckte. „Sie weilt nicht mehr unter uns. Sie ist im letzten Jahr von uns gegangen."

„Das tut mir leid."

Sie tupfte sich die Augen. „Es war eine schwarze viktorianische Brosche. Ich trage sie nur zu einem bestimmten Cape und lasse sie immer daran stecken. Der Einbrecher hat meinen ganzen Schmuck ausgekippt und dann alles aus den Kleiderschränken gerissen, bis er die Brosche fand."

„Viktorianisch." Logan schrieb dieses Wort auf. „Sie war bestimmt sehr wertvoll."

Sie schüttelte den Kopf. „Nicht im Vergleich zu vielem anderen, was ich besitze. Es wird teurer sein, den Schaden zu beheben, den er angerichtet hat, als diese Brosche zu ersetzen. Aber es geht hier nicht um den finanziellen Wert. Er ist in unser Haus eingebrochen. Und er hat etwas mitgenommen, das für uns einen besonderen Wert hatte."

Rylee legte ihr tröstend die Hand auf die Schulter.

Nachdem er mit seinen Fragen fertig war, bat Logan, das Zimmer sehen zu dürfen, in dem die Brosche gestohlen worden war. Sie begannen im Wintergarten, wo die Terrassentüren gewaltsam geöffnet worden waren. Um ins Haus zu gelangen, hatte der Einbrecher nur eine Scheibe einschlagen, die Hand hineinstecken und den Türgriff herumdrehen müssen. Logan bückte sich und schaute sich die Tür genauer an. Unter seinen Schuhen knirschten die Glasscherben.

„Sie hätten den Griff nach Fingerabdrücken absuchen können", sagte Latisha und deutete mit ihrem lackierten Fingernagel auf den Bronzetürgriff. „Aber man braucht keine Fingerabdrücke, um den Schaden bei der Versicherung anzuzeigen."

„Die Polizei hat das nicht gemacht?", fragte er und warf einen Blick in Rylees Richtung. „War Nate Campbell hier?"

Rylee nickte. „Sie waren schon wieder weg, als ich kam, aber er hat mir seine Visitenkarte dagelassen."

Logan folgte den Frauen ins obere Stockwerk und beobachtete, wie ihre Füße leichte Abdrücke auf dem Teppich hinterließen. Vielleicht hatte der Einbrecher auch Fußabdrücke hinterlassen. Die Frustration in

Latishas Stimme, als sie beschrieb, wie wenig die Polizei getan hatte, weckte sein Mitgefühl, aber sie löste auch eine ungewohnte Aufregung bei ihm aus. Er hatte sich entschieden, der Polizei in diesem Fall zuvorzukommen, und jetzt sah es so aus, als würden sie ihm das nicht besonders schwer machen.

Die Frauen traten an der Schlafzimmertür zur Seite und ließen ihn durchgehen. Er erinnerte sich an Rylees Bericht, dass den Bosticks nicht einmal aufgefallen war, dass sie bestohlen worden waren, bis ihnen die verräterisch staubfreie Stelle ins Auge gestochen war.

Hier lag die Sache ganz anders.

Das Schlafzimmer der Petries sah aus, als wäre ein wildes Tier darin eingesperrt gewesen und hätte bei dem Versuch, sich zu befreien, alles umgeworfen. Er fühlte sich schon bei diesem Anblick schuldig und kam sich wie ein Voyeur vor, der heimlich eine private Tragödie beobachtete.

„Ich kann gar nicht hinschauen", gestand Latisha. „Ich gehe wieder nach unten."

Sie verschwand auf dem Flur. Hinter ihr wurde es still. Rylee schien hin und her gerissen, wollte ihn aber nicht unbeaufsichtigt zurücklassen. Sie wartete ungeduldig, während er durchs Zimmer ging.

Der Einbrecher hatte einen bestimmten Gegenstand gesucht, etwas, das im Vergleich zu dem, was er zurückgelassen hatte, wertlos war. Aber bei seiner Suche hatte er das ganze Zimmer verwüstet.

Große Gewalt konnte den Ort, an dem sie geschah, von Grund auf verändern. Sie konnte aus einem fruchtbaren Bauernhof ein Schlachtfeld machen. Ein

Schlafzimmer entehren. Aber er hätte nie gedacht, dass die Robin-Hood-Verbrechen solche Ausmaße annehmen würden. Als er jetzt sah, mit welchem Zorn in diesem Zimmer gewütet worden war, welcher Schaden bei Dingen angerichtet worden war, die der Einbrecher nicht einmal gewollt hatte, zweifelte Logan nicht mehr an der Bösartigkeit, die hinter diesen Einbrüchen stand.

„Das ist einfach nur grausam und brutal."

Rylee gab ihm darauf keine Antwort. Sie verlagerte ihr Gewicht auf das andere Bein und konnte es kaum erwarten, dass er fertig wurde. Es konnte kein Zufall sein, dass drei der vier Häuser, in die eingebrochen worden war, ihren Kunden gehörten. Wer auch immer diese Einbrüche verübte, er nahm immer nur Dinge, die einen großen persönlichen Wert hatten.

Wer konnte besser wissen, welche Gegenstände dafür infrage kamen, als eine Angestellte? Rylees Verhältnis zu ihren Kunden ging über ein rein geschäftliches Interesse hinaus.

Logan sah sie nachdenklich an. Es fiel ihm sehr schwer, sich vorzustellen, dass sie ein Zimmer derart verwüsten konnte, aber das hieß nicht, dass sie nichts damit zu tun hatte. Das würde das starke Beschützerverhalten erklären, das sie an den Tag legte. Und sie hatte in ihrer Tasche Schlüssel zu ungefähr zwanzig Häusern. Wenn jemand die reichsten Familien in Charleston ausrauben wollte, müsste er nur an Rylees Umhängetasche herankommen.

Er fragte sich, ob ihr klar war, dass die Polizei sie verdächtigte.

„Ich schaue jetzt lieber wieder nach Latisha", sagte sie und wandte sich zum Gehen. „Hast du genug gesehen?"

„Bevor ich gehe, würde ich dir gern noch etwas sagen." Sie blieb stehen. „Selbst wenn die Polizei diese Einbrüche vielleicht nicht ernst nimmt, ich nehme sie ernst. Mir genügt es nicht, nur zu berichten, was passiert ist. Ich will den Mann finden, der dahintersteckt."

„Auf eigene Faust?" Sie sah ihn an wie eine Mutter ihr Kind, wenn es verkündet, dass es Astronaut oder Präsident werden will.

Er schaute ihr direkt in die Augen. „Du traust mir nicht zu, dass ich das kann?"

„Logan ..."

Nur das. Sie sagte nur seinen Namen. Aber sie legte so viel Bedeutung hinein, dass in ihm eine neue Hoffnung wach wurde.

„Ich schaffe es nicht allein", sagte er. „Das weiß ich. Aber wenn ich vielleicht Hilfe hätte. Zum Beispiel von ... dir?" Was war nur in ihn gefahren?

„Von mir?"

„Dieser Kerl ist in vier Häuser eingebrochen, und drei davon gehören Leuten, die du kennst. Was, wenn das kein Zufall ist? Wenn es wieder passiert? In solchen Fällen geht die Polizei manchmal den Weg des geringsten Widerstands." Er schaute sie durchdringend an. „Und wenn sie einen Sündenbock suchen, bist du dafür der perfekte Kandidat."

Sie verschränkte die Arme vor ihrer Brust. „Daran habe ich ehrlich gesagt auch schon gedacht. Und ich weiß nicht, was ich tun soll. Mein ganzes Geschäft wäre ruiniert, wenn auch nur der geringste Verdacht aufkäme, dass ich mich nicht anständig verhalte." Tränen traten ihr in die Augen. „Ich bin die Einzige, die meine Großmutter versorgt. Was wird aus ihr, wenn ich meine Kunden verliere?"

Ihre Worte überraschten ihn völlig. Wenn sie log, war sie die beste Schauspielerin der Welt.

Ihr Blick wanderte durch das Zimmer. Sie hob eine Lesebrille vom Boden auf, spielte mit den Bügeln und legte sie dann auf den Tisch neben dem Bett. „Ich gebe zu, dass mich die Polizei wirklich frustriert. Und weißt du, was komisch ist?" Er wartete. „Dein Freund Nate Campbell hat so ein großes Theater darum gemacht, dass ich meine Fingerabdrücke auf dieser Bronzefigur hinterlassen habe, aber hier hat er nicht einmal versucht, Fingerabdrücke zu finden."

Er zog die Augenbrauen in die Höhe. „Gut beobachtet."

Sie rieb sich den Hinterkopf, dass ihre kurzen Haare lustig abstanden. „Aber ich weiß nicht, wie ich dir helfen könnte."

Er lächelte. „Das weiß ich auch noch nicht genau. Ich habe nur überlegt, dass du Zugang zu dieser Welt hast. Zu den Leuten, bei denen eingebrochen wird. Falls es wirklich einen Zusammenhang geben sollte, könnten wir beide ihn vielleicht herausfinden."

„Du glaubst wirklich, dass ich dir dabei helfen kann?"

Logan schwieg und war unsicher, ob er gerade das Richtige getan hatte. Sein Vater hatte ihm gesagt, dass er Hilfe brauchte, aber er hatte damit wahrscheinlich nicht gemeint, dass er die Hauptverdächtige um Hilfe bitten sollte.

Als er jetzt in ihre braunen Augen schaute, die ihn so ernst und traurig anblickten, konnte er Nates Verdacht unmöglich ernst nehmen. Sie musste unschuldig sein. Es war bestimmt nur ein Zufall, dass sie diese Familien kannte.

Aber gab es so etwas wie Zufall überhaupt?

„Möglich", sagte er. „Lass mich darüber nachdenken und ich rufe dich später an. Okay?"

Sie schenkte ihm ihr schönstes Lächeln und zeigte ihm ihre perfekten, weißen Zähne, ihre glänzenden Lippen und Augen, die so hell leuchteten wie Flutlampen im Nebel.

„Okay." Sie verschränkte ihre Hände. „Und danke, Logan. Danke, dass es dir um mehr geht als nur darum, einen Artikel zu schreiben."

Er errötete, denn er wusste, dass seine Motivation, wie auch immer diese aussah, kaum als Akt der Menschenliebe bezeichnet werden konnte.

Sie führte ihn zur Haustür zurück. Am liebsten hätte er sein Angebot zurückgenommen. Er war, ohne nachzudenken, damit herausgeplatzt. Es wäre besser, die Grenzen nicht zu verwischen.

Gleichzeitig hatte er beschlossen, diese Geschichte zu Ende zu bringen, und falls Rylee Monroe oder ein Komplize von ihr hinter den Einbrüchen steckte, gäbe es keinen besseren Weg, das herauszufinden. Sie konnte ihm nicht ewig etwas vorspielen.

Seth hatte recht. Er war Teil der Geschichte. Und

sie auch. Aber er musste herausfinden, welche Rolle sie wirklich spielte.

Vor dem Haus der Petries hörte Logan seine Mailbox ab. Er hoffte, Nate würde ihm eine Kopie des Polizeiberichts von diesem Einbruch und vom Einbruch bei den Sebastians schicken. Stattdessen vernahm er die Stimme von Seth, seinem Agenten. „Hey, falls du noch lebst, musst du dringend ein paar neue Seiten liefern. Ich habe noch einmal mit Dora gesprochen. Sie ist ganz heiß auf dieses Buch. Sie setzt das Manuskript intern durch, aber sie braucht mehr Material, das sie vorzeigen kann. Ruf mich also an. Hörst du?"

Er hatte bereits einen Umschlag mit Zeitungsausschnitten aus dem *Post & Courier* geschickt, aber das war offenbar nicht genug. Logan trommelte mit dem Zeigefinger auf sein Lenkrad und versuchte zu entscheiden, was er tun sollte. Vielleicht war es an der Zeit, sich an jemanden zu wenden, der ihm einen Gefallen schuldig war.

Schließlich beschloss er, eine Nachricht auf dem Anrufbeantworter eines Informanten zu hinterlassen, der ganz oben in seiner Kurzwahlliste stand. Marcel Gibbon, genannt „der Cherub". Dieser klang jedoch alles andere als engelhaft, als er zurückrief. „Was willst du von mir?"

„Dich um einen Gefallen bitten."

„Wofür hältst du mich, Logan? Für die Telefonseelsorge?"

„Wann können wir uns treffen?"

Gibbon ließ sich viel Zeit mit seiner Antwort. „Mein Terminkalender ist voll."

„Wie wäre es mit heute Abend? Im Washington Park?"

„Geht nicht."

„Ich bin gegen Mitternacht dort. Vielleicht treffen wir uns ja zufällig."

Keine Antwort.

So etwas wie ein simples Treffen gab es mit dem Cherub nicht. Trotz seines kahlen Kopfes, seiner dicken Backen und des Bauchs, der die Knöpfe an seinen Jacken zu sprengen drohte, hatte Gibbon etwas Geheimnisvolles an sich.

Er kleidete sich makellos, bewegte sich mit einer unwahrscheinlichen katzenartigen Geschmeidigkeit und hatte eine Abneigung gegen Telefonate. Deshalb arrangierte er jedes Treffen so, als würde der FBI seine Gespräche belauschen. Logan hoffte, ein Treffen um Mitternacht würde ihn reizen.

Lacey Lamar hatte den Kontakt mit dem Cherub hergestellt, Logan aber gewarnt, vorsichtig zu sein.

„Die Hälfte von dem, was er sagt, ist gelogen, und die andere Hälfte ist nur allzu wahr", hatte sie gesagt und mit der Perlenkette an ihrem Hals gespielt. „Aber er weiß, wo die Leichen in dieser Stadt begraben sind. Er hat nämlich einige von ihnen selbst dort hingeschafft."

„Im wörtlichen Sinn?", fragte er.

„Willst du wissen, ob ich glaube, dass er tatsächlich jemanden getötet hat?" Sie schüttelte den Kopf. „Seine offizielle Verbrechensliste enthält viele Einbrüche, schweren Diebstahl und den einen oder anderen berüchtigten Betrug. Einer seiner besten Freunde ist ein prominenter Strafanwalt. Sonst wäre Marcel nicht mehr auf freiem Fuß. Aber ich habe ihn noch nie direkt gefragt, ob er jemanden getötet hat. Und das würde ich dir auch nicht empfehlen."

„Alles klar."

Sie nickte. „Bring ihn auf deine Seite, Logan, und du wirst überrascht sein, was er dir alles erzählt."

Nachdem er dreißig Minuten vor dem Rathaus gewartet hatte, erblickte Logan endlich Marcel Gibbon, der mit einer Zigarre im Mundwinkel aus der Broad Street auf ihn zugeschlendert kam. Der Mann sah aus, als hätte er eine lange Nacht hinter sich. Seine Jacke stand offen, seine gelockerte Krawatte hing schief herunter, die Hände hatte er in die Hosentaschen gesteckt. Niemand, der ihn zufällig sah, wäre auf die Idee gekommen, dass dieser Mann zu einem heimlichen Treffen unterwegs war.

Er überquerte die Broad, schaute in beide Richtungen und schlenderte dann durch den Parkeingang, als wollte er eine Abkürzung zur Chalmers Street auf der anderen Seite nehmen. Logan folgte ihm, ohne sich besonders bedeckt zu halten. Er umrundete den Obelisken in der Mitte des Parks und setzte sich zu Gibbon auf die Bank neben der Beauregard-Gedenktafel.

Die Bäume über ihnen raschelten im sanften Nachtwind. Die Bank war nur halb beleuchtet von dem Licht, das vom Rathaus und dem *Fireproof Building* widergespiegelt wurde, an dem die Flagge des Bundesstaates South Carolina mit der weißen Mondsichel und der weißen Palme auf dunkelblauem Grund hing. Allerdings war die Palme in den Falten des Stoffes verborgen.

„Ich weiß, was du von mir willst", sagte Gibbon.

Selbst im Dunkeln konnte Logan die gewohnt zusammengekniffenen Augen und das breite Grinsen sehen, das im Tageslicht asymmetrische Grübchen unter seinen Bartstoppeln zum Vorschein brachte.

„Bist du dir da sicher?"

„Ich lese Zeitung. Auch wenn nicht viel Lesenswertes drinsteht."

„Du verfolgst also meine Artikel. Das ist gut."

Die Zigarrenspitze des Cherubs glühte orange auf. Dann legte er den Kopf zur Seite, um den Rauch auszuatmen. „Wenn du mich etwas fragen willst, dann rück mit der Sprache raus!"

Logans Hand bewegte sich zu seiner Jackentasche.

„Wenn du deinen kleinen Rekorder einschaltest, drück ich meine Zigarre auf deiner Hand aus."

„Gut." Logan zog die Hand zurück. „Meine Karriere hängt von dieser Geschichte ab. Ich muss Robin Hood finden und ich muss dabei der Polizei zuvorkommen."

Gibbon beugte sich vor, um Logans Gesicht betrachten zu können. Sein Atem roch nach Rauch. „Du willst den Fall auf eigene Faust lösen?" Er lachte schallend. „Du willst das Gesicht dieses Kerls groß auf der Titelseite bringen: Der Robin Hood von Charleston, gefasst von Starreporter Logan Woods."

Logan entgegnete widerwillig: „Es ist nicht für die Zeitung."

Das Grinsen des Cherubs verschwand. „Nein? Wofür dann? Wenn ich dir helfen soll, habe ich ein Recht darauf, das zu erfahren."

„Es ist für ein Buch. Ein Buch über Charleston. Über seine Exzentriker und seine Geschichten. Ein Verlag hat Interesse an dem Buch, aber sie unterschreiben nur einen Vertrag, wenn ich diese Robin-Hood-Sache zu Ende führe."

Gibbon hörte ihm nicht mehr zu. „Ein Buch? Du schreibst ein Buch?"

„Ja", sagte Logan. „Warum ist das so –?"

Der Cherub rutschte näher und quetschte Logan zwischen sich und der Armlehne der Bank ein. „Komme ich in diesem Buch vor?"

Logan sprang auf, wich dem Cherub aus und bewegte sich dann um den Obelisken herum ins Licht.

Gibbon stand auch auf, blieb aber im Dunkeln stehen und schaute Logan mit zusammengekniffenen Augen an. Sein Grinsen war verschwunden. „Komme ich in diesem Buch vor?", wiederholte er.

Logan zuckte die Achseln. „Irgendwie schon."

Das Grinsen des Cherubs war wieder da, aber es fehlte jeglicher Humor darin. „Das will ich auch hoffen. Ich hasse diese Stadt, wie ein Mann den Hund hasst, der ihn beißt. Ich habe mehr Namen auf meiner Racheliste stehen als du Mädchen in deinem kleinen Notizbuch. Aber du würdest nicht die Wahrheit über diese Stadt schreiben, wenn ich nicht darin vorkomme."

„Es ist also okay?" Das kalte Funkeln in seinen zusammengekniffenen Augen verriet Logan, dass es nicht okay war.

Gibbon zog nachdenklich an der Zigarre und warf dann den Stumpen in die Dunkelheit, wo er im Gras weiterglühte. Logan war versucht, hinüberzugehen und die Zigarre auszutreten, aber er bewegte sich nicht.

„Es sieht aus wie ein Jungenstreich, nicht wahr?", sagte Gibbon. „Du brichst in diese Häuser ein, die mehrere Millionen kosten, lässt alle möglichen Wertgegenstände liegen. Du nimmst etwas mit, das im Vergleich zu allem, was du liegen lässt, ziemlich wertlos ist … und dann, als krönenden Abschluss, spendest du das, was du geklaut hast, einer gemeinnützigen Sache. Am Ende bekommt der Bestohlene sein Zeug zurück. Niemand kommt zu Schaden."

„Mehr oder weniger." Logan dachte an das verwüstete Schlafzimmer der Petries.

„Nichts von dem, was ich gesehen habe, deutet darauf hin, dass du es mit einem Profi zu tun hast. Wir hatten durchaus einige Profis in unserer schönen Stadt, versteh mich nicht falsch. Aber sie arbeiten nicht so. Keiner von ihnen wollte eine Botschaft mitteilen. Und genau das macht unser Mann."

„Du glaubst also, dass es ein Mann ist?", hakte Logan nach und bereute seine Frage sofort. Aber er wollte von Gibbon die Zusicherung, dass es sich hier um das Werk eines männlichen Einbrechers handelte, dass es völlig unvorstellbar war, dass eine Frau – besonders eine bestimmte Frau – dafür verantwortlich war.

Der Cherub schaute ihn neugierig an, missverstand ihn aber. „Ich schließe die Möglichkeit nicht aus, dass es ein Jugendlicher ist, aber ein Teenager gäbe sich nicht damit zufrieden, nur eine Figur zu klauen. Er würde auch das Haus verwüsten, einfach so zum Spaß."

„Dann passt der letzte Einbruch in dieses Schema." Logan erzählte Gibbon vom Einbruch bei den Petries und davon, dass die Brutalität, mit der der Einbrecher vorgegangen war, noch wie ein schlechter Geruch im Zimmer gehangen hatte. Während er den Tatort beschrieb, spürte er, wie sich seine Muskeln anspannten. „Ein Zimmer so zuzurichten – das geht nur, wenn eine gehörige Portion Zorn in einem wütet."

„Vielleicht", gab ihm Gibbon recht. „Das habe ich gemeint, als ich sagte, dass er eine Botschaft mitteilen will. Das Zeug, das dieser Kerl klaut, ist fast wertlos. Aber das heißt nicht, dass es bedeutungslos wäre."

„Und was bedeutet es?"

Gibbon zuckte die Achseln. „Woher soll ich das wissen? Aber ich garantiere dir, dass es ihm etwas bedeutet. Finde den Bezug zwischen den gestohlenen Sachen heraus, dann findest du vielleicht den Mann."

Er drehte sich um, ging im Schatten um den Obelisken herum und steuerte auf den Ausgang zur Chalmers Street zu. Seine Schritte wirkten zielgerichtet, als drücke er beim Gehen mit seinen Füßen dunkle Gedanken ins Pflaster. Laceys Warnungen in Bezug auf Gibbon hallten in Logans Kopf wider.

„Gibbon?"

Der Cherub blieb stehen und bildete eine dunkle

Silhouette, die von den Straßenlaternen hinter ihm abstach.

„Weißt du etwas über Rylee Monroe?“

Er zog die Brauen in die Höhe. „Die Hundesitterin? Das Mädchen ist in South of Broad eine Institution.“

„Aber was kannst du mir über sie sagen?“

„Das darfst du mich nicht fragen“, erwiderte Gibbon. „Du bist jetzt der Detektiv.“

Kapitel 9

„Hallo, George."

Der Gärtner der Davidsons war mit einer Astschere neben den Büschen in die Hocke gegangen. Er rührte sich bei Rylees Begrüßung nicht. Sie ging durch das Gartentor, schloss es hinter sich und ließ dann Toro von der Leine, damit er sich im Garten austoben konnte.

„Es wird wieder ein heißer Tag werden, nicht wahr?" Sie ging auf den Gärtner zu.

George Pendergrass war Ende fünfzig und ein wenig altmodisch. Er erledigte seine Gartenarbeit in einem kurzärmeligen, ordentlich zugeknöpften Hemd, das immer in der Hose steckte. Seine dunkelbraune Haut war von der Sonne und vielleicht auch vom Leben gegerbt.

Alle fünf Minuten schaute er auf seine goldene Seiko, als würde er irgendwo anders erwartet. Wahrscheinlich stimmte das auch. Er arbeitete für viele Häuser in dieser Gegend als Gärtner.

Draußen auf der Straße fuhr langsam ein Polizeistreifenwagen vorbei. George schaute ihm stumm nach.

„Sie behalten alles genau im Auge, nicht wahr?“, sagte sie.

Er knurrte. „Die Polizei guckt sich viel um, aber sie kapiert nicht viel.“

Seine gemurmelten Worte waren so leise, dass sie ihn kaum verstand. Wenigstens hatte er ihr eine Antwort gegeben.

Sie nahm den Sack für die Gartenabfälle, der neben ihm lag, und hielt ihn ihm auf, während er Zweige, die er abgeschnitten hatte, hineinwarf. „Gefällt Ihnen Ihre Arbeit, George?“

Keine Antwort.

„Ich liebe das, was ich tue.“ Mit beiden Armen machte sie eine ausholende Geste und deutete über den sauber gepflegten Garten, den grünen Rasen und die Dogge, die hechelnd um einen Baum herumlief. „Wenn man die Arbeit findet, die einen befriedigt, und sie für den Rest seines Lebens macht, ist das ein Geschenk Gottes.“

Er nahm seine Gartenschere und den Müllsack und ging zu seinem Lieferwagen. Dabei murmelte er wieder etwas vor sich hin. Dieses Mal konnte sie seine Worte nicht verstehen.

Sie nahm Toro mit ins Haus, fütterte ihn und balgte mit ihm auf dem Boden herum, während sie auf Logan wartete, der sie hier abholen wollte. Er hatte vorher angerufen und gefragt, ob sie gemeinsam Überlegungen anstellen und ihre Ergebnisse vergleichen könnten.

Ihr Telefon piepte: *Ich bin da. Wo bist du?*

Schnell schrieb sie: *Komme schon.*

Als sie die Hintertür zusperrte, zog George einen Rasenmäher durch das Tor.

„Sind Sie heute noch bei den Sebastians?"

Er schüttelte den Kopf. „Am Montag."

„Dann bis Montag." Sie winkte ihm, aber er hatte sich schon wieder umgedreht.

Logan wartete am Gartentor auf sie. Dieses Mal trug er ein gelbes Hemd. *Meine Lieblingsfarbe.*

Er knöpfte es an den Manschetten auf, krempelte seine Ärmel hoch, wodurch seine Arme zum Vorschein kamen, die von braunen Härchen bedeckt waren. „Wer ist das?"

„George Pendergrass." Sie deutete zu seinem weißen Lieferwagen mit den Umrissen einer Schubkarre, einer Schaufel und einer Topfpflanze auf der Tür. PENDERGRASS GARTENARBEITEN stand darüber. „Er ist bestimmt ein netter Mann, aber er ist sehr schweigsam. Ich schaffe es immer noch nicht, ihn aus der Reserve zu locken."

Logan öffnete die Tür eines schwarzen BMW.

„Gehört der dir?", fragte sie.

„Ein Geschenk von meinen Eltern zum bestandenen Examen." Er klopfte auf die Motorhaube. „Der Motor läuft immer noch wie ein Uhrwerk, obwohl er schon hundertfünfzigtausend Kilometer auf dem Buckel hat."

Er schloss hinter ihr die Beifahrertür und schlüpfte hinter das Lenkrad.

„Wie heißt es?", fragte Rylee.

„Wer?"

„Dein Auto. Wie heißt es?"

„Es ist ein 3er BMW Coupé."

„Nein. Welchen Namen hat es? Du weißt schon. Meinen Civic habe ich ‚Daisy' getauft."

Er warf ihr einen belustigten Blick zu. „Hast du nicht."

„Doch."

Er schaute nach hinten und bog auf die Straße. „Ich gebe meinen Autos keinen Namen, Rylee."

Sie ließ ihren Blick über die gepflegten Ledersitze, das Navi, die Stereoanlage mit dem Display für den MP3-Player und das glänzende Armaturenbrett wandern. Er gab seinem Auto zwar keinen Namen, aber er pflegte es.

Logan fuhr mit Rylee an jedem Haus vorbei, in das Robin Hood eingebrochen war, und stellte ihr unterwegs viele Fragen. Wusste sie, ob je der Wert von Karls Schmuckschatulle geschätzt worden war? War ihr jemand aufgefallen, der nicht in diese Gegend gehörte und der das Haus der Petries beobachtet hatte? Waren Kunden von ihr mit Mr Shelby befreundet, dem Witwer, dessen Bronzeuhr gestohlen worden war? Wer arbeitete außer ihr noch für die Bosticks?

„George."

„Der Gärtner, den wir gerade gesehen haben?"

„Ja."

„Für wie viele andere deiner Kunden arbeitet er?"

„Für drei andere: die Sebastians, die Petries und die Davidsons."

„Arbeitet sonst noch jemand für deine Kunden? Du

weißt schon, Haushälterinnen, Leute, die den Pool reinigen, irgend so etwas?"

Sie zuckte die Achseln. „Vielleicht. Ich kenne nicht alle."

Nachdem Logan sein Aufnahmegerät herausgeholt hatte, stellte er es auf die Konsole zwischen ihnen. Angesichts des Verkehrslärms war er nicht sicher, wie gut die Aufnahme war, aber es war besser, als sich beim Fahren Notizen zu machen.

„Hat die Polizei dir etwas erzählt?", fragte sie.

Will sie mir helfen oder will sie mich ausfragen?

„Nate ist in letzter Zeit ziemlich schweigsam. Er hat mir über die Einbrüche bei den Sebastians und den Petries fast nichts verraten."

Die junge Frau strich den Saum ihres Oberteils glatt. Ein einfacher Silberring steckte an ihrem Daumen. „Wahrscheinlich weiß er selbst nichts."

Logan schaute in seinen Rückspiegel. „Gut möglich."

„Weißt du, was ich mich immer wieder frage?", sagte sie. „Weiß dieser Robin Hood, wenn er in ein Haus einbricht, schon, was er stehlen will? Wenn ihm diese Dinge etwas bedeuten, muss er das im Voraus wissen, oder?"

Das Gleiche hatte Marcel Gibbon auch vermutet. *Finde die Verbindung zwischen den Gegenständen heraus, dann findest du vielleicht den Mann.* Er schaltete in einen niedrigeren Gang, als sie auf eine Ampel zufuhren. „Die Reiterfigur, die Bronzeuhr und die Schmuckschatulle fallen einem vielleicht auf, wenn man zu Besuch in den Häusern ist, oder? Und jemand könnte Latisha Petries Brosche gesehen haben, als sie sie an ihrem Cape trug. Das drängt die Frage auf, ob der Kerl aus ihrem engeren Kreis stammt."

„Die Schmuckschatulle war nicht offen zu sehen."

Er warf ihr einen eindringlichen Blick zu. „Wie meinst du das?"

„Sie stand in Karls Kleiderschrank."

„Woher weißt du das?"

„Ich war dabei, als die Polizei kam."

„Du machst wohl Witze! Davon hatte ich keine Ahnung."

„Doch. Ich habe ihn gestört."

„Karl?"

„Robin Hood."

Er schaute sie verblüfft an. Nate verheimlichte ihm wirklich einiges.

„Es ist grün!"

Der Journalist legte den ersten Gang ein und fuhr weiter. Er hatte in seinen Jahren als Kriminalreporter schon viele Menschen interviewt. Einen Lügner zu durchschauen war für ihn eine Leichtigkeit. Unsichere Augen. Nervöse Handbewegungen. Schnelles Sprechen. Ein übertrieben ernster, nachdenklicher Blick.

Aber bei Rylee war davon nichts zu sehen. Sie saß entspannt auf dem Beifahrersitz und hatte ihre langen Beine an den Knöcheln überkreuzt.

„Erzähl mir genau, was passiert ist. Fang ganz von vorn an."

Sie erzählte ihm ausführlich von dem Einbruch und gestikulierte mit den Händen, um ihre Geschichte zu unterstreichen. Die Sonne, die durch die Windschutzscheibe ins Auto fiel, verlieh ihren Haaren die gleiche rötliche Färbung wie bei einem Glas Eistee. Im Nacken waren sie so kurz geschnitten, dass sie ihren hochgestellten Kragen kaum berührten und ihm einen klaren Blick auf ihr anmutiges Kinn und ihren langen Hals gewährten, aber sie musste die langen Strähnen ihres Ponys immer wieder aus ihren karamellfarbenen Augen zurückstreichen. Ihr blau kariertes Oberteil hatte sehr kurze Ärmel und zeigte die Bräunung ihrer nackten Arme.

Plötzlich drehte sie sich um und ertappte ihn dabei, wie er sie beobachtete.

Er wandte den Blick ab und überlegte, was er sagen könnte. „Und wenn es nicht Robin Hood war?"

„Was?" Sie neigte den Kopf zur Seite und lenkte seine Aufmerksamkeit auf ihren cremefarbenen Hals.

In der Market Street bog er nach rechts ab. „Was ist, wenn wir es mit zwei verschiedenen Einbrechern zu tun haben?"

„Wie kommst du darauf?"

„Das ist nur eine Theorie", sagte er. „Und vielleicht bin ich verrückt. Aber die Einbrüche sind nicht alle gleich, oder? Manchmal geht der Einbrecher sehr gewalttätig vor und dann wieder nicht. Manchmal schlägt er nachts zu und manchmal nicht. Manchmal spendet er das, was er stiehlt, und manchmal nicht."

„Vielleicht spendet er alles, aber es wird nicht alles gemeldet."

„Vielleicht", sagte er. „Die Schmuckschatulle war der dritte Diebstahl, oder?"

„Da habe ich keinen Überblick mehr."

„Es war der dritte. Die Reiterfigur war der erste. Dann die Uhr. Dann die Schmuckschatulle. Dann die Brosche."

Sie drehte sich auf ihrem Sitz herum. Die karierte Bluse spannte sich über ihrer Brust. „Und?"

„Der Petrie-Einbruch ist anders, weil er so brutal war. Die Bosticks konnten nicht einmal sagen, wann der Einbruch geschehen war, und das Haus der Sebastians hat er auch nicht verwüstet. Zwischen dem Einbruch bei den Sebastians und dem bei den Petries ist etwas passiert. Etwas, das ihn wütend gemacht hat. Oder es war ein anderer Einbrecher."

„Ich weiß nicht", erwiderte sie langsam. „Sie haben so vieles gemeinsam. Er nimmt immer etwas mit, das einen persönlichen Wert hat. Die Brosche hat Latisha viel bedeutet, und Karl … er war am Boden zerstört."

Am Boden zerstört? Da der Anwalt ihn trotz seiner vielen Anrufe immer noch nicht zurückgerufen hatte, hatte Logan ein wenig nachgeforscht. Hauptsächlich auf den Gesellschaftsseiten der Zeitungen. Warum sollte einer der begehrtesten Charlestoner Junggesellen wegen einer Schmuckschatulle am Boden zerstört sein? Welcher Mann hatte überhaupt eine Schmuckschatulle in seinem Kleiderschrank?

„Was ist an dieser Schmuckschatulle so besonders?", fragte er.

„Er sagte, sie sei seit Jahren im Besitz seiner Familie."

„Was war in der Schatulle?"

„Sie war leer.“

„Warum hatte er sie dann in seinem Schrank versteckt?“

Sie rümpfte die Nase. „Die Schatulle war nicht wirklich versteckt, sondern stand in einem Regal.“

„Und du wusstest nicht, dass sie da war?“

„Natürlich nicht. Woher hätte ich so etwas wissen sollen?“

Die junge Frau verstummte und ließ ihn ziellos durch die Straßen fahren. Das mitteilungsfreudige, charmante Mädchen von vor ein paar Minuten war während des Gesprächs missmutig geworden.

Logan blieb vor dem Haus der Davidsons stehen. „Danke, dass du meine Fragen beantwortet hast. Trotzdem sticht für mich der Einbruch bei den Sebastians heraus.“

Sie hob ihre Tasche vom Boden auf und öffnete dann die Wagentür. „Du zitierst mich doch in deinem Artikel nicht, oder?“

„Ich fasse vielleicht etwas von dem zusammen, was du gesagt hast, aber nein, ich kann dich aus der Sache heraushalten, wenn dir das lieber ist.“

„Ja, bitte.“ Sie stieg aus dem Auto, dann beugte sie sich noch einmal zu ihm herab. „Bis demnächst, Logan.“

Er hob die Hand zum Abschied und schaute zu, wie sie zu einem gelben Honda Civic ging. Daisy. Lächerlich. Welcher Mensch gab seinem Auto einen Namen?

Der Journalist trat aufs Gaspedal, fuhr zur Meeting Street und reihte sich dort in den dichten Verkehr ein.

Er würde seinem Auto nie einen Namen geben. Und wenn doch, wäre es so etwas wie … Thor, stark und germanisch.

Aber nein. Er gab doch seinem Auto keinen Namen.

Kapitel 10

„Welcher Mensch, der noch richtig im Kopf ist, lässt eine Storioni-Geige von 1793 – von 1793! – stehen und nimmt stattdessen eine Ladislav Prokop? Aus den Dreißigerjahren!“

Logan konzentrierte sich darauf, den Namen richtig zu schreiben. Trotz seines digitalen Aufnahmegeräts machte er sich vorsichtshalber auch handschriftliche Notizen. Als sein Gesprächspartner eine plötzliche Pause einlegte, blickte er auf. Jamison Ormsby, ein Geigenvirtuose, schaute die Storioni mit geröteten Wangen an, als wäre er wütend, dass sie nicht ebenfalls gestohlen worden war.

Das Musikzimmer war voll mit Instrumenten, von denen die meisten auf Hochglanz poliert waren wie antike Möbel. Für Logan sah eine Fiedel aus wie die andere, aber Ormsby, das jüngste Opfer von Charlestons Robin Hood, wusste eindeutig, was wertvoll war und was nicht.

„Eine, ähm, eine Prokop ist also … nicht viel wert?“

„Zweitausend Dollar vielleicht. Sie ist eine ganz nette Geige und hat einen sehr hellen, warmen

Klang. Aber das da drüben ist eine Storioni. Eine Storioni!“

Logan bemühte sich, eine schockierte Miene aufzusetzen. Währenddessen zog Wash die Vorhänge ein Stückchen zur Seite und versuchte, einen Sonnenstrahl exakt auf den leeren Instrumentenständer fallen zu lassen, auf dem die fehlende Prokop gestanden war. Da er jetzt zusätzliche Aufnahmen machte, die Logan möglicherweise in seinem Buch verwenden konnte, legte er einen schon beinahe übertriebenen Wert auf kreative Lichteffekte.

„Als ich ins Haus kam“, sagte Ormsby, „war alles still. Zu still. Ich wusste aber nicht, was nicht stimmte. Dann hörte ich über mir polternde Schritte auf den Bodendielen. Ohne nachzudenken, rannte ich die vordere Treppe hinauf. Er hätte ja eine Waffe haben können. Aber auf diese Idee kam ich erst später. Ich hätte fast einen Herzinfarkt bekommen. Aber in dem Moment folgte ich einfach meinem Instinkt.“ Er presste seine langen Finger an seine Stirn. „Aber während ich nach oben ging, muss er die Küchentreppe hinabgelaufen sein. Er war fort, bevor ich ihn erwischen konnte.“

„Sie haben ihn nicht gesehen?“, fragte Logan, der an das Bein dachte, das Rylee im Haus der Sebastians gesehen hatte.

Ormsby schüttelte den Kopf.

„Und was ist mit der Polizei?“, fragte Logan. „Hatten Sie den Eindruck, dass sie den Einbruch ernst genommen hat?“

Im Hintergrund warf ihm Wash einen fragenden Blick zu.

„Bitte schreiben Sie das nicht in Ihre Zeitung …" – Ormsby schaute auf Logans Notizblock – „… aber die Polizei hat sich verhalten, als würde ich sie nur unnötig belästigen. Ich wusste sofort, dass es Robin Hood war, aber der Detective sagte immer wieder: ‚Vielleicht', als könnte das alles nur ein Zufall sein. Sie sagten, sie gäben mir für die Versicherung eine Kopie ihres Berichts, aber mir geht es nicht so sehr um das Geld. Diese Prokop hatte einen großen persönlichen Wert für mich."

„War sie ein Geschenk?"

Ormsby zögerte. „Ja … sie stammt aus einer Haushaltsauflösung. Ich sammle Geigen, kann man sagen."

Bevor er sein Büro verlassen hatte, hatte Logan alle Informationen über Ormsby studiert, die er hatte finden können, hauptsächlich Artikel, die Ende der Siebzigerjahre verfasst worden waren, als er nach Charleston gezogen war. Es gab Konzertberichte, die Logan übersprungen hatte, und ein paar Klatschnachrichten, dass er seine Frau, mit der er dreißig Jahre verheiratet gewesen war, wegen einer dreiundzwanzigjährigen rothaarigen Klavierbegleiterin verlassen hatte.

„Mr Ormsby, Sie haben keine Haustiere, oder?", fragte Logan.

„Tiere? Nein. Ich bin Allergiker."

Logan nickte. Gut. Das bedeutete, dass der Mann kein Kunde von Rylee war.

„Nein." Ormsby schüttelte den Kopf. „Ich kann es nicht leiden, Tiere im Haus zu haben. Das ist etwas, das ich an meiner Exfrau überhaupt nicht vermisse.

Als sie auszog, nahm sie diesen widerlichen Hund mit."

„Einen Hund?" Logan hielt inne.

„Einen deutschen Schäferhund. Tiffany." Er betonte den Namen mit übertriebener Abscheu. „Nach dreißig Jahren bekomme ich in meinem Haus endlich wieder Luft."

„Hatte Ihre Frau einen Hundesitter beschäftigt?"

„Ja, sie hatte ein Mädchen, das den Hund regelmäßig ausführte. Ein nettes Mädchen. Sie lief immer mit Inlinern durch die Gegend. Ich sehe sie hin und wieder auf der Straße. Aber mir fällt gerade ihr Name nicht ein."

Er wurde zu seiner Chefin gerufen, als die Ausgabe des nächsten Tages gerade abgeschlossen wurde. Logan klopfte an die Tür, trat ein und fand Lacey Lamar an ihrem Schreibtisch vor, auf dem ein riesiger Bildschirm seinen neuesten Artikel zeigte, den Bericht über den Ormsby-Einbruch.

Sie drehte sich um, schlug trotz ihres engen Rocks die Beine übereinander und schaute über den Rand ihrer Schildpatt-Lesebrille zu ihm hinauf.

„Mach die Tür zu und setz dich." Sie deutete auf einen Stuhl neben sich.

Logan schob die Tür zu und nahm Platz. Er hätte viel lieber einen Schreibtisch zwischen sich und ihr gehabt.

„Der Grund, warum ich dich sprechen will, ist ein Anruf, den ich bekommen habe."

„Verrätst du mir den Namen des Anrufers?"

Sie ignorierte die Frage. „Offenbar hattest du ein Plauderstündchen mit Marcel Gibbon. Ist das richtig? Wie geht es dem Cherub?“ Sie wartete nicht auf eine Antwort. „Ich kann mir alle möglichen Gründe vorstellen, warum du ihn aushorchen wolltest, aber ich vermute, es hat etwas damit zu tun.“ Sie deutete mit dem Daumen auf den Bildschirm hinter sich, auf dem seine Worte vor dem beigegrauen Hintergrund abstachen. „So wie ich Marcel kenne, hat er dir eine Spur verraten, die du verfolgen kannst?“

Jetzt ignorierte Logan ihre Frage.

„Ich frage dich das, weil ich diese Informationen in meiner Zeitung lesen will. Ich will sie nicht das erste Mal in deinem Buch lesen. Habe ich mich klar ausgedrückt?“

„Ich habe von Marcel nichts bekommen.“

Sie zog skeptisch eine Braue in die Höhe.

Er konnte ihre Zweifel verstehen. In der Vergangenheit war Gibbon mit der Weitergabe von Informationen relativ großzügig gewesen, als hätte er Hintergedanken. Aber dieses Mal nicht.

„Ich möchte dir etwas unmissverständlich klarmachen, Logan. Ich weiß, dass du davon träumst, ein Buch herauszubringen und den Journalismus an den Nagel zu hängen. Bis jetzt war ich ziemlich nachsichtig. Aber dein Artikel über den Petrie-Einbruch war echt dünn, und das, was du über den Sebastian-Einbruch geschrieben hast, war erbärmlich.“

„Ich versuche ja, den Polizeibericht im Sebastian-Fall zu bekommen, aber die Polizei rückt nichts heraus.“

„Dann interviewst du eben den Bestohlenen."

„Er geht nicht ans Telefon und ruft nicht zurück."

„Seit wann lässt du dich von so etwas aufhalten?"

„Ich habe seine Hundesitterin interviewt, und jetzt habe ich, was ich brauche."

„Jetzt ist es aber ein bisschen spät, findest du nicht?" Seine Chefin nahm unwirsch ihre Brille ab. „Hör zu, wenn ich auch nur eine Minute den Verdacht habe, dass du meine Story opferst, um sie exklusiv in deinem Buch zu bringen, sorge ich dafür, dass deine journalistische Karriere schneller endet, als dir lieb ist. Hast du mich verstanden?"

Natürlich verstand er sie. „Ehrlich, Marcel hat mir keine Tipps gegeben. Was Karl Sebastian angeht, strenge ich mich mehr an. Aber der Ormsby-Artikel ist gut. Das musst du zugeben."

Sie trommelte mit den Fingern auf ihre Stuhllehne. „Ich muss überhaupt nichts zugeben. Und wenn der nächste Artikel nicht so wird, wie ich ihn mir vorstelle, ziehe ich dich von dem Fall ab."

Das Gartentor der Davidsons quietschte. Rylee drehte sich um und sah, dass Detective Campbell entschlossenen Schrittes auf sie zukam. Seine Aufmerksamkeit wurde nur kurz abgelenkt, als sein Blick zu George wanderte, der zwischen den Büschen stand.

„Miss Monroe", meinte er dann an sie gewandt, „ich möchte, dass Sie mit mir zur Polizeiwache kommen und eine offizielle Aussage machen."

Sie blinzelte. „Eine Aussage? Was heißt das? Stecke ich in Schwierigkeiten?"

George hob die Griffe seiner Schubkarre an und ging hinters Haus.

„Nein. Wir versuchen nur, einige Zusammenhänge zu klären, und es wäre sehr hilfreich, wenn Sie mitkämen. Es dauert nicht lang."

Ihr erster Impuls war, sich herauszureden und ihm zu sagen, dass sie einen Hund ausführen musste, aber Toro war der letzte Hund an diesem Morgen. Sie musste erst am Nachmittag in einem anderen Haus sein. Und sie hatte den Eindruck, dass Campbell das bereits wusste.

Die junge Frau holte ihre Tasche von der Veranda und trat durch das Gartentor, das der Detective ihr aufhielt.

„‚Pendergrass Gartenarbeiten'", sagte er und deutete auf Georges Lieferwagen. „Gehört der Wagen dem Mann, mit dem Sie gesprochen haben?"

„Ja." Sie zwängte sich in Nates Mustang.

Im Gegensatz zu Logans Auto sah es dort sehr chaotisch aus. Der Sitz fühlte sich unter ihren Beinen klebrig an und das ganze Auto roch nach abgestandenem Essen. Die Sitze platzten an den Nähten auf. Auf dem Boden lagen keine Fußmatten, nur ein Fast-Food-Karton mit Fettflecken stand offen herum. Im Becherhalter des Detectives wackelte ein riesiger, mit Kondenswasser beschlagener Limonadenbecher.

Er trat mehrmals aufs Gaspedal, bevor er den Motor anließ. „Ich schätze, Sie und er sind ziemlich gut befreundet, wenn Sie im selben Haus arbeiten."

„George meinen Sie?"

„Wie war noch mal sein Nachname?"

„Pendergrass."

„Ah." Er nahm seine Limonade und fuhr los. Das Getriebe seines Wagens gab laute Geräusche von sich. „Wie lang kennen Sie ihn schon?"

„Ich kenne ihn überhaupt nicht. Aber er arbeitet schon fast genauso lang für die Davidsons wie ich."

Der Beamte sog an dem Strohhalm, der aus seinem Limonadenbecher ragte. „Wirklich? Arbeitet er noch für andere Kunden von Ihnen?"

„Er hat vor Kurzem bei den Bosticks angefangen, und wenn ich mich nicht irre, arbeitet er schon seit Jahren für die Sebastians."

„Gute Leute, die Sebastians. Dafür, dass sie Anwälte sind." Er zwinkerte ihr lächelnd zu.

Sie wandte ihr Gesicht ab und schaute aus dem Beifahrerfenster. Campbell unternahm noch einige Versuche, mit ihr Small Talk zu machen, aber sie antwortete nur knapp. Sie mochte ihn nicht, und er mochte sie nicht. Und sie sah keine Veranlassung, so zu tun, als wäre das anders.

Auf der Polizeiwache fuhren sie mit dem Aufzug in den zweiten Stock und bahnten sich einen Weg durch das Labyrinth an Schreibtischen, die durch dünne Wände voneinander getrennt waren. Gedämpfte Stimmen, hie und da ein Lachen und Handy-Klingeln vermischten sich.

„Kann ich Ihnen etwas zu trinken anbieten? Kaffee? Wasser?", fragte er, ohne jedoch an der fleckigen Resopalplatte stehen zu bleiben, auf der eine Kaffeekanne stand.

Rylee überlegte kurz, sein Angebot anzunehmen, nur damit er sich umdrehen musste, aber je früher sie von hier wieder fortkam, desto besser. „Ich brauche nichts. Danke."

Sie war hier nicht im Gefängnis, sondern nur auf einer Polizeiwache, aber sie fühlte sich trotzdem eingesperrt. Nachdenklich betrachtete sie den Fliesenboden, die abgehängte Zimmerdecke und die fensterlosen Wände und schickte dann ein Stoßgebet zum Himmel. Sie dankte Gott dafür, dass sie ihre Arbeit unter freiem Himmel ausüben konnte. In einem solchen Büro würde sie den Verstand verlieren.

In seiner Kabine forderte Campbell sie mit einer Handbewegung auf, sich auf ein Foltergerät mit Chromrahmen zu setzen, das wohl einen Besucherstuhl darstellte, und ließ sich selbst auf seinem ergonomisch geformten Stuhl nieder, der an den Seiten Knöpfe zur Feineinstellung hatte. „Machen Sie es sich bequem, Miss Monroe."

Sein Schreibtisch war unter Papierstapeln begraben, dazu kamen Fast-Food-Schachteln und ein halb gegessenes Brötchen, dessen Alter undefinierbar war. Er suchte vergeblich nach einer freien Stelle auf seinem Schreibtisch und stellte seinen Limonadenbecher schließlich auf einen schiefen Aktenstapel. Als er die Hand wegnahm, geriet der Becher bedrohlich ins Rutschen. Rylee befürchtete, dass er gleich umkippen würde, aber nach ein paar Zentimetern blieb er stehen.

Campbell zog eine Schublade auf, holte ein Aufnahmegerät heraus und stellte es an die Kante seines Schreibtisches. „Haben Sie etwas dagegen?“

Sie schüttelte den Kopf.

„Antworten Sie bitte für die Aufnahme.“

„Nein, ich habe nichts dagegen“, sagte sie übertrieben deutlich.

„Gut.“ Er ratterte seinen Namen und seinen Dienstgrad herunter, wiederholte ihren Namen, ihr Geburtsdatum und ihre Adresse und lehnte sich dann zurück, wobei sein Stuhl sich seiner Bewegung perfekt anpasste. Sie hatte eine Art Verhörzimmer erwartet, aber offenbar sollte sie ihre Aussage hier machen. „Wenn Sie jetzt bitte die Namen und Adressen von all Ihren Kunden aufzählen könnten.“

„Ich habe Ihnen schon gesagt, dass Sie dafür eine richterliche Vollmacht brauchen.“

Mit einem Lächeln zog er ein Dokument aus der Innentasche seines Sportjacketts. Offenbar hatte er sich darauf eingestellt, ihr die Vollmacht bei den Davidsons unter die Nase zu halten, wenn sie sich geweigert hätte mitzukommen.

Sie überflog die ersten paar Zeilen. Bislang hatte sie noch nie im Leben eine richterliche Vollmacht zu sehen bekommen, aber dieses Formular sah echt aus. Trotzdem wollte sie seiner Aufforderung nicht nachkommen. Aber es sah nicht so aus, als bliebe ihr eine andere Wahl. Sie steckte das Dokument in ihre Tasche und begann mit den Davidsons.

„Gut. Wie lang arbeiten Sie schon für sie?“

Seine Fragen waren alle ziemlich direkt und schienen endlos. Müde warf sie einen Blick auf ihre

Armbanduhr. Fünfunddreißig Minuten waren vergangen, aber es kam ihr wie Stunden vor. Als sie mit der Aufzählung fertig war, machte sie Anstalten aufzustehen. Aber Campbell war augenscheinlich noch nicht fertig.

„Und wo waren Sie am 9. August zwischen sechzehn und achtzehn Uhr?", wollte er wissen.

Sie blinzelte. „Am 9. August? Keine Ahnung."

Er kramte auf seinem Schreibtisch herum, dann reichte er ihr einen kleinen Taschenkalender. 9. August. Ein Donnerstag. Der Tag, an dem die Bosticks entdeckt hatten, dass ihre Figur fehlte.

„Ich habe Hunde ausgeführt."

„Wessen Hunde?"

„Alle Hunde, Detective Campbell. Ich führe sie zweimal am Tag aus. Einmal am Vormittag und dann wieder abends, mit Ausnahme einiger besonderer Fälle."

„Und was sind Ihre besonderen Fälle?"

„Lassen Sie mich überlegen … Lion braucht eine Sonderbehandlung, und …"

„Sie gehen mit einem Löwen spazieren?" Seine Stimme überschlug sich fast.

„Nein. Lion ist eine Katze. Er gehört den Petries." Sie erklärte, welche Phobien Lion hatte, und zählte dann auf, welche anderen Tiere was für eine Sonderbehandlung brauchten. „Apropos, ich muss jetzt wirklich los. Ich werde bald bei den Maceys erwartet."

„Nur noch zwei Fragen." Campbell überflog seine Notizen. „Wo waren Sie gestern um vierzehn Uhr?"

Rylee rutschte auf ihrem Stuhl zur Seite, wodurch sich der dünne Metallarm in ihren Schenkel grub. „Zu der Zeit war ich unterwegs zu meiner Großmutter."

Er beugte sich vor. „Und wo wohnt Ihre Großmutter?"

„In ‚Bishop Gadsden' auf James Island."

„Um wie viel Uhr kamen Sie dort an?"

Sie zuckte die Achseln. „Gegen vierzehn Uhr dreißig."

„Kann das außer Ihrer Großmutter jemand bestätigen?"

Sie versteifte sich, als sie begriff, worauf er hinauswollte. Aus Logans Artikel wusste sie, dass Mr Ormsby in der Legare Street am Vortag eine Geige gestohlen worden war. Derzeit kein Kunde von ihr, aber sie hatte früher für ihn gearbeitet. Und wenn sie mit ihrer Vermutung richtig lag, war die Geige irgendwann gegen zwei Uhr gestohlen worden.

„Wollen Sie von mir wissen, ob ich ein Alibi habe, Detective Campbell?"

„Ich will nur wissen, ob jemand außer Ihrer Großmutter Sie gestern gesehen hat."

Die junge Frau schaute ihn mit offenem Mund an. „Bin ich eine Tatverdächtige?"

Er gab ihr keine Antwort.

Sie umklammerte die Armlehnen und atmete schnell und flach. „Das kann nicht Ihr Ernst sein. Das ist so, als würden Sie … als würden Sie den Gärtner verdächtigen, nur weil er in South of Broad arbeitet!"

„Komisch, dass Sie das sagen."

Rylee sprang auf. „Ich glaube, wir sind fertig, Detective."

„Es war eine einfache Frage. Gibt es einen bestimmten Grund, warum Sie mir nicht antworten wollen, Rylee?"

Sie nahm das Aufnahmegerät vom Schreibtisch und hielt es sich nahe vor den Mund. „Für Sie immer noch Miss Monroe, Detective."

Sie knallte das Gerät wieder auf den Tisch, schnappte ihre Tasche und verließ wütend seine Kabine. Erst als sie draußen war, fiel ihr ein, dass sie ohne Auto hier war. Mit einem lauten Stöhnen stürmte sie zur nächsten Bushaltestelle.

Rylee war immer noch wütend, als sie mit Romeo von ihrem Spaziergang zurückkam. Als sie von der Polizeiwache zu ihrem Auto zurückgekehrt war, hatte sie sich Shorts und Turnschuhe aus ihrer Sporttasche geschnappt und war mit ihren ersten Hunden spazieren gelaufen und nicht gegangen.

Leider war sie mit den kleineren Hunden unterwegs und konnte das flotte Tempo nicht lange durchhalten, ohne deren Gesundheit zu gefährden. Romeo torkelte zu seiner Wasserschüssel und brach beim Trinken fast zusammen.

Karl stand an der Frühstückstheke und schaute seine Post durch. „Was ist mit ihm?"

Rylee nahm ein Glas aus dem Küchenschrank und füllte es mit Wasser aus dem Kühlschrank. „Wir haben unser Tempo ein wenig erhöht."

Er zog die Brauen in die Höhe. „Ist alles in Ordnung?"

Die junge Frau riss ein Papierhandtuch von der Rolle und wischte sich das Gesicht und den Nacken ab. „Ja, alles okay."

Karl sah sie skeptisch an und kam um die Frühstückstheke herum zu ihr. „Was ist los, Rylee?"

Sie nahm einen großen Schluck Wasser und lehnte sich dann an die Arbeitsplatte. „Entschuldige, Karl. Ich wollte nicht unfreundlich klingen. Ich schätze, ich habe heute einfach keinen besonders guten Tag. Das ist alles."

„Willst du mir erzählen, was los ist?"

Ihr Gegenüber sah an diesem Tag wirklich außergewöhnlich gut aus. Er trug eine silbergraue Hose und ein rosa gestreiftes Hemd, an dem die obersten zwei Knöpfe offen standen. Die Krawatte hatte er gelockert. Mit seiner gebräunten Haut und den hellblonden Haaren hätte sie ihn stundenlang anschauen können. Im Gegensatz zu ihm war sie verschwitzt, klebrig und schmutzig. Sie nahm noch einen Schluck. Das war auch egal. Es bestand sowieso keine Chance, dass sie heute zum Abendessen eingeladen werden würde; so viel stand fest.

„Ich wurde auf die Polizeiwache gebracht."

Er blickte abrupt hoch. „Du wurdest was?"

„Ich wurde nicht verhaftet oder so. Der Detective kam heute Vormittag nach meinem letzten Hund vorbei und hat mich aufgefordert, mit zur Wache zu kommen und eine Aussage zu machen."

Karl schnappte nach Luft. „Bitte sag mir, dass du nicht mitgekommen bist."

Rylee schüttelte den Kopf. „Hätte ich das tun sollen?“

„Natürlich hättest du das tun sollen. Was hast du ihm erzählt?“

„Alles. Ich habe alle seine Fragen beantwortet, bis er anfing, mich nach meinen Alibis zu fragen.“

„Rylee …“, sagte er sanft. Es klang wie eine Liebkosung.

„Er verdächtigt mich, Karl. Er glaubt, ich sei Robin Hood.“

„Das ist das Lächerlichste, was ich je gehört habe.“

„Ich weiß. Das habe ich ihm auch gesagt. Aber er hatte eine richterliche Vollmacht.“

Er nahm ihr das Glas aus den Händen und stellte es hinter sie auf die Arbeitsplatte. Dadurch kam er ihr sehr nahe und jeder Nerv in ihr erwachte.

„Tu das nie wieder. Okay?“ Er legte seinen Zeigefinger unter ihr Kinn und hob es hoch. „Versprich mir das. Falls je wieder ein Polizist mit dir sprechen will, sagst du kein Wort, solange du nicht vorher mit mir gesprochen hast. Selbst wenn er eine richterliche Vollmacht hat. Versprochen?“

„Versprochen“, flüsterte sie.

Jetzt wird er mich küssen, dachte sie. *Und ich rieche nach Schweiß!*

Die junge Frau senkte das Kinn und brach damit den Blickkontakt ab. Er blieb noch einige Sekunden nah bei ihr stehen, dann trat er einen Schritt zurück. Sie ging um ihn herum, hob Romeos Wasserschüssel hoch, füllte sie noch einmal mit Wasser und stellte sie wieder auf den Boden.

„Bis morgen", sagte sie und streichelte dem Hund den Kopf.

Dann huschte sie zur Tür hinaus und wusste selbst nicht, ob ihr Abschied dem Hund oder Karl gegolten hatte.

Kapitel 11

Logan starrte an die Zimmerdecke und konnte nicht schlafen. Seine Bettdecke klebte in der schwülen Nachtluft an seinem Körper. Auf dem Schreibtisch in der Ecke leuchteten die Seiten seines Manuskripts hell in der Dunkelheit. Es waren immer noch nicht genug. Er überlegte, sich aus dem Bett zu wälzen und seinen Laptop aufzuklappen. Aber das hatte keinen Sinn. Er kam einfach nicht weiter. Zu müde zum Schreiben, aber zu angespannt, um einschlafen zu können.

Schließlich beugte er sich zu seinem Nachttisch hinüber und schaltete die Lampe ein. Sein Notizbuch lag offen neben ihm. Auf der aufgeschlagenen Seite fanden sich ein Name, eine Telefonnummer und viele Unterstreichungen. Bevor er es sich anders überlegen konnte, griff er nach seinem Handy. Er würde nur eine Nachricht auf ihrer Mailbox hinterlassen.

„Hallo?"

Sein Atem stockte. Er hatte nicht damit gerechnet, dass sie ans Telefon gehen würde. „Äh, hier ist Logan Woods."

„Oh“, sagte sie. „Hallo.“

„Habe ich dich geweckt?“ Er warf einen Blick auf die Uhr und erschrak. Zwei Uhr nachts.

„Nein. Ich warte gerade, bis die Waschmaschine fertig ist.“

Er stapelte seine Kissen aufeinander und lehnte den Kopf zurück. „Ich wollte dir nur sagen, dass du gestern eine große Hilfe warst.“

„Wirklich?“

„Ja. Du hast wahrscheinlich schon von dem letzten Einbruch gehört? Bei Jamison Ormsby, dem Violinisten?“

Sie seufzte. „Ich habe deinen Artikel heute Morgen gelesen. Früher habe ich mal für die Ormsbys gearbeitet. Für ihn und seine erste Frau.“

„Das hat er mir erzählt.“

Schweigen.

„Bist du noch dran?“, fragte er.

„Das ist so furchtbar. Ich verstehe nicht, warum diese Einbrüche nicht aufhören.“

Er versuchte, sich vorzustellen, wo sie war, und merkte, dass er das nicht konnte. Er hatte keine Ahnung, wo sie wohnte. „Vielleicht sollten wir uns mal zusammensetzen und eine Liste von deinen ganzen Kunden durchgehen. Deinen jetzigen und deinen früheren Kunden.“

Sie stöhnte.

„Was ist?“

„Das habe ich gerade erst mit Detective Campbell gemacht.“

Logan stützte sich auf einem Ellbogen auf. „Nate

hat dich zur Wache mitgenommen? Für eine Aussage?“

Wieder Schweigen.

„Rylee?“

„Er glaubt, ich hätte es getan, Logan. Er hat mich nach meinem Alibi gefragt.“

„Die Polizei tappt im Dunkeln. Ich kann mir nicht vorstellen, dass er das wirklich denkt.“ Aber Logan konnte es sich durchaus vorstellen. Nur zu gut. Er hatte gedacht, die Polizei nehme die Einbrüche nicht besonders ernst, da sie die Tatorte nur sehr oberflächlich untersucht hatte. Aber wenn Nate sie mit auf die Wache genommen hatte, warf das ein neues Licht auf den Fall.

Er setzte sich im Bett auf.

„Was denkst du?“, fragte sie.

„Dass wir diesen Kerl finden müssen. Diesen Robin Hood.“

Rylee legte das Telefon weg. Die Uhr an ihrem DVD-Player blinkte immer noch vom letzten Stromausfall. Sie musste sich fast den Hals verrenken, um auf der Mikrowelle nachzuschauen, wie spät es war. Viertel nach zwei. Im Fernsehen lief eine Sitcom, die sie eigentlich nie anschaute. Der Ton war ausgeschaltet. Sie war auf dem Sofa eingeschlafen.

Müde schob sie sich die Decke von den Füßen, ging zu ihrer Kochnische, schenkte sich ein Glas Limonade ein und fragte sich, ob es wirklich klug war, mit einem Reporter über ihre Kunden zu sprechen. Detective Campbell hatte eine richterliche Vollmacht. Logan hatte nichts als den Wunsch, den Schuldigen zu finden.

Im Waschraum am Ende des Flurs waren alle Waschmaschinen verstummt. Sie holte ihre Wäsche aus der Maschine, stopfte sie in einen Trockner und steckte einige Münzen in den Schlitz.

Als sie zurück in ihrer Wohnung war, sah sie, dass die Tür neben ihrer Wohnung offen stand. Sie klopfte leise. „Liz?"

Die Tür schwang weit auf. Sie trat einen Schritt in die Wohnung ihrer Freundin, die genauso klein und kahl war wie ihre eigene. Liz sagte oft scherzhaft: „Sie ist sehr schäbig und hat wenig Chic." Ein Futon aus ihrer Studentenzeit war mit einem gestreiften Laken überzogen. Ein niedriger Tisch mit einer Spanplatte als Tischplatte stand in der Mitte eines fusselnden Teppichläufers, den sie gebraucht gekauft hatte. Die dicken Kerzen darauf waren schon fast niedergebrannt.

„Liz? Ich bin's."

Liz kam aus dem Schlafzimmer. Sie trug immer noch die Kleidung von ihrem Job als Barkeeperin. Ihre blonden Locken fielen über ihre sommersprossigen Schultern. Seit dem letzten Sommer hatte sie eine Stelle im *Queen Anne's Revenge*, einem Restaurant im Piratenstil auf Daniel Island. Dort gab es viele Touristen und großzügige Trinkgelder.

„Hey, Rylee." Liz umarmte sie. „Ich bin gerade erst nach Hause gekommen."

„Und ich habe gerade eine Maschine Wäsche gewaschen."

Liz verzog die Nase. „Das muss ich auch noch tun. Mach's dir bequem, ich zieh mich kurz um."

Rylee rollte sich auf dem Futon zusammen und blätterte in einer alten Zeitschrift.

„Hast du dir mein Angebot noch einmal überlegt?", rief Liz.

„Eigentlich nicht."

Da beide Einsparmöglichkeiten suchten, hatte Liz vorgeschlagen, sich eine gemeinsame Wohnung zu nehmen. Eine Kollegin hatte ihr davon erzählt, dass in Summerville ein heruntergekommenes Doppelhaus leer stand. „Nicht schön, aber sehr billig."

Wenn sie sich die Miete teilten, würde es sich lohnen, eine halbe Stunde zu pendeln, meinte Liz. Aber Rylee war davon nicht überzeugt. Ihr kleines Auto war ohnehin schon zu alt. Noch weiter von Nonie und ihrer Arbeit wegzuziehen würde, egal, wie viel Geld sie sich bei der Miete sparten, ein zu großes Risiko bedeuten.

Liz duschte rasch und tauchte dann mit nassen Haaren und in einem knielangen T-Shirt wieder auf. Sie setzte sich im Schneidersitz auf den Futon und rieb sich mit einem Handtuch die Haare trocken. „Warum willst du denn nicht? Du würdest doch gern mit mir zusammenwohnen."

„Das ist es nicht." Rylee blätterte weiter in der Zeitschrift.

„Du machst dir immer noch wegen der Entfernung Sorgen?"

„Es ist jetzt schon ziemlich schwierig. Mein Auto gibt seltsame Geräusche von sich, und mir graut davor, es in die Werkstatt zu bringen."

„Aber das ist nicht der wirkliche Grund, oder?"

Rylee blickte auf. „Wie meinst du das?"

Liz lächelte sie mitfühlend an. „Du würdest in die falsche Richtung ziehen. Du willst näher an Charleston sein und nicht weiter weg." Sie schüttelte den Kopf. „Diese verrückte Regel, die du dir selbst aufgestellt hast. Dass du nur in South of Broad arbeitest. Du tust gern so, als würdest du in dieser Nobelgegend wohnen."

„Nein, das stimmt nicht."

Liz' Ton wurde sanfter. „Ich glaube schon. Du versuchst, so zu leben, wie als du klein warst und bei deinen Eltern gelebt hast."

Rylee spielte mit ihrem Perlanhänger. Liz war der einzige Mensch, dem sie je davon erzählt hatte, dass ihr Vater sie verlassen hatte, und der die Wahrheit über den Tod ihrer Mutter kannte.

Sie hatte nur bruchstückhafte Erinnerungen an ihre Eltern. Aber diese waren allesamt gut. Außer denen von der Beerdigung ihrer Mutter. Sie hatte die ganze Zeit unter den großen Männern, die Zigarren rauchten, und unter den Frauen, die schwarze Kleider und zu viel Parfüm trugen, nach ihrem Vater gesucht. Aber irgendwie hatte sie gewusst, dass er für immer fortgegangen war. Bis heute hasste sie den Geruch von Zigarren und benutzte kein Parfüm.

Aber hauptsächlich erinnerte sie sich an Nonie. Wie sie sie in den Arm genommen hatte. Sie getröstet hatte. Mit ihr gesprochen hatte.

„Männer sind unzuverlässig", hatte sie gesagt und ihren Kopf an den von Rylee gelehnt. „Auf lange Sicht kannst du dich nur auf einen einzigen Menschen verlassen: auf dich selbst." Ihre Tränen hatten Rylees Haare nass gemacht. „Versprich mir, dass du das nicht vergisst." Sie zog den Kopf zurück, legte die Hände auf Rylees Wangen und schaute ihr direkt in die Augen. „Versprich mir das."

„Ich werde es nie vergessen, Nonie. Versprochen", hatte sie damals erklärt.

Rylee legte die Zeitschrift auf den Wohnzimmertisch. „Ich brauche deinen Rat, Liz."

„Ja?" Sie legte das Handtuch auf ihren Schoß. „Was ist?"

Rylee holte tief Luft. „Da ist dieser Mann …"

Liz kreischte. „Rylee, du? Du bist schon seit Ewigkeiten nicht mehr mit einem Mann ausgegangen."

„Nein, so ist es nicht. Ich gehe nicht mit ihm aus. Er ist ein Zeitungsreporter, der über diese Robin-Hood-Einbrüche recherchiert. Mit einer Ausnahme gehören all die Häuser, in die eingebrochen wurde, Kunden oder früheren Kunden von mir. Es ist, ehrlich gesagt, ziemlich gespenstisch, und Menschen, die ich sehr mag, sind die Opfer dieses Einbrechers."

„Menschen, die du sehr magst? Du sprichst von deinen Kunden?"

„Ja."

„Rylee." Ihre Freundin runzelte die Stirn und streckte die Beine aus. „Es sind Kunden. Keine Familienangehörigen. Das ist ein großer Unterschied."

„Ich weiß. Ich sage ja nicht, dass sie Familienangehörige sind, nur dass … ich sie mag." Sie schwieg einen Moment. „Jedenfalls denkt dieser Reporter, Logan, ich könnte ihm helfen herauszufinden, wer der Einbrecher ist. Oder wenigstens, was die Opfer alle gemeinsam haben."

„Wer *außer dir* der Einbrecher sein könnte …"

„Jedenfalls will er meine Hilfe. Zuerst habe ich Ja gesagt, aber vielleicht hätte ich das nicht tun sollen."

Liz neigte den Kopf leicht. „Warum nicht? Ich verstehe nicht, wo das Problem ist."

„Du glaubst nicht, dass ich damit meine Kunden verrate?"

„Rylee, was redest du da? Wenn jemand in mein Haus eingebrochen wäre, würdest du mich doch nicht verraten, wenn du mithilfst, den Einbrecher zu fassen."

„Wahrscheinlich. Wenn man es so sieht …"

„Wie willst du es denn sonst sehen?"

„Es ist nur … dieser Reporter …"

Liz schaute sie neugierig an. „Sieht er gut aus?"

Rylee musste lächeln. „Darum geht es nicht."

„Darum geht es immer. Du bist süß, Schatz, und ich weiß, dass du nichts anderes willst, als dich um deine Oma zu kümmern. Aber hast du schon einmal überlegt, dass du vielleicht noch etwas anderes in deinem Leben brauchst als einen Hund?"

„Ich habe mehr als einen Hund."

„Du brauchst aber mehr als ein ganzes Rudel Hunde. Mit anderen Worten: einen Mann."

„Mein neuer Kunde hat mich zum Essen eingeladen."

Liz keuchte. „Nein! Der Kerl, der dich schon als Kind kannte? Dieser heiße Anwalt?"

Rylee nickte.

Liz kreischte wieder und rollte ihr Handtuch zu einem Turban zusammen. „Und, wann geht ihr aus? Wohin geht er mit dir? Was willst du anziehen?"

„Ich habe Nein gesagt."

Liz schaute sie mit offenem Mund an. „Ryleeeeeeee! Warum denn das? Dieser Kerl ist doch der Traum jeder Frau. Ein attraktiver, reicher, aufstrebender Anwalt verliebt sich in ein armes, schlecht bezahltes, überarbeitetes Aschenputtel."

Rylee lachte. „Wenn es nur so einfach wäre!"

„Es ist doch so einfach!"

Ihre Freundin schob sich vom Futon hoch. „Soll ich ihm sagen, dass du Interesse hast?"

„Abgemacht! Und, Rylee …?"

Sie blieb an der Tür stehen.

„Wenn du diesem Reporter helfen willst, dann tu es. Es klingt nach einem Abenteuer. Es wäre verrückt von dir, dir das entgehen zu lassen."

„Meinst du?"

„Ja. Wenn wir zusammenwohnen würden, könnten wir die ganze Zeit über solche Sachen sprechen."

„Klingt verlockend."

Rylee und Toro gingen durch die King Street bis zur South Battery und kamen am schmalsten Haus der Stadt vorbei. Ein weißhaariger Mann mit einer Kapitänsmütze auf dem Kopf stand mit einem Stadtplan in der Hand vor dem Haus, während seine Frau sich mit einem zusammengefalteten Stadtplan Luft zufächelte.

„Schau dir das nur einmal an, Martha! Nur vier

Meter breit. Vier Meter.“ In seiner Stimme schwang so viel Erstaunen mit, als würde er eines der Sieben Weltwunder betrachten.

Das war die Stadt, die sie kannte, mit vielen Menschen, die von den Sehenswürdigkeiten begeistert waren. Liz konnte über diese Liebe sprechen, als wäre sie eine Schwäche, aber sie würde nie verstehen, wie tief diese Liebe in Rylees Herz verwurzelt war.

Sie warf einen Blick auf ihre Armbanduhr und machte kehrt. Logan würde sie schon bald abholen. An der Presbyter-Kirche spähte sie durch den Zaun, um zu sehen, ob Dr. Welch da war. Sie konnte ihn nirgends entdecken. Aber direkt vor Toros Haus sah sie einen Streifenwagen mit Blaulicht.

Bitte, Herr. Nicht auch noch die Davidsons.

Die junge Frau erkannte Officer Kirk von der Nacht, in der sie Logan das Denkmal hinaufgejagt hatte. Er hatte einen Fuß in der offenen Tür des Streifenwagens stehen, den Ellbogen auf das Dach gestützt und sprach in ein Funkgerät. Vor seinem Auto blinkte das Blaulicht eines zweiten Streifenwagens. Auf dem Gehweg daneben standen Officer Munn und Nate Campbell.

Sie hatten einen weißen Lieferwagen, der mit Gartenzubehör gefüllt war, zwischen sich eingesperrt. Als sie die Buchstaben an der Tür des Lieferwagens sah, beschleunigte sie ihre Schritte.

„Was ist hier los?“, fragte sie. „Wurde bei den Davidsons auch eingebrochen?“

Campbell schaute sie finster an, als sie näher kam. „Nicht, dass wir wüssten.“

Ihre Schultern sackten erleichtert nach unten. Sie warf einen Blick durch das offene Fenster des Lieferwagens, wo sie ein bekanntes Gesicht entdeckte. „George?"

Der Gärtner schaute sie schweigend an und wandte dann den Kopf ab.

Detective Campbell trat zur Beifahrerseite, während Kirk mit der Hand an seiner Pistole auf der Fahrerseite näher kam.

Kirk bedeutete George, aus dem Wagen zu steigen und die Hände auf die Motorhaube zu legen.

Campbell verscheuchte Rylee. „Gehen Sie weiter, Miss Monroe."

Sie lief ein paar Meter weiter und blieb dann am Gartentor der Davidsons stehen.

Die Worte, die sie gestern zu Campbell gesagt hatte, hallten laut in ihren Ohren wider. *Das ist so, als würden Sie den Gärtner nur deshalb verdächtigen, weil er in South of Broad arbeitet!*

Hatte sie unabsichtlich Campbells Aufmerksamkeit auf George gelenkt? Die Wut, die sie gestern bei seinem Verhör gespürt hatte, regte sich jetzt wieder in ihr.

„Das ist lächerlich", rief sie.

Campbell drehte sich um und versperrte ihr die Sicht, sodass sie nicht sehen konnte, was sie mit George machten.

Statt zu verschwinden, zog sie Toro über den Gehweg wieder zu den Polizisten. „Warum tun Sie ihm das an?"

„Ich habe Ihnen gesagt, dass Sie gehen sollen!" Er

bedeutete ihr mit dem Zeigefinger, dass sie verschwinden sollte.

Ein schwarzer BMW blieb vor dem Wagen stehen. Logan stieg aus. Sein Hemd war glatt gebügelt, seine Ärmel waren hochgekrempelt. „Was ist hier los, Nate? Verhaftest du Pendergrass?"

Campbell wandte den Blick keine Sekunde von Rylee ab. „Er heißt nicht Pendergrass. Er heißt Reid. George Reid." Jetzt schaute er Logan an. „Bring sie weg von hier."

Logan warf einen Blick auf den Hund. „Bitte geh, Rylee. Bring den Hund ins Haus. Ich warte hier, bis du zurückkommst."

„Logan …" Sie vernahm selbst das Flehen in ihrer Stimme.

„Geh, bitte", sagte er leise.

Sie warf noch einmal einen Blick zu George. Officer Kirk hatte ihm Handschellen angelegt und drückte ihn, eine Hand an Georges Ellbogen, die andere auf seinem Kopf, auf den Rücksitz des Streifenwagens.

Sie drehte sich um, eilte durch das Gartentor und zog Toro hinter sich her.

„Das ist alles meine Schuld. Ich habe ihnen George auf dem Silbertablett präsentiert."

„Wie kommst du denn darauf?"

Logan fuhr zum *Slightly North of Broad*, einem Restaurant an der East Bay. In seinem Kopf drehte sich noch alles von der Szene, die er gerade auf der Straße mit angesehen hatte. Er hatte befürchtet, dass Nate vor ihm dort sein würde, und er hatte recht gehabt.

George Reid war wieder in Charleston? Und er gab sich als Gärtner aus? Das war kaum zu glauben.

„Gestern habe ich versucht, Detective Campbell klarzumachen, wie lächerlich seine Theorien sind. Ich sagte zu ihm, mich zu verdächtigen wäre so, als würde er meinen, der Butler hätte es getan. Aber ich habe nicht ‚Butler', sondern ‚Gärtner' gesagt." Sie presste ihre Finger an die Stirn. Ihr Daumenring funkelte im Sonnenlicht. „Ich wollte nur sarkastisch sein. Ich wollte doch nicht, dass er meine Worte ernst nimmt."

Er sah ihr an, dass sie sich schlecht fühlte, aber dafür bestand kein Grund. Wenn Pendergrass wirklich Reid war, war keine unbedachte Bemerkung von Rylee nötig gewesen, um den Verdacht der Polizei zu wecken. „Du hast nichts damit zu tun, Rylee."

„Aber natürlich!"

„Nate hat gesagt, dass sein richtiger Name George Reid ist. Er wurde in den Neunzigerjahren wegen schweren Diebstahls zu einer zehnjährigen Haftstrafe verurteilt. Der Fall wurde damals sehr bekannt."

Die junge Frau schaute ihn verblüfft an. „Das muss ein Irrtum sein."

„Das glaube ich nicht." Logan schüttelte den Kopf. „Sie haben ihn damals auf frischer Tat ertappt, als er Gemälde, Schmuck und andere Wertgegenstände bei sich hatte. Diese Sachen waren aus Häusern in Low Country gestohlen worden, die während eines Hurrikans evakuiert worden waren. Wenn er Robin Hood ist … das würde irgendwie passen."

„Woher weißt du das alles?"

„Ich habe den Reid-Fall in meinem Buch beschrieben."

„In deinem Buch? Du hast ein Buch herausgegeben?"

Er betätigte den Blinker und wechselte die Fahrspur. „Noch nicht. Aber ich arbeite daran. Es geht um Verbrechen in Charleston."

„Und George, mein George, kommt darin vor?"

„Ja. Was seinen Fall so interessant gemacht hat, war der Umstand, dass nur ein Bruchteil der gestohlenen Waren in seinem Lieferwagen gefunden wurde. Die damalige Staatsanwaltschaft spekulierte, dass ein ganzer Konvoi von Dieben den verheerenden Sturm ausgenutzt hatte. Aber Reid war der Einzige, den sie gefasst haben, und er redete nicht. Das Rätsel wurde nie gelöst und Reid blieb stumm. Er saß einfach seine Strafe ab und verschwand dann. Ich hatte keine Ahnung, dass er wieder hier ist."

Sie sackte auf ihrem Sitz zusammen. „Glaubst du wirklich, dass er der Robin-Hood-Einbrecher ist?"

„Ich halte das für gut möglich." Er konnte nicht vermeiden, dass Enttäuschung in seiner Stimme mitschwang. So sollte die Geschichte eigentlich nicht enden.

„Aber das ergibt keinen Sinn. Wenn er ein erfahrener Dieb ist, warum sollte er dann das Diebesgut spenden, statt es zu Geld zu machen? Und warum sollte er relativ wertlose Sachen stehlen, wenn er mehr hätte haben können?"

„Keine Ahnung", sagte er. „Ich habe wirklich gedacht, wir wären der Polizei voraus. Das ist eine echte Enttäuschung."

„Vorausgesetzt, er ist schuldig. Logan, nur weil der Mann früher ein Dieb war, heißt das nicht, dass er Robin Hood ist."

„Glaubst du denn, er ist es nicht?"

Sie schwieg einen Moment und biss sich nachdenklich auf die Lippe. „Ganz ehrlich? Nein."

Logan fuhr rechts auf die Pflastersteine, die die Cumberland Street säumten, und dann nach links in die Parkgarage. Er fand einen leeren Parkplatz und stellte den Motor ab. „Ich wünschte, das könnte ich auch sagen."

Rylee schüttelte den Kopf und holte ihr Handy heraus. Mit plötzlicher Entschlossenheit drückte sie einige Tasten.

„Wen rufst du an?"

„Ich kenne jemanden, der mir glauben wird."

„Wer?"

„Karl."

Er wurde steif. „Karl Sebastian?"

Mit einem Nicken hielt sie sich das Telefon ans Ohr. „Ich will sehen, ob er George helfen kann."

„Nein, warte", wandte er ein. „Ich glaube ..."

„Ja. Hallo. Hier ist Rylee Monroe. Könnte ich bitte mit Karl sprechen? ... Danke."

Er versuchte es noch einmal. „Rylee, Karls Kanzlei ist zwar auf Immobilien- und Strafrecht spezialisiert, aber der Einzige, der in beiden Bereichen gut ist, ist Karls Vater. Und nicht der Junio..."

„Karl! Oh, Gott sei Dank, dass du da bist."

Logan konnte die Gereiztheit, die sich in ihm regte, nicht unterdrücken. Er hatte ein halbes Dutzend Mal bei „Sebastian, Lynch & Orton“ angerufen und vergeblich versucht, zu Karl durchzukommen. Und ihr war es beim ersten Versuch gelungen.

„Ich brauche deine Hilfe.“

„Meine Hilfe?“ Die Stille im geschlossenen Auto und der Parkgarage ermöglichte Logan, Karls Stimme am Telefon zu verstehen. Rylee sah, dass er sich dichter zu ihr herüberbeugte, und hielt das Telefon so, dass er besser hören konnte. „Hat dieser Bulle dich wieder belästigt?“

Logan kniff die Augen zusammen. Nate war zwar kein Heiliger, aber Logan betrachtete ihn trotzdem als seinen Freund.

„Nein, mich nicht“, sagte sie und strich die Haare in ihrem Nacken glatt. „Aber George.“

„Pendergrass?“

„Ja. Und du wirst es nicht glauben, aber sein richtiger Name ist George Reid, und er saß wegen Diebstahls schon im Gefängnis und wurde jetzt gerade als der Robin-Hood-Einbrecher verhaftet. Aber ich weiß, dass er es nicht getan hat, Karl. Ich weiß es einfach!“

Ihr Gegenüber schwieg.

„Karl?“ Sie schaute Logan mit gerunzelter Stirn an, als sei er irgendwie für Karls Schweigen verantwortlich.

„Entschuldigung“, meinte Karl endlich, „die ganze Sache überrascht mich ziemlich.“

„Ich weiß. Mir geht es auch so.“ Sie zupfte am Saum ihres Oberteils. Ihr orangefarbenes, rückenfreies Kleid zierte ein Band direkt unter der Brust und viele lange, gelbe Fransen am Saum. „Du hast gesagt, ich soll dich anrufen, wenn die Polizei mich wieder belästigt, und da George für deine Familie schon viel länger arbeitet als ich, dachte ich, es wäre selbstverständlich, dass du …"

„Langsam, Rylee. Nicht so schnell. Wo bist du gerade?"

„Ich bin im Wagen von Logan Woods." Sie richtete ihre großen, braunen Augen auf ihn und lächelte.

„Dem Reporter?" Seine Stimme klang sehr scharf.

Ihr Lächeln verblasste. „Ja, wir wollen versuchen, ob wir …"

Logan schüttelte den Kopf und fuhr mit einem Finger scharf über seinen Hals.

„… ähm, Zeit finden, um essen zu gehen."

Die Stille, die nun folgte, war regelrecht erdrückend.

„Hältst du das für klug?", fragte Karl angespannt.

Sie machte sich nervös an ihrem Telefon zu schaffen und drückte seitlich die Taste, die die Lautstärke regelte. Dabei wich sie Logans Blick aus.

Zu spät, Prinzessin.

Er hörte immer noch ein gedämpftes Murmeln, aber Karls Worte konnte er nicht mehr verstehen. Logan trommelte mit dem Daumen auf das Lenkrad. Was war so falsch daran, wenn sie mit ihm essen ging?

„Wir sind nur Freunde." Sie zupfte einen Fussel von ihrem Kleid, während eine deutliche Röte an ihrem Hals hochstieg. „Er interviewt mich nicht. Wir wollen nur … essen." Sie wand sich.

Logan lehnte sich an seine Tür und verschränkte die Arme.

„Hör zu." Sie blies sich die Haare aus den Augen. „Ich bin in einer Parkgarage und kann dich nur schlecht verstehen. Aber du wirst George helfen, nicht wahr?"

Sie warf Logan einen schnellen Blick zu. „Ja … das werde ich … Bis dann."

Der Reporter rührte sich nicht. „Karl Sebastian ist ein reicher, verwöhnter Playboy, der Mädchen wie dich zum Frühstück verspeist."

Rylee drückte ihre Handtasche an sich. „Das stimmt nicht."

„Wirklich?" Er beugte sich zu ihr. „Dann liest du offenbar keine Klatschseiten. Mein Freund, der für die Gesellschaftsrubrik verantwortlich ist, sagt, dass Karl jede Woche eine neue Frau am Arm hat. Manchmal sogar jeden Tag."

Sie versteifte sich sichtlich und legte die Hand an die Tür.

Logan beugte sich hinüber und hielt den Griff fest. „Versucht er es bei dir auch, Rylee?"

Die junge Frau legte die Hand auf sein Handgelenk, zog es von der Tür weg und schob ihn auf seine Seite des Autos zurück. „Du steckst deine Nase in Dinge, die dich nichts angehen."

Er wollte ihr widersprechen, aber wozu? Wenn sie einen Kerl wie Sebastian nicht durchschauen konnte, würde nichts, das er sagte, sie vom Gegenteil überzeugen. Er zuckte kapitulierend die Achseln. „Du hast recht. Das geht mich nichts an. Aber sage nicht, ich hätte dich nicht gewarnt."

Sie öffnete ihre Tür.

„Rylee?"

Sie blickte ihn über ihre Schulter an.

„Wenn du George wirklich helfen willst, dann brauchst du nicht Karl. Sondern seinen Vater. Grant Sebastian kann vor Gericht alles herausholen."

„Aber er ist irgendwo in Europa. Karl muss also genügen." Sie stieg aus dem Auto und warf die Tür mit etwas mehr Kraft zu, als nötig gewesen wäre.

Logan seufzte. Wenn Reid wirklich der Robin-Hood-Einbrecher war, hatte es keinen Sinn mehr, mit ihr essen zu gehen. Er hätte gern einen Rückzieher gemacht. Sollte sie doch zu Karl Sebastian laufen. Sollte sie sich doch für Reid einsetzen. Was interessierte es ihn schon, was sie machte?

Der Reporter saß da und umklammerte das Lenkrad und dachte, dass er sich irgendeine Ausrede einfallen lassen und von hier verschwinden sollte.

Sie klopfte an seine Scheibe. „Ist noch etwas?"

Er schaute ihr in die Augen. Egal, ob es noch etwas brachte oder nicht, er hatte sie zum Essen eingeladen. Also ging er jetzt mit ihr essen. Er holte tief Luft und öffnete die Tür. „Nein, nichts. Ich komme schon."

Kapitel 12

Während sie Logan in dem Restaurant, das im 19. Jahrhundert eine Lagerhalle gewesen war, gegenübersaß, schmolz Rylees Gereiztheit dahin. Alles, was er über Karl gesagt hatte, stimmte. Er war ein Playboy. Und er spielte in einer anderen Liga als sie. Vielleicht hielt sich Logan für einen barmherzigen Samariter, weil er sie warnte.

Was seine Gründe auch waren, sie beschloss, die Sache zu vergessen und das Essen zu genießen. „Du bist offenbar Stammgast hier."

„Kann schon sein", erwiderte er mit einem Grinsen und zuckte die Achseln. Die Wirtin hatte ihn freundlich begrüßt und Rylee neugierig gemustert. Mehrere Bedienungen kamen ebenfalls vorbei und hießen ihn willkommen. Sogar der Küchenchef winkte ihm aus der offenen Küche zu.

Für Rylee hingegen war es das erste Mal seit Jahren, dass sie eine Mahlzeit in einem richtigen Restaurant einnahm. Und dann auch noch mit einem Mann. Vielleicht hatte Liz recht. Vielleicht sollte sie häufiger ausgehen.

Der Kellner servierte ihr einen Salat mit gebratenen Hähnchenstreifen und Logan einen riesigen Burger mit Pfefferkäse, bevor er wieder in Richtung Küche verschwand.

Logan legte seine Hand neben ihre auf den Tisch. „Stört es dich, wenn ich erst noch bete?"

Sie zog die Brauen in die Höhe. Sie wusste nicht einmal, dass manche Leute das noch in der Öffentlichkeit machten. Langsam drehte sie ihre Hand herum. Er schob seine Hand in ihre. Sie beugten den Kopf.

Wärme breitete sich sofort in ihrem Arm und in ihrem ganzen Körper aus, als wäre sie ein Stromkabel und er die Steckdose. Dieses Gefühl war so neu, so fremd für sie, dass sie unwillkürlich die Augen aufschlug.

In seiner großen, gebräunten Hand verschwand ihre fast. An seiner Hand traten die Adern hervor und an seinen Fingerknöcheln wuchsen dünne, braune Härchen. Sie fühlte Schwielen an der Unterseite seiner Finger, höchstwahrscheinlich vom Gewichtheben. Seine hochgekrempelten Ärmel ermöglichten den Blick auf gut proportionierte Unterarme und eine einfache Uhr mit Lederarmband. Sein Kopf war gebeugt und sie sah seine ungebändigten braunen Haare.

Nachdem er „Amen" gesagt hatte, drückte er kurz ihre Hand und ließ sie dann los.

Rylee war wie elektrisiert. Sein Händedruck hatte sie völlig durcheinandergebracht. Sie hatte nicht einmal zugehört, was er gebetet hatte.

Enttäuschung regte sich in ihr. Sie hätte sein Tischgebet gern gehört. Sie hätte gern gehört, was dieser Mann sagte, um Gott zu danken.

Segne das Essen, Herr. Verzeih, dass ich nicht aufgepasst habe.

Logan nahm einen großen Bissen und beugte sich über seinen Teller, falls auf der anderen Seite seines Sandwiches etwas heraustropfen würde. Er wischte sich mit der Serviette den Mund ab und deutete mit dem Kopf zu ihrem Salat. „Stimmt etwas nicht?"

Sie fuhr zusammen. „Nein! Nein. Es ist alles in Ordnung."

Rylee nahm ihre Gabel und spießte rasch ein Salatblatt, ein Apfelstückchen und Nüsse auf und schob sie sich in den Mund. Unglaublich. Sie betrachtete verwundert ihren Teller.

„Gut?", fragte er.

Sie nickte.

Mit einem Lächeln schob er etwas Salat auf seine Gabel. „Ja. Der Koch hier ist wirklich gut."

Sie nahm den nächsten Bissen.

„Woher kommst du eigentlich?", fragte er.

„Von hier."

„Ja? Ich auch. Bin auf James Island aufgewachsen."

Sie nickte. „Ich ebenfalls."

Seine Augen weiteten sich. „Das gibt es nicht! Warst du an der James Island Highschool?"

„Ja. Abschlussjahrgang 2002."

Ein breites Grinsen überzog sein Gesicht. Tiefe Grübchen zeigten sich auf beiden Seiten seines Mundes, und seine Augen leuchteten auf. „Ich war im Abschlussjahrgang '99."

„Ah. Das war in dem Jahr, in dem unsere Baseballmannschaft beinahe die Landesmeisterschaft gewonnen hätte."

Er schaute sie aufgeregt an. „Ich war in dieser Mannschaft! Ich habe mit Brett Spivey gespielt, der heute bei den ‚Colorado Rockies' ist."

„Ich weiß." *Gott segne Mr Lusky.*

Sie unterhielten sich über Baseball und dann über die Lehrer, die sie beide gehabt hatten, und über einige alte Schülertreffpunkte.

„Wo auf der Insel hast du gewohnt?", fragte er.

„Folly Beach."

„Was du nicht sagst! Wohnen deine Eltern immer noch dort?"

Sie schüttelte den Kopf. „Sie sind nicht mehr da. Und wie ist es mit dir?"

„Ich bin in den ‚Fort Johnson Estates' aufgewachsen. Nur ein kurzes Stück von der Highschool entfernt. Meine Eltern wohnen immer noch dort."

Du Glückspilz, dachte sie und konnte sich nicht vorstellen, wie es war, noch beide Eltern zu haben und sie so oft besuchen zu können, wie man wollte.

„Besuchst du sie sehr oft?", erkundigte sie sich daher.

„Nicht so oft, wie ich sollte, sagt mein Vater. Ich wurde vor ein paar Tagen nach Hause bestellt, weil ich gerade wegen dieser Robin-Hood-Sache viele Gottesdienste ausfallen lasse."

Sie neigte den Kopf zur Seite. „Möchtest du das ändern?"

„Ja. Diesen Sonntag."

Diese Seite von ihm hatte sie bis jetzt nicht kennengelernt. Diese neue, ehrliche Lebendigkeit. Er sprach weiter über seine Vergangenheit und dass er irgendwann während seines Studiums erkannt hatte, welchen Beruf er ergreifen wollte. Er hatte an der Clemson-Universität zunächst Forstwirtschaft studiert und dann zu Journalismus gewechselt.

„Und du?“ Er trank einen Schluck von seinem Eistee. „Was hast du nach der Highschool gemacht?“

„Ich bin ungefähr ein Jahr aufs College gegangen und hab dann beschlossen, dass das nichts für mich ist.“ Sie hatte keine Lust, ihm zu erzählen, dass sie das Studium abgebrochen hatte, weil sie die Einzige war, die zum Unterhalt der kleinen Familie beitrug. Das würde die Tür zu weiteren unangenehmen Fragen öffnen.

„Niemand hat einen Abschluss in Hundesitten angeboten, was?“

Sie lächelte. „Ich habe Bibliothekswesen studiert.“

Er zog verschmitzt eine Braue in die Höhe. „Du hättest dabeibleiben sollen, Rylee. Wenn mehr Bibliothekare so aussähen wie du, würden viel mehr Männer Bücher lesen.“

Die junge Frau wusste, dass sie die Bibliothekare verteidigen sollte, aber sein unerwartetes Kompliment überrumpelte sie. Es musste auch ihn selbst überrascht haben, denn plötzlich widmete er sich ganz konzentriert seinem Essen.

Sie lenkte das Gespräch von der Vergangenheit weg und fragte ihn nach seiner jetzigen Baseballmannschaft. Er erzählte, dass er enttäuscht war, weil sie die Ausscheidungsspiele verloren hatten.

Die beiden verglichen ihre Lieblingsfilme und Hobbys und stellten fest, dass sie Beachvolleyball und die Indiana-Jones-Filme liebten. Sie fragte ihn nach seinem Buch und er unterhielt sie mit Geschichten von Charlestons berüchtigtsten Gaunern.

Sie waren immer noch ins Gespräch vertieft, als sie feststellte, dass sie längst aufgegessen hatten, dass die anderen Mittagsgäste schon gezahlt hatten und gegangen waren und dass ihr Kellner an einem anderen Tisch saß und den Kopf in die Hand stützte.

Rylee warf einen Blick auf ihre Uhr und stöhnte. „Oh, Mann! Ich hätte schon vor einer Viertelstunde bei den Petries sein sollen."

Logan blinzelte und schaute sich um. Dann zahlte er schnell die Rechnung.

„Jetzt sitzen wir so lange hier", sagte sie, „und haben kaum über Robin Hood gesprochen."

„Was gibt es dazu noch zu sagen?" Seine Schultern sackten nach unten. „Ich fürchte, Nate ist uns zuvorgekommen."

„Sei dir da nicht so sicher. Du weißt zwar vielleicht alles über George Reid, aber du kennst George Pendergrass nicht."

„Nate hätte ihn nicht verhaftet, wenn er keine stichhaltigen Beweise hätte."

Sie verdrehte die Augen. „Vielleicht hast du eine zu hohe Meinung von deinem Freund."

Während sie sich durch den dichten Mittagsverkehr ihren Weg zu den Petries bahnten, hallten ihre Worte immer noch in seinem Kopf wider. Vielleicht hatte sie recht und er hatte wirklich eine zu hohe Meinung von Nate. Vielleicht hatte die Polizei den falschen Mann. Es wäre nicht das erste Mal, dass die Polizei nur die üblichen Verdächtigen verhaftete.

„Du glaubst also wirklich, dass George unschuldig ist?", fragte er.

„Ja, das glaube ich wirklich." Ihre Augen funkelten.

Schließlich räusperte er sich und tat etwas, das er überhaupt nicht geplant hatte: „Hast du morgen Abend schon etwas vor? Hättest du Lust, mit mir essen oder ins Kino zu gehen oder so was?"

Er versuchte, so beiläufig wie möglich zu klingen, um die Kühnheit dieses Vorschlags herabzuspielen. Zuerst sah es so aus, als zahle sich sein Mut aus.

Sie strahlte und sah aus, als würde sie jeden Augenblick zusagen, doch dann erstarrte sie. „Ich kann nicht. Ich muss Nonie besuchen."

Ein Korb. Wie peinlich. Aber es gab kein Loch, in dem er sich verkriechen konnte, deshalb schluckte er seine Enttäuschung hinunter. „Ist das … ein Hund?"

Sie lachte. „Nonie ist meine Großmutter."

„Ach so. Wo wohnt sie?"

„Auf der Insel. In ‚Bishop Gadsden'."

Er nickte. „Ich bin schon öfter dran vorbeigefahren. Aber ich war noch nie da."

„Sie ist vor über drei Jahren dort hingezogen."

Er fuhr sich mit der Hand über den Mund. „Ich … ähm … ich könnte mitkommen."

Rylee drehte sich zu ihm und schaute ihn mit vor Überraschung ganz großen Augen an. „Du willst mitkommen? Zu meiner Großmutter?"

„Klar. Und danach kannst du die Hunde auf mich hetzen und ich laufe um der alten Zeiten willen davon. Oder wir könnten essen gehen. Du hast die Wahl."

Sie lächelte und spielte nervös an ihrem Ring. „Logan, lädst du mich ein, mit dir auszugehen, oder willst du nur wieder über Robin Hood sprechen?"

Er schaute in ihre großen braunen Augen und schmolz unter ihrem fragenden Blick dahin. „Ich schätze, ich will mit dir ausgehen."

Die junge Frau war wieder kurz davor, Ja zu sagen.

Schließlich holte sie tief Luft, atmete aus und dann wieder ein. „Also gut."

„Also gut?"

„Also gut." Ihr Lächeln war wie das der Sphinx – völlig undurchschaubar.

Aber es war ein Lächeln. Sie hatte Ja gesagt. Sie hatten vertrautes Gebiet verlassen und sich in etwas Unvorhersehbares … Neues begeben.

Seine übliche Wortgewandtheit versagte. Sie saßen schweigend da, nur wenige Zentimeter voneinander entfernt, und berührten sich nicht, aber trotzdem waren sich beide ganz stark der Nähe des anderen bewusst.

Die lockere Kameradschaft bei ihrer Unterhaltung während des Mittagessens war verschwunden. An ihre Stelle war eine starke Unsicherheit getreten. Eine nervöse Anspannung. Sie freuten sich beide über die neue Entwicklung, fürchteten sich aber davor, zu lange in der Nähe des anderen zu bleiben. Sie brauchten beide eine Rückzugsmöglichkeit, damit sie darüber nachdenken konnten, was soeben passiert war.

Als er sie bei den Petries aussteigen ließ, ließ Logan das Fenster noch einmal herab. „Dann bis morgen!“

Sie öffnete das Gartentor, blieb dann aber abrupt stehen und drehte sich noch einmal herum und lief zu seinem Auto zurück. „Das hätte ich fast vergessen!“

Sie wühlte in ihrer Tasche und holte ein paar gefaltete Zettel heraus, die aus einem Spiralblock gerissen worden waren. „Das habe ich für dich aufgeschrieben. Darüber wollten wir beim Essen eigentlich reden. Bis morgen!“

Die junge Frau winkte und verschwand dann durch das Tor.

Er faltete die Zettel auseinander. In einer sauberen, geschwungenen Handschrift stand darauf eine Liste mit den Namen, Adressen und Haustieren ihrer Kunden sowie den Zeiten, wann sie für wen arbeitete. Darunter war jeder Einbruch aufgeführt, und daneben hatte sie sorgfältig notiert, wo sie sich zur jeweiligen Zeit aufgehalten hatte.

Als er zum Gartentor schaute, durch das sie verschwunden war, dachte er, dass er den Freitagabend kaum erwarten konnte.

Als Rylee an diesem Abend das Haus der Bosticks betrat, sprang der schokoladenbraune Labrador Cocoa an ihr hoch und begrußte sie.

„Du bist ein lieber Kerl.“ Sie kraulte ihn hinter den Ohren.

„Hallo, Liebes.“ Mrs Bostick kam in einem engen, schwarzen Abendkleid und mit nur einem Ohrring um die Ecke, während der zweite zwischen zwei Fingern baumelte. „Raten Sie mal, was es Neues gibt!"

Rylee ließ den Hund auf den Parkettboden hinab. „Was denn?"

„Doug hat mich mit Flugtickets nach Paris überrascht. Diese ganze Sache mit dem Einbruch hat so viel Stress bedeutet." Sie drehte die Augen nach oben. „Es wird uns guttun, ein wenig wegzukommen. Sie müssten in der Zeit auf unseren Cocoa aufpassen. Wir fliegen nächste Woche."

„Kein Problem. Das mache ich gern."

Während Mrs Bostick in der Küche verschwand, kam Doug Bostick die Treppe herab und kämpfte mit seinen Manschetten. Sein schwarzer Smoking wurde durch einen karierten Kummerbund und eine dazu passende Fliege aufgelockert. Er nickte Rylee zur Begrüßung zu und schaute sie dann hilflos an.

„Wären Sie so nett?", fragte er und hielt ihr die Manschette hin.

„Natürlich." Sie schob den Knopf durch mehrere sich überlappende Löcher und setzte dann den Onyxverschluss darauf. „Sie fliegen also nach Paris?"

Er zeigte ihr seine überkronten Zähne. „*C'est la vie!*"

Mrs Bosticks Absätze klapperten auf dem Parkettboden. Als sie wieder erschien, hatte sie beide Ohrringe angelegt.

„Wo findet die Party heute Abend statt?", erkundigte sich Rylee.

„Wir gehen heute auf zwei Partys." Mrs Bostick warf einen Blick auf ihre Uhr. „Und wenn wir nicht bald aufbrechen, Douglas, kommen wir zu spät."

Wie auf Kommando hielt er seiner Frau die Hintertür auf, dann zwinkerte er Rylee zum Abschied freundlich zu. „Gute Nacht."

„Einen schönen Abend. Viel Spaß." Sie verschloss die Hintertür hinter ihnen und führte Cocoa durch die Vordertür hinaus, wo sie auf der Veranda stehen blieb, um ihre Schuhe in ihre Tasche zu stecken und ihre Inliner anzuziehen. Die Bosticks kamen in einem schwarzen Mercedes-Coupé aus der Garage und ließen das Fahrerfenster herab, als sie an ihr vorbeirollten.

„Seien Sie vorsichtig da draußen", sagte Mr Bostick, aber die Fröhlichkeit in seiner Stimme übertönte die Warnung.

Die junge Frau winkte. „Sie auch."

Dann waren sie fort.

Während sie sich durch die warme, nach Blüten duftende Abendluft bewegte, spürte sie, dass die Atmosphäre der Stadt in völliger Harmonie mit ihrer eigenen Stimmung war. Sie genoss das angenehme Rollen über das unebene Pflaster, alle Fugen und Steine und den warmen Schein der altmodischen Gaslaternen. Das Rauschen der Kräuselmyrten im Westwind. Selbst die dunkler werdenden Gassen strahlten das kristallene Mondlicht wider. Jeder, den sie auf der Straße traf, schien zufrieden und sorglos zu sein.

Cocoa zog sie weiter und japste glücklich. Er kannte ihre nächtliche Route auswendig.

In der King Street begegneten sie mehreren Personen in Abendgarderobe: schwarze Smokings, rosafarbene und rote Seide. Damen, die den Saum ihrer

Kleider lupften, während sie aus einer schwarzen Limousine stiegen, einige Marmorstufen hinaufgingen und von ihren Begleitern in ein vornehmes, hell beleuchtetes Haus geführt wurden. Es war nur eine der vielen Partys, die die Stadt offenbar immer wieder ausrichtete.

Cocoa trottete durch die *South Battery* zum *Confederate Memorial*. Sie lächelte, als sie an Logans unglaublichen Sprung auf das Podest des Denkmals dachte.

Rylee stand unter dem Denkmal und betrachete die Statue zum ersten Mal in ihrem Leben bewusst. Ein muskulöser Mann, der mit nichts anderem als einem Feigenblatt bekleidet war, umklammerte ein Schwert und einen Schild wie ein Gladiator aus früheren Zeiten, während eine große Walküre mit einem mit Flügeln versehenen Helm und einem fließenden Gewand hinter ihm stand und die Hand zum Gruß oder möglicherweise zum Schutz oder vielleicht sogar zum Segen erhoben hatte.

Als sie Schritte hinter sich vernahm, wandte sie sich um.

Ein dicker, kahlköpfiger Mann, dessen runde Wangen sich verzogen, als er die Lippen beim Versuch eines Lächelns nach oben zog, stand hinter ihr. Sehr dicht. Zu dicht. Und er machte kein Hehl daraus, dass er sie musterte.

Er trug einen zerknitterten, dunklen Leinenanzug. Zwischen seinen dicken Fingern glühte ein Zigarrenstummel. Bei diesem Geruch drehte sich ihr fast der Magen um.

„Kennen wir uns?“, fragte sie.

Er paffte an seiner Zigarre. „Bis jetzt noch nicht.“

Die Leine spannte sich, weil Cocoa weiterlaufen wollte.

Eine Gruppe Touristen schlenderte durch die Bäume näher zu ihnen heran und schaute zu dem Denkmal hinauf. Aus ihrem Lachen und ihrem schaukelnden Gang schloss sie, dass sie reichlich getrunken hatten.

Cocoa bellte.

„Lass das!“, befahl sie ihm und nutzte dann die Ankunft der Neuankömmlinge, um sich von dem kahlköpfigen Mann zu entfernen.

Sie rollte auf den Murray Boulevard und zog an der Leine, bis Cocoa im gleichen Tempo neben ihr herlief. Als sie zurückschaute, stellte sie fest, dass der Mann ihr folgte, und beschleunigte ihr Tempo bis zur King Street, in die sie scharf einbog. Cocoa stürmte weiter. Die Silhouette des Mannes wurde kleiner, aber er lief diagonal durch den Park. Genau auf sie zu.

Ist das der Mann, der mich neulich verfolgt hat? Ein Schauer lief ihr über den Rücken.

Im selben Augenblick veränderte sich die Atmosphäre der Stadt. Der Mond verbarg sich hinter den Wolken und tauchte die Seiten der Straße in Schatten. Die Partygänger waren von der Straße verschwunden, ihre Türen fest verschlossen.

Rylee schaute wieder hinter sich und übersah dadurch ein Loch auf dem Gehweg. Ihre Rollen verfingen sich und rissen ihren Fuß zur Seite. Sie versuchte, die Bewegung auszugleichen, landete aber auf Knien und Handflächen und schaffte es kaum, die Leine festzuhalten.

Cocoa blieb abrupt stehen und verdrehte dadurch ihren Fuß noch mehr.

Keuchend setzte sie sich auf und hielt ihren schmerzenden Knöchel.

Der Mann überquerte die South Battery und lief weiter in ihre Richtung. Als er unter einer Straßenlaterne hindurchlief, stieg eine Rauchwolke über seinem Kopf auf.

Ohne auf ihren Knöchel und ihre aufgeschürften Knie und Handflächen zu achten, kramte sie in ihrer Tasche nach ihrem Handy.

„Ist alles in Ordnung?"

Sie blickte auf und war für einen kurzen Augenblick vom Licht der Straßenlaterne geblendet. Zwei Mädchen liefen auf sie zu. Eine von ihnen beugte sich über Cocoa und streichelte ihn.

Die andere half Rylee auf die Beine. „Hast du dir etwas gebrochen?"

Rylee belastete ihren Knöchel ein wenig. „Nein. Es ist nichts gebrochen."

Das andere Mädchen begann zu lachen, als Cocoa ihr Gesicht ableckte. „Er ist so süß. Wie heißt er?"

Bevor Rylee ihr antworten konnte, umklammerte das Mädchen, das ihr auf die Beine geholfen hatte, plötzlich Rylees Arm und starrte hinter sie. Die junge Frau fuhr herum.

Zigarrenrauch hüllte sie ein und erfüllte die Luft mit dem Geruch von Moder und getrockneten Blättern.

Er stand ein paar Meter entfernt und ein zufriedener Ausdruck trat auf sein rundliches Gesicht. „Ich schätze, damit bin ich der Igel und Sie der Hase.“

„Warum lassen Sie mich nicht in Ruhe?“, fauchte sie ihn an.

Die zwei Mädchen standen steif wie Plastikpuppen da und schauten einander an, während Cocoa sich näher an Rylees unsichere Beine drückte.

„Sie haben mich völlig falsch verstanden, junge Dame. Ich will Ihnen nichts tun. Ich dachte nur, es wäre an der Zeit, dass ich Sie mir einmal ansehe. Und der Anblick hat sich gelohnt.“ Seine Augen funkelten anerkennend und zugleich bedrohlich. „Ich will Sie um einen Gefallen bitten.“

„Ich tue nichts für Sie.“

Er schmunzelte. „Das werden wir ja sehen.“ Er zog an seiner Zigarre, die an der Spitze rot glühte. „Wenn es Ihnen nichts ausmacht, würde ich lieber nicht vor diesen Damen sprechen.“

Die Mädchen wichen in kleinen Schritten zurück, aber Rylee bedeutete ihnen mit einem flehenden Blick dazubleiben. Die Größere blieb stehen und ihre Freundin duckte sich hinter sie.

Rylee nahm die Leine wieder fest in die Hand. „Wenn Sie etwas zu sagen haben, dann sagen Sie es.“

Er zuckte die Achseln. „Vergangenen Dienstag waren Sie gegen zwei Uhr im Garten der Petries und George Pendergrass war auch da. Sie haben sich nett mit ihm unterhalten.“

Ein spürbarer Trotz stieg in ihr auf. „Ist das eine Frage oder ein Befehl?“

Der Mann drehte sich um und schnipste seinen Zigarrenstumpen auf die Straße, wo er noch ein wenig weiterglühte. „Ein Befehl! Sie waren am Dienstag um zwei mit George Pendergrass zusammen. Sagen Sie das, falls jemand Sie fragt."

Er verschwand die Straße hinab und ließ die drei Frauen und den Labrador wortlos stehen. Sie brauchten einen Moment, um wieder zu Atem zu kommen. Dann lächelten sie sich nervös an.

„Danke, dass ihr geblieben seid."

Die Mädchen nickten. „Wer war dieser Mann?"

Sie schaute in die Dunkelheit hinein, in der er verschwunden war. „Ich habe keine Ahnung. Aber ich kenne jemanden, der das vielleicht weiß."

Kapitel 13

Nachdem sie Cocoa in das jetzt leere Haus zurückgebracht hatte, zog Rylee ihre Inliner aus, um ihren Knöchel zu untersuchen. Er tat weh, aber er schien nicht weiter verletzt zu sein. Allerdings hatte sie sich Hände und Knie ziemlich stark aufgeschürft. Sie schmerzten.

Zuerst hatte sie Angst gehabt, aber jetzt war sie nur noch wütend. Sobald sie bei ihrem Auto war, wollte sie Logan anrufen und ihn fragen, wer dieser Mann gewesen war. Nachdem er ihr beim Mittagessen von so vielen Verbrechern erzählt hatte, würde er ihr sicher helfen können.

Die junge Frau schloss die Tür der Bosticks ab und ging die Straße hinab. Sie hatte Daisy in einer Querstraße geparkt – was eigentlich nicht weiter schlimm gewesen wäre, aber nun schien die Straße kein Ende zu nehmen und die Dunkelheit voller Gefahren zu stecken.

Sie beschleunigte ihre Schritte, hielt ihre Schlüssel in der geballten Hand und umklammerte mit der anderen ihr Handy, um Logans Nummer zu wählen, sobald sie sich in der Sicherheit ihres Autos befand.

Sie schaffte es ohne Zwischenfall zu Daisy, zog die quietschende Fahrertür auf und warf ihre Tasche auf den Beifahrersitz. Die Innenbeleuchtung war längst kaputtgegangen. Als sie auf den Sitz sank, bohrte sich etwas Scharfes von unten in ihren Oberschenkel. Rylee sprang auf und wischte eine Glasscherbe von ihrer Caprihose.

Mit zusammengekniffenen Augen warf sie einen Blick ins Auto und entdeckte ein gezacktes Loch, wo vorher das Beifahrerfenster gewesen war.

Jemand hatte ihr Auto aufgebrochen.

Sie sah sich in beiden Richtungen auf der Straße um. Ein leichter Wind wehte durch die Baumwipfel. Sonst war alles still. Zu still. Eine Gänsehaut zog über ihre nackten Arme. Sie fühlte in der Dunkelheit Augen, die sie beobachteten.

Ein Lied begann, leise in ihrem Kopf zu spielen. Ihr Mutmachlied, wenn sie keinen Hund an ihrer Seite hatte und Mut brauchte. Es war das Lied, das Maria von Trapp gesungen hatte, als sie ihre sieben Stiefkinder kennenlernen sollte.

Ich vertraue dem Sonnenschein. Ich vertraue dem Regen …

Rylee holte ihre Tasche vorsichtig wieder aus dem Auto und schob die Glasscherben beiseite. Auf dem Beifahrersitz glitzerten die Splitter. Sie kramte in ihrer Tasche und ertastete ihre Taschenlampe.

… Ich vertraue, dass der Frühling wiederkommt …

Mit einem Knopfdruck erwachte die Taschenlampe zum Leben. Die junge Frau richtete sie auf die Schatten in der Nähe. Nichts als Kopfsteinpflaster und Weinranken. Niemand, der ihr hier im Dunkeln auflauerte. Sie tauchte das Innere des Autos in kaltes, weißes Licht. Das Handschuhfach stand offen und sein Inhalt lag verstreut auf dem Boden. Die CDs, die an der Sonnenblende geklemmt hatten, waren fort.

... außerdem habe ich Vertrauen zu mir ...

Auf dem Rücksitz stand der Reißverschluss ihrer Sporttasche offen, die offensichtlich durchwühlt worden war. Sie richtete den Strahl ihrer Taschenlampe darauf.

... Stärke kommt nicht durch Zahlen. Stärke kommt ...

Das Lied in ihrem Kopf brach abrupt ab. Etwas fehlte.

Sie drehte die Tasche um. Diese war leer. Ihre Unterwäsche war verschwunden.

Trotz der warmen Nacht fing ihr Körper an zu zittern. Dann schaute sie zu den Bosticks zurück. Die Strecke zu ihrem Haus wirkte in der Dunkelheit wie eine weite, gähnende Kluft, in die sie sich keinesfalls stürzen wollte. Außerdem würde es auch nichts ändern, wenn sie zum Haus zurückging.

Ihr Instinkt riet ihr, die Polizei zu rufen. Aber die Worte des Detectives hallten in ihrem Kopf wider.

Rufen Sie uns nicht mehr an. Wir melden uns bei Ihnen.

Sie suchte in ihrem Adressbuch nach Logans Nummer. Sein Telefon schien ewig zu klingeln, bis er endlich dranging.

„Oh, hallo." Seine Stimme war tief. Belegt. Erfreut.

Sie brachte keinen Ton über die Lippen.

„Rylee?“ Sein Tonfall änderte sich. „Hallo? Rylee?“

„Irgendein kranker Irrer hat mein Auto aufgebrochen.“ Sie erkannte ihre eigene Stimme kaum wieder.

„Was? Bist du verletzt? Wo bist du?“

„Meeting Street. Eine Straße vom Haus der Bosticks entfernt. Cocoa. Und mein Auto. Es ist …“ Die Worte blieben ihr im Hals stecken.

„Hast du einen Hund bei dir?“

„Nein.“

„Du bist allein?“

„Ja.“

„Geh zu den Bosticks zurück. Geh ins Haus und sperr dich ein. Jetzt sofort. Und leg nicht auf. Bleib dran.“ Am anderen Ende des Telefons hörte sie, wie Türen zugeknallt wurden und Schritte polterten. Sein Atem wurde schneller.

„Logan, vorhin war da dieser Mann …“

„Tu, was ich dir sage! Sofort!“

Sie warf Daisys Tür zu und verschloss sie. Wie unsinnig das war, wurde ihr erst später bewusst. Die junge Frau blickte um sich, sah aber nichts. Das musste nicht bedeuten, dass niemand in der Nähe war.

„Bist du schon unterwegs, Rylee? Sag mir, dass du losgegangen bist.“

Sie warf sich ihre Tasche über die Schulter und lief los. „Ich laufe jetzt zurück.“

„Wie weit ist es noch?“

Sie vernahm das Brummen seines Autos, als hätte er den Schlüssel ins Zündschloss gesteckt, bevor er die Tür zugemacht hatte. Der Motor sprang an. Laute Gitarrenschläge, ein Schlagzeug und ein Becken ertönten, dann verstummte die Musik. „Wie weit ist es noch?"

„Es sind noch vier Häuser." Sie beschleunigte ihr Tempo.

„Ist jemand hinter dir?"

Rylee drehte sich um, lief einige Schritte rückwärts und drehte sich dann wieder nach vorne. „Ich sehe niemanden."

Quietschende Reifen am anderen Ende der Leitung. Das tiefe Dröhnen eines Automotors. „Wie viele Häuser sind es jetzt noch?"

„Eines."

„Warum brauchst du so lang?"

„Ich habe mir den Knöchel verdreht."

„Du bist verletzt? Du hast nicht gesagt, dass du dir was getan hast!"

Sie erreichte die Haustür der Bosticks. „Ich bin da."

„Gut. Das ist gut. Jetzt geh hinein und versperr die Tür von innen. Sobald wir auflegen, rufst du die Polizei an."

„Nein."

„Hör zu, ich verstehe, dass du die Polizei nicht besonders magst, aber das muss gemeldet werden. Dafür ist die Polizei da. Und die meisten Polizisten sind wirklich gute Leute."

„Außer Nate."

„Ob du es glaubst oder nicht, er ist auch ein Guter. Nur ein bisschen rau und kantig."

Sie drehte den ersten Schlüssel herum und öffnete endlich den Schließmechanismus.

„Bist du im Haus?"

„Die haben jetzt drei Schlösser!" Er fluchte leise.

Eine halbe Minute später schob sie die Tür hinter sich zu, versperrte alle Sicherheitsschlösser und sank auf den Boden. „Okay. Ich bin drinnen."

Er seufzte. „Das ist gut. Jetzt ruf die Polizei. Okay?"

Sie schloss die Augen. „Okay."

„Und falls irgendjemand kommt, hetzt du den Hund auf ihn, hörst du? Ich bin gleich da."

„Logan?"

„Ja?"

„Danke."

Stille. „Gern geschehen."

Leise legte sie auf und wählte dann die Nummer der Polizei.

Innerhalb weniger Minuten war es mit der Ruhe vorbei. Zuerst kam die Polizei und ging mit ihr zu ihrem Auto. Dann tauchte Logan in Shorts und T-Shirt auf. Die Bosticks, die auf dem Weg von einer Party zur anderen kurz nach Hause fuhren, blieben stehen, um zu sehen, was los war, und Mrs Bostick umarmte Rylee so fest, dass sie kaum noch Luft bekam.

All die Aufmerksamkeit machte Rylee ganz benommen. Abgesehen von ihrem Knöchel, der sich anfühlte, als wäre eine Akupunkturbehandlung schiefgelaufen.

Als alles aufgenommen und die Polizei zufrieden war, drückte Logan ihr seine Autoschlüssel in die Hand. „Du fährst in meinem Auto und ich folge dir in deinem."

Benommen starrte sie die Schlüssel an. „Wohin fahren wir?"

„Ich bringe dich nach Hause."

Sie blinzelte. „Okay."

Aber es war mehr als nur okay. Ihr war bis zu diesem Moment selbst nicht klar gewesen, dass sie nicht allein nach Hause fahren wollte.

Sie gingen zu seinem Auto, wo sie sich auf den ledernen Fahrersitz setzte. Das Lenkrad fühlte sich unter ihren Händen ungewohnt an. Logan beugte sich nach unten und verstellte mit einem Knopf den Sitz, bis er richtig auf sie eingestellt war. Dann drückte er eine Taste mit einer Zahl an der Tür, bis es piepste.

„Was war das?"

„Ich habe deine Sitzeinstellung gespeichert", antwortete er.

„Oh." Gespeicherte Sitzeinstellung. Das klang wichtig.

Logan schlug die Tür zu und bedeutete ihr, das Fenster nach unten zu lassen. In diesem Augenblick kam Mr Bostick auf sie zu und bot an, Daisys eingeschlagene Scheibe in seiner Werkstatt ersetzen zu lassen.

„Darum kümmere ich mich", sagte Logan. Dann schaute er sie an. „Ich fahre direkt hinter dir her."

Der Reporter klopfte zweimal aufs Autodach, dann joggte er mit den Schlüsseln, die zwischen seinen Fingern baumelten, zu ihrem beschädigten Civic.

Rylee schnallte sich an und fuhr los. Das Licht von Daisys beruhigend wirkenden Scheinwerfern fiel in den Rückspiegel. Das Armaturenbrett von Logans BMW leuchtete in der Dunkelheit orange, die Klimaanlage war so kalt eingestellt, dass sie selbst Lava zum Gefrieren gebracht hätte.

Sie schaltete in den dritten Gang. Von ihrer Großmutter hatte sie gelernt, ein Auto mit Schaltgetriebe zu fahren. Nonie hatte sie einmal an einem Sommerwochenende mit zu einem verlassenen Schulparkplatz genommen und ihr das Autofahren beigebracht. Nach zig Versuchen hatte sie endlich den Dreh herausgehabt.

Bei der Erinnerung an Nonies Geduld lächelte sie. Damals hatte Nonie nur ein wenig geistesabwesend gewirkt. Rylee hätte sich nie vorstellen können, wie sehr sich alles ändern würde. Und auch nicht, dass es so schnell gehen würde.

Und jetzt hatte sie ... niemanden.

Alle, an die sie sich hätte wenden können, alle, auf die sie sich hätte verlassen können, waren fort. Sie hatten sie verlassen. Freiwillig oder nicht. Ihr Vater hatte sich aus dem Staub gemacht und sich ein neues Leben aufgebaut und verschwendete wahrscheinlich nie einen Gedanken an sie. Ihre Mutter war tot. Und Nonie war mit ihren geistigen Aussetzern auch an den guten Tagen nicht wirklich da. Sie hatte Freunde – Liz immerhin. Aber Liz verstand sie nicht. Nein, sie hatte nur ihre Kunden, und als sie sich an Mrs Bosticks liebevolle Umarmung und an das Angebot ihres Mannes, Daisy reparieren zu lassen, erinnerte, sagte sie sich, dass das genügte.

Aber sie hatte keinen ihrer Kunden angerufen. Sie hatte Logan angerufen.

Und er war sofort gekommen. Er war aus seiner Wohnung gelaufen, hatte sie hinsichtlich der Polizei unterstützt und folgte ihr jetzt nach Hause.

Wieder schaute Rylee in den Rückspiegel. Sie hatte die feste Absicht, ihr ganzes Leben ohne Mann zu bleiben und sich nie wieder auf jemanden zu verlassen, der sie sitzenlassen könnte. Aber es tat gut, ein wenig umsorgt zu werden.

Sie setzte den Blinker und nahm die Auffahrt nach Folly Beach. Daisy folgte dicht hinter ihr.

Allein an seinem Lenkrad waren mehr Knöpfe, als sie in ihrem ganzen Auto hatte. Die eine Seite regelte den Tempomat, die andere die Stereoanlage. Sie schaltete die Anlage ein und laute Musik erfüllte den Wagen.

In der Fleming Road passierten sie einen Apartmentkomplex nach dem anderen, die, je weiter sie fuhren, umso schäbiger aussahen. Der Wohnblock, in dem sie wohnte, lag auf der rechten Seite, ein zweistöckiges Ziegelgebäude im Stil eines Motels.

Eine Metalltreppe am Ende des Gebäudes führte zum offenen Flur im ersten Stock hinauf, der übersät war mit braunen Farnen und schmutzigen Grills, angeketteten Fahrrädern und Klappgartenstühlen mit eingerissenem Stoffbezug. Da der Hausverwalter eine sehr lockere Arbeitseinstellung hatte, waren die meisten Lampen neben den Türen kaputt. Liz und der Mieter, der zwei Türen weiter wohnte, waren die Einzigen, die funktionierende Lampen vor der Wohnungstür hatten.

Der Schotter knirschte unter den Reifen, als sie das Auto zum Stehen brachte. Noch bevor sie die Tür öffnen konnte, war Logan schon da. Er hielt ihre Hand, als sie ausstieg, und seine Augen wanderten über den

Wohnblock und den leeren Platz auf der anderen Straßenseite. Der Reporter runzelte die Stirn.

„Guck mal“, sagte sie und schaute nach oben.

Liz’ Vorhang bewegte sich.

Logan sah die Bewegung und spannte sich an.

„Wink Liz doch kurz zu, Logan. Sie freut sich bestimmt.“

Er gehorchte, aber seine Bewegung war steif. Diese Umgebung war eindeutig nicht nach seinem Geschmack. Sie war auch nicht nach ihrem Geschmack, aber sie hatte gelernt, sich damit abzufinden. Liz zog den Vorhang weiter auf, lächelte und winkte zu ihnen hinab.

Sie stiegen die Treppe hinauf und bahnten sich dann ihren Weg durch den angehäuften Müll auf dem breiten, offenen Flur. Logan schob die Hand über das Geländer, nahm sie aber schnell wieder weg und begutachtete seine Finger.

„Wir sind da“, meinte sie irgendwann und blieb an ihrer Tür stehen. Nachdem sie den Schlüssel umgedreht hatte, musste sie die Tür mit der Hüfte aufdrücken. „Sie klemmt manchmal.“

Er rüttelte am Türgriff und schaute ihn an, als hätte er noch nie einen gesehen. Logan ging hinein und schloss und öffnete die Tür einige Male. Ehe sie sich versah, hatte er sich hingehockt und lugte in den Spalt zwischen Griff und Tür.

„Dieses Ding ist ein Witz“, sagte er. „Und du hast nicht einmal einen Riegel oder eine Sicherheitskette.“

Rylee warf ihre Tasche auf die Arbeitsplatte in der

Küche und schaltete die Lichter ein. „Ich brauche kein Sicherheitsschloss, Logan. Hier gibt es nichts, das sich zu stehlen lohnt."

Er schloss die Tür ein letztes Mal. „Wenn man in der Fleming Street wohnt, sollte man mindestens vier Sicherheitsschlösser haben."

Sie eilte durchs Wohnzimmer und räumte schnell ihre Sportshorts weg, die über einer Stuhllehne hing, und griff nach Latisha Petries roten Schuhen, die diese ihr geschenkt hatte.

„Wo ist dein Hund?" Er hatte immer noch die Hand am Türgriff und war bereit, sofort die Flucht anzutreten, falls das nötig sein sollte.

„Keine Sorge. Ich habe keinen." Rasch hob sie einen Stoß schmutziger Wäsche vom Boden auf, warf alles auf die Kommode und schloss die Schlafzimmertür hinter sich.

„Du machst Scherze."

Sie zuckte die Achseln. „Ich hätte gern einen Hund, aber ich hätte nicht viel Zeit für ihn. Er wäre die meiste Zeit allein in der Wohnung eingesperrt."

Aber es war nicht nur das. Es waren die Kosten. Und falls sie Geld übrig hätte, was sie nicht hatte, würde sie es für ihr Auto ausgeben.

Er runzelte die Stirn. „Dann brauchst du unbedingt ein Sicherheitsschloss. Versprich mir, dass du dir eines kaufst."

„Mal sehen. Hast du Durst?"

Logan nickte. Er stand an der Tür und ließ seinen Blick durch das Zimmer schweifen. Seine lange, blaue Sporthose hing um seine Hüften. Seine gut geformten

Unterschenkel waren die eines Mannes, der schon eine Million Treppen hinaufgestiegen und eine Million Meilen gelaufen war. An den Füßen trug er Turnschuhe – echte Reeboks.

Rylee holte zwei Gläser aus einem Hängeschrank. „Magst du Kool-Aid?"

„Kool-Aid?" Er rieb sich das Kinn. „Ich glaube, das habe ich seit der fünften Klasse nicht mehr getrunken. Welche Geschmacksrichtung hast du?"

„Schwarze Kirsche."

„Klingt gut. Kann ich dir helfen?"

„Nein, nein. Ich muss nur das Eis aus dem Eisautomaten holen. Fühl dich wie zu Hause."

Er nahm sie beim Wort und schaute ihre CD-Boxen durch, schüttelte hier und da ein Taschenbuch, um zu sehen, ob etwas herausfiel, und entdeckte dann ihre DVD-Sammlung. „The Sound of Music", die so oft gespielt worden war, dass die DVD Kratzer hatte, bedachte er mit einem flüchtigen Blick, dann kehrte er zu den Büchern zurück und zog ein Exemplar von „Der letzte Mohikaner" heraus.

„Das gehört nicht zu deinen Lieblingsbüchern, nehme ich an", rief er und hielt das Lesezeichen hoch, das ziemlich weit vorne im Buch steckte.

„Das Buch kann mit dem Film leider nicht mithalten." Sie zuckte schuldbewusst die Achseln.

Er stellte es ins Regal zurück und begutachtete dann ihr Sofa, als fürchte er, eine Feder könnte hochschnellen, falls er sich daraufsetzte.

Sie lächelte. Die gepolsterte Couch war nicht mehr modern, aber er brauchte keine Angst zu haben. Sie war immer noch in gutem Zustand. Die meisten ihrer Möbel stammten aus dem Haus, in dem sie und Nonie gewohnt hatten. Dazwischen fanden sich einige Errungenschaften vom Flohmarkt, Dinge, die sie reparieren oder neu streichen oder wenigstens mit einem feuchten Tuch abwischen hatte wollen, aber dafür hatte sie nie die Zeit gefunden.

Logan blieb vor den Familienfotos stehen, die auf einem alten Halbschrank standen. Er hob einen Rahmen hoch und hielt ihn ins Licht. „Sind das deine Eltern?"

Sie nickte. „Sie sind nicht mehr da. Mein Vater … mein Vater hat uns verlassen, als ich noch ein Kind war. Meine Mutter … ihr ging es danach nicht sehr gut und … sie starb kurze Zeit später."

Sein Blick wurde weich. „Das tut mir leid."

Sie kam um die Arbeitsplatte herum und reichte ihm sein Getränk. „Jetzt sind nur noch Nonie und ich da."

Der Reporter stellte das Foto wieder hin und deutete dann auf ein anderes, das sie und Nonie mit Winterhüten und Schals an einem Strand zeigte. Es war vor etwa sechs oder sieben Jahren entstanden.

„Ist sie das?"

„Ja."

„Ich freue mich darauf, sie kennenzulernen." Er stieß mit ihr an und nahm einen kräftigen Zug. Sein Adamsapfel rollte bei jedem Schluck.

Sie nippte nur an ihrem Glas.

„Fühlst du dich jetzt wieder besser?", fragte er.

„Ja." Zu ihrer Überraschung stimmte das wirklich.

„Danke, dass du gekommen bist und mich nach Hause begleitet hast."

„Gern geschehen." Er machte keine Anstalten zu gehen.

Sie schaute sein Glas an. „Willst du noch etwas?"

„Gern."

Logan folgte ihr und lehnte sich an die Arbeitsplatte, während sie den Kühlschrank öffnete und sein Glas noch einmal füllte.

„Kurz bevor ich heute die Redaktion verließ, habe ich erfahren, dass George Karls Angebot, ihn als Anwalt zu vertreten, abgelehnt hat."

Sie schaute ihn fragend an. „Was?"

„Ja. Er hat ‚Nein, danke' gesagt."

Sie schaute ihn mit offenem Mund verblüfft an. „Warum sollte er das tun?"

„Vielleicht, weil er weiß, dass Karl es vermasseln würde. Ich hab's dir ja gesagt. Karl hat vielleicht die Lizenz, als Strafverteidiger zu praktizieren, aber ich habe heute nachgeschaut: Er hat seit Jahren keinen einzigen Fall mehr vertreten. Sein Fachgebiet ist Immobilienrecht, und um ehrlich zu sein: Ich bin nicht sicher, ob er darin gut ist. Seinem Vater gehört die Kanzlei, also kann er sich ruhig zurücklehnen. Wenn ich George wäre, würde ich ihn auch nicht als Verteidiger haben wollen."

Rylee reichte ihm das Glas. „Trotzdem ist er besser als ein Pflichtverteidiger. Findest du nicht?"

„Nicht unbedingt." Er trank einen Schluck. „Glaubst du, das, was mit deinem Auto passiert ist, hatte mit Robin Hood zu tun?"

„Ehrlich gesagt, glaube ich, dass es etwas ganz anderes sein könnte." Sie erzählte ihm von dem mysteriösen glatzköpfigen Mann mit den runden Backen, der sie im Park angesprochen hatte.

Er bat sie, die Beschreibung zu wiederholen, bis hin zum Geruch der Zigarre. Sein Gesicht wurde hart. „Das muss Marcel Gibbon gewesen sein. Hast du schon mal von ihm gehört?"

„Hätte ich?" Sie lehnte sich an die Küchenplatte.

„Marcel ist in Charleston ziemlich berüchtigt. Ich hab heute einen Anruf von ihm bekommen, was ziemlich seltsam ist, denn normalerweise bin ich derjenige, der sich bei ihm meldet. Und er telefoniert nicht gern."

„Was wollte er?"

Logan kramte in seiner Hosentasche und zog die Liste mit den Kunden heraus, die sie ihm gegeben hatte, als er sie vor dem Haus der Petries abgesetzt hatte. Neben ihre Liste hatte er noch einige eigene Notizen gemacht.

„Er wollte sichergehen, dass ich von Georges Alibis bei den Robin-Hood-Einbrüchen wusste. Ich habe sie alle neben deine geschrieben." Er reichte ihr die Liste. „Das Komische dabei ist, dass er sagt, du wärst zur Zeit des Ormsby-Einbruchs bei George gewesen, aber nach deinen Notizen …"

„Das hat er mir auch gesagt. Er befahl mir zu sagen, dass ich bei George gewesen sei, obwohl ich genau weiß, dass das nicht stimmt." Ein unwillkürliches Schauern lief ihr über den Rücken. „Was hat George mit diesem Mann zu tun?"

„Sie kennen sich schon lang. Niemand konnte es beweisen, aber es ging das Gerücht um, dass die Diebstähle, für die George ins Gefängnis kam, von Gibbon geplant worden waren. Jetzt ist er angeblich ehrlich, aber er hat immer noch Kontakt zu ihm. Ich schätze, er setzt sich um der alten Zeiten willen für George ein. Vielleicht ist er ihm einen Gefallen schuldig."

Sie wusste, dass Logan Kontakt zu vielen zwielichtigen Gestalten hatte. Deshalb hatte sie ihn ursprünglich auch anrufen wollen. Trotzdem waren das zwei verschiedene Dinge – es zu wissen und ihn so beiläufig darüber sprechen zu hören.

„Er ist ihm einen Gefallen schuldig?", wiederholte sie kopfschüttelnd. „Er machte auf mich nicht den Eindruck, als sei er jemand, der anderen einen Gefallen tut. Es würde mich überraschen, wenn er sich noch um jemand anderen kümmert als um sich selbst."

„Da gebe ich dir voll und ganz recht." Er zeichnete mit dem Boden seines Glases Kreise auf die Frühstückstheke. „Aber ich glaube nicht, dass er dein Auto aufgebrochen hat. Das ist nicht sein Stil."

Nachdem sie gesehen hatte, wie Daisy aufgebrochen worden war, wie ihre Privatsphäre verletzt worden war, wie ihre Sachen durchwühlt und gestohlen worden waren, ahnte sie, wie bösartig der Täter sein musste. „Die Person, die das Auto aufgebrochen hat …" Sie schaute auf ihre abgewetzten Hausschuhe hinab. „Er hat ein paar … sehr persönliche Dinge mitgenommen."

„Ich habe gehört, wie du das dem Polizisten gesagt hast."

„Es …" Ihre Kehle schnürte sich zusammen, dann blickte sie auf. „Es hat mir Angst gemacht, Logan."

Und das war erst die Spitze des Eisbergs. Der Stalker. Der Robin-Hood-Einbrecher. Die Polizei. Das alles machte ihr Angst.

Er stellte sein Glas ab und kam um die Frühstücksplatte zu ihr. „Mach dir keine Sorgen. Ich lasse nicht zu, dass dir etwas zustößt."

„Das kannst du nicht versprechen."

Seine Stimme war fest. „Ich habe es gerade versprochen. Und das war mein Ernst."

Die winzige Küche wirkte so klein, wenn er darin war. Er war kein riesiger Mann, aber er war auch kein Zwerg.

Verlegen steckte sie die Hand in ihre Westentasche und stieß mit den Fingern an seine Autoschlüssel. Sie zog sie heraus. „Deine Schlüssel."

„Behalte sie. Ich lasse morgen die Scheibe an deinem Auto erneuern."

Sie schaute ihn mit offenem Mund an. „Das musst du nicht."

„Das tue ich gern. Außerdem habe ich Beziehungen."

Sie wusste, dass sie ihm widersprechen sollte, aber die monatliche Rechnung von *Bishop Gadsden* musste bezahlt werden. Sie hatte genug Geld, um sie zu zahlen, aber nicht genug für die Eigenbeteiligung, die ihre Autoversicherung verlangen würde, wenn sie das Fenster reparieren ließ. Wenn Logan jemanden kannte, der es kostenlos reparierte, würde sie sich nicht dagegen wehren. „Ich bin versichert."

„Ich habe den Versicherungsschein in deinem Handschuhfach gesehen."

Sie steckte seine Schlüssel wieder in ihre Tasche. Sein Blick folgte jeder Bewegung, die sie machte.

„Rylee." Er trat näher.

Die junge Frau nahm ihre Hand aus der Tasche.

Er berührte sie. Es war nur der leichte Hauch einer Berührung.

Es war der perfekte Moment für einen Kuss. Das wusste sie, und sie sah, dass auch er es wusste. Aber sie war nicht bereit dazu. Es war schon unglaublich, dass er in ihrer Wohnung war. Ein Kuss wäre im Moment zu viel für sie gewesen.

Aber jeder Nerv in ihrem Körper war hellwach. Und wartete. Und hoffte. Und war gespannt.

Er zögerte, dann trat er zurück und bedachte sie mit einem charmanten, jungenhaften Grinsen.

Später, schien dieses Grinsen zu sagen. *Nicht so.*

Sie atmete die Luft, die sie angehalten hatte, aus.

Er trat zur Tür. „Ich rufe dich morgen an."

„Okay."

„Klemme etwas unter den Türgriff, wenn ich draußen bin."

Sie lächelte ihn sanft an. „Wird gemacht."

Rylee trat ans Geländer hinaus, schaute ihm nach und winkte, als er ins Auto stieg und wegfuhr. Sobald er vom Parkplatz verschwunden war, stürmte Liz aus ihrer Wohnung und kam auf den Flur heraus.

„Wer war dieser unglaublich gut aussehende Mann?"

Rylee drehte sich um und musste unweigerlich lächeln.

Liz hatte ihre rosa Jogginghose an. Sie ergriff Rylee am Ärmel. „Komm mit. Du musst mir unbedingt alles erzählen."

Kapitel 14

Am nächsten Morgen traf Logan Nate Campbell auf der Polizeiwache. Der Beamte war gerade dabei, die letzte Milch in einen Becher pechschwarzen Polizeikaffees zu rühren, und sah aus, als hätte er die ganze Nacht durchgearbeitet.

Als er Logan sah, richtete sich der Detective langsam auf, und seine Gesichtszüge spannten sich an. „Du hast wirklich Nerven, dass du es nach deinem Artikel von heute Morgen wagst, dich hier blicken zu lassen."

Logan deutete mit dem Kopf zu Nates Kabine. „Können wir reden?"

Nate ging voraus und deutete auf den Stuhl mit dem Chromgestell vor seinem Schreibtisch. „Wenn du glaubst, eine Entschuldigung würde alles wiedergutmachen, irrst du dich."

Eine Entschuldigung. Ach ja, richtig. Logan legte den Knöchel auf das Knie seines anderen Beins. „Wenn du mir die Polizeiberichte gezeigt hättest, um die ich dich gebeten habe, hätte ich vielleicht nicht so viele Fragen zu deinem Fall."

Nate riss eine Schublade auf und warf einen dicken Ordner auf seinen Schreibtisch. „Was willst du noch? Meinen erstgeborenen Sohn?“

Logan wollte den Ordner nehmen.

Nate schlug mit der Hand darauf. „Vergiss es, Freundchen.“

Langsam zog Logan die Hand zurück. Nates heftige Reaktion überraschte ihn ein wenig. Wenn er in der Vergangenheit in seinen Artikeln Andeutungen gemacht hatte, dass der Polizei bei ihren Ermittlungen Fehler unterlaufen sein könnten, hatte der Detective nicht einmal mit der Wimper gezuckt. Er hatte Logan sogar einen Tipp gegeben, als Sheila Santos, eine Konkurrentin bei der Polizei, einen Fehler gemacht hatte.

„Du nimmst diese Sache viel zu persönlich“, sagte Logan.

Eine pochende Ader trat am Kinn des Detectives hervor. „Ist dir schon einmal in den Sinn gekommen, dass du das Gesamtbild noch gar nicht erfasst hast?“

„Dann zeig mir das Gesamtbild.“

„Stell mir Fragen, und ich beantworte sie dir, soweit ich kann.“

Logan zog seinen Notizblock heraus. „Was ist mit George Reid?“

„Er hat heute Morgen Kaution gezahlt und wir haben ihn gehen lassen. Er hat sich geweigert, eine Aussage zu machen oder in irgendeiner Weise zu kooperieren. Wir behalten ihn im Auge und warten darauf, dass er uns zu den gestohlenen Sachen führt.“

„Welche Beweise habt ihr gegen ihn?“

„Du meinst, abgesehen davon, dass er schon einmal

wegen Diebstahls gesessen hat und damals eine fast identische Vorgehensweise an den Tag gelegt hat? Und dass er rein zufällig für viele der Opfer arbeitet?"

„Das ist alles?"

„Reicht das nicht?"

Normalerweise hätte es gereicht. Für Logan summierten sich solche zufälligen Umstände üblicherweise auch zu einem starken Verdachtsmoment zusammen. Als in der Redaktion die Verhaftung bekannt wurde, hatte sich jeder, der sich an George Reid erinnerte, an die Stirn geschlagen und gesagt: „Na klar!"

Alles deutete auf George Reid hin. Das Einzige, was Logan daran hinderte, auch so zu reagieren, war, dass über Rylee das Gleiche gesagt werden konnte. Abgesehen davon, dass sie keine kriminelle Vergangenheit hatte. Wenn die Polizei nichts anderes gegen George Reid in der Hand hatte als seine Vergangenheit und die Tatsache, dass er für die meisten der Opfer arbeitete, war die Beweislage sehr dünn.

Nachdenklich klopfte er mit dem Bleistift auf sein Knie. „Ich verstehe, was du meinst, aber ich kann mich nicht erinnern, dass George Reid damals die Sachen, die er gestohlen hat, weggegeben hätte. Kannst du ihn tatsächlich mit den Robin-Hood-Einbrüchen in Verbindung bringen?"

Nate verdrehte die Augen. „Der Mann hat Zugang zu jedem Haus, in das eingebrochen wurde. Er geht in dieser Gegend ein und aus, ohne dass irgendjemand auf ihn achtet. Er befindet sich in der perfekten Position, die Häuser auszukundschaften." Der Detective schüttelte den Kopf. „Die einzige andere Person, die diese Möglichkeiten und Gelegenheiten hat, ist unsere Miss Hundesitterin. Und der einzige Grund, warum ich sie bis jetzt nicht verhaftet habe, ist der, dass sie keine kriminelle Vergangenheit hat. Sie hat nicht einmal einen Strafzettel wegen zu schnellen Fahrens."

Logan erstarrte.

Nate beugte sich vor. „Aber eines kann ich dir sagen: Ihre saubere Weste ist mir egal. Wenn noch einer von ihren Kunden Robin Hood zum Opfer fällt, hole ich sie mir. Und zwar nicht nur zum Verhör."

Logan zwang sich, ruhig zu bleiben, und steckte Stift und Notizblock in seine Jackentasche. „Das ist ja lächerlich."

Vielsagend schaute Nate ihn an. „Hast du dir schon einmal überlegt, dass sie vielleicht nur mit dir spielt, Logan? Vielleicht ist dieses Mädchen nicht das, was es zu sein vorgibt."

Der Reporter schüttelte den Kopf. „Sie hätte dabei nichts zu gewinnen und würde alles verlieren. Außerdem: Warum sollte sie einbrechen, wenn sie die Schlüssel hat?"

Nate hielt die Hand hoch und hakte jeden Punkt mit einem erhobenen Finger ab. „Die Bosticks waren verreist, als ihre Reiterfigur gestohlen wurde. Monroe hatte das Haus für sich allein und hätte das Fenster jederzeit aufbrechen können." Erster Finger. „Sie war die einzige Zeugin beim Sebastian-Einbruch. Sie könnte die Schmuckschatulle beseitigt, die Vorhangstange herabgerissen und dann so getan haben, als hätte sie den Einbrecher auf frischer Tat ertappt." Zweiter Finger. „Die Petries waren in London, als in ihr Haus eingebrochen wurde. Wieder hatte Monroe das Haus für sich allein und alle Zeit der Welt, das Schlafzimmer zu verwüsten." Dritter Finger. „Sie hat früher für die Ormsbys gearbeitet. Sie kennt dieses Haus wie ihre Westentasche. Sie weiß, wo die Geigen stehen. Sie hätte auch gewusst, wohin sie verschwinden muss, als Ormsby die vordere Treppe hinaufkam." Vierter Finger. „Noch ein Einbruch, Logan, und sie gehört mir." Fünfter Finger.

Wollen wir wetten? „Das ist bloß Zufall."

„In über neunzig Prozent unserer Fälle sieht es aus, als wäre es Zufall. Das weißt du."

„Sie hatte also die Möglichkeiten und die Gelegenheit. Aber was ist mit einem Motiv?"

„Ihrem Vater, Jonathan Monroe, hat früher eine dieser großen Villen in der East Battery gehört. Hat sie dir das nicht erzählt?"

Nein. Das hatte sie ihm nicht erzählt.

„Die Leute, deren Hunde sie ausführt. Sie war früher eine von ihnen. Die Monroes gehörten zu Charlestons High Society. Was ist damit? Hat sie dir diese Kleinigkeit zufällig auch verschwiegen?"

Ich kenne sie kaum. Dafür hatten wir keine Zeit.

„Und noch etwas: Der Vater hat das Bankkonto leer geräumt und ist verschwunden. Die Mutter schluckte daraufhin eine Überdosis Schlaftabletten. Ende des Märchens, mein Freund."

Schlaftabletten?

Logan rieb sich den Nasenrücken. „Selbst wenn

das stimmt, ist das lange her. Sie war damals noch ein Kind. Was hat das mit den Einbrüchen zu tun?"

„Du hast nach einem Motiv gefragt. Ich nenne dir eines: Dieses Mädchen hat viel Temperament und viel Wut in sich aufgestaut. Das habe ich mehr als einmal mit eigenen Augen gesehen. Und gegen wen, glaubst du, ist diese ganze Wut gerichtet? Außer gegen die Polizei. Ist das nicht offensichtlich?"

„Für mich nicht."

„Gegen die Leute, die das haben, was sie nicht hat. Was sie ihrer Meinung nach hätte haben sollen. Sie wohnt in einer billigen Absteige und kommt kaum über die Runden, um ihre Rechnungen zu bezahlen. Ich weiß das. Ich habe ihre Bankkonten überprüft. Aber sie verbringt den ganzen Tag mit der Crème de la Crème der Charlestoner Gesellschaft, hält sich in ihren Häusern auf und schmiedet irgendwelche kranken Rachepläne. Mach die Augen auf, Logan. Du flirtest mit einer Betrügerin, die es faustdick hinter den Ohren hat. Das würdest du selbst kapieren, wenn du dein Hirn einschalten würdest."

Logan stand langsam auf. Er war wütend auf seinen Freund. Besser gesagt, seinen ehemaligen Freund.

Er wusste, wie so etwas lief: Die Polizei brauchte dringend einen Täter für diese Einbrüche und schreckte dabei auch nicht vor gemeinen Schikanen zurück. Anrufe bei Rylees Kunden, die Verkehrspolizei wurde auf Daisy angesetzt, und sie wurde grundlos kontrolliert. Aufgrund seiner Kontakte bei der Polizei wusste er, wie leicht so etwas passierte und wie weit verbreitet es war.

Aber Nate versuchte, sie zu einer Komplizin bei den Robin-Hood-Einbrüchen zu machen oder sie gar selbst zum Einbrecher abzustempeln.

„Sie ist nicht Robin Hood, Nate. Lass sie in Ruhe."

Nate schnaubte. „Ich will dir ja nicht zu nahetreten, Kumpel, aber du hast mir gar nichts zu sagen."

Logan ballte die Fäuste und öffnete sie wieder. „Gut, aber denk dran: Ich berichte in der Zeitung, wie ich die Sache sehe. Wenn du sie verhaftest, nehme ich keine Rücksicht."

Nate kniff die Augen zusammen. „Du bedrohst einen Polizeibeamten, Woods?"

„Ich informiere dich nur." Er drehte sich um und marschierte aus der Kabine.

Washs Auto stand am Straßenrand und der Fotograf saß untätig hinter dem Lenkrad. Er war Logan vorher zur Autowerkstatt gefolgt, wohin sie Daisy gebracht hatten, damit ein neues Fenster eingesetzt werden konnte.

„Wie ist es gelaufen?"

„Das erzähle ich dir unterwegs", sagte Logan. „Zuerst muss ich George Reid anrufen. Jetzt rutsch auf die Seite. Ich setze mich nur zu dir ins Auto, wenn ich fahre."

Er hinterließ zwei Nachrichten auf dem Anrufbeantworter des Gärtners, aber der Mann hatte wahrscheinlich Besseres zu tun, als ans Telefon zu gehen, nachdem er gegen Kaution aus dem Gefängnis freigekommen war. Deshalb rief er lieber Marcel an. Auch bei ihm meldete sich nur der Anrufbeantworter.

„Was willst du von Reid?", fragte Wash.

„Zuerst einmal will ich wissen, warum er sich geweigert hat, sich von Karl Sebastian vor Gericht vertreten zu lassen. Ich muss nachsehen, aber wenn ich mich nicht irre, wurde George Reid bei seiner ersten Anklage von Sebastians Kanzlei vertreten."

Wash zuckte die Achseln. „Du siehst ja, wie das ausgegangen ist. Vielleicht will er so was nicht noch mal."

„Wenn eine Kanzlei wie ‚Sebastian, Lynch & Orton' an deine Tür klopft, schickst du sie nicht weg. Irgendetwas stimmt da nicht. Wie dem auch sei, wenn George Reid damals bereit gewesen wäre zu reden, wäre er mit einer geringeren Strafe davongekommen. Davon bin ich überzeugt."

„Ich dachte, du findest, Karl sei kein guter Anwalt?"

„Trotzdem."

„Und Gibbon? Was willst du vom Cherub?"

„Ich will wissen, warum er sich für Reid einsetzt. Es ist nicht seine Art, so aus dem Schatten herauszutreten. Es muss mehr dahinterstecken, als dass er nur einem früheren Freund einen Gefallen tun will. Gibbon muss einen anderen Beweggrund haben, aber ich kann mir beim besten Willen nicht vorstellen, wie dieser aussieht."

Das war noch nicht alles. Das, was Nate ihm über Rylees Eltern erzählt hatte, ging ihm nicht aus dem Kopf. Dass der Vater sich mit dem Vermögen abgesetzt und die Mutter eine Überdosis Schlaftabletten genommen hatte. Wenn Jonathan Monroe in einen Betrug größeren Ausmaßes verwickelt gewesen sein sollte, wäre Gibbon auch der Richtige, den er danach fragen könnte. Er kannte die Geheimnisse der Stadt wie kein anderer.

Sie fuhren an Reids Haus vorbei, klopften und steckten eine Visitenkarte an die Tür.

„Vielleicht ist er schon wieder arbeiten gegangen?", vermutete Wash.

Logan rief Rylee an, weil er dachte, sie wüsste vielleicht Genaueres über die Termine des Gärtners bei seinen Kunden. „Du hast George Reid nicht zufällig gesprochen, oder?"

Sie klang überrascht. „Er ist nicht mehr im Gefängnis?"

„Als ich heute Morgen bei der Polizei war, sagte Nate, dass er gegen Kaution freigelassen wurde."

„Das ist gut. Aber ich habe ihn nicht gesehen."

„Wenn du ihn siehst, dann lass es mich wissen." Er senkte die Stimme. „Wie geht es dir nach dem gestrigen Abend?"

Pause. „Ganz gut, denke ich."

„Arbeitest du gerade?"

„Natürlich."

„Sei bitte vorsichtig."

„Warum? Glaubst du, ich bin in Gefahr?"

„Nein", sagte er schnell. „Mir wäre nur lieber, wenn du nicht allein unterwegs wärst."

Er hörte ihr Lächeln. „Es ist mitten am Tag. Außerdem bin ich nicht allein. Sascha ist bei mir." Wie auf Kommando bellte ihm ein Hund ins Ohr.

„Also gut", sagte er. „Dann bis heute Abend."

Als er aufgelegt hatte, wollte Wash sofort wissen: „Was ist heute Abend?"

„Nichts."

„Das klang aber nicht nach nichts."

„Es ist nichts."

„Wirklich? Für mich klang das, als hättest du ein Date."

„Ich bringe ihr nur ihr Auto zurück." Logan schaute in den Außenspiegel und wechselte dann die Fahrspur.

„Das ist auch noch was, das du mir erklären musst. Wie kommt es, dass du ihr Auto zur Reparatur bringst? Ist das ein Service, den du jetzt bei allen deinen Artikeln anbietest?" Wash lehnte sich an die Beifahrertür. „Also, gehst du heute Abend mit ihr aus oder nicht?"

Er seufzte. „Ja. Na und?"

Wash pfiff leise durch die Zähne. „Ich gratuliere dir zu deinem guten Geschmack, mein Freund. Sie sieht wirklich sehr gut aus."

Logan konzentrierte seinen Blick auf die Straße.

Der Fotograf legte einen Arm an das geschlossene Fenster und trommelte mit den Fingern darauf. „Ich dachte, du hättest kein Interesse an Techtelmechteln mit Frauen."

„So was ist das auch nicht."

Wash lachte. „Wirklich? Wir machen heute eine Krabbenparty am Strand, falls du Lust hast, sie mitzubringen."

„Wir haben schon etwas anderes vor."

Sie bogen auf den Parkplatz der Redaktion ein, zeigten an der Pforte ihre Ausweise und gingen dann jeder an seinen Arbeitsplatz. Logan fand seine alte

Akte zu Reid und las sie zur Auffrischung noch einmal durch. An einer Stelle stutzte er. Als Grant Sebastian Reids Fall übernommen hatte, hatte „Sebastian, Lynch & Orton“ noch anders geheißen: „Sebastian, Lynch & Monroe“.

Erstaunt sank Logan auf seinem Stuhl zurück. Das konnte nicht sein.

Er schaltete seinen Computer ein und ging an die Arbeit. Jonathan Monroe war bis Dezember 1989 ein prominenter Anwalt der Kanzlei gewesen, doch dann verschwand er plötzlich. Zwei Tage später starb seine Frau Stella an einer Überdosis Schlaftabletten. Ob es ein Unfall oder Selbstmord gewesen war, wurde nie geklärt. Sie hinterließen eine Tochter, Rylee Rachelle Monroe, und Jonathans Mutter, Flora Mae Monroe.

Logan starrte den Bildschirm an. Wenn sie 2002 mit der Highschool fertig gewesen war, musste sie 1989, als ihr Vater verschwand und ihre Mutter starb, fünf Jahre alt gewesen sein.

Er fuhr sich mit der Hand übers Gesicht und musste an das Foto von ihren Eltern denken, das er in ihrer Wohnung gesehen hatte. „Sie sind nicht mehr da. Mein Vater … mein Vater hat uns verlassen, als ich noch ein Kind war. Meine Mutter … ihr ging es danach nicht sehr gut und … sie starb kurze Zeit später.“

Er dachte an all seine Onkel und Tanten. Seine Großeltern und Cousins und Cousinen. Er war Einzelkind, aber sein Vater hatte sechs Brüder und eine Schwester. Logan konnte sich über einen Mangel an Verwandtschaft nicht beklagen.

Aber im Nachlass der Monroes wurde außer Rylee

und ihrer Großmutter niemand erwähnt. Die Großmutter, die in einem Altersheim lebte. Die Großmutter, zu der sie ihn heute Abend mitnehmen wollte.

Wusste Rylee, dass ihr Vater Partner in Sebastians Kanzlei gewesen war? Er schüttelte den Kopf. Sie musste es wissen. Aber sie hatte es nie erwähnt. Warum sollte sie auch?

Das erklärte jedoch, warum sie Karl so sehr verteidigt hatte, als Logan sie vor ihm gewarnt hatte. Sie kannte ihn wahrscheinlich schon ihr Leben lang.

Er holte tief Luft und kehrte zu Reids Akte zurück. Kurz nach Jonathan Monroes Verschwinden und Stella Monroes Tod verweigerte George Reid die Aussage bei seinem Gerichtsverfahren und landete im Gefängnis.

Das Schlimme war: Nate hatte recht. Rylee hatte wahrscheinlich ein Motiv. Aber er wusste, dass sie nicht Robin Hood war. Niemand konnte sich so verstellen. Ihre Unschuld. Ihre Naivität. Nate dachte, sie habe viel unterdrückte Wut in sich aufgestaut, aber Logan kannte sie besser. Trotzdem hatte er viele Fragen.

Er begann, seine Notizen abzutippen, die er für einen Folgeartikel über Reids Verhaftung verwenden wollte. Normalerweise schrieben sich die Worte fast von selbst. Aber dieses Mal lagen seine Finger steif auf der Tastatur. Sein Verstand versuchte, die Tragödie, die Rylee als kleines Kind erlebt hatte, zu begreifen und zu erfassen, in wie vielen Kleinigkeiten ihr Leben mit dem Fall verknüpft war.

Schließlich zwang er sich, sich zu konzentrieren,

schrieb seinen Artikel fertig und las ihn noch ein letztes Mal durch, bevor er ihn abschickte. Als er sich gerade zurücklehnen wollte, klingelte sein Telefon.

„Du hast mich angerufen?"

Marcel Gibbon.

Logan warf seinen Stift auf den Tisch und stütze die Arme auf den Schreibtisch. „Ja. Hast du gestern Abend Rylees Auto aufgebrochen?"

„Willst du mich beleidigen? Ich habe mich ihr nur vorgestellt."

„Das habe ich gehört." Er wollte Gibbon genauso warnen wie Nate. Die Hundesitterin war tabu. Sie sollten sie in Ruhe lassen. Aber er brauchte Informationen. „Hör zu, ich muss mit dir sprechen."

„Das wird allmählich ein wenig anstrengend, Woods."

„Wir können es auch gern am Telefon besprechen."

Gibbon seufzte. „Wie der Zufall es will, habe ich heute Abend Zeit."

„Heute Abend kann ich nicht." Logan nahm seinen Stift und trommelte damit auf einen Stapel Aktenordner. „Ich hab schon was vor."

„Sag es ab."

„Das geht nicht. Es ist ein … Date."

„Ein Date? Lass mich raten: mit der süßen Miss Monroe?"

Logan gab ihm keine Antwort.

„Meine Güte, dann bring sie mit. Wenn ich einen schlechten Eindruck bei ihr hinterlassen habe, kann ich es wenigstens wiedergutmachen."

Logan fuhr sich mit der Hand durch die Haare.

„Ich habe versprochen, dass ich mit ihr ihre Großmutter besuche.“

Es folgte eine lange Pause. „Meine Güte, Logan. Du hast ja einiges vor.“ Sein Gelächter verwandelte sich in ein Keuchen und dann in ein kräftiges Husten. „Ich bin eine Nachteule, mein Junge. Die Oma schläft schon lange, wenn wir uns treffen. Und wir treffen uns entweder heute Abend oder gar nicht. Ich habe Besseres zu tun, als jedes Mal anzutanzen, wenn du pfeifst.“

Logan rieb sich die Augen. „Ich sag dir Bescheid.“

Sein erstes Date mit Rylee stand jetzt schon kurz vor einer Katastrophe. Er musste es entweder vorzeitig beenden oder sie zu einem nächtlichen Treffen mit dem Mann mitnehmen, der sie auf der Straße belästigt hatte. Nicht gerade ein Rezept für eine romantische Liebesgeschichte.

Er schaute auf seine Uhr. Unter dem Schreibtisch wartete seine Sporttasche auf ein schnelles Training nach der Arbeit. Logan rief in der Werkstatt an und bat dann Wash, ihn hinzufahren.

Kapitel 15

Rylee verließ mit ihren Einkaufstaschen den Supermarkt. Sobald sie ihre Lebensmittel im BMW verstaut hatte, wollte sie nach Hause fahren, sich einen Salat machen und ihren freien Tag genießen.

Logan wollte sie um halb acht abholen. Deshalb hatte Liz darauf bestanden, dass sie Rylee am Nachmittag eine Gesichtsmaske verpasste, ihre Nägel machte und mit ihr aussuchte, was sie am Abend anziehen sollte. Sie hatte Rylee zu verstehen gegeben, dass sie unbedingt ein Parfüm tragen musste.

„Es kann ja auch nur der Hauch eines Duftes sein. Ich habe viele Parfüms, aus denen du dir eines aussuchen kannst. Aber selbst wenn ich dich festbinden und es dir selbst auftragen muss: Du wirst heute ein Parfüm benutzen!"

Rylee setzte sich ins Auto und ließ die Fenster herunter, um die angestaute Hitze hinauszulassen. Der weiche Ledersitz schmiegte sich an sie. Der Sicherheitsgurt hielt sie fest.

In Logans Auto einkaufen zu fahren löste bei ihr ein seltsames Gefühl aus. Als gehöre sie ihm und er gehöre ihr. Dieser Gedanke versetzte sie in leichte Panik. Was hatte sie sich nur dabei gedacht, in ein echtes Date einzuwilligen, bei dem man bis zur Wohnungstür gebracht und zum Abschied geküsst wurde?

Nichts. Sie hatte sich absolut nichts dabei gedacht.

Um ihre Nerven zu beruhigen, rief sie sich ins Gedächtnis, dass sie den Abend mit einem Besuch bei Nonie begannen. Daran war nichts Bedrohliches. Sie hoffte und betete, dass Nonie heute einen guten Tag hatte.

Bitte, Herr. Lass sie fit sein.

Selbst wenn Nonie fit war, konnte sie ziemlich verwirrt sein, deshalb war ihre Bitte sehr bescheiden. Trotzdem würde es viel ausmachen. Wenn sie einen ihrer guten Momente hatte, würde Logan sie richtig kennenlernen. Er würde die Frau sehen, die sie früher gewesen war, die Frau, die Rylee zu der Frau erzogen hatte, die sie heute war. Das war wichtig.

Wenn sie einen schlechten Tag hatte – und die meisten ihrer Tage waren schlecht und wurden immer schlechter –, würde Logan den Menschen, den Rylee ihm gern vorstellen wollte, nicht erleben. Er würde den Menschen, den sie mehr als jeden anderen liebte, nicht kennenlernen.

Sie bog auf die Tankstelle und sprang aus dem Wagen.

„Rylee?“

Sie fuhr herum. „Karl! Was machst du hier auf der Insel?“

Er schob den Zapfhahn in die Tanköffnung seines silbernen Cabrios, lehnte sich an sein Auto und schlug lässig die Füße übereinander. Die Sonnenbrille steckte in seinem Ausschnitt. Irgendwie schaffte er es, dass sein Rugby-Shirt und seine Jeans aussahen wie frisch vom Laufsteg.

„Ich hatte einen Termin mit einem Mandanten." Er zog die Brauen in die Höhe. „Hast du dir ein neues Auto gekauft?"

Sie steckte den Zapfhahn in die Tanköffnung des BMW. „Nein. Hab ich mir nur ausgeliehen. Meines wurde aufgebrochen."

„Aufgebrochen? Wann? Wo?"

Sie erzählte ihm von Daisys eingeschlagener Scheibe, den fehlenden CDs und wo das Auto bei der Tat gestanden hatte, aber nichts von der Sporttasche.

„Das ist ja furchtbar. Unglaublich." Als er mit dem Tanken fertig war, quetschte er sich zwischen den Tanksäulen durch, schob ihre Hand vom Zapfhahn weg und übernahm das Tanken für sie. „Und wem gehört dieses Auto?"

Sie spürte, dass eine Röte an ihrem Hals hochstieg. „Ähm, das ist Logans Auto. Logan Woods."

Er sagte zuerst nichts, aber der Tadel in seinem Blick sprach Bände. Schließlich schaute Karl zur Straße, die an die Tankstelle grenzte. „Ich dachte, du wolltest dich von ihm fernhalten."

Sie presste ihre Hände ineinander.

„Woher wusste er das mit deinem Auto überhaupt?"

„Ich habe ihn angerufen."

Karl schaute sie scharf an. „Warum hast du mich nicht angerufen? Ich wohne gleich um die Ecke. Ich hätte in ein paar Minuten bei dir sein können."

Rylee blickte zu Boden. „Keine Ahnung. Das habe ich mich auch gefragt. Ich hätte jede Menge Kunden anrufen können."

„Er ist ein Reporter, Rylee. Ich will, dass du dich von ihm fernhältst."

„Das weiß ich."

„Aber?"

Die junge Frau zuckte die Achseln und entschied sich, nicht zu antworten. Sie war nicht sicher, ob sie ihm überhaupt antworten könnte.

Mit einem Seufzen steckte er den Zapfhahn in die Tanksäule zurück. „Was hältst du von einem Mittagessen?"

Sie blinzelte. „Mittagessen?"

„Klar. Warum nicht?"

Sie neigte den Kopf zur Seite und lächelte, um ihn mit ihrer Absage nicht zu verletzen. „Du weißt, warum das nicht geht, Karl. Ich gehe nicht mit Kunden aus."

„Aber das ist doch kein Date." Er schraubte den Tankdeckel zu. „Wir haben uns nicht vorher verabredet. Ich habe dich nicht von zu Hause abgeholt. Jeder kann sein Essen selbst zahlen. Und ich erwarte am Ende auch keinen Kuss." Er beugte sich zu ihr und grinste sie verschmitzt an. „Aber ich bin natürlich gern dazu bereit, falls du deine Regeln ein bisschen lockerst."

Sie warf einen Blick auf ihre Uhr. „Ich weiß nicht ... ich sollte wirklich ..."

„Komm schon. Du musst doch etwas essen." Er schaute sich um. „Wie wäre es mit dem Sandwich-Restaurant da drüben? Das dauert auch nicht lang."

Rylee biss sich auf die Lippe. Sie konnte es sich nicht leisten, in einem Restaurant zu essen. Aber er hatte ihr einen großen Gefallen getan, als er angeboten hatte, George Reid zu helfen. Er war ein alter Freund der Familie. Und vielleicht sollte sie selbst herausfinden, warum Reid sein Angebot nicht angenommen hatte. Logan hielt Karl vielleicht für inkompetent, aber sie kannte ihn besser. „Okay. Aber ich bezahle mein Essen selbst."

Mit einem Lächeln hielt er ihr die Autotür auf. „Bis gleich."

Irgendwie war er nicht mehr da. Der Sebastian-Charme. Das stellte Rylee fest, als Karl ihr von den Problemen eines Mandanten erzählte, der sich von einer schlechten Geldanlage erholen musste. Es sollte lustig sein und wahrscheinlich war es das auch. Er sah beim Erzählen wirklich gut aus. Die funkelnden Augen, das einladende Lächeln, der Tonfall irgendwie vertraulich, als würde er ihr ein kleines Geheimnis anvertrauen.

Vor Kurzem wäre sie noch dahingeschmolzen, wenn sie mit Karl allein gewesen wäre. Sie hätte Angst gehabt, sie könnte ihre Regel brechen, nicht mit Kunden auszugehen. Aber das war vorbei.

„Du solltest mir das alles wohl lieber nicht erzählen", sagte sie. „Wie steht es mit der Schweigepflicht des Anwalts gegenüber seinem Mandanten?"

Er brach mitten im Satz ab. „Aber es ist doch amüsant."

Sie beschloss, das Thema zu wechseln. „Hast du etwas von deinem Vater gehört?"

Hatte er nicht, aber je länger sie über seinen Vater sprachen, desto kritischer klangen Karls Aussagen. Sie hatte nicht gewusst, dass die Beziehung der beiden Männer so angespannt war.

Grant Sebastian kam ihrem Idealbild eines Vaters schon ziemlich nah. Er hatte ihr das Haus am Folly Beach vermittelt. Er war zu ihrer Schulabschlussfeier gekommen. Er hatte den Verkauf ihres Hauses vor drei Jahren geregelt, und er hatte sie begleitet, als sie Nonie nach *Bishop Gadsden* gebracht hatte. Sie war nicht bereit, hier zu sitzen und sich anzuhören, wie Karl schlecht über ihn sprach.

„Was ist eigentlich mit George?", fragte sie und wechselte erneut das Thema. „Er hat dein Angebot abgelehnt, ihn zu vertreten? Warum hat er so etwas Verrücktes getan?"

„Mein Angebot? Ich habe ihm nie eines gemacht."

„Aber ich dachte …"

„Ich weiß, dass ich dir das gesagt habe, aber ich brauchte nur fünf Minuten mit ihm zu sprechen und wusste es. Der Mann ist schuldig."

Ihr Herz stockte.

„Er ist der Mann, den du in meinem Zimmer überrascht hast. Der in mein Haus eingebrochen ist. Es bestand also zum einen ein Interessenkonflikt. Aber das war nicht der Grund, warum ich ihn nicht vertreten will. Als ich daran dachte, was er dir hätte antun können, wenn du eine Minute früher ins Zimmer gekommen wärst …"

„Er hätte mir nie etwas zuleide getan", erwiderte sie leise.

„Sei nicht naiv, Rylee. Dieser Kerl ist Abschaum. Er hat alles gestanden, und ich will nicht, dass du in seine Nähe kommst."

„Gestanden?" Sie lehnte sich auf ihrem Stuhl zurück. „Ist es kein Verstoß gegen deine Schweigepflicht, wenn du mir das erzählst?"

„Halte dich von George Reid fern", wiederholte er. „Er ist der Handlanger von einem der größten Verbrecher der Stadt."

„Du meinst Marcel Gibbon?"

Er sah sie durchdringend an, als sei er überrascht, dass sie diesen Namen kannte. „Ja, stimmt. Der Mann, mit dem sich Logan Woods so gut versteht. Und da Woods auch ein Handlanger ist, setzt er sich in seiner Zeitung für Reid ein, aber Gibbon zieht die Fäden."

„Du irrst dich in Bezug auf …"

„Deshalb musst du dich von Woods fernhalten. Er bringt dich nur in Schwierigkeiten. Verstehst du das denn nicht? Er benutzt dich für seine Story, Rylee. Und du lässt das zu."

Er nahm die Rechnung von ihrem Tablett und wich ihrem erfolglosen Versuch aus, selbst danach zu greifen.

„Ich habe gesagt, dass ich mein Essen selbst bezahle."

Karl erhob sich. „Hör zu: Egal, was er dir erzählt hat, es ist eine Lüge. Also halte dich von ihm fern."

Er marschierte zur Kasse und überließ ihr es, seinen Abfall wegzuräumen.

Rylees Haare und Make-up waren fertig, als sie ins Schlafzimmer ging. Sie stand vor einem Dilemma: Liz wollte, dass sie das rote Kleid anzog, aber Rylee war sich nicht sicher. Das rote Kleid war figurbetont und hatte süße, kleine Knöpfe, aber damit würde sie sich vielleicht zu sehr aufbrezeln. Ihr blaues Jerseykleid, das zwar kurz, aber nicht zu kurz war, würde viel zwangloser wirken.

Die junge Frau hielt die Kleider nacheinander vor den Spiegel. Sie hatte nur selten Gelegenheit, das rote Kleid anzuziehen. Und Liz fand, dass es das richtige für den heutigen Abend war. Rylee hängte das blaue wieder zurück.

Logan klopfte in dem Moment, in dem sie in ihre hochhackigen Sandalen schlüpfte. Sie blieb kurz mit der Hand an der Tür stehen und zog sie dann auf.

„Oh, hallo", sagte er. „Hallo, Rylee."

Sie öffnete die Tür weiter. „Komm rein."

Liz hatte mit ihrem Rat ins Schwarze getroffen. Er trug eine dunkle Jeans, ein weißes Hemd und ein dunkelblaues Jackett, das einfach perfekt saß. Die Knopflöcher waren mit einem roten Faden umrandet, was sie unglaublich chic fand.

Sie standen an der halb offenen Tür. Er beugte sich näher vor. „Du riechst gut."

„Du auch." Sie konnte seinen Atem auf ihrer Haut spüren.

Er kam jetzt noch näher und berührte mit dem Mund ihren Hals. Sie stand stocksteif da. Als er den Kopf zurückzog, schaute er ihre Lippen an, bis sie beide leicht zitterten.

Logan war so nahe, dass er sie mit seiner Stimme fast berührte. „Wir könnten immer noch … hierbleiben."

Bitte?

Die junge Frau trat einen Schritt zurück. „Ich habe mich nicht so angezogen, um hierzubleiben. Und Nonie freut sich wirklich darauf, dich kennenzulernen. Sie hat gesagt, dass sie einige Grundregeln klären will."

„Grundregeln? Dann sollten wir jetzt lieber gehen."

Sie nahm ein paar flache Schuhe vom Tisch.

„Wozu sind die?", fragte er.

„Ich habe in letzter Minute erfahren, dass die Davidsons heute verreist sind, und muss Toro heute Abend noch ausführen, wenn du mich nach Hause gebracht hast. Aber ich dachte, ich nehme die Schuhe für den Fall mit, dass wir in der Nähe vorbeikommen sollten."

Er stöhnte. „Toro?"

„Ja, leider."

Ein neckendes Leuchten trat in seine Augen. „Ich habe nur Spaß gemacht, als ich gesagt hab, du könntest die Hunde auf mich hetzen und so."

Lachend hielt sie die Schuhe hoch. „Keine Sorge. Heute Abend habe ich keine Inliner an. Dir passiert nichts."

Auf dem Parkplatz legte er ihr sanft seine Hand auf den Rücken. Daisy stand mit neuem Fenster neben seinem Auto.

Sie gab ihm seine Schlüssel zurück. „Danke, dass du dich um Daisys Fenster gekümmert hast und dass ich dein Auto benutzen durfte. Das war wirklich sehr nett von dir."

Nachdem er ihr die Tür geöffnet hatte, legte er seine Hand sanft auf ihre Taille und half ihr beim Einsteigen.

Sie rutschte auf den Beifahrersitz. Während er um das Auto herumging, sprach sie ein kurzes Gebet. Nichts Ausgefallenes, nur denselben Satz, den sie schon den ganzen Nachmittag wiederholte, dieselbe Bitte, die ihr auf dem Herzen lag.

Lass sie halbwegs klar sein, Herr. Lass sie klar sein.

Als sie das Gelände durchquerten, wirkte Logan ein wenig schockiert. „Ich hatte schon davon gehört, dass ‚Bishop Gadsden' etwas Edleres ist, aber das hätte ich nicht erwartet. Ich dachte eher an ein Krankenhaus mit Teppich und netten Tapeten. Aber das ist ja wie ein Urlaubshotel. Ich kann es kaum erwarten, alt zu werden."

Mit einem Lächeln brachte sie ihn zum Schweigen. „Nonie muss inzwischen rund um die Uhr betreut werden. Das ist schon länger so, aber ich wollte es bis vor Kurzem nicht wahrhaben."

Sie traten durch eine dicke Doppeltür und gingen auf das Stationszimmer zu. Schwester Melanie hatte Dienst. Sie schaute von ihrem Roman auf und lächelte, als sie Rylee erkannte.

„Ist heute Abend alles ruhig?", flüsterte Rylee.

Melanie nickte. „Wer ist der junge Mann?"

Rylee stellte ihn Melanie vor. Sie gab ein bisschen mit ihm an, aber das schien ihn nicht zu stören. Im

Gegenteil, er ließ seinen Charme spielen und übte für den wichtigen Auftritt.

„Er ist mitgekommen, um Nonie kennenzulernen. Wie geht es ihr?"

Die Schwester beugte sich verschwörerisch vor. „Liebes, ich muss Ihnen etwas sagen: Sie war heute richtig süß. Ich habe vorhin mit ihr gesprochen und sie war wie ein kleines Mädchen." Als sie Rylees Stirnrunzeln sah, tätschelte Melanie ihren Arm. „Nein, Kind, auf eine gute Weise. Gehen Sie hinein und überzeugen Sie sich selbst. Sie wartet schon."

Vor der Tür zu Zimmer C5 blieben sie stehen.

Sie holte tief Luft. „Bist du bereit?"

„Gehen wir."

Herr, lass sie klar sein.

Rylee klopfte an die Tür und trat leise ein.

Im Licht der Lampe sah das Zimmer besonders gemütlich aus. Nonie saß im Bett und hatte die Decken als Stütze um sich aufgebaut. Ein freundliches Lächeln lag auf ihrem Gesicht. Alles war perfekt. Selbst der Verband an ihrer Hand sah frisch und ordentlich aus. Sie hob ihre unverletzte Hand, um die beiden zu sich heranzuwinken.

„Kommt näher und lasst euch ansehen."

Logan beugte sich über das Bett und gab ihr die Hand. Auf dem Nachttisch lag ein Stapel Fotoalben bereit, was zeigte, wie sehr sie sich auf ihren Besuch freute.

„Nonie, das ist Logan", sagte Rylee mit zitternder Stimme. „Logan, das ist meine Großmutter, Flora Monroe. Sie … hat mich aufgezogen."

Ihre Hand lag kühl und leicht in seiner, die fast durchsichtige Haut spannte sich über ihre Knochen, die so dünn und zerbrechlich wirkten wie die eines Vogels. Nach einem Blick auf ihre andere Hand, um die ein Verband gewickelt war, drückte er ihre Rechte nur ganz leicht.

„Es freut mich, Sie kennenzulernen, Ma'am."

Die Kraft, mit der sie ihn festhielt und näher zu sich heranzog, überraschte ihn. Ihre rosa umrandeten Augen betrachteten sein Gesicht, als suche sie nach vererbten Ähnlichkeiten mit Leuten, die sie früher gekannt hatte.

„Aus welcher Familie stammen Sie?" Das Timbre in der Stimme der alten Dame erinnerte ihn an Spitzendeckchen, Staub und Chintz. Aber ihre Augen schauten ihn durchdringend an. Als könne sie bis in seine Seele hineinschauen.

„Meine Familie?" Diese Frage überraschte ihn. Genauso wie die Stimme schien sie aus längst vergangenen Zeiten zu kommen. „Mein Nachname ist Woods, Ma'am."

Rylee schwebte zur anderen Seite des Bettes und strich dabei mit den Fingerspitzen über die Bettdecke. Die Lampe verlieh ihrem Gesicht einen goldenen Schein. Voller Stolz sah sie ihn an.

„Erinnerst du dich, was ich dir erzählt habe, Nonie? Logan arbeitet für die Zeitung. Er ist Schriftsteller." Ihre Stimme wurde bei dem Wort lauter, als lese sie eine Kindergeschichte vor und hätte gerade die Stelle erreicht, an der es hieß, dass er ein Prinz war.

Schriftsteller. Dieser Titel machte ihn ein wenig

verlegen. Er fühlte sich nicht wie ein Schriftsteller. Klar, er füllte Zeitungsspalten mit Nachrichten, aber er würde sich erst als Schriftsteller fühlen, wenn sein Buch in den Regalen der Buchläden stand. Und das würde nie der Fall sein, wenn er mit der Robin-Hood-Geschichte nicht weiterkam.

Aber er war abgelenkt. Von Rylee. Die er kaum kannte. Nate Campbell hatte ihm das schmerzlich klargemacht. Logan unterdrückte ein Seufzen.

„Schriftsteller?“ Die alte Dame umklammerte immer noch seine Hand und betrachtete ihn verwirrt. „Und was genau schreiben Sie?“

„Nonie.“ Rylee sank auf die Bettkante, Besorgnis schwang in ihrer Stimme mit, während sie mit den Fingerrücken die Schläfen der alten Frau berührte, als wolle sie fühlen, ob diese Fieber habe. „Das habe ich dir doch gesagt. Er schreibt für die Zeitung.“

Nonie zog ihre Hand zurück. Logan war erleichtert, dass er nicht mehr dafür verantwortlich war.

„Ach, natürlich“, lachte sie. „Wie dumm von mir. Aus irgendeinem Grund habe ich gedacht, er wäre Baseballspieler.“

„Das bin ich auch. In meiner Freizeit“, sagte Logan. „Auch wenn ich zurzeit nicht viel Freizeit habe.“

Als sich die Aufmerksamkeit der Großmutter nicht mehr so sehr um ihn, sondern mehr um Rylee drehte, setzte er sich auf einen Stuhl in der Nähe. Als sie im Türrahmen von Rylees Wohnung so dicht voreinander gestanden hatten, war alles, was Nate gesagt hatte, fast wie ausgelöscht gewesen. Aber die Fragen waren immer noch da und kreisten in seinem Hinterkopf.

„Jemand hat heute nach dir gefragt“, erzählte Nonie Rylee.

„Nach mir?“ Sie warf einen verstohlenen Blick auf ihn und lächelte. „Wer war das? Soll ich raten?“

„Nein, du brauchst nicht zu raten.“ Nonies Stimme wurde leiser. „Ich versuche, mich zu erinnern.“

„War es Schwester Melanie?“

Nonies Hand fuhr durch die Luft. „Warte. Ich versuche nachzudenken.“

Rylee schwieg.

„Ach, jetzt fällt es mir ein.“ Die Augen der alten Frau leuchteten auf. „Es war dieser Mann, der sich mit Autos so gut auskennt. Wie heißt er doch gleich?“

„Mr Lusky“, antwortete Rylee. „Was hat er gesagt?“

„Lusky.“ Der Mund der alten Dame verzog sich nach oben, als klinge dieser Name komisch. „Er hat gesagt, dass du dich nicht genug um dein Auto kümmerst und dass ich ein ernstes Wort mit dir reden soll.“

„Er hat leicht reden! Er hat eine ganze Serviceabteilung, die alles tut, was er will. Ich habe niemanden.“

„Hey“, sagte Logan, der eine Gelegenheit sah, sich wieder ins Gespräch einzumischen. „Wer hat sich denn um dein Fenster gekümmert?“

„Oh, das stimmt!“ Rylee strahlte aufgeregt und ergriff die Hand der alten Frau. „Rate mal, was gestern Abend passiert ist!“

Ihre Version der Geschichte übersprang die düsteren Stellen. Sie verlor kein Wort darüber, dass dieser Kerl sich ihre Unterwäsche als Souvenir mitgenommen hatte, da sie ihre Großmutter auf keinen Fall beunruhigen wollte. Und so wie sie es beschrieb, kam die Reparatur einer Autoscheibe gleich nach der Verwandlung von Wasser in Wein. Am Ende schauten beide Frauen Logan bewundernd an.

„Für dich habe ich das doch gern gemacht", sagte er.

Rylee legte den Kopf schief, als wolle sie abschätzen, wie viel diese Aussage wert war.

Dann war es Zeit für die Fotoalben. Nonie hatte einen hohen Stapel neben dem Bett liegen und schien die Absicht zu haben, Logan jedes Bild zu erklären. Zuerst war er begeistert. Eine Reise durch Rylees Vergangenheit konnte einige Lücken schließen. Aber ein Blick auf die Schwarz-Weiß-Fotos zeigte ihm, dass er das schnell wieder vergessen konnte.

Männer mit nass zurückgekämmten Haaren hatten einen Fuß auf das Trittbrett uralter Autos gestellt und ihre Frauen standen mit kastenförmigen Kleidern und Haarknoten aus den Zwanzigerjahren daneben. Die Wurzeln der Familie Monroe reichten anscheinend weit zurück, und es gab keine Möglichkeit, einige Generationen zu überspringen.

Er sah große, alte Häuser, grüne Gärten, schlanke Mädchen in Korbstühlen unter schattigen Bäumen, die aus kleinen Gläsern Limonade nippten. Sie sahen aus wie vornehme Südstaatenaristokraten, Säulen der Charlestoner Gesellschaft.

Die Monroes hatten eindeutig Geld gehabt. Aber als Logan das erste Mal in Rylees Wohnung gewesen war und sie in der Dunkelheit dieser Wohngegend zurückgelassen hatte, hatte er sich fast Vorwürfe gemacht. Ihr Vater hatte offenbar ein kleines Vermögen mitgehen lassen, als er verschwand.

Nonie tippte mit dem Finger auf ein Foto ihrer eigenen Eltern. Sie standen vor einer ähnlichen Villa wie dem Haus, in dem die Davidsons wohnten.

„Wo war das?", fragte er und deutete auf das Haus. Er fürchtete, dass er es bereits wusste. Nate hatte ihm erzählt, dass die Monroes in der East Battery gewohnt hatten.

Sie zog die Brauen in die Höhe. „Zu Hause."

„Ich meine, wo in der Stadt?"

Er wollte, dass sie die Worte aussprach.

Auf der anderen Seite des Bettes beugte sich Rylee näher vor. „Zeig mal." Sie nahm ihrer Großmutter das Album aus den Händen und hielt es sich näher ans Gesicht. „Es kommt mir irgendwie bekannt vor. Aber das war nicht unser Haus, Nonie."

Die alte Frau schaute Logan verwirrt an. „Wir mussten mein Haus verkaufen, als ich hierherkam. Rylee hätte es bekommen sollen, aber … ich wollte …" Sie blinzelte einige Mal, dann schaute sie sich im Zimmer um, als sehe sie es zum ersten Mal.

Rylee legte schnell den Arm um ihre Schultern. „Es ist alles gut, Nonie."

„Was?"

„Ich bin es, Rylee. Wir haben uns unterhalten. Weißt du noch? Du hast uns dein Album gezeigt."

Da er helfen wollte, griff Logan nach dem Fotoalbum, das auf der Decke zugefallen war, die über den Beinen der alten Dame lag. Rylee legte eine Hand auf seine.

„Nein“, flüsterte sie. „Das regt sie nur noch mehr auf.“

Widerstrebend ließ er das Album los. Er wollte dieses Foto noch einmal sehen.

„Es ist alles gut“, sagte Rylee und strich der alten Frau über die Haare. „Das ist Logan, erinnerst du dich? Wir haben uns gerade mit ihm unterhalten.“

In diesem Augenblick wurde die Zimmertür geöffnet. Schwester Melanie kam herein und ging geradewegs auf eine Reihe summender Monitore im hinteren Teil des Raumes zu, ohne irgendwelche Fragen zu stellen. Es hätte eine der regelmäßigen Kontrollen sein können, wenn der Blick nicht gewesen wäre, den sie und Rylee wechselten.

„Lassen Sie mich bitte sehen“, sagte die Schwester und schob Rylee zur Seite.

Logan trat am Fußende des Bettes neben sie, wo die junge Frau sofort seine Hand ergriff.

„Nonies Zustand verschlimmert sich immer mehr“, flüsterte sie.

„Auf mich wirkte sie ganz okay.“

Sie seufzte. „Manchmal geht es ganz schnell. Aber es war einer ihrer guten Augenblicke, und er hat wirklich länger angehalten. Das freut mich so. Ich habe mir gewünscht, dass du sie kennenlernst. So wie sie wirklich ist.“

„Das habe ich.“ Er drückte ihre Hand.

Sie warteten, während die Schwester eine Reihe von Fragen stellte, von denen die alte Frau fast alle ignorierte. Stattdessen lehnte sie sich in die Kissen zurück. Ihre einzige Regung waren ihre Atemzüge.

„Ich glaube, sie schläft ein“, erklärte die Schwester.

Logan schaute an ihr vorbei und guckte dorthin, wo Rylee vor einem Moment noch gestanden hatte, um zu sehen, ob es dort einen Alarmknopf gab. Die Schwester war irgendwie ins Zimmer gerufen worden. Als er angefangen hatte, Fragen zu dem Haus zu stellen, das Nonie ihr Zuhause nannte, hatte Rylee das Album weggenommen und Hilfe geholt. Warum? Versuchte sie, etwas zu verbergen?

Sie verabschiedeten sich von der schlafenden Nonie. Ihr Körper war noch da, aber sie schien plötzlich nicht mehr im Zimmer zu sein. Logan war froh, dass er hinaus auf den Flur fliehen konnte.

Rylee schlüpfte noch einmal ins Zimmer. „Warte einen Moment. Ich bin gleich wieder da."

Eine Minute später erschien sie wieder und reichte ihm das Foto.

Erleichterung erfüllte ihn. Seine Zweifel waren weggeblasen, bevor sie richtig hatten aufkommen können. Sie hatte nichts vor ihm verborgen.

Aber nein. Es war ein Foto, aber nicht *das* Foto. Er starrte die Farbaufnahme an: ein Mann und eine Frau, die zusammen auf einem Rasen standen.

Der Mann war schlank, trug einen gestreiften Pullover, eine kurze Hose und Segelschuhe. Seine Begleiterin trug ein altmodisches Minikleid in einem Stoff, der wie Brokat aussah, obwohl es zu der Zeit, als das Foto aufgenommen worden war, bestimmt nicht altmodisch gewesen war. Sie hatte gebräunte Beine und trug eine Sonnenbrille mit runden Gläsern und weißem Gestell, braune Locken standen in alle Himmelsrichtungen von ihrem Kopf ab. Ihr Lächeln kam ihm seltsam bekannt vor. Er drehte das Foto um. *Jon und Stella, November 1976.*

Logan betrachtete das Foto genauer und schaute dann Rylee an. „Deine Eltern?"

Sie nickte und spielte mit dem Perlenanhänger an ihrem Hals. Nervös schaukelte sie leicht auf ihren Absätzen und sah fast so aus, als erwarte sie seine Zustimmung.

„Sie sieht genauso aus wie du."

„Ich weiß." Rylee seufzte erleichtert, dann nahm sie das Bild wieder, um selbst einen Blick darauf zu werfen. „Ist das nicht seltsam? Ich kann mich kaum noch an sie erinnern, aber ich weiß noch, wie groß sie mir vorkam, fast wie ein Riese. Aber schau sie dir an. Als dieses Bild aufgenommen wurde, war sie jünger als ich jetzt."

„Damals warst du noch gar nicht geboren."

„Sie haben mich spät bekommen."

Als er Rylee anschaute, die unsicher auf dem Flur eines Pflegeheims stand und das Foto umklammerte, als würde es jeden Augenblick anfangen zu sprechen, hätte er sie am liebsten in die Arme genommen. Sie tat so, als käme sie bestens allein zurecht, aber vielleicht war das nur Fassade. Eine Fähigkeit, die sie sich sehr früh angeeignet hatte, um damit fertigzuwerden, dass sie keine Eltern mehr hatte.

„Du hast mir nicht viel über sie erzählt", sagte er.

Sie gab ihm das Bild zurück. „Ich war noch ein kleines Mädchen, als sie starb, und kann mich eigentlich an nichts mehr erinnern. Ich weiß nur das, was man mir erzählt hat, nachdem …"

„Und dein Vater?“

Sie verschränkte ihre nackten Arme vor sich und sah aus, als friere sie plötzlich. „Ich war noch ziemlich jung, ich weiß also nicht …“ Sie schluckte. „Es fällt mir nicht leicht, darüber zu sprechen.“

„Das kann ich verstehen.“ Er gab ihr das Foto zurück.

Erneut verschwand sie für einen Moment in Nonies Zimmer.

Obwohl er gern mehr gehört hätte, wollte er sie nicht bedrängen. Noch nicht. Als sie herauskam, legte er den Arm um sie, und sie gingen zum Ausgang.

Kapitel 16

Die Sonne war während ihres Besuchs untergegangen und jetzt wehte ein warmer Wind und bewegte Logans Jackett. Der Journalist führte sie zum Auto und schaute im Schein der Parkplatzbeleuchtung auf seine Uhr. „Am Strand ist heute Abend eine Krabbenparty."

Als er von Essen sprach, meldete sich plötzlich Rylees Magen. „Wirklich?"

„Ein paar Freunde sind dort", sagte er und bedeutete ihr mit einer Kopfbewegung weiterzugehen. „Es sei denn, du willst lieber woanders essen."

„Nein, ich liebe den Strand."

Er hielt ihr die Autotür auf und ging dann um das Auto herum. Nachdem er den Motor angelassen und den Gang eingelegt hatte, wanderte seine Hand über den Sitz, fand ihre Hand, und sie hielten sich in der Dunkelheit fest. In ihrem Arm kribbelte es.

„Danke, dass du heute Abend mitgekommen bist", sagte sie. „Nonie bekommt außer von mir keinen Besuch. Ich weiß, dass ihr das nicht anzusehen war, aber es hat ihr wirklich sehr gutgetan."

Er strich mit dem Finger über ihren Daumenring. „Ich mag sie. Sie ist wirklich nett."

Schweigend fuhren sie weiter. Nur das Geräusch der Reifen war zu hören, die über die Straße rollten. Ihre Hände lösten sich voneinander, als er Musik einschaltete und eine ruhige Gitarrenballade erklang, die sie schon früher gehört hatte, aber ihr fiel nicht ein, von wem sie war. Dann fand seine Hand wieder die ihre.

Sie lächelten sich an.

„Wir sind schon fast da", sagte er.

Er stellte das Auto oberhalb des Strandes ab. Sie ließen ihre Schuhe und seine Jacke im Auto und gingen mit nackten Füßen durch den Sand. In der Dunkelheit konnte sie das Wasser hören, aber sie sah es noch nicht. Die Lagerfeuer am Strand leuchteten allerdings einladend. Der Geruch von gekochten Krabben war verlockend.

Ein Dutzend Schatten standen um einen langen Tisch herum, der mit Krabben und Maiskolben, Kartoffeln, langhalsigen Bierflaschen und Krügen mit Eistee beladen war. Nachdem er seine Ärmel hochgekrempelt hatte, nahm Logan einen Hammer und machte sich an die Arbeit. Dabei stellte er ihr die Leute vor. Aber es waren zu viele, als dass sie sich die Namen hätte merken können.

Er deutete auf seinen Fotografenfreund Wash, der zur Musik aus dem iPod mit einer Blondine in einem dünnen Sommerkleid langsam tanzte.

„Ich habe einen Bärenhunger", meinte Rylee schließlich und kratzte Fleisch aus einer Krabbenschale.

„Ich auch."

Sie aßen, während die anderen sich um sie herum bewegten. Jeder benahm sich mit einer ungezwungenen Unaufdringlichkeit, die zeigte, dass sie sich schon lange kannten und sich oft genug sahen, um nicht ständig reden zu müssen. Sie verstand die Insiderwitze nicht und spürte die forschenden Blicke auf sich, mit der sie als Neue gemustert wurde.

„So", sagte Wash und trat gemächlich an den Tisch, „du bist also Rylee."

Sie lächelte. „Und du bist Wash."

„Freut mich, dass ihr zwei gekommen seid. Also, falls ihr zwei ein Paar werden solltet, könntet ihr echt eine unvergleichliche Geschichte erzählen, wie ihr euch kennengelernt habt."

Ihre Wangen wurden warm. Wie hatte ihr dieser charmante, freundliche Mann so eine Angst einjagen können, nur weil er im Schatten herumgeschlichen war, während Toro Logan das Denkmal hinaufgejagt hatte?

Die Blondine trat zu ihnen und hörte nur den Schluss des Gesprächs. „Was für eine Geschichte?"

„Diane, das ist Rylee."

Diane streckte die Hand über den Tisch. Rylee wischte sich die Hand an einer Serviette ab, bevor sie sie ihr reichte.

„Rylee ist Hundesitterin", erklärte Wash mit einem breiten Lächeln. „Und Logan ist für seine Angst vor Hunden berühmt. Er hat sich als Kind mit einem angelegt und den Kürzeren gezogen."

„Auf deine lebenslange Hundeliebe." Diane hob ihr Glas.

Sie ließen sie wieder allein und tanzten wieder zur langsamen Musik. Einige der anderen krempelten ihre Hosenbeine hoch und wagten sich ein Stück in das dunkle Wasser hinein.

„Du wurdest von einem Hund angegriffen?“, fragte Rylee.

„Das ist lange her.“ Er stand auf. „Willst du tanzen?“

„Ich habe so viel gegessen, dass ich glaube, ich kann nicht einmal mehr gehen.“

„Natürlich kannst du. Lass uns mal gucken, wie warm das Wasser ist.“

„Einverstanden.“

Sie gingen zum Ufer, wo das kühle Nass ihre Knöchel umspülte. Logan versuchte, sie weiter hinauszulocken, aber sie zog an seiner Hand und hielt ihn zurück. Er bückte sich und hielt die Hand ins Wasser.

„Wag es ja nicht!“ Sie wich zurück.

Eine Wasserfontäne spritzte in die Höhe und sie lief lachend weg. Er spritzte ihr noch mehr Wasser hinterher, aber sie blieb auf Sicherheitsabstand. Seine Jeans war bis zur Hälfte seiner Waden nass, sein Hemd blähte sich im Wind auf und wurde an seinen muskulösen Brustkorb und an seinen flachen Bauch gedrückt.

Schließlich kam er wieder aus dem Wasser und hielt seine tropfenden Hände in einer versöhnlichen Geste hoch. Das Licht des Lagerfeuers fing sich in seinen Augen, als er näher kam. Sie schauten sich in die Augen, dann berührten sich ihre Fingerspitzen, und seine nassen Hände wanderten an ihren Unterarmen nach oben, legten sich um ihre Ellbogen und zogen sie sanft an ihn heran. Sie stellte sich auf Zehenspitzen und schloss die Augen, als sich ihre Lippen berührten.

Es fühlte sich für sie wie eine Ewigkeit an. Sie stellte sich vor, wie sie genau wie in diesem alten Schwarz-Weiß-Film in der Brandung standen und ihre Arme umeinanderschlangen, während sich die Wellen um sie herum brachen. Rylee legte die Hand an sein Gesicht und bog den Rücken nach hinten, während er die Arme fester um sie legte. Er hob sie sanft vom Boden hoch, als wäre sie leicht wie eine Feder.

In der Ferne tat Wash mit einem lauten Heulen seine Zustimmung kund. Die anderen klatschten und unterbrachen den romantischen Augenblick.

Rylee zog überrascht den Kopf zurück, da sie nicht gemerkt hatte, dass das Feuer sie vor dem dunklen Hintergrund des Nachthimmels angestrahlt hatte. Logan ließ sie herab, dass ihre Füße wieder den Boden berührten, aber er ließ sie nicht los.

Er schaute ihr fragend in die Augen, als hätte er gerade etwas Unerwartetes entdeckt und sei nicht sicher, wie er jetzt damit umgehen sollte. „Du bist schön."

„Los, kommt schon. Wenn ihr so weitermacht, müsst ihr euch noch ein Zimmer suchen!", rief Wash ihnen zu.

Sie lösten sich aus ihrer Umarmung und kehrten etwas verlegen Hand in Hand zum Lagerfeuer zurück. Wash klopfte Logan auf den Rücken. Seine Begleiterin Diane bedachte Rylee mit einem freundlichen, aber fast neidischen Blick.

„Irgendwie", sagte Logan und legte die Hand auf ihren Rücken, „ist diese Party plötzlich langweilig geworden."

„Ja, ich verstehe, was du meinst."

Sie verabschiedeten sich und gingen zu seinem Auto zurück. Einige der anderen folgten ihnen. Vor dem Auto blieb er stehen, um seine nassen Hosenbeine auszuwringen. Dann holte er ein frisches Handtuch aus seiner Sporttasche, damit sie sich den Sand von den Füßen wischen konnten. Sie zögerte etwas, denn sie verspürte das verrückte Bedürfnis, den Sand als Erinnerung an ihren Füßen zu behalten.

Im Auto legte er die Hand in ihren Nacken, strich mit seinen Fingern durch ihre Haare und zog sie zu einem weiteren Kuss zu sich heran. Dieser kam ihr wieder wie eine Ewigkeit vor, und es musste auch lang gedauert haben, denn der Kuss endete erst, als Wash, der ohne die Begleitung der Blondine vom Strand kam, an die Scheibe auf der Fahrerseite klopfte.

„Ich dachte, ihr wolltet weg."

„Das tun wir auch", antwortete Logan und ließ den Motor an.

Während sie losfuhren, tastete er nach ihrer Hand. Sie drehte sich zu ihm um und stellte überrascht fest, dass er sie anschaute.

„Logan." Sein Name fühlte sich jetzt irgendwie anders auf ihren Lippen an. Irgendwie … vertrauter. „Schau beim Fahren auf die Straße."

Sie betrachtete die Linien seines Gesichts. Die Form seiner Nase, die aufgesprungenen Lippen, sein Kinn, die Ader, die an seinem Hals pulsierte. Eine ungeahnte Sehnsucht regte sich in ihr. Während sie das Gewicht seiner Hand in ihrer fühlte, wusste sie, dass sie ehrlich zu ihm sein musste.

Sie schaltete das Radio aus. „Das mit uns …"

Sein Daumen fuhr über ihre Hand und erforschte jede Vertiefung, jede Erhebung. „Ja."

„Ich … ich hatte das nicht geplant."

Logan richtete seinen Blick auf die Straße. „Ich auch nicht."

Sie benetzte ihre Lippen und atmete tief ein. „Was ich damit sagen will, ist: Ich kann nichts anfangen."

„Warum nicht?" Er sah sie an. Sie versuchte, ihm ihre Hand zu entziehen, aber er verstärkte seinen Griff. „Schieb mich nicht von dir weg, Rylee."

„Das muss ich aber."

„Warum?"

„Das ist kompliziert. Ich weiß noch nicht mal, ob ich es erklären kann."

„Versuch es." Er streichelte ihre Handfläche.

„Es reicht weit zurück. Sehr weit."

Schweigend fuhren sie weiter, während ihr Herz im Rhythmus zu den Reifengeräuschen schlug. Er hob ihre Hand an seine Lippen und küsste sie. Sanft berührte er jeden einzelnen Fingerknöchel, als hätte er noch nie zuvor eine Hand gesehen.

Eine tiefe Sehnsucht, die sie auch vor sich selbst verborgen hatte, zerbarst in tausend Stücke und erfüllte ihren ganzen Körper. Sie erschauerte, eine Gänsehaut zog über ihre Arme, ihre Beine, ihre Brust.

„Logan." Ihr Flüstern war eine Bitte. Worum, wusste sie selbst nicht genau.

Er ließ ihre Hand sinken und legte sie auf seinen Oberschenkel.

„Ich habe Angst."

Der Journalist runzelte die Stirn. „Vor mir?"

„Vor mir."

Das Auto wurde langsamer. Vielleicht drosselte er absichtlich das Tempo.

„Mein Opa, Nonies Mann …"

Er nickte.

„… er verschwand, als mein Vater ein Teenager war, und ließ Nonie in einer Zeit sitzen, in der es noch lange nicht normal war, ein Kind allein großzuziehen. Ihre Familie hatte Geld, sodass es ihr und meinem Vater finanziell gutging, aber wenn ich das Wenige, das Nonie mir erzählt hat, richtig verstehe, hat sich mein Vater davon nie ganz erholt."

„Das tut mir leid. Davon hatte ich keine Ahnung."

Rylee schaute aus dem Fenster. Sie überquerten den Ashley River, verließen die Insel und steuerten auf die Stadt zu. „Als ich fünf war, hat mein Vater das Gleiche mit meiner Mutter gemacht. An einem Tag war er noch da und am nächsten Tag war er fort." Sie schaute auf ihre Hände hinab. „Zwei Tage, nachdem er verschwunden war, nahm sie zu viele Schlaftabletten. Wir wissen nicht, ob sie es absichtlich oder aus Versehen gemacht hat."

Er fuhr mit seinen Fingerrücken über ihren nackten Arm. „Zwei Tage ist sehr wenig Zeit, um alle Hoffnung zu verlieren. Wie konnte sie so sicher sein, dass er nicht mehr zurückkommen würde?"

Sie schaute ihn völlig überrascht an. „Das weiß ich

nicht. Darüber habe ich mir nie Gedanken gemacht. Aber, ja. Das ist wirklich irgendwie seltsam."

Logan bog in die Broad Street ein. „Und wovor hast du jetzt Angst? Dass ich das Gleiche mache, wenn es zwischen uns ernst wird?"

„Es geht nicht um dich, Logan. Es geht um mich." Sie verschränkte die Arme. „Monroe-Frauen können ihre Männer anscheinend nicht halten. Das ist alles."

Er fuhr durch die Straßen des historischen Wohnviertels und blieb schließlich vor dem Haus der Davidsons stehen. Schweigend stellte er das Auto am Straßenrand ab und schaltete den Motor aus.

„Du hast mich zu Toro gebracht."

„Ja."

Sie legte die Hand auf den Türgriff.

„Rylee?"

Langsam drehte sie sich zu ihm um.

„Nur weil du eine Monroe bist, heißt das noch lange nicht, dass du automatisch von einem Mann sitzen gelassen wirst, Rylee."

Ihre Augen wurden feucht. „Du kannst die Zukunft nicht vorhersagen, Logan."

Er legte einen Finger an ihr Kinn, drehte ihren Kopf zu sich herum und wischte eine Träne ab, die über ihre Wange lief. „Nein, das kann ich nicht, aber eines kann ich dir sagen: Ich bin nicht dein Opa und ich bin auch nicht dein Vater. Wenn ich die Frau finde, mit der ich den Rest meines Lebens verbringen will, dann gilt das auch für den Rest meines Lebens. Bis dass der Tod uns scheidet, wie es im Eheversprechen heißt."

Sie entzog sich seiner Berührung, öffnete die Tür und flüchtete, bevor er noch mehr sagen konnte.

Logan lehnte sich an die Motorhaube seines Autos und dachte an die Manuskriptseiten, die in seiner Wohnung auf ihn warteten. An das Buch, an dem er schreiben sollte.

Er sollte nicht hier sein. Und darauf warten, dass sie wieder aus dem Haus der Davidsons kam. Und darauf warten, wieder in ihrer Nähe zu sein. Aber er wartete.

Unbewusst strich er sich mit der Hand durch die Haare. Dass er sich in sie verliebt hatte, war zwar vielleicht ungeplant, aber damit konnte er umgehen. Doch dass sie Angst hatte, verlassen zu werden, war wirklich ein Problem.

Das Handy in seiner Tasche summte. Die Nummer des Anrufers war unterdrückt.

„Woods." Marcel Gibbons Stimme. „In einer halben Stunde. Washington Park."

„Du klingst komisch. Ist alles in Ordnung?"

„In einer halben Stunde …"

„Nein, warte. So schnell schaffe ich es nicht. Gib mir eine Stunde."

„Du schaffst es", sagte Gibbon. „Bring das Mädchen mit."

Die Verbindung wurde beendet. Im gleichen Augenblick kam Rylee durch das Tor. Toro knurrte sofort und fletschte die Zähne.

Logan erstarrte.

Sie zog schnell an der Leine. „Böser Hund! Es dauert nicht lang, Logan. Ich bin gleich zurück."

„Ich komme mit."

„Das musst du nicht. Ich weiß, dass du ihn nicht magst."

Er schob sich von der Motorhaube weg und passte sich ihrem Tempo an. „Bitte sorge dafür, dass er auf der anderen Seite bleibt, dann kommen wir schon klar."

Keine Antwort. Nicht einmal ein Lächeln. Er seufzte.

In steifem Schweigen gingen sie nebeneinander her. Er streifte ihre Hand. Eine Straße weiter hakte er seinen kleinen Finger in ihren. Als Toro stehen blieb, schob Logan seine Finger zwischen ihre und zog sie zu sich heran.

Er strich mit der Nase über ihr Ohr und atmete einen leichten Hauch des Dufts, den er schon in ihrer Wohnung gerochen hatte. „Es tut mir leid, Rylee. Ich wollte dich nicht verärgern."

Sie schaute auf. Ihre Augen leuchteten, wirkten aber abgelenkt.

„Schon okay." Er legte die Hand an ihre Wange und strich mit seinem Daumen über ihre Unterlippe. „Wir lassen es einfach langsam angehen. Ganz langsam. Okay?"

Ihre Brust hob und senkte sich, als sie tief einatmete.

Er bewegte die Hand an ihren Hinterkopf und näherte sich ihren Lippen. Sie hatten sich kaum berührt, als Toro anfing zu bellen. Sie zog den Kopf zurück und streichelte den Hund.

Die Dogge führte sie durch eine schmale Straße,

bis sie schließlich am Ufer herauskamen. Sie stiegen die Stufen hinauf und gingen die Ufermauer entlang. Das Rauschen der Wellen und der Geruch, eine Mischung aus Salz und Blütenduft, den der Wind herantrug, verzauberte die Abendluft.

Er betrachtete die Villen an der East Battery. „Rylee?"

„Hmm?" Ein leichter Wind bewegte den Stoff ihres Kleides.

„Ich … ich habe mir Gedanken über das Haus gemacht, das deine Großmutter ihr Zuhause genannt hat."

„Ich auch." Sie schaute ihn überrascht an. „Ich habe diese alten Bilder seit Jahren nicht mehr angeschaut. Die Bilder von meinen Eltern und mir kenne ich alle auswendig. Aber die älteren nicht so sehr. Ich habe dieses Haus früher nie wirklich beachtet. Nur die Menschen auf dem Foto. Aber jetzt kriege ich es nicht mehr aus dem Kopf."

„Weißt du, wo deine Eltern wohnten, als du klein warst?"

„Irgendwo hier in der Gegend, aber ich weiß nicht genau, in welchem Haus. Nonie sprach nur sehr ungern über diese Zeit. Sie wurde richtig sauer und war mir tagelang böse, wenn ich sie darauf ansprach. Als ich alt genug war, um mich davon nicht mehr beirren zu lassen, war sie geistig so verwirrt, dass ich nie eine klare Antwort bekam." Ihr Atem beschleunigte sich. „Glaubst du, das könnte es sein? Glaubst du, es könnte ein Bild von dem Haus gewesen sein, in dem ich als kleines Kind gewohnt habe?"

Er zuckte die Achseln. „Ich habe keine Ahnung. Ich dachte, du wüsstest es vielleicht."

Sie kehrten um und gingen zu den Davidsons zurück. Ihre Erklärung hatte ehrlich geklungen. Plötzlich kam er sich unglaublich dumm vor. Nicht weil er Nates verrückte Theorien geglaubt hatte – nein, er hatte sie nicht geglaubt –, sondern weil er sich von ihm Zweifel hatte einreden lassen.

Logan legte den Arm um sie. Während sie weitergingen, lehnte sie den Kopf an seine Schulter. Ihr Körper, der ihn vom Kopf bis zur Hüfte berührte, war angenehm warm.

„Rylee, du musst vorsichtig sein."

„Vorsichtig?"

„Wegen der Polizei. Wegen Nate."

„Er ist ein Idiot."

„Ein Idiot mit einem Polizeiausweis. Alles, was du ihm anbietest – alles –, wird er gegen dich verwenden. Verstehst du, was ich sage?"

Sie hob den Kopf. „Ist das dein Ernst?"

„Die Polizei glaubt anscheinend, du seist ein Komplize."

„Hat Detective Campbell das gesagt?"

Er zuckte die Achseln. „Das ist der Eindruck, den er auf mich gemacht hat."

„Aber das ist doch vollkommen lächerlich."

Trotz ihrer Worte wurde ihr Gesicht blass. Als habe sich gerade eine schwere Last auf sie gelegt und sie habe Mühe, nicht darunter zusammenzubrechen. Der Hund, der anscheinend ihre Stimmung spürte, schaute zu ihr hinauf.

Seine Warnung hatte sie schwerer getroffen, als er erwartet hatte. „Mach dir keine Sorgen. Sie behalten George Reid im Auge. Wenn es noch einen Einbruch gibt, werden sie ihn auf frischer Tat ertappen."

Ihr Blick wanderte die *Battery* hinauf und hinab. „Was ist mit mir? Beschatten sie mich auch?"

„Was? Nein, Rylee, natürlich nicht. Mach dir keine Sorgen, okay? Ich wollte dich nicht beunruhigen. Ich sage anscheinend immer das Falsche."

Sie sah so hilflos aus, dass er sie an sich heranzog. „Mach dir keine Sorgen. Okay?"

Die junge Frau nickte, dann vergrub sie ihr Gesicht an seinem Hals und schob die Arme über seine Schultern. Sie hing wie eine Puppe an ihm und atmete schwer. Ihr Herz pochte so kräftig, dass er es an seiner Brust fühlen konnte.

Von hinten näherte sich ihnen eine Frau in einem Trainingsanzug, die einen grauen Hund mit langer Schnauze an der Leine mit sich führte. Sie ging an ihnen vorbei und schaute sich dann noch einmal um.

„Hey, Rylee."

Sie lösten sich aus ihrer Umarmung. Rylee wandte sich um und schaute die Frau an. Toro bellte sofort, blieb aber auf seiner Seite des Gehwegs.

„Oh, Belinda. Hallo."

Die Frau lief mit einer grüßenden Handbewegung weiter.

Als sie fort war, seufzte Rylee. „Die Konkurrenz."

Er schob seine Hand in ihre. „Gehen wir weiter."

Einige Minuten später kamen sie wieder zum Gartentor der Davidsons.

Mit einem Gähnen kraulte sie dem Hund den Kopf. „Er war heute Abend richtig brav. Ich gebe ihm noch Wasser und bringe ihn in seine Box. Bin gleich zurück."

Er schaute auf seine Armbanduhr. Es war immer noch genug Zeit, um zum Washington Park zu fahren.

Als sie zurückkam, hielt er ihr wartend die Autotür auf. Er eilte auf die Fahrerseite und ließ den Motor an. „Rylee, da ist noch etwas."

Sie lehnte den Kopf an die Kopfstütze und drehte sich zu ihm herum. „Was?"

Er warf einen Blick auf die Uhr am Armaturenbrett. Sie folgte seinem Blick.

„Der Mann von neulich Abend … Marcel Gibbon."

„Was ist mit ihm?"

„Ich … Er will mich treffen."

„Warum? Wann?"

Er wendete und lenkte das Auto in Richtung Washington Park. „Na ja … jetzt."

„Jetzt sofort?" Sie runzelte die Stirn und hob dann langsam den Kopf. „Um ein Uhr nachts?"

Er schaute sie an. „Das hat sich heute im Laufe des Tages ergeben. Es tut mir leid. Ehrlich. Aber er hat gerade angerufen und mir sozusagen das Messer auf die Brust gesetzt, und ich muss wirklich mit ihm sprechen."

„Jetzt sofort?"

Er trommelte mit dem Daumen aufs Lenkrad. „Es ist mein Ernst, Rylee. Es tut mir wirklich leid. Der heutige Abend war … unglaublich. Ich will nicht, dass er so endet, aber ich glaube … es geht um George."

Er wartete und spürte, dass sich eine meilenweite Kluft zwischen ihnen auftat.

„Okay", sagte sie mit einem Seufzen. „Bringen wir es hinter uns, wenn es unbedingt sein muss."

„Danke." Er legte in einer entschuldigenden Geste die Hand auf ihr Knie und sie fuhren schweigend zum Park.

Logan kam zum Auto zurück und weckte sie aus einem unruhigen Schlaf. Sie rieb sich die Wange und fühlte den Abdruck des Ledersitzes auf ihrer Haut. Die Uhr am Armaturenbrett zeigte drei an.

„Ich weiß nicht, wo er ist." Er klappte sein Handy zu und steckte es in seine Hosentasche. „Er hat gesagt, dass er hier wäre."

Sie gähnte. „Mir ist egal, wo er ist, Logan." Ihre Worte waren vor Müdigkeit kaum zu verstehen. „Ich will jetzt nur noch schlafen."

„Was willst du?"

„Schlafen!"

Logan schloss die Autotür. „Okay, ich bringe dich nach Hause. Es ist nur seltsam. Er klang, als wäre es jetzt oder nie."

Er hatte sie am *Broad* im Auto gelassen und gesagt, dass er Marcel seine Fragen stellen und bald wieder zurückkommen würde. Jetzt legte er den ersten Gang ein und fuhr los.

„Ich bin froh, dass er nicht da war. Dieser Mann macht mir Angst."

Er nickte. „Ja, aber ich dachte, er könnte uns helfen."

Ihre Arme fühlten sich zu schwer an, um sie

hochzuheben. Sie ließ die Hand sinken. Ihre Augenlider fielen ebenfalls zu. Rylee rutschte auf ihrem Sitz zur Seite, bis ihr Kopf an seiner Schulter zu liegen kam. Er legte den Arm um sie und zog sie dichter zu sich heran, aber die Konsole zwischen ihnen vereitelte seinen Versuch.

„Ich will nur schlafen“, sagte sie.

„Dann schlaf. Ich wecke dich, wenn wir da sind.“

Im nächsten Moment war sie eingeschlafen. Sie schlief und träumte sogar. Ihr Unterbewusstsein war ein weiter Ozean mit weichem Sand.

Als sie endlich aufwachte, wurde sie nicht von Logan geweckt, sondern von der Wärme der Morgensonne. Sie schlug die Augen auf. Ihr ganzer Körper fühlte sich steif an, weil sie in so unbequemer Stellung geschlafen hatte. Sie saß auf dem Beifahrersitz, während Logan neben ihr saß und tief schlief, wie sein regelmäßiger Atem verriet. Die Uhr auf dem Armaturenbrett zeigte zehn nach sieben an.

Sie standen direkt neben Daisy auf dem Parkplatz vor ihrer Wohnung.

Vorsichtig befreite sie sich aus seinem Arm, der immer noch um sie lag. Dann betrachtete sie ihn eine Weile. Er sah aus, als sei seine Haltung genauso unbequem wie ihre, aber auf seinen Lippen lag ein leichtes Lächeln. Seine Augenlider bewegten sich. Offenbar träumte er gerade. Als er vor ein paar Stunden hier angekommen war, hatte er sie wahrscheinlich genauso angeschaut wie sie ihn jetzt und beschlossen, sie nicht zu wecken.

Ihr ging es jetzt genauso. Sie schlüpfte aus dem Wagen und bemühte sich, die Tür so leise wie möglich hinter sich zu schließen. Dann ging sie auf Zehenspitzen zur Treppe. Er würde irgendwann aufwachen und sie wäre fort und er würde sich fragen, ob er die letzte Nacht nur geträumt hatte.

Kapitel 17

Während Rylee an der Wohnungstür stehen blieb und in ihrer Tasche nach ihrem Schlüssel kramte, hörte sie, wie der Motor von Logans Auto angelassen wurde. Sie hielt inne und lauschte, wie er wegfuhr. Die Trennung schmerzte sie, aber sie wusste, dass er sie nicht hatte sehen können, selbst wenn er nach oben geschaut hatte. Ihre Tür war vom Parkplatz aus nicht zu sehen.

Sie steckte den Schlüssel ins Schloss, aber die Tür öffnete sich bereits unter dem Druck ihrer Hand. Die junge Frau runzelte die Stirn. Als sie am Vorabend losgefahren waren, hatte sie sich vergewissert, dass ihre Tür verschlossen war. Das wusste sie ganz genau.

Eine Gänsehaut zog über ihren Rücken und ihre Arme.

Sie schob die Tür langsam auf und schaute durch den immer breiter werdenden Spalt. Langsam trat sie ein. Außer ihrem Atem war kein Ton zu hören.

Schließlich schaltete sie das Licht ein und entdeckte … nichts. Alles war an seinem Platz.

Aber als sie sich umsah, hatte sie trotzdem das Gefühl, dass etwas nicht stimmte. So verrückt es ihr auch vorkam, sie dachte, der Teppich sehe anders aus, als wäre er von fremden Schritten gegen den Strich betreten worden. Sie bückte sich und schaute ihn sich genauer an. Vielleicht irrte sie sich ja.

An der Schlafzimmertür blieb sie schließlich abrupt stehen. Die Bettdecke war mit fast militärischer Präzision gefaltet und glatt gestrichen. Nicht die leiseste Spur einer Vertiefung war zu sehen.

Rylee umklammerte den Türrahmen. Sie hatte es gestern eilig gehabt. Und deshalb hatte sie sich nicht die Mühe gemacht, ihr Bett zu machen.

Auf unsicheren Beinen taumelte sie zu der Seite, auf der sie immer schlief, und war sicher, dass unter diesen Laken etwas auf sie wartete.

Sie griff nach dem Rand der Decke und konnte sich kaum dazu durchringen, sie zu berühren. Der Stoff, der vom vielen Waschen weich war, fühlte sich unter ihrer Hand fremd an.

Schließlich zog sie die Decken zurück. Eine nach der anderen. Ihre Fantasie ging mit ihr durch. Blutlachen. Eine verstümmelte Leiche. Eine Drohung, die mit blutverschmiertem Finger geschrieben war.

Aber sie entdeckte nichts. Die Botschaft befand sich nicht unter der Decke. Es war die Decke selbst. Jemand war in ihre Wohnung eingedrungen und hatte ein Zeichen hinterlassen, das nur sie lesen konnte.

Nachdem sie sich noch einmal vergewissert hatte, dass sich niemand sonst in der Wohnung aufhielt, überprüfte sie jedes Fenster. Alle waren zu, alle von innen verriegelt.

Sie ging zur Wohnungstür und zog einen Stuhl heran, um ihn unter den Griff zu klemmen. Logan hatte recht. Das Schloss war ein Witz. Mit einer Scheckkarte und ein wenig Druck war sie selbst schon problemlos in die Wohnung gekommen, als sie ihren Schlüssel verlegt hatte. Das würde sich ändern.

Neue Schlösser, nahm sie sich vor. *Gleich heute Morgen.*

Rylee zog ihre Schuhe aus und trat ins Badezimmer, dessen Fliesen sich unter ihren Füßen kühl anfühlten. Sie griff hinter den Vorhang und drehte das Wasser auf. Normalerweise machte sie sich nie die Mühe, die Tür zu schließen, aber jetzt schob sie sie fest zu und drückte das Federschloss entschlossen nach unten.

Sie legte ihre Kleidung auf einen kleinen Haufen, trat in die Duschwanne und ließ das Wasser über ihren Körper laufen. Seufzend wünschte sie sich, es würde wenigstens einmal in einem gleichmäßigen Strahl statt in kleinen, stockenden Schüben durch den verrosteten Duschkopf strömen.

Der Duschvorhang strich über ihre Haut. Sie blickte dahinter, um sich zu vergewissern, dass das Badezimmer leer war, während ihr Bilder aus dem Film „Psycho" durch den Kopf schossen.

Rylee seifte sich ein und shampoonierte ihre Haare in Rekordzeit, dann wickelte sie sich ein Handtuch um den Kopf und ein zweites um den Körper.

Warum hatte sie nicht daran gedacht, ihre Kleidung mit ins Badezimmer zu nehmen? Sie wusste, warum. Weil das nie nötig gewesen war. Weil die Tür nie geschlossen war.

Ich vertraue dem Sonnenschein …

Sie riss die Tür schwungvoll auf und ließ eine Dampfwolke hinaus. Nichts. Kein anderes Geräusch als das unablässige Tropfen der Dusche.

… Ich vertraue dem Regen …

Sie tappte durchs Zimmer. Der Teppich fühlte sich unter ihren feuchten Füßen ganz rau an.

… Ich vertraue, dass der Frühling wiederkommt …

Die junge Frau zog die Schublade auf, in der sie ihre Unterwäsche aufbewahrte, und griff hinein.

… außerdem habe ich Vertrauen zu …

Rasch zog sie die Hand zurück, als hätte sie sich verbrannt.

Sie waren zurückgebracht worden. Die Sachen, die ihr aus der Sporttasche gestohlen worden waren. Gewaschen, sauber zusammengelegt und oben auf den Stapel drapiert.

Kapitel 18

Gelbe Absperrbänder flatterten um das Grundstück und die historische Villa wie die Dekoration eines Polizeiballs. Männer in weißen Overalls gingen ins Haus der Davidsons und kamen wieder heraus. Charlestoner Polizisten suchten den Rasen peinlich genau ab.

Logans Puls hämmerte in seinen Schläfen. Das war schlecht, sehr schlecht. Erst vor sechs Stunden hatte er genau an dieser Stelle gestanden und gewartet, bis Rylee aus dem Haus kam.

Nate Campbell hielt mit verschränkten Armen am Gartentor Wache und schaute Logan mit bohrendem Blick an. Der Detective sah aus, als hätte auch er nicht viel Schlaf bekommen. Wenigstens hatte er es geschafft, sich frisch anzuziehen. Das war mehr, als Logan von sich behaupten konnte.

Der Reporter blieb abrupt auf dem Gehweg stehen. Nates Gesichtsausdruck gefiel ihm nicht. „Was ist?"

„Du bist sehr schnell hier", fauchte Campbell.

„Ich mache nur meine Arbeit."

„Du kannst dich auf ein längeres Warten einstellen, denn wir sind noch lange nicht fertig." Er betrachtete zynisch Logans zerknitterte Kleidung und verzog dann das Gesicht zu einem freudlosen Lächeln. „Lange Nacht gehabt?" Ein höhnisches Schmunzeln. „Hast du, ähm, sie rumgekriegt?"

Logan verdrehte stöhnend die Augen. „Lass mich in Ruhe, Nate."

„Und, wo ist dein Handlanger?"

„Wash? Wir wollen uns hier treffen. Und nenn ihn auf keinen Fall so, wenn er dabei ist."

„Ich habe von Rylee Monroe gesprochen."

„Ihr würde ich das auch nicht ins Gesicht sagen. Erzählst du mir jetzt, was hier los ist?"

Campbell deutete mit dem Daumen über seine Schulter. „Wonach sieht es denn aus?"

Es sah nach dem Ort eines Verbrechens aus.

Logan schaute in beide Richtungen die Prices Alley entlang. Bis jetzt war noch nichts von den Fernsehteams zu sehen. Doch es war nur eine Frage der Zeit, bis sie kamen.

„Könnte ich wenigstens eine Stellungnahme von dir bekommen?"

Campbell schob das Kinn vor. „Ja. Du bekommst eine Stellungnahme von mir: Um halb sechs heute Morgen riefen Nachbarn bei der Polizei an und meldeten, dass die Alarmanlage losgegangen sei. Das Ehepaar Davidson, das hier wohnt, war nicht zu Hause. Die Polizisten, die als Erste am Tatort waren, fanden die Tür offen vor, gingen hinein, und was sie dort entdeckten, sah aus wie nach einem Hurrikan der Stufe 5. Völlige Verwüstung."

„Wurde irgendetwas mitgenommen?"

Der Detective zuckte die Achseln. „Woher soll ich das wissen? Da drinnen sieht es aus wie am Ground Zero."

„Warum hat die Sicherheitsfirma nicht reagiert?"

„Die Eigentümer ließen die Alarmanlage nicht überwachen. Ziemlich dumm, wenn du mich fragst. Solche Häuser sind heutzutage drei bis vier Millionen wert. Es ist ja nicht so, als könnten sie sich das nicht leisten."

„Sollte die Alarmanlage nicht losgehen, sobald die Tür aufgebrochen wird?"

„Ja. Die Nachbarn riefen ungefähr zehn Minuten später an. Wir waren nach weiteren zehn Minuten hier und bis dahin war von ihm keine Spur mehr zu sehen … oder von ihr."

„Dann hatte er nicht viel Zeit zur Verfügung."

„Es sei denn, sie hatte den Schlüssel und konnte sich Zeit lassen. Und sie hat dann beim Hinausgehen die Alarmanlage ausgelöst."

Da er so viele Informationen wie möglich bekommen wollte, ignorierte Logan die verdeckte Anspielung auf Rylee. „Du behandelst diesen Einbruch also als weiteren Robin-Hood-Einbruch?"

„Was denkst du denn?"

„Und George Reid?", fragte Logan. „Habt ihr ihn heute Morgen beschattet?"

Eine Frauenstimme mischte sich von der anderen Seite des Zauns in ihr Gespräch ein. „Das wollte ich auch gerade fragen."

Sie drehten sich um und erblickten Sheila Santos, eine Frau mittleren Alters im Nadelstreifenanzug. Ihre Jacke war so eng, dass sie sie nicht zumachen konnte und man die glänzende Dienstmarke auf einer Seite ihres Gürtels und einen Revolvergurt auf der anderen Seite sehen konnte. Ihre dunklen Haare waren sehr kurz geschnitten, ihr Make-up dick aufgetragen.

Nate drehte sich um und marschierte los. „Hör zu, ich würde gern noch länger mit dir plaudern, aber …"

„Reid war es also nicht?", fragte Logan Santos. „Heißt das, dass die Polizei sein Alibi ist?"

„… das kannst du dir ja denken. Ich muss jetzt weiterarbeiten."

Nates Hand griff nach der Klinke des Gartentors, während Logan Santos fragend anschaute. Aber sie blieb stumm.

„Warte." Logan drehte sich zu Nate herum. „Kannst du mich nicht hineinlassen?"

Einen kurzen Moment überlegte dieser und seufzte dann. „Natürlich kann ich."

Er öffnete das Tor und ging hinein. Logan wollte ihm folgen, aber das Gartentor knallte vor seiner Nase zu.

„Aber ich will nicht."

„Komm schon, Nate", drängte Logan.

Doch es folgte nur ein herzloses Lächeln. „Ich sage dir jetzt was: Du bleibst brav da draußen sitzen, und wenn wir fertig sind, lädt dich die Familie vielleicht ein. Sie sind vor Kurzem nach Hause gekommen. Wenn du mich jetzt entschuldigen würdest." Er schritt geradewegs auf Santos zu und begleitete sie ins Haus.

Nach dieser Abfuhr richtete Logan es sich auf dem

Gehweg ein. Er gab die ersten Fakten per Handy an die Nachrichtenredaktion. Dann wählte er Marcel Gibbons Nummer und hinterließ eine Nachricht. Er hatte in der vergangenen Nacht schon drei- oder viermal angerufen, als Gibbon nicht am vereinbarten Treffpunkt erschienen war. Es machte keinen Sinn, auf ein Treffen zu beharren und dann nicht aufzutauchen.

Es sei denn … Logan schüttelte den Kopf und verscheuchte diesen Gedanken, aber er ließ ihn nicht los. Vielleicht hatte der Cherub einen Grund gehabt. Vielleicht hatte er sichergehen wollen, dass sie um ein Uhr im Washington Park waren und nicht bei den Davidsons, wo ein Einbruch geplant war.

Der Reporter hörte seine Nachrichten ab, aber es war keine von Gibbon dabei. Stattdessen hörte er die Stimme von Seth, seinem Agenten. „Da du mich immer noch nicht zurückgerufen hast, gehe ich davon aus, dass du die Seiten, die ich von dir will, noch nicht hast. Lass dir eines sagen, Kumpel: Dora hat aufgehört zu fragen, ob es etwas Neues gibt. Du weißt, was das heißt, oder? Das heißt, dass ich von dir dringend richtig geniales Material brauche. Wenn du es mir nicht flott lieferst, können wir die Sache vergessen. Ruf mich an. Sofort."

Müde rieb Logan sich das Gesicht. Das Manuskript war immer noch zu dünn. Er musste ein paar neue Seiten schreiben. Vielleicht konnte er das ja jetzt machen, während er auf eine Gelegenheit wartete, mit den Davidsons zu sprechen.

Er holte seinen Laptop und seine Notizen aus dem

Auto, setzte sich auf den Bordstein und tippte die nächste Dreiviertelstunde unablässig. Inzwischen rückten die Fernsehcrews an und bauten sich auf der gegenüberliegenden Straßenseite auf, um ein Gesamtbild einzufangen. Ein Junge in einer Jacke mit vielen Taschen kam herübergejoggt, um Logan aus dem Bild zu vertreiben.

Dieser schickte Seth seinen neuen Text und räumte gerade seinen Laptop ins Auto, als Wash anmarschiert kam. Seine große Kamera baumelte vor seiner Brust. Die beiden suchten sich einen Platz im Schatten.

„Seltsam", sagte Wash, „ich könnte schwören, dass ich dieses Outfit schon einmal gesehen habe." Er kratzte sich am Kopf, als müsste er sich konzentrieren, und reckte dann triumphierend einen Finger in die Luft. „Hey, Moment mal! Hast du gestern Abend, als du vom Strand weggefahren bist, nicht das Gleiche angehabt? Wenn ich es nicht besser wüsste, dann würde ich sagen …"

„Nate versucht, uns von diesem Fall auszuschließen."

Wash betrachtete das Treiben hinter dem Gartenzaun. „Im Ernst?"

Logan nickte. „Ich habe ein paar kurze Fakten an die Redaktion geschickt, aber solange wir nicht ins Haus kommen und mit den Besitzern sprechen können, vergeuden wir hier nur unsere Zeit."

Wash nutzte die Wartezeit, um einige Außenaufnahmen zu machen. Logan begleitete ihn, um nicht untätig herumzustehen. Genau wie das Haus der Petries stand dieses im rechten Winkel von der Straße abgewandt, mit einem falschen Eingang, der zu einer überdachten Veranda hinaufführte. Dadurch wirkte das Haus kleiner und unauffälliger, als es in Wirklichkeit war.

Logan zählte zwei Stockwerke, aber an den Fenstern im Dachgeschoss hingen Vorhänge, was vermuten ließ, dass es ebenfalls als Wohnraum genutzt wurde. Über der überdachten Veranda befand sich im ersten Stock eine weitere Veranda, die mit eleganten weißen Holzarbeiten verziert war und den Eindruck erweckte, das Haus stamme aus einem Märchen. Obwohl der Zaun mit dichtem Laub überwachsen war, erhaschte Logan einen Blick auf Blumen, die in voller Blüte standen. Er konnte auch das Plätschern von Wasser vernehmen.

„Weißt du, was du tun könntest?", fragte Wash.

„Was denn?"

„Deine neue Freundin – sie kennt diese Leute, oder? Sie arbeitet doch für sie alle."

„Ich will sie auf keinen Fall hier in der Nähe haben", sagte Logan. „Wenn Reid es nicht getan hat – und ich bin ziemlich sicher, dass er es nicht war, denn sonst hätten sie ihn auf frischer Tat geschnappt –, dann ist Rylee die Hauptverdächtige."

Wash zuckte die Achseln. „Aber sie war doch die ganze Nacht mit dir zusammen, oder? Du kannst ihr ein Alibi geben."

Das konnte er durchaus. Bis ungefähr halb vier, als er neben ihr eingeschlafen war. Aber als er aufgewacht war, war sie fort gewesen. Er konnte nicht sagen, wann genau sie aus dem Auto gestiegen war. Und wenn die

Alarmanlage um halb sechs losgegangen war, würde seine Aussage Rylee mehr schaden als nutzen.

„Schau mal." Wash hob seine Kamera, hielt sie sich vor die Augen und richtete das Objektiv den Gehweg hinunter. „Wenn man vom Teufel spricht ..."

Logan wandte sich um und spürte, wie sich sein Brustkorb zusammenzog. Rylee. Es war das erste Mal, dass er sie seit dem Vorabend sah. Besser gesagt, seit dem frühen Morgen. Sie hatte ihn noch nicht entdeckt und noch nichts von dem ganzen Treiben vor dem Haus bemerkt.

Die junge Frau ahnte nicht, was sie erwartete, und schien völlig in der Musik aus den weißen Ohrstöpseln aufzugehen, deren Kabel um ihren Hals baumelten. Sie trug eine abgeschnittene Jeans und rosa Tennisschuhe. Ihr helles, halb durchsichtiges Oberteil schimmerte leicht in der Luft. Es war auf der Vorder- und Rückseite mit einem Muster aus Blättern und an den Ärmeln mit einem Muster aus Pfauenfedern bedruckt. Ihre kurzen, dunklen Haare umrahmten ihre Wangenknochen, ihre ahnungslosen Augen, die leicht geöffneten Lippen. So schön. So unschuldig.

Aber war sie wirklich so unschuldig? Er bemerkte eine unterschwellige Anspannung in ihren Gesichtszügen.

Das Klicken von Washs Kamera riss ihn unsanft aus seinen Gedanken.

„Du fotografierst sie ja ständig", sagte Logan.

„Keine Sorge, ich schicke dir ein paar Bilder von ihr", erwiderte Wash grinsend.

„Das will ich hoffen."

Sie blieb abrupt stehen. Ihr ruhiger Gesichtsausdruck war verschwunden, die unterdrückte Anspannung trat schlagartig an die Oberfläche. Mit großen Augen betrachtete sie, was hier geschah. Als sie Logan erkannte, eilte sie auf ihn zu. Ihre große Leinentasche hüpfte auf ihrer Hüfte.

Rylee streckte vorsichtig die Hand aus und berührte ihn am Unterarm. „Was ist hier los?"

Ihrem Gesicht konnte er ansehen, dass sie die Antwort auf ihre Frage bereits kannte.

„Es tut mir leid", sagte er.

Sie wich zurück und schüttelte den Kopf. „Nicht auch noch die Davidsons! Nicht auch noch sie. Wir waren doch gestern Nacht noch hier. Und alles war in Ordnung." Ihre Stimme klang hohl. Schockiert.

„Pssst." Er schaute sich um und nahm sie am Ellbogen. „Du musst von hier verschwinden."

Sie riss sich los und stürmte auf das geschlossene Gartentor zu.

„Rylee, warte!" Er holte sie ein, als sie gerade das Gartentor weit aufstieß. Logan packte sie an der Hand und bemerkte, wie die versammelten Reporterteams hinter ihnen plötzlich hellwach wurden.

„Nate ist da drinnen", sagte er leise.

„Was ist mit Toro? Geht es ihm gut?"

„Ihm geht es bestimmt gut. Aber offenbar hat sich Robin Hood hier richtig ausgetobt. Sie durchkämmen gerade das Chaos."

Er konnte nicht sagen, ob sie alles verstand, was er sagte, aber wenigstens war sie vor dem Tor stehen geblieben. Sie atmete schwer und schien jeden Augenblick losstürmen zu wollen. „Du musst von hier verschwinden."

„Warum? Ich habe nichts getan. Sie können mich doch nicht verhaften, nur weil ich für diese Leute arbeite."

„Doch, das können sie."

Wash schlenderte zu ihnen, baute sich mit dem Rücken zu ihnen auf und schirmte die beiden so gut er konnte vor den anderen Reportern ab.

„Rylee", flehte Logan. „Bitte."

„Die Davidsons sind gute Leute." Die junge Frau kaute an ihrer Unterlippe. „Das hätte ihnen nicht passieren dürfen."

„Es hätte niemandem passieren dürfen. Aber wir müssen vorsichtig sein."

Er zog sie vom Tor weg, schloss es hinter ihnen und legte einen Arm um sie. Während Wash neben ihnen herging, führte er sie einige Schritte den Gehweg hinab. Noch zehn Schritte, und sie hätten eine grüne Hecke als Schutzschild zwischen sich und der Polizei erreicht. Logan wog sie bereits in Sicherheit.

„Sofort stehen bleiben!" In Begleitung zweier uniformierter Polizisten kam Campbell durch das Tor gerannt und stapfte mit entschlossener, finsterer Miene auf sie zu.

Logan spürte, wie ein halbes Dutzend Videokameras auf sie gerichtet wurden. Neben ihm holte Rylee stockend Luft. Dann drehte sie sich zu den Polizisten um und schaute sie direkt an.

„Wo waren Sie heute Morgen um halb sechs?", fragte Campbell.

„Um halb sechs?“ Sie schaute Logan an und dann wieder Nate. „Ich habe geschlafen.“

Campbell hatte seinen Notizblock gezückt und blätterte darin wie ein Verkehrspolizist. Hinter ihm hatte sich eine Mauer aus uniformierten Polizisten aufgebaut, die diesem Wortwechsel stumm Gewicht verliehen.

„Kannst du das bezeugen, Logan?“

„Ja.“

Nate blickte auf. „Bist du dir ganz sicher? Denn um ihre Geschichte zu bezeugen, musst du um halb sechs wach gewesen sein und sie neben dir gesehen haben.“ Er schaute Logan hämisch an. „Bist du sicher, dass du nicht allein aufgewacht bist? Vielleicht mit einem kleinen Zettel auf dem Kissen, auf dem stand: ‚Danke für die heiße Nacht.‘ Und du hast dich gefragt, wann genau sie sich aus dem Zimmer geschlichen hat?“

Logan gab ihm keine Antwort. Eine Ader an seinem Hals pochte kräftig.

„Hast du dich ausgenutzt gefühlt?“

Rylee schnappte nach Luft.

Wash packte Logan am Arm und hielt ihn fest, bis dieser sich von ihm losriss.

Der Fotograf schnaubte und ließ damit alle wissen, wie wenig ihn das Auftreten der Polizei beeindruckte. Dann trat er zur Seite. Er blickte durch seinen Sucher und begann zu fotografieren.

Logan hätte ihn küssen können. Die Kamera hatte eine faszinierende Wirkung. Das Klicken dieses kleinen Geräts ließ alle einen Schritt zurückweichen. Die uniformierten Polizisten setzten einen Blick professioneller Gleichgültigkeit auf.

Campbell schwieg kurz und sammelte seine Gedanken. „Das dachte ich mir." Er steckte seinen Stift und seinen Block ein. „Rylee Monroe, ich verhafte Sie wegen mehrfachen Einbruchs und Diebstahls."

Sie rang nach Luft.

„Sie haben das Recht zu schweigen. Alles, was Sie tun oder sagen, kann vor Gericht gegen Sie verwendet werden …"

Die junge Frau schob die Tasche von ihrer Schulter und reichte sie Logan. „Karls Nummer ist in meinem Handy eingespeichert. Sag ihm bitte, dass ich ihn brauche."

„Sie haben das Recht, einen Anwalt hinzuzuziehen, bevor Sie mit der Polizei sprechen …"

Ein Polizist zog ihre Hände auf ihren Rücken und legte ihr Handschellen an.

„Ich weiß, dass du ihn nicht leiden kannst, Logan. Aber ich brauche ihn. Rufst du ihn für mich an?"

Er stand stumm da und wusste nicht, was er tun sollte.

„Bitte", flehte sie und sah ihm direkt in die Augen. Ohne mit der Wimper zu zucken. Fest und entschlossen.

„Ja."

Danke, sagte sie tonlos. Für einen kurzen Moment konnte er sehen, wie aufgewühlt und panisch sie trotz ihrer äußeren Ruhe war. Dann wandte sie sich von ihm ab.

Sein Herz zog sich zusammen.

„Sind Sie, nachdem ich Ihnen Ihre Rechte erklärt habe, bereit, meine Fragen ohne die Anwesenheit eines Anwalts zu beantworten?“

„Nein.“ Ihr Blick war so kalt, dass er die Polarkappen hätte retten können, aber Campbell blieb davon völlig unbeeindruckt.

Er deutete mit dem Kopf zu den Streifenwagen, die in einer Reihe am Straßenrand standen.

Der Polizist, der Rylee die Handschellen angelegt hatte, begleitete sie zu einem Wagen, während die Videokameras jeden ihrer Schritte verfolgten und die Reporter sie mit Fragen bestürmten.

Kapitel 19

Das große Aufgebot an Polizeifahrzeugen versperrte die Straße und passte überhaupt nicht in diese ehrwürdige Umgebung. Der Streifenwagen mit Rylee auf dem Rücksitz bog auf die Straße und verschaffte sich mit heulender Sirene Platz.

Nate erklärte den Pressevertretern, dass die Familie zum jetzigen Zeitpunkt nicht Stellung nehmen werde, aber der Polizeichef in einer Stunde eine Pressekonferenz in der Polizeizentrale geben werde.

„Dann fahre ich mit diesen Fotos zur Redaktion zurück." Wash drückte Logan die Schulter. „Halte durch, Mann. Es wird alles gut werden."

Logan nickte und hatte immer noch Mühe zu realisieren, was gerade passiert war.

Die Fernsehcrews kämpften um die Plätze, um die besten Bilder von der unerwarteten Verhaftung einzufangen. Eine bunt zusammengewürfelte Schar von Passanten hatte sich ebenfalls mittlerweile auf dem Gehweg versammelt. Ein hochrangiger grauhaariger Polizeibeamter in dunklem Anzug schritt durch das Gartentor und winkte Nate zu sich. Sie wanderten hinter dem Absperrband auf und ab, während Nate schnell sprach und dann mit widerwilligem Respekt den Antworten lauschte.

Logan ging über die Straße und bahnte sich einen Weg um die Streifenwagen herum auf die andere Seite der Meeting Street, wo sein Auto parkte. Er wühlte in Rylees Tasche nach ihrem Telefon. Als er es gefunden hatte, suchte er ihre Kontaktliste durch und fand schließlich Karls Nummer.

Der Reporter schlüpfte auf den Fahrersitz seines Wagens und starrte die Tasten an. Karl Sebastian hatte George nicht geholfen, und Logan konnte sich nicht vorstellen, dass das in Rylees Fall anders war. Aber sie hatte ihn gebeten, Karl anzurufen, und er hatte es ihr versprochen.

Die Stimme der Sekretärin am Telefon klang übertrieben fröhlich. „Sebastian, Lynch & Orton."

„Hallo. Hier ist Logan Woods."

Sie seufzte. „Mr Woods, ich habe Ihnen doch gesagt …"

„Legen Sie nicht auf. Rylee Monroe wurde verhaftet, und sie hat mich gebeten, Karl in ihrem Namen anzurufen."

Ein Zögern. „Einen Moment bitte."

Er trommelte mit den Fingern auf das Lenkrad. Schließlich wurde er durchgestellt.

„Karl Sebastian."

„Die Polizei hat Rylee verhaftet. Sie bringen sie gerade weg. Der verantwortliche Detective ist noch am Tatort, falls Sie also schnell handeln wollen."

Falls Karl von den Ereignissen überrascht wurde,

dann verbarg er es gut. Die veränderten Hintergrundgeräusche verrieten Logan, dass er sofort aufbrach und ihm im Gehen Fragen stellte. Logan nannte ihm die Details. Strafrecht war zwar vielleicht nicht das Spezialgebiet dieses Mannes, aber er schien zu wissen, was er tat.

„Alles klar", sagte Karl. „Ich kümmere mich darum."

„Können Sie sie herausholen?"

„Sobald ich sie vor einen Kautionsrichter bringen kann."

Das Gewicht dieser Situation erdrückte Logan fast und raubte ihm schier die Luft zum Atmen. Noch vor ein paar Stunden war er mit ihr zusammen gewesen und jetzt saß sie im Gefängnis. Wie eine Kriminelle.

Der Reporter hätte am liebsten mit dem Telefon nach etwas geworfen. Oder mit aller Kraft gegen eine Wand getreten. Oder seinem Frust irgendwie auf andere Weise freien Lauf gelassen.

Stattdessen saß er in seinem Auto und umklammerte das Telefon so fest, dass es Abdrücke auf seiner Hand hinterließ. Die Aussichten, die Situation schnell zu klären, die Sache in Ordnung zu bringen, standen nicht zum Besten.

„Aber Sie können sie herausholen, ja?", fragte er noch einmal.

„Natürlich." Karls Tonfall war sehr abweisend. „Und ich will, dass Sie sie in Ruhe lassen. Egal, hinter welcher Story Sie her sind, sie endet hier. Sie ist meine Mandantin, und die Medien haben in ihrer Nähe nichts verloren. Habe ich mich klar ausgedrückt?"

Logan verkniff sich eine schneidende Antwort. Er würde sie auf keinen Fall in Ruhe lassen, aber das musste er dem Anwalt nicht auf die Nase binden. „Danke für Ihre Hilfe, Karl."

Nachdem er aufgelegt hatte, rief er Lacey Lamar an. „Die Polizei ist irgendwie auf die Idee gekommen, dass Rylee Monroe Robin Hood wäre. Sie haben sie gerade verhaftet."

„Vielleicht ist sie es ja durchaus", erwiderte Lacey.

Er überging diese Bemerkung. „Karl Sebastian ist ihr Anwalt. Er will sie so bald wie möglich vor einen Kautionsrichter bringen."

„Ich dachte, er geht nicht ans Telefon, wenn du ihn anrufst."

„Dieses Mal hat er eine Ausnahme gemacht."

Seine Chefin schwieg einen Moment. „Die Sache ist richtig ins Rollen geraten, Logan. Ich weiß, dass du persönlich darin verwickelt bist, und hätte vorher schon eingreifen sollen. Aber eines muss dir klar sein: Wenn ich denke, dass du der Sache nicht mehr gewachsen bist, habe ich keine Skrupel, einen anderen auf die Story anzusetzen. Meine Geduld ist ziemlich ausgereizt. Hast du verstanden?"

Persönlich verwickelt? Fast hätte er gelacht. Lacey hatte keine Ahnung. Er war mit der Hauptverdächtigen des Kriminalfalles befreundet, über den er schreiben sollte.

„Hast du mich verstanden, Woods?", wiederholte Lacey.

Noch nie in seiner beruflichen Laufbahn war er von einer Story abgezogen worden. Aber wenn Lacey herausfand, dass er nur wenige Stunden vor dem Einbruch mit Rylee am Tatort gewesen war, würde sie ihn in Stücke reißen. „Ich hab's verstanden, Lacey. Klar und deutlich."

Er legte auf und starrte durch die Windschutzscheibe. Ein schwarz-weißer Ford Interceptor fuhr vor ihm weg und bog knapp an einem Nachrichtenwagen vorbei. Etwas weiter vom aufgeregten Treiben entfernt entdeckte er Rylees Civic.

Der Reporter startete die Zündung, legte aber keinen Gang ein. Er musste Robin Hood finden. Wenn er mit seiner Vermutung recht hatte, dass George Reid von der Polizei beschattet worden war, war dieser aus dem Schneider. Aber wer war dann der Einbrecher? Und warum hatte Gibbon ihn gestern Nacht versetzt?

Er ließ seinen Kopf auf das Lenkrad sinken. Wie aus dem Nichts begannen die Worte seines Vaters in seinem Kopf zu kreisen.

„Ich weiß, wie es ist, mein Sohn. Du glaubst, du könntest alles schaffen. Ich habe das am eigenen Leib erfahren. Aber die Wahrheit ist, dass du nicht alles schaffen kannst. Nicht allein."

Das Blitzlichtgewitter setzte ein, sobald die Tür aufging, und verstärkte sich, als die Abordnung der Polizisten weiterging. Der Polizeichef in Uniform führte die Gruppe an. Hinter ihm folgte eine Reihe Leutnants und Beamte in Zivilkleidung, darunter der grauhaarige Mann, den Logan vor dem Haus der Davidsons gesehen hatte.

Nate Campbell bildete den Abschluss und blieb für

einen kurzen Moment in der Tür stehen – sichtlich überrascht vom Blitzlichtgewitter. Bevor er auf das Podium trat, rückte er seine Krawatte zurecht und fuhr sich mit der Hand über die Haare.

Nachdem er vom Tatort verschwunden war, hatte Logan sich zur Polizeizentrale begeben und versuchte, an mehr Informationen zu gelangen, während seine Journalistenkollegen sich erst nach und nach einfanden. Die Reporter vertraten einhellig die Meinung, dass die Robin-Hood-Einbrüche nun gelöst waren.

Logan schüttelte den Kopf. Die unaufhaltsame Medienmaschinerie war in Gang gesetzt und bereit, das Urteil, das die Polizei verkündete, laut in alle Welt hinauszuposaunen. Georges Verhaftung hatte alle in Bewegung gesetzt, aber das hier kam einer inszenierten Ekstase gleich. Die befürchteten Schwierigkeiten waren nun eingetreten. Er konnte nichts tun, um dem Gang der Dinge Einhalt zu gebieten.

Der Polizeichef stieg aufs Podium und klopfte mit dem Finger ans Mikrofon. Das dumpfe Geräusch wurde vom Klicken der Kameras fast übertönt.

„Zuerst möchte ich alle hier auf dem Podium vorstellen", sagte er. „Danach habe ich eine kurze Erklärung abzugeben und dann stehe ich für Fragen zur Verfügung."

Die Vorstellung verlief ausgesprochen schnell, und der Polizeichef nahm sich immer weniger Zeit für einen Beamten, desto niedriger dessen Rang war. Die meisten Namen waren bekannt. Der hochrangige Beamte vom Tatort war der Chef der Kriminalpolizei, erfuhr Logan. Als Nate an der Reihe war, fasste sich der Chef nur noch sehr kurz.

Der Detective schaute mit zusammengekniffenen Augen und ernster Miene in die Kameras. Wenn er es wagen sollte zu lächeln, würde Logan aufs Podium hinaufspringen und ihm höchstpersönlich das Grinsen austreiben.

„Wie Sie alle wissen“, begann der Polizeichef, „wurde unsere Stadt in den letzten zwei Monaten von einer Person heimgesucht, der die Presse den Spitznamen ‚Robin Hood‘ gegeben hat. Diese Person hatte es mit einer Reihe von Einbrüchen auf South of Broad abgesehen, die immer verheerendere Ausmaße annahmen.“

Er hob den Finger, um seinen Worten Nachdruck zu verleihen, und drehte den Kopf so, dass die Kameras sein strenges Profil einfangen konnten. „Heute am frühen Morgen hat der Täter wieder zugeschlagen. Die Polizei wurde zum Tatort geholt, wo unsere Beamten eine verdächtige Person festnahmen. Zum gegenwärtigen Zeitpunkt können wir den Namen dieser Person noch nicht bekannt geben.“

Logans Stift erstarrte in seiner Hand. Diese Erklärung klang vorsichtiger, als der ursprüngliche Tumult hatte vermuten lassen. Die Polizei wollte offenbar kein Risiko eingehen.

„Ich möchte die Gelegenheit nutzen, um den Männern und Frauen zu danken, die seit Wochen gewissenhaft und unermüdlich an diesem Fall arbeiten.“ Er deutete mit der Hand auf die Polizeiabordnung auf dem Podium, als wären sie die ganze Zeit unterwegs gewesen und hätten Spuren verfolgt. „Insbesondere möchte ich Detective Campbell danken, der diesen Fall zu einem erfolgreichen Abschluss gebracht hat."

In einer Ecke des Raums abseits des Podiums entdeckte Logan Detective Santos. Sie sah ausgesprochen missmutig drein und verdrehte die Augen, als ihr Vorgesetzter Nate lobte.

„Wenn Sie jetzt noch irgendwelche Fragen haben …"

Alle Reporter bestürmten ihn gleichzeitig mit Fragen, bis der Polizeichef kapitulierend die Hand hob. „Bitte. Einer nach dem anderen. Tom, fangen Sie an."

Ein Reporter vom Lokalfernsehen stand auf und warf rasch einen Blick auf seine Notizen. „Ist es wahr, dass die verdächtige Person, die Sie verhaftet haben, eine Frau ist?"

Der Polizeichef beriet sich mit dem Polizisten, der neben ihm saß, und beugte sich dann über das Mikrofon. „Das bestätigen wir zum gegenwärtigen Zeitpunkt nicht."

Logans Hand schoss in die Höhe, aber der Polizeichef rief einen anderen Fernsehreporter auf.

„Was wurde aus dem Verdächtigen George Reid, der vorher festgenommen worden war?"

„Wir glauben, dass diese Verbrechen, die in der Presse einer einzigen Person zugeschrieben werden, in Wirklichkeit das Werk von mehreren Tätern ist."

„Reid und die verhaftete verdächtige Person sind also Partner?"

„Enge Partner", antwortete der Polizeichef.

Logan nahm sich vor, George noch einmal anzurufen, vorausgesetzt, die Polizei hatte ihn nicht erneut verhaftet.

„Gab es irgendwelche Augenzeugen?“, fragte ein anderer Reporter.

Wieder beriet sich der Polizeichef. „Ich gebe diese Frage an Detective Campbell weiter.“

Nate beugte sich vorsichtig zum Mikrofon vor, als habe er Angst, ihm zu nahe zu kommen. „Wir haben einen Augenzeugen, der die verdächtige Person am Tatort gesehen hat, was uns veranlasst hat, diese Person zu verhaften.“

Ein Augenzeuge? Wer konnte Rylee am Tatort gesehen haben?

Logans Hand schoss in die Höhe. Nate schaute ihn stumm und ohne zu erkennen zu geben, dass er ihn kannte, an.

Der Polizeichef beugte sich wieder über sein Mikrofon.

Logan stand auf und machte es ihm dadurch unmöglich, ihn noch länger zu ignorieren. Er wartete auch nicht auf die Erlaubnis zu sprechen. „Sir, wenn Sie sagen ‚am Tatort‘, meinen Sie damit dann vor dem Haus, in das eingebrochen wurde, oder nur allgemein in der Gegend?“

Jemand, der weiter hinten saß, hätte die leichte Veränderung in der Miene des Polizeichefs nicht bemerkt, aber Logan entging sie nicht. Der Mann hatte ihn erkannt und war offensichtlich vorher gewarnt worden, sich von ihm fernzuhalten. Trotzdem trat ein Anflug von Erleichterung auf sein Gesicht. Welche Frage er auch befürchtet hatte, diese war es nicht gewesen.

„Beides“, sagte er und wollte zur nächsten Frage übergehen.

„Wenn es einen Augenzeugen gibt“, sagte Logan laut, „welche genaue Uhrzeit gibt dieser Zeuge an?“

Statt zu antworten, beriet der Polizeichef sich wieder mit dem Mann, der neben ihm saß, und dann zogen sie noch einen dritten Beamten zurate. Das Schweigen wurde von klickenden Kameras ausgefüllt.

Am anderen Ende des Podiums fixierte Nate Logan mit einem vernichtenden Blick.

„Im Moment“, sagte der Polizeichef wieder ins Mikrofon, „machen wir keine Angaben zu den Aussagen des Augenzeugen.“

Die anderen Reporter bombardierten die Beamten weiter. Der Polizeichef wand sich aus allem heraus und beendete schließlich die Pressekonferenz.

Die einzige Person, an die sich Logan vom Vorabend erinnern konnte, war die andere Hundesitterin gewesen. Und wenn sie Toro erkannt hatte und wusste, dass dieser den Davidsons gehörte, konnte die Polizei davon ausgehen, dass Rylee und er nach Mitternacht bei Toro zu Hause gewesen waren.

Als er an Laceys offen stehender Tür vorbeikam, versuchte Logan, unauffällig daran vorbeizuhuschen. Leider entging ihr die Bewegung auf dem Flur nicht, und sie rief ihn zu sich. Nachdem sie ihn mit Fragen zur Pressekonferenz gelöchert und seine Notizen mit einem Stirnrunzeln kommentiert hatte, bot sie an, selbst Ann Davidson anzurufen, was erneut zeigte, welche guten Kontakte sie in der Stadt hatte.

„Und noch etwas: Ein Vögelchen hat mir gezwitschert, dass sich die Beziehungen zwischen dir und der Polizei verschlechtert haben."

Er beschloss zu schweigen.

„Auf die Gefahr hin, dass ich dich langweile, will ich dich erinnern, dass wir bei unserer Arbeit auf bestimmte Beziehungen angewiesen sind. Wenn wir zu den Leuten nett sind, sind sie nett zu uns. Wie willst du über Verbrechen schreiben, wenn bei der Polizei niemand mehr mit dir spricht?"

„So schlimm ist es nicht."

Seine Vorgesetzte klopfte mit dem Stift ungehalten auf ihre Armlehne. „Mein Vögelchen hat mir ebenfalls gezwitschert, dass du und die kleine Hundesitterin ein Paar seid. Ist das richtig?"

„Du bist ja ein richtiger Franz von Assisi. Mit mir sprechen die Vögel leider nicht."

„Das ist nicht lustig, Logan." Sie beugte sich vor. „Hör zu. Ich will von dir nur, dass du deine Arbeit gut machst. So einfach ist das. Aber du verlierst jede Professionalität. Du arbeitest während der Arbeitszeit an deinem Buch, du ziehst Wash Tillman mit in die Sache hinein, und was alles noch schlimmer macht: Du bist mit der Hauptverdächtigen befreundet."

„Lacey, ich glaube, du bist nicht …"

Sie brachte ihn mit einem streng erhobenen Zeigefinger zum Schweigen. „Ich bin noch nicht fertig. Betrachte das als letzte Warnung. Ich gebe dir eine Woche. Wenn ich bis dahin keine Veränderung sehe, räumst du deinen Schreibtisch und gehst. Hast du mich verstanden?"

Er starrte sie sprachlos an. Seit sechs Jahren war er nun schon bei der *Post & Courier.* Er hatte sich mühsam und entschlossen nach oben gearbeitet und für diese Zeitung viel mehr Zeit investiert, als er je bezahlt bekam. Mit langen Arbeitsstunden, schlaflosen Nächten und dem Verzicht auf Urlaub hatte er sich seine Stellung als Journalist für Features und Artikel, die der Titelseite würdig waren, hart erarbeitet.

Und sie sprach von einer letzten Warnung?

„Das kann nicht dein Ernst sein."

„Sehe ich aus, als wäre mir nach Scherzen zumute?"

Wut erfasste ihn, aber sein Respekt vor Lacey zwang ihn, sich zu beherrschen. „Was für eine Art von Veränderung erwartest du von mir?"

Sie hakte ihre Punkte der Reihe nach ab: „Du hörst auf, dich nur um dein Buch zu kümmern. Du hörst auf, dem Mädchen hinterherzujagen. Du hörst auf, dir Wash stundenlang ‚auszuborgen'. Und ich will, dass du über diese Story schreibst und dich nicht in den Fall einmischst. Habe ich mich klar ausgedrückt?"

„In meinem Vertrag steht nicht, dass die Zeitung über mein Liebesleben bestimmen darf."

„Du tauchst als Beteiligter in der Story auf. Das ist Vertragsbruch …"

„Sie hat es nicht getan."

„Verschone mich mit so etwas, Logan."

„Das ist mein Ernst. Sie haben die falsche Person verhaftet."

„Woher willst du das wissen? Warst du mit ihr zusammen, als das Verbrechen passierte?"

Er gab ihr keine Antwort.

Sie richtete sich langsam auf. „Sag mir, dass du nicht mit ihr zusammen warst", meinte sie mit gefährlich leiser Stimme.

„Wir waren gestern Abend zusammen. Gegen halb vier am Morgen bin ich neben ihr in meinem Auto eingeschlafen. Als ich um sieben aufwachte, war sie fort. Aber ihr Auto stand direkt neben mir. Sie kann unmöglich in den anderen Wagen gestiegen sein, ihn angelassen haben, zu den Davidsons gefahren sein und das Verbrechen verübt haben, dann zurückgekommen sein, das Auto an derselben Stelle geparkt haben und in ihre Wohnung hinaufgegangen sein, ohne dass ich aufgewacht wäre. Das ist unmöglich."

„Du hast in deinem Wagen mit ihr geschlafen?"

„Nicht so, wie du denkst. Aber ja, wir waren zusammen in meinem Auto. Und sie hat es nicht getan. Ich werde sie jetzt nicht im Stich lassen, Lacey. Das ist mein Ernst."

„Dann ziehe ich dich von der Story ab."

Er sprang auf. „Nein!"

„Doch!"

„Nein!"

Sie zog eine Braue in die Höhe.

„Denk doch mal in Ruhe darüber nach. Das ist der größte Knüller seit Jahren." Er deutete grob in die Richtung der Polizeizentrale. „Die haben die falsche Person verhaftet. Wie wäre es, wenn wir den richtigen Täter finden und ihn auf die Titelseite bringen?"

„Weißt du, was du da sagst?"

„Ich meine es ernst. Ich weiß, dass Rylee es nicht

getan hat, Lacey. Du *musst* mich diese Sache zu Ende bringen lassen!“

Sie schaukelte mit ihrem Stuhl vor und zurück. „Und das Buch? Und Wash? Sind wir uns wenigstens in diesen zwei Punkten einig?“

Er nickte.

„Sag es laut.“

„Wir sind uns in Bezug auf Wash und das Buch einig.“

Seine Vorgesetzte schaute ihn lange an. So streng sie konnte, denn die beiden kannten sich schon sehr lange. Diese Situation war für sie sicher auch nicht leicht. „Sorg dafür, dass ich das später nicht bereue, Woods.“

Er atmete langsam aus. „Du wirst es nicht bereuen, Lacey. Das verspreche ich dir.“

Sie scheuchte ihn mit der Hand aus ihrem Büro. „Dann verschwinde, bevor ich es mir anders überlege.“

Kapitel 20

Die Gefängniszelle, in der Rylee saß, war anders, als sie sie sich vorgestellt hatte. Zum einen gab es keine Gitter. Sie wurde hinter einer Tür eingesperrt, die so dick war wie eine Flugzeugtür und ein quadratisches Fenster hatte, in dessen schwere Glasscheibe etwas eingelassen war, das wie Maschinendraht aussah. Der Blick wurde durch dick verkrusteten Schmutz getrübt, dem sie lieber nicht zu nah kam.

Während der ersten Stunde saß sie vorsichtig auf der Kante des Bettes, das an der Wand befestigt war und dessen Ecken abgerundet waren. Eine Nische, die teilweise vor möglichen Blicken durch das Fenster abgeschirmt war, enthielt eine Metalltoilette und ein Waschbecken und darüber ein verkratztes und verbeultes Metallblech, das wie ein Spiegel aus einem Gruselkabinett aussah.

Alles – das Bett, die Toilette, selbst der Teil, an dem der Boden an die Wand stieß – war wie aus einem Guss und erinnerte sie an eine Flugzeugtoilette. Jede Kante war abgerundet, die Oberflächen fühlten sich rau an.

Rylee achtete darauf, den Hautkontakt mit dem Mobiliar auf ein absolutes Minimum zu beschränken. Denn wer auch immer hier für das Putzen zuständig war, er war nicht sehr gründlich.

Wenn sie nur ihren Verstand genauso leicht abschalten könnte. So unerwartet die äußeren Umstände ihrer Verhaftung auch waren, so empfand sie die Isolation als noch schlimmer. Man hatte sie nicht verhört, sie mit keinen feindseligen Fragen bombardiert. Ab dem Augenblick, in dem ihr die Handschellen abgenommen worden waren, war sie wie ein lebloses Objekt behandelt worden. Man hatte sie in einem Streifenwagen zum Gefängnis gebracht, sie fotografiert, Fingerabdrücke genommen, sie durchsucht, ihr Gürtel und Schnürsenkel abgenommen und sie schließlich weggesperrt und offenbar vergessen.

Die verantwortlichen Polizisten ignorierten sie. Niemand fragte sie nach ihrer Sicht der Geschichte. Nachdem Detective Campbell ihr ihre Rechte vorgelesen hatte, hatte kaum noch jemand etwas zu ihr gesagt.

Die Frau, die ihre Fingerspitzen über das kleine Feld gerollt hatte – zu Rylees Überraschung war keine Tinte nötig gewesen –, hatte sich während der ganzen Zeit mit dem Mann hinter dem Tresen unterhalten und ihre Pläne für das Wochenende besprochen, als ob Rylee gar nicht da wäre. Es spielte keine Rolle, ob sie ein brutaler Serienmörder oder ein unschuldiges Justizopfer war – jeder wurde hier gleich behandelt.

Die Ungerechtigkeit ihrer Verhaftung schmerzte

sie. Sie wollte die Sache klarstellen. Jedes Mal, wenn sie von einem Polizisten an den nächsten übergeben wurde, wäre sie am liebsten geflohen. Sie war gegen ein Uhr morgens im Haus der Davidsons gewesen und zu dieser Zeit war alles noch in bester Ordnung gewesen. Sie hatte Toro in seine Box gesperrt, die Tür zugeschlossen und war gegangen. Der wahre Robin Hood war erst später gekommen.

Das und noch einiges mehr wollte sie ihnen sagen, aber niemand gab ihr dazu Gelegenheit. Inzwischen hallte Karls Warnung nach ihrer letzten Verhörung laut in ihren Ohren wider.

Versprich mir: Falls je wieder ein Polizist mit dir sprechen will, sagst du kein Wort, solange du nicht vorher mit mir gesprochen hast. Selbst wenn er eine richterliche Vollmacht hat.

„Steht es mir nicht zu, einen Anruf zu tätigen?", hatte sie die Frau gefragt, die ihre Fingerabdrücke genommen hatte; dieselbe hatte sie danach zu ihrer Zellentür geführt. Sollte sie Logan anrufen und ihn fragen, ob er mit Karl gesprochen hatte? Oder sollte sie Karl direkt anrufen?

Du brauchst nicht Karl. Sondern seinen Vater. Grant Sebastian kann vor Gericht alles herausholen.

Sie fragte sich, wo Mr Sebastian sich gerade aufhielt. Was würde er tun, wenn sie ihn anriefe? Wagte sie es, ihn zu bitten, ihretwegen seine Hochzeitsreise zu unterbrechen?

Dann wurde ihr bewusst, dass sie keinen von ihnen anrufen würde. Ohne ihr Handy war das unmöglich. Sie kannte ihre Telefonnummern nicht auswendig.

Also müsste sie Liz anrufen, da nur diese ihre Nummer kannte.

Die Frau bedeutete ihr, über die Schwelle zu treten, dann zog sie die Tür zu, bis das Schloss einrastete. Das Geräusch klang auf schmerzhafte Weise endgültig.

„Warten Sie eine Minute“, rief sie durch die Tür.

Die Minuten wurden zu einer Stunde und dann zu mehreren Stunden. Entweder hatte man ihren Anruf vergessen, oder sie hatten nie die Absicht gehabt, sie telefonieren zu lassen. Sie rollte sich auf dem Bett zusammen und legte die Arme um ihre Beine.

Sie musste Logan erzählen, dass jemand in ihre Wohnung eingedrungen war. Waren ihr Stalker und Robin Hood ein und dieselbe Person? Hatte er vorher gewusst, dass sie am Vorabend nicht in ihrer Wohnung sein würde und am frühen Morgen auch nicht bei den Davidsons? Das konnte doch nicht alles nur Zufall sein.

Rylee erschauderte und sehnte sich nach einer Dusche. Oder noch besser, nach einem heißen Bad. Um den Schmutz von ihrem Körper zu waschen, sich zu entspannen und alles zu vergessen. Aber das würde nicht geschehen. Wenigstens nicht so bald.

Nachdem sie lang genug mit ihrem Frust allein gelassen worden war, richtete sich dieser nun gegen sie selbst. Statt der übereifrigen Polizei mit ihrem Musterknaben Nate Campbell die Schuld zu geben oder dem anonymen Einbrecher und Stalker, der dafür gesorgt hatte, dass sie hier gelandet war, begann sie, die Schuld bei sich selbst zu suchen.

Sie hätte Detective Campbell gegenüber nicht so feindselig sein sollen. Sie hätte ein Sicherheitsschloss an ihrer Tür anbringen können, wie Logan ihr vorgeschlagen hatte. Sie hätte jemandem erzählen können, dass sie nachts von einem Stalker verfolgt worden war.

Aber nein. Jetzt saß sie in dieser unpersönlichen, unhygienischen, völlig entmenschlichten Zelle. Allein, eingesperrt, verlassen. Die Story ihres Lebens!

Rylee dachte normalerweise nicht viel über das Verschwinden ihres Vaters nach. Sie hatte diese Erinnerung in eine kleine Schachtel in ihrem Inneren gestopft, den Deckel zugemacht und sich dann daraufgesetzt, damit nichts herausdringen konnte.

Aber als sie jetzt verzweifelt Hilfe brauchte, war sie zu erschöpft, um gegen die anrollenden Wellen ihrer negativen Gefühle anzukämpfen. Sie dachte an ihren Vater, der sich irgendwo unter einem anderen Namen in einem anderen Leben an einem Strand vergnügte. Vielleicht mit einer neuen Familie. Und der völlig vergessen hatte, dass es sie gab. Und keine Ahnung hatte, was sie durchmachte.

Sie legte den Kopf auf ihre Knie und ein flüchtiges Bild von ihren Eltern tauchte vor ihrem geistigen Auge auf. Ein dunstiger Tag in der Abenddämmerung. Zu dritt lagen sie auf einer Wiese auf einer Decke, während auf einer Bühne eine Band in der untergehenden Sonne spielte. Ihre Mama stand auf, um zu tanzen, und zog die kleine Rylee mit sich. Der Saum des weiten Rockes ihrer Mutter strich über die nackten Arme ihrer Tochter.

Dann sah sie vor ihrem inneren Auge einen

nüchternen, kalten Sarg mit blutroten Nelken darauf. Nonie, die versuchte, ihr zu erklären, dass Mama fort war. Genauso wie Papa. Nur dass er nicht tot war. Er war einfach verschwunden.

Es war nicht deine Schuld, Liebling. Das hatte Nonie immer wieder zu ihr gesagt. Aber obwohl sie damals erst fünf Jahre gewesen war, hatten diese Worte für sie irgendwie hohl geklungen. Wenn sie Rylee geliebt hätten, wenn sie sie wirklich geliebt hätten, wäre ihr Papa geblieben. Und ihre Mama hätte nicht all diese Tabletten geschluckt. Wenn ihre eigenen Eltern sie nicht genug hatten lieben können, um bei ihr zu bleiben, wie sollte dann jemand anders sie lieben können?

Rylee dachte an Logan. An die Gefühle, die er in ihr weckte. Die Gefühle, vor denen sie Angst hatte, weil sie wusste, dass sie nicht erwidert werden würden, dass sie nicht erwidert werden konnten.

Mach dir keine Sorgen. Ich lasse nicht zu, dass dir etwas zustößt.

Das kannst du mir nicht versprechen.

Ich habe es gerade versprochen. Und das war mein Ernst.

Ein unmögliches Versprechen. Ein Versprechen, das niemand halten konnte. Es sei denn, er wäre Gott.

Gott. Sie schnaubte. Selbst er war fort. Sie konnte sich nicht erinnern, wann sie das letzte Mal seine Nähe gefühlt hatte. Nicht hier. Nirgendwo.

Aber während sie in dieser einsamen, kahlen Zelle saß, wusste sie, wessen Schuld das war. Sie ging vielleicht zum Gottesdienst und las in ihrer Bibel, aber das waren nur äußere Rituale. Innerlich hatte sie

Schluss gemacht mit dieser ganzen Sache. Sie hatte aufgehört, Zeit mit Gott zu verbringen. Sie hatte aufgehört, ihm ihre Geheimnisse anzuvertrauen. Sie hatte aufgehört zu beten.

Oh, hin und wieder flehte sie ihn in einem Stoßgebet um Hilfe an. Aber sie hatte schon sehr lange nicht mehr mit ihm gesprochen. Wirklich mit ihm gesprochen.

Die junge Frau fragte sich, warum das so war. Sie versuchte, sich an einen konkreten Moment zu erinnern, in dem sie ihm den Rücken gekehrt hatte, konnte es aber nicht. Es war einfach nach und nach so gekommen. Sie hatte Termine und wenig Zeit. Auf sie wartete Arbeit. Sie war müde. Oder hatte Hunger. Oder sie war nicht in der Stimmung.

Angesichts der Erkenntnis, dass sie mit Gott, dem Schöpfer des Universums, das Gleiche gemacht hatte, was ihre Eltern mit ihr gemacht hatten, wurde ihr übel.

Es tut mir leid, Herr. Es ging nicht um dich. Es hatte nichts mit dem zu tun, was du gemacht hast …

Sie brach ab. Es hatte nichts mit dem zu tun, was er gemacht hatte. Er war nicht unwürdig. Er war nicht jemand, der nicht liebenswert war. Sie war diejenige gewesen, die einfach … weggegangen war.

Die vielen Zusicherungen, die Nonie ihr im Laufe der Jahre gegeben hatte, strömten wieder auf sie ein.

Es war nicht deine Schuld, Liebes … Du hast nichts falsch gemacht … Sie haben dich geliebt … Sie haben dich mehr als alles andere geliebt … Du warst ihr Augapfel.

Das waren die Worte, die Rylee auch gerade zu Gott sagen wollte. Alles war die Wahrheit.

Langsam löste sie sich aus ihrer gekrümmten Position. Konnte das sein? Konnte es sein, dass es nicht an ihr gelegen hatte? Genauso wenig, wie es an Gott gelegen hatte? Dass ihre Eltern sie geliebt hatten, dass sie sich aber so sehr auf sich selbst konzentriert hatten, dass sie das, was wirklich zählte, aus dem Blick verloren hatten?

Tränen schnürten ihr die Kehle zu. Sie hatte Mühe, Luft zu bekommen.

Ist es wahr, Herr? Bin ich es trotz allem wert, geliebt zu werden?

Und in der Stille dieser düsteren, schmutzigen Zelle erlebte sie einen der schönsten Momente ihres Lebens. Ein Gefühl von Frieden, Liebe und Angenommensein erfüllte den Raum. Erfüllte *sie*.

Sie dachte an Jesus in diesem dunklen, feuchten, furchtbaren Grab, von Kopf bis Fuß in ein Leichentuch gehüllt. Verspottet von den Menschen aus seiner Heimatstadt. Verraten von seinem besten Freund. Gekreuzigt von Menschen, die er liebte.

Und da verstand sie es. Wenn jemand ein Recht hatte, sich verlassen zu fühlen, dann er. Aber er war auferstanden. Er war aus diesem Grab auferstanden und hatte die Welt für immer verändert.

Sie sank auf die Knie, und Tränen liefen ihr über die Wangen.

Es tut mir leid. Ich habe es nicht so gemeint. Ich will dich wiederhaben. Willst du mich auch wiederhaben?

Aber sie brauchte nicht zu fragen. Sie kannte die Antwort bereits. *Wenn ein Schaf zur Herde zurückfindet, freut Gott sich mehr über dieses eine Schaf als über die anderen neunundneunzig, die nie auf Abwege geraten sind.*

Die Männer, die sie abholten, mussten von der Kriminalpolizei sein, denn sie trugen Zivilkleidung. Sie verließen den Trakt mit den Gefängniszellen, fuhren in einem Aufzug nach oben und tauchten in einem Teil des Gebäudes auf, der nach Büros aussah.

Rylee war befangen wegen ihrer Handschellen, aber niemand, an dem sie auf dem Gang vorbeikam, schenkte ihr Beachtung. Die Männer führten sie durch ein Labyrinth von Kabinen, dann durch eine Tür mit der Aufschrift „Verhörraum 2", in dem ein Tisch in der Ecke stand sowie zwei Stühle und ein Stapel gelber Notizblöcke.

Sie ließen sie warten.

Statt eines Spionspiegels wie im Fernsehen war dem Tisch gegenüber in der Ecke eine Videokamera montiert worden. Die junge Frau zupfte nervös am Saum ihrer abgeschnittenen Jeans und wünschte zum x-ten Mal, sie hätte an diesem Morgen etwas anderes angezogen.

In diesem Augenblick leuchtete das rote Lämpchen unter der Kamera auf und eine Sekunde später wurde die Tür geöffnet.

Detective Campbell schritt mit einem dicken braunen Umschlag unter dem Arm herein. Die Tür fiel mit einem Klicken hinter ihm ins Schloss. „Hallo, Rylee."

Als er sie das letzte Mal bei ihrem Vornamen angeredet hatte, hatte sie sein Diktiergerät gepackt, ihn verbessert und es ihm fast ins Gesicht geschleudert. Erinnerte er sich daran genauso gut wie sie?

Die Rückenlehne ihres Stuhls stieß an die Wand, ihr Ellbogen war auf den Tisch gestützt. Campbell legte seinen Ordner ab und schob dann seinen eigenen Stuhl zur Tischkante. Jetzt war kaum noch Raum zwischen ihnen.

Sie zog ihren Ellbogen zurück und versuchte, sich wieder etwas persönlichen Bereich zurückzuerobern. „Mir steht ein Telefonanruf zu."

Er nahm einen der Notizblöcke, zog einen silbernen Füller aus der Innentasche seines Jacketts, kritzelte etwas auf den Block und hielt ihn dabei so auf seinem Schoß, dass sie nichts sehen konnte. „Also. Wir haben mit den Opfern des jüngsten Einbruchs gesprochen. Wir haben Faserspuren vom Tatort genommen. Die Beweisstücke werden in dieser Minute von einem Expertenteam analysiert. Ich muss ehrlich zu Ihnen sein." Er schaute sie mit besorgt gerunzelter Stirn an. „Es sieht nicht sehr gut für Sie aus."

Der Ärger, den er früher in ihr entfacht hatte, regte sich dieses Mal nicht. Sie blieb ruhig. Aber das bedeutete nicht, dass sie ihre Rechte nicht kannte.

„Mir steht ein Telefonanruf zu."

„Rylee ..." Wieder benutzte der Detective ihren Vornamen. „Ich glaube, Sie begreifen nicht, wie ernst Ihre Situation ist. Das, was Sie getan haben, geht über einen einfachen Diebstahl hinaus. Das Haus der Davidsons wurde böswillig verwüstet. Von einem

Geschworenengericht in South Carolina werden Sie nicht viel Mitgefühl ernten. Wenn Sie überhaupt eine Chance haben wollen, dann müssen Sie mit uns zusammenarbeiten."

Als er die Davidsons erwähnte, wurde es Rylee schwer ums Herz.

Sie kümmern sich um herrenlose Geschöpfe, sagte sie manchmal über die Davidsons.

Damit meinte sie sich selbst. Die verwaiste Hundesitterin. Und Maria, die Putzfrau, die in einer Einrichtung für ehemalige Alkoholiker in North Charleston wohnte. Der Handwerker, Ricks, groß und hager, mit einem Bart wie Mose, hatte in seinem Kombi gewohnt, als Mr Davidson ihm seine ersten Aufträge gegeben hatte. Jetzt hatte er einen Lieferwagen mit seinem Namen an der Tür und einen Mann, der für ihn arbeitete. Und natürlich George, der Gärtner, der früher im Gefängnis gesessen hatte. Selbst Toro war ein herrenloser Hund gewesen, den sie gerettet hatten.

„Normalerweise", sprach Campbell weiter, „würde ich jemandem in Ihrer Situation keine solche Chance geben. Aber in Anbetracht Ihrer Beziehung zu Logan Woods, der zufällig ein Freund von mir ist …"

Sie konnte sich ein verächtliches Schnauben nicht verkneifen.

„… bin ich bereit, eine Ausnahme zu machen. Das ist Ihre letzte Chance, Ihre Sicht der Geschichte zu erzählen. Genau genommen, könnte es die letzte Chance überhaupt sein, die Sie bekommen. Also, lassen Sie sich einen Moment Zeit, sammeln Sie Ihre Gedanken, und erzählen Sie mir dann, was heute Morgen passiert ist."

Sie ließ sich einen Moment Zeit, sammelte ihre Gedanken … und sagte keinen Ton.

„Sind Sie sicher, dass Sie dieses Spiel abziehen wollen?“ Er machte erneut eine Notiz auf seinem Block. „Ich weiß, was Sie denken. Vielleicht werden die Davidsons keine Anzeige erstatten. Vielleicht können Sie die Geschworenen für sich gewinnen. Vielleicht können Sie mit Ihren großen Augen klimpern, und alles ist vorbei. Aber Sie täuschen sich.“

Seine Worte konnten ihr nichts anhaben. „Ich habe ein Recht auf einen Anwalt.“

„Ja, das stimmt.“ Er bewegte seine Hände wie die Schalen einer Waage, als wäge er die Weisheit ihrer Entscheidung ab. „Und wenn Sie auf diesem Recht bestehen, brauchen Sie kein Wort zu sagen, bis Sie vor dem Richter stehen. Selbst dann können Sie den Mund halten und Ihrem Anwalt das Reden überlassen. Aber überlegen Sie, was bis dahin passiert. Jeder in dieser Stadt, jeder, den Sie kennen, wird nur eine Seite der Geschichte hören und daraus seine Schlussfolgerungen ziehen. Bis Ihr Fall vor Gericht kommt, haben Sie in dieser Stadt keinen einzigen Freund mehr. Und auch keinen einzigen Kunden.“

Sie schaute zur Kamera hinauf. Das rote Licht starrte sie an, ohne auch nur einmal zu blinken. Sie wusste, dass jemand in einem Nebenzimmer saß und sie beobachtete. Campbells Kollegen, vielleicht seine Vorgesetzten. Diese ganzen Psychospielchen waren nur für sie bestimmt. Ihm war doch bestimmt klar, dass sie ihm nie vertrauen würde.

„Rylee.“ Seine Stimme wurde härter. „Warum

haben Sie die Sachen gestohlen? Sie haben sich relativ wertlose Sachen ausgesucht. Haben sie einen besonderen Wert für Sie? Haben sie für Sie etwas symbolisiert? Wollten Sie damit eine Botschaft mitteilen?“

In ihr regten sich fast freundschaftliche Gefühle für das Licht, den stillen Beobachter. Beide blieben unter Campbells Verhörversuchen stumm.

„Ich verstehe, warum Sie wütend sind, Rylee. Warum auch nicht? Immerhin sollten Sie in South of Broad wohnen. Jemand sollte Ihre Hunde spazieren führen. Nicht anders herum. Ich kann mir vorstellen, dass das eine ziemlich bittere Pille ist, die Sie jeden Tag schlucken müssen.“

Eine bittere Pille, die sie schlucken musste? Er wusste vom Tod ihrer Mutter. Entweder war er unglaublich gefühllos oder einfach nur grausam. Sie wollte mit diesem Mann nichts zu tun haben.

„Ich will meinen Anwalt sprechen, Detective. Sie können hier sitzen und mir so viele Lügen erzählen, wie Sie wollen, aber ich werde kein Wort sagen, bis nicht Mr Sebastian hier ist.“

„Sind Sie sich da ganz sicher?“ Er zog die Brauen in die Höhe, als wäre er erstaunt, dass sie sein großzügiges Angebot ablehnte, sich selbst zu belasten.

Bevor sie antworten konnte, ging die Tür auf, und ein älterer Mann trat ein. Sie hatte diesen Mann schon vor dem Haus der Davidsons gesehen.

Campbell stand sofort auf und richtete sich respektvoll und steif vor ihm auf. „Sir …“

„Sie sind hier fertig“, sagte der ältere Mann. „Sebastian wartet draußen.“

Rylee hätte jubeln können. Der Vorgesetzte verließ den Raum, ohne die Tür hinter sich zu schließen. Campbell war der Wind aus den Segeln genommen. Ohne noch ein Wort zu ihr zu sagen, ohne sie auch nur eines Blickes zu würdigen, riss er die oberste Seite vom Block, steckte sie in den braunen Ordner und warf dann den gelben Block auf den Tisch zurück.

Sie wollte ihn zwingen, ihr in die Augen zu schauen, damit er sah, dass sie sich nicht einschüchtern ließ, aber er trat auf den Gang hinaus, ohne sich irgendetwas anmerken zu lassen.

Karl trat ein, sobald Campbell draußen war.

Sie stand auf. „Vielen Dank, dass du gekommen bist. Ich habe mich schon gefragt, ob …"

„Du hast nichts gesagt, oder?" Er streichelte mit seinem Handrücken ihren Arm.

„Kein Wort", antwortete sie. „Hör zu, wo ist dein Vater jetzt? Hast du eine Möglichkeit, Kontakt zu ihm aufzunehmen?"

Er blinzelte. „Mein Vater? Er ist in New York und wartet auf seinen Anschlussflug nach Charleston. Warum?"

„Oh, Karl." Tränen traten ihr in die Augen. „Soll das heißen, dass er auf dem Heimweg ist? Jetzt? Heute?"

Er nickte.

Sie drückte seinen Arm und atmete erleichtert auf. „Würdest du mir einen riesigen Gefallen tun? Würdest du ihn anrufen? Und ihn fragen, ob er bereit wäre, meinen Fall zu übernehmen?"

Er trat einen Schritt zurück und unterbrach den Kontakt zu ihr. „Du willst, dass *er* dich vertritt?"

„Natürlich. Wenn es ihm nichts ausmacht. Du weißt ja, was die Leute sagen: Er kann vor Gericht alles herausholen."

„Das habe ich, ehrlich gesagt, noch nie gehört." Mit einem angespannten Lächeln blickte er sich um. „Hör zu, wir können hier nicht sprechen, aber ich werde tun, was ich kann." Er betrachtete sie von Kopf bis Fuß. „Wir haben einen Termin vor dem Kautionsrichter. Du wirst also heute irgendwann zum Gericht gebracht werden. Es sei denn, du willst lieber warten, bis mein Vater zurückkommt. Aber das könnte bedeuten, dass du über Nacht im Gefängnis bleiben musst."

„Nein, nein. Heute wäre wunderbar."

„Gut. Wir müssen vorher noch über die Sache sprechen. Aber bis dahin musst du den Mund halten und darfst mit niemandem reden."

Kapitel 21

Ann Davidson stand inmitten der Trümmer ihres Wohnzimmers. Aufrecht und elegant in einer weit geschnittenen, cremefarbenen Flanellhose und einer Bluse aus blauer Seide, die zu ihren Augen passte. Diese Augen verrieten, dass sie vor nicht allzu langer Zeit Tränen vergossen hatte. Er wusste von Rylee, dass sie Anfang fünfzig war, aber ihre schneeweißen Haare ließen sie viel älter und gleichzeitig zeitlos aussehen. Ihr Auftreten erinnerte ebenfalls an eine andere Zeit.

Logan hatte sein Aufnahmegerät in der Tasche stecken lassen und sich stattdessen für seinen Notizblock entschieden. Er warf einen Blick darauf und unterstrich seine letzte Frage. „Als Letztes wollte ich von Ihnen wissen, ob Sie schon feststellen konnten, ob der Einbrecher tatsächlich etwas mitgenommen hat."

Die Angesprochene schaute sich in dem verwüsteten Zimmer um. Nate hatte nicht übertrieben, als er den angerichteten Schaden mit dem eines Hurrikans verglichen hatte. Dann zuckte sie vielsagend die Achseln. „Das wollte die Polizei auch wissen. Ich wünschte, ich könnte es sagen."

Die Stühle waren wieder gerade gerückt worden, die Sofakissen an ihrem Platz. Aber unter ihren Füßen knirschten immer noch feine Glas- und Porzellanscherben und die glitzernden Splitter eines vergoldeten Bilderrahmens. Lampenschirme lagen neben kaputten Lampen, zerborstene Glühbirnen ragten mit spitzen Kanten aus den Fassungen.

Im Esszimmer sah es ähnlich aus. Die Stühle waren auf die Tischplatte geschlagen worden und hatten tiefe Kerben im Holz hinterlassen. Der runde Spiegel über dem Kaminsims war zersprungen. Obwohl der ausgestopfte Adler mit seinem tödlichen Schnabel, der auf dem Spiegel saß, alles beobachtet hatte, verriet er nichts.

Mitch Davidson, ein rundlicher Mann, hatte seine Krawatte gelockert und seine Ärmel hochgekrempelt und ging mit einer Kehrschaufel in die Küche. Scherben von Porzellan und feinem Glas bedeckten jede Fläche und funkelten in der Mittagssonne, die durch die Fenster fiel. Die Polizei, hatte er gesagt, hatte einen Eimer voll Scherben mitgenommen, da sie hofften, Fingerabdrücke zu finden, und dabei hatten sie jede Menge Scherben in die Teppiche gedrückt.

„Für mich ist das alles unbegreiflich", hatte er Logan erklärt. „Woher kommt dieses ganze Glas? Ich hätte nie gedacht, dass wir so viele Sachen aus Glas haben."

Wash kam aus dem Esszimmer und räusperte sich.

Mrs Davidson drehte sich um. „Haben Sie, was Sie brauchen, Mr Tillman?"

„Ja, danke, Ma'am."

Er sagt auch Ma'am zu ihr, dachte Logan. *Man kann einfach nicht anders.*

„Nur noch eines", sagte Wash. „Wenn ich ein Bild von Ihnen und Mr Davidson machen dürfte ..."

Logan verzog das Gesicht. „Waaash."

Aber Ann Davidson nickte zustimmend. „Ich denke, das geht in Ordnung. Ein Porträt. Obwohl ich Ölporträts Fotografien vorziehe. Ohne Sie beleidigen zu wollen, Mr Tillman."

„Ich verstehe, was Sie meinen."

Sie drehte sich zu Logan um. „Wissen Sie viel über die Maler aus unserer Stadt, Mr Woods?"

„Nein, Madam. Leider nicht."

Sie schaute ihn entgeistert an. „Wirklich nicht? Aber von Charles Fraser müssen Sie doch unbedingt gehört haben."

Er zuckte entschuldigend die Achseln.

„Nein?" Sie stemmte eine Hand in die Hüfte, drückte die andere verzweifelt in ihren Nacken und spielte mit ihren Perlen wie mit einem Rosenkranz. „Und Sie sagen, dass Sie hier aufgewachsen sind?"

„Auf James Island, Madam."

„Das ist wirklich traurig", flüsterte sie und schüttelte den Kopf. „Also, Charles Fraser war unter anderem für seine Miniaturporträts berühmt."

Sie glitt an Wash vorbei und holte ihren Mann. Augenblicke später tauchte dieser in der Küchentür auf. Er hatte seine Krawatte über seine Schulter geworfen und hielt die Kehrschaufel im Stil des berühmten Bildes „American Gothic" von Grant Wood vor sich.

„Das ist ... perfekt", seufzte Wash.

Er stellte die beiden vor den Kaminsims mit dem kaputten Spiegel darüber. Als er auf den Auslöser drückte, starrte der Adler teilnahmslos auf sie hinab.

Mr Davidson wollte in die Küche zurückgehen, aber seine Frau hielt ihn zurück.

„Warte." Etwas lag ihr auf der Zunge. Ihre Hand spielte mit den Perlen. Die Männer warteten ruhig und ließen ihr Zeit, ihren Gedanken zu fassen. „Das muss es sein."

„Was?", fragte ihr Mann.

„Der Charles Fraser." Sie ging ins Wohnzimmer zurück und zog ihn an der Hand mit sich. Logan und Wash folgten ihnen. „Hilf mir nachzusehen."

Das Ehepaar suchte die Scherben durch, lehnte Bilder an die Wand, strich Leinwände in zerstörten Bilderrahmen glatt.

„Es ist eine kleine Stadtszene", sagte sie. „Kunstvoll gemalte Lagerströmien und Eichen. Weiß getünchte Gebäude, die aus der grünen Landschaft herausragen. Ein Spiegelbild auf dem Wasser. Es ist sehr hübsch gemalt."

Logan kniete hinter dem Sofa nieder und zog ein großes, umgedrehtes Bild darunter hervor. Er drehte es um und sah eines dieser lustigen Kinderporträts, auf denen das Kind wie eine Miniaturausgabe eines Erwachsenen aussieht und in Taft und Spitzen gekleidet ist.

„Oh nein", erklärte Mrs Davidson. „Das Bild, an das ich denke, ist ziemlich klein. Nicht größer als ein Taschenbuch." Sie hielt die Finger wie zwei eckige Klammern in die Luft, um ihm zu zeigen, welche Größe sie meinte.

„Wie das hier?"

Alle wandten sich um. Wash hielt eine Charlestoner Straßenszene in Wasserfarben hoch.

Sie lächelte. „Wie das, ja. Aber das Bild in Ihren Händen ist leider nichts Besonderes."

„Der Fraser schon?", fragte Logan.

„Oh ja", antwortete sie mit traurigen Augen. „Und nein, ich glaube, er ist nicht hier."

„Das Bild wurde also gestohlen." Mr Davidson wischte sich die Hände an den Hosenbeinen ab. „Ich rufe die Polizei an." Mit entschlossener Miene verließ er das Zimmer.

Logan schaute ihm mit einem Anflug von Bewunderung nach, dann wandte er sich an seine Frau. „Können Sie mir etwas über das Bild erzählen?"

„Ich kann es Ihnen sogar zeigen", sagte sie. „Kommen Sie mit."

Logan und Wash wechselten einen verblüfften Blick. Sie gingen ins Esszimmer zurück und dann durch einen Alkoven in ein großes Wohnzimmer im hinteren Teil des Hauses. Robin Hood hatte es nicht bis hierher geschafft. Das Zimmer wirkte unheimlich sauber und ordentlich. Durch die Fenster entdeckte Logan ein großes Schwimmbecken, auf dem sich die Sonnenstrahlen spiegelten und das von Schiefer umrahmt war. Dahinter befand sich ein steinerner Springbrunnen. Von hier war das Plätschern gekommen, das er zuvor durch die Büsche gehört hatte.

Mrs Davidson nahm ein großes Buch vom Wohnzimmertisch und reichte es Logan. „Die Seite ist markiert."

Logan schlug den Bildband auf der Seite mit dem Lesezeichen auf. Für ihn war die kleine Landschaft, die auf dem Glanzpapier abgebildet war, nichts Besonderes. Ähnliche Bilder zierten die Postkartenständer vieler Souvenirläden. Aber er war kein Kunstkenner. Er betrachtete das Bild mit einem, wie er hoffte, kritisch würdigenden Blick und einem anerkennenden Kopfnicken.

„Könnte ich mir das ausleihen?", fragte er.

„Diesen Band nicht", antwortete sie und nahm ihm das Buch wieder ab. „Er ist signiert, müssen Sie wissen. Aber Sie können einen im Buchladen der Historischen Gesellschaft bekommen." Sie stellte das Buch an seinen Ehrenplatz zurück. „Wenn ich es mir genau überlege, gibt es dort eine ganze Reihe von Büchern, die Sie lesen könnten. Um Ihre Allgemeinbildung zu verbessern."

Sein Telefon vibrierte. Es war eine SMS von Lacey.

Kautionsanhörung in einer halben Stunde.

Er gab Mrs Davidson seine Visitenkarte. „Vielen Dank, dass Sie sich für uns Zeit genommen haben. Und noch eine letzte Frage: Geht es Toro gut?"

Sie lächelte. „Ihm geht es bestens. Er hat geschlafen, als das alles passierte. Rylee muss ihn gestern Abend, nachdem sie ihn ausgeführt hatte, in seine Box gesperrt haben."

Er zögerte und war überrascht, dass sie mit so viel Zuneigung von Rylee sprach. Vielleicht glaubte sie genauso wenig wie er, dass die junge Frau das alles getan hatte.

Logan hatte geplant, ihr gegen Ende des Interviews

auf den Zahn zu fühlen, aber er wollte nichts überstürzen. Und im Augenblick hatte die Kautionsanhörung Vorrang.

Aber später würde er auf jeden Fall wiederkommen.

Nach den langen Stunden in Isolation war der volle Gerichtssaal zunächst eine angenehme Abwechslung. Die vielen durcheinanderschwirrenden Gespräche, die gedämpften Stimmen. Es tat gut, nicht mehr allein zu sein.

Dann bemerkte sie die vielen Kameras und wurde sich wieder der Handschellen und ihrer abgeschnittenen Hose bewusst. Ihre Wangen glühten. Sie richtete den Blick auf den Boden.

Ein Gerichtsdiener führte sie am Arm durch den Gang. Die anwesenden Fotografen riefen ihren Namen. „Rylee, hierher … Schau hier herüber, Rylee … Schenk uns ein Lächeln, Rylee … Rylee, hast du es getan? … Wie fühlst du dich?"

Die Fragen prasselten auf sie ein wie Reis auf eine Braut, nur dass sie zum Richterstuhl unterwegs war und nicht gerade vom Traualtar kam.

„Rylee!"

Eine Stimme unter den vielen drang zu ihr durch. Sie drehte sich nach links und entdeckte Logan. Er war halb von seinem Gangplatz aufgestanden und hatte die Hand ausgestreckt. Der Gerichtsdiener trat zwischen die beiden und führte Rylee weiter zum Anklagetisch. Sie konnte nur Augenkontakt zu ihm aufnehmen.

Endlich wurden ihr die Handschellen abgenommen. Nachdem sie Platz genommen hatte, drehte sie sich auf ihrem Stuhl um und schaute ihn an. Er lächelte unsicher und bedeutete ihr mit seiner geballten Faust, dass sie stark bleiben sollte. Stumm formulierte er Worte, die sie nicht verstand, die sie aber trotzdem trösteten.

„Bitte erheben Sie sich“, forderte der Gerichtsdiener die Anwesenden auf.

Alle standen auf. Rylee schaute den Richter in seiner schwarzen Robe an. Dieser Mann würde über ihr unmittelbares Schicksal entscheiden.

Es waren kaum fünf Minuten vergangen, als die surrealen Vorwürfe – wiederholter schwerer Diebstahl und schwerer Einbruch – in einer sehr konkreten Zahl mündeten. Der Richter setzte die Kautionssumme auf fünfzigtausend Dollar fest, beendete die Anhörung mit dem Klopfen seines Hammers und löste damit ein Blitzlichtgewitter auf der Galerie aus.

Rylee blieb inmitten des regen Treibens um sich herum still, wie betäubt von der hohen Summe.

Karl beugte sich zu ihr vor, aber in seinen Augen war keine Spur von der Wärme zu sehen, die sie von ihm gewohnt war. „Ein Kautionsvermittler verlangt zehn Prozent. Hast du fünftausend Dollar, Rylee?“

Die junge Frau starrte ihn so eindringlich an, dass ihre Augen brannten. Sie hatte tatsächlich so viel Geld, aber es war für Nonies Rechnungen bestimmt, und sie konnte es sich nicht leisten, das Geld zu vergeuden. Verzweifelt biss sie sich in die Wange, um ihre Tränen zurückzuhalten. Sie musste bis zu ihrem Prozess im Gefängnis bleiben. Ihr blieb keine andere Wahl.

„Nein“, flüsterte sie.

Die Gerichtsdiener führten sie hinaus. Sie versuchte, sich wenigstens so lange zu beherrschen, bis sie den Raum verlassen hatte, um nicht vor den vielen Leuten zusammenzubrechen. Kurz bevor sie durch die Tür ging, warf sie einen Blick hinter sich. Logan stand in der vordersten Reihe und umklammerte das Geländer. Ihre Blicke trafen sich.

Mach dir keine Sorgen, bedeutete er stumm.

Der Gerichtsdiener schob sie über die Türschwelle. Mit einem lauten Krachen fiel die Tür hinter ihr ins Schloss.

Kapitel 22

Fünftausend. Diese Zahl warf Logan fast um. Eine so große Summe konnte Rylee auf keinen Fall so nebenbei bezahlen. Bei seinem Gehalt und seinem Lebensstil konnte er sie ebenfalls nicht aufbringen.

Aber sein Vater. Er musste nur den Mut aufbringen, diesen darum zu bitten.

Der junge Reporter bahnte sich einen Weg durch die Menge, die aus dem Gerichtssaal drängte, und schaltete sein Handy ein, als er auf den Stufen vor dem Gerichtsgebäude angelangt war.

Nachdem es mehrere Male geklingelt hatte, meldete sich schließlich seine Mutter. „Hallo, Schatz. Ich habe Koteletts eingelegt. Willst du zum Abendessen kommen?"

Logan schaute auf seine Uhr. „Abendessen? Koteletts klingt sehr verlockend, aber ich habe heute Abend keine Zeit. Können wir das auf ein anderes Mal verschieben?"

„Natürlich. Aber du kommst doch trotzdem zum Gottesdienst, nicht wahr?"

„Ja, Mama", sagte er und bemühte sich, sich seine

Besorgnis nicht anhören zu lassen. „Achte Reihe links. Ich werde da sein. Sag mal, ist Papa zu Hause?"

„Er steht neben mir. Einen Moment."

„Logan? Ich habe gerade die Lokalnachrichten im Fernsehen gesehen. Sie sagen, sie haben den Robin-Hood-Einbrecher gefasst, und es ist eine Frau."

„Sie haben eine Frau verhaftet, ja. Aber sie hat es nicht getan." Er öffnete sein Auto und stieg ein.

„Woher weißt du das?"

Er atmete tief ein. „Ich war mit ihr zusammen."

„Mit der Robin-Hood-Einbrecherin?"

„Wie ich schon sagte: Sie hat es nicht getan."

Er hörte, wie eine Tür auf- und dann wieder zuging. Vor seinem geistigen Auge sah er, wie sich sein Vater auf die Terrasse zurückzog, um allein zu sein. Dorthin ging er immer, wenn er ungestört telefonieren wollte.

„Erzähl mir die Sache bitte von Anfang an", forderte er ihn auf.

Während er zum Haus seiner Eltern auf James Island hinausfuhr, erzählte Logan ihm die ganze Geschichte, angefangen bei seinem Sprung auf das Konföderierten-Denkmal bis zu der Szene vor dem Haus der Davidsons an diesem Morgen und der Kautionsanhörung vor Gericht. Er verschwieg nicht, dass er die Nacht vor Rylees Wohnung verbracht hatte, ging aber nicht ins Detail. Als er fertig erzählt hatte, war er schon auf der Insel und nur noch wenige Minuten vom Haus seiner Eltern entfernt.

„Du hast mit diesem Mädchen in deinem Auto geschlafen?"

„Darum geht es nicht", sagte Logan. „Und außerdem haben wir wirklich nur geschlafen."

„Was hast du dir nur dabei gedacht? Hast du eine Ahnung, was die Leute jetzt von dir denken?"

„Ich bin mir durchaus bewusst, was alle jetzt denken, aber du glaubst mir doch, oder?"

Der Vater stockte. „Natürlich glaube ich dir. Aber ich bin nicht derjenige, den du überzeugen musst." Logan konnte sich vorstellen, wie sein Vater auf der Terrasse stand und durch die Glastüren einen Blick in die Küche warf, wo seine Mutter damit beschäftigt war, das Abendessen vorzubereiten. Sein Vater, der schon immer gut Gedanken lesen konnte, fügte hinzu: „Ich spreche nicht nur von deiner Mutter. Willst du vor einen Richter treten und sagen: ‚Euer Ehren, sie war mit mir zusammen, aber keine Sorge, es ist nichts passiert'?"

„In dem Augenblick habe ich nicht damit gerechnet, dass ich ihr Alibi sein würde."

„Nein", erwiderte sein Vater. „Aber manchmal bleiben private Dinge eben nicht privat."

Logan bog in die Einfahrt und stellte den Motor ab. Er ging um das Haus herum und öffnete das Gartentor. Sein Vater saß auf einem der Teakholzstühle auf der Terrasse und hatte das tragbare Telefon immer noch in der Hand.

„Setz dich", forderte dieser ihn auf.

Logan setzte sich auf den anderen Stuhl. Dann beugte er sich vor, stützte die Ellbogen auf seine Knie und legte die Hände zusammen. „Es geht um Folgendes, Papa: Dieses Mädchen … Sie ist … etwas ganz

Besonderes. Vergiss die Einbrüche, die Polizei, die ganze Geschichte. Glaub mir, sie hat etwas an sich …"

„Was willst du damit sagen?"

„Nur, dass …" Logan suchte nach den richtigen Worten. „… ich sie mag, Papa. Aber ‚mögen' ist noch zu schwach ausgedrückt. Sie ist schön, ja, aber sie ist noch viel mehr. Sie hat Tiefe und eine ganz besondere Art, sich um andere Menschen zu kümmern …"

Sein Vater kniff die Augen zusammen. „Willst du damit sagen, dass sie vielleicht die Frau ist, mit der du dein Leben verbringen willst?"

„Ich weiß nicht, was ich damit sagen will. Aber ja, ich glaube, das könnte es sein."

„Selbst wenn sie in diesen Robin-Hood-Fall verwickelt ist? Denn du weißt nicht mit hundertprozentiger Sicherheit, dass sie es nicht getan hat. Wenn das, was du sagst, wahr ist, könnte sie dich im Auto schlafen gelassen haben und hätte genug Zeit gehabt, um in dieses Haus einzubrechen."

Doch sein Sohn schüttelte den Kopf. „Ich weiß, dass sie es nicht war. Ich kann es nur nicht beweisen."

Es war ziemlich viel, was sein Vater auf einmal verarbeiten musste. Dieser strich sich nachdenklich über den Nasenrücken. „Glaubst du … Logan, könnte es sein, dass dieses Mädchen dich manipuliert? Dass sie dich benutzt, um ihre Beteiligung an den Einbrüchen zu vertuschen? Vielleicht hat sie dich nur dazu benutzt, sie gestern Abend nach Hause zu bringen, damit du ihr Alibi bist."

„Wenn du sie kennen würdest, würdest du das nicht sagen."

„Vielleicht. Vielleicht auch nicht."

„Die Sache ist die …" Logan rieb sich die Hände an seiner Jeans und holte tief Luft. „Ich brauche Geld, Papa."

Sein Vater sah ihn mit großen Augen an. „Geld?"

„Ja. Ungefähr fünftausend Dollar."

„Das ist ganz schön viel Kleingeld." Sein Vater strich mit den Fingern über seinen Bauch und sah Logan skeptisch an. „Darf ich fragen, wofür du es brauchst?"

„Für die Kaution."

Das Plätschern des Springbrunnens hinter Logan betonte das plötzliche Schweigen zwischen Vater und Sohn noch deutlicher.

„Warum du?", fragte sein Vater schließlich. „Ich weiß, dass du sie magst, aber ihre Kaution zu bezahlen? Zu meiner Zeit taten wir so etwas nicht, nachdem wir mit einem Mädchen nur einmal ausgegangen waren." Er runzelte die Stirn. „Mal im Ernst: Warum bezahlt ihre Familie die Kaution nicht?"

„Sie ist Waise. Ihre einzige Verwandte ist ihre Großmutter, die geistig nicht mehr ganz auf der Höhe ist und in ‚Bishop Gadsden' lebt. Die haben beide kein Geld."

„Das ist aber ein ziemlich teures Seniorenheim."

Logan schaute auf seine Schuhe hinab. „Sie gibt ihr ganzes Geld für das Heim aus, nehme ich an. Sie selbst wohnt in der Fleming Street."

Sein Vater schaute ihn skeptisch an. „Und deine Chefredakteurin? Was hält sie davon, dass du so tief in diese Geschichte verwickelt bist? Ich dachte, es gibt bestimmte Regeln."

Logan stand auf und wandte sich zum Gehen. „Bitte, Papa. Ich zahl dir das Geld zurück."

Nach einem langen Moment stand sein Vater auf. „Warte einen Moment. Ich gehe an den Computer und muss ein wenig Geld von einem Konto auf das andere schieben. Dann stelle ich dir einen Scheck aus."

Logan schloss die Augen. „Danke."

Logan stellte sein Auto in der Chalmers Street ab, dann ging er zu Fuß um die Ecke und auf das *People's Building* zu, dem ersten Wolkenkratzer der Stadt, der Anfang des 20. Jahrhunderts erbaut worden war. Es war das erste Gebäude in Charleston mit einem Aufzug gewesen. Jetzt bestand es nur noch aus Büroräumen und teuren Eigentumswohnungen.

Er war früher schon einmal in der *Martin Gallery* gewesen, die im Erdgeschoss lag, aber er war nie in die höheren Stockwerke gekommen, wo sich die Büros von „Sebastian, Lynch & Orton" befanden.

In der Lobby warf er noch einmal einen Blick auf den Scheck. Da er nicht sicher sein konnte, ob noch eine Bank geöffnet hatte, hatte er seinen Vater gebeten, als Empfänger des Geldes die Kanzlei einzutragen. Der Reporter ging die Treppe hinauf und hoffte, Karl noch anzutreffen.

Hinter zwei dicken Eichentüren erwartete ihn ein schmaler, hufeisenförmiger Empfangstisch, eine Gruppe gepolsterter Ledersessel in der Ecke und ein menschenleeres Büro. Er warf einen Blick auf seine Uhr. Achtzehn Uhr.

Logan durchquerte die Eingangshalle mit Marmorboden und begab sich in das Innere der Kanzlei. Als er ein Stück durch den Flur gegangen war, blieb er vor einer offenen Tür stehen, an der das Namensschild „Karl Sebastian“ hing. Logan warf einen Blick hinein und freute sich, als er ein winziges Büro vorfand, das nicht viel größer war als seines bei der Zeitung.

Er klopfte an die Tür, schob sie ganz auf und trat ein. Niemand war zu sehen.

„Hallo?“

Logan fuhr herum.

Ein schlaksiger, junger Mann in Fahrradhose und mit einer Kuriertasche reichte ihm einen braunen, gepolsterten Umschlag. „Das ist für Sie.“

Ohne nachzudenken, nahm Logan das Päckchen entgegen. „Danke.“

Er drehte es um. Keine Adresse. Kein Absender. Überhaupt nichts. Bevor er fragen konnte, von wem der Brief stammte, war der Bote schon wieder verschwunden.

Logan warf einen Blick auf Sebastians Schreibtisch und wollte das Päckchen dort ablegen, aber seine Neugier war stärker. Er schob den Finger unter die Lasche und riss den Umschlag auf. Ein altes, ledernes Hundehalsband fiel heraus. Der Reporter hob es vom Teppich auf. Es war ziemlich abgenutzt und mit türkisfarbenen Steinchen besetzt. Auf dem Namensschild stand „Butterscotch“.

Das verstehe ich nicht. Logan schaute verwirrt in den Umschlag, ob er eine Erklärung finden konnte. Ein Zettel lag darin. Er zog ihn heraus. In großen Lettern standen nur drei Worte darauf.

DU GEHÖRST MIR.

Sein Herz schlug schneller. Was war das? Die harte, schwere Handschrift grub sich in das Papier, als wäre der Schreiber so wütend gewesen, dass er die Worte mehrere Male mit dem Stift nachgefahren hatte.

War das eine Drohung? Er konnte sich nur vorstellen, dass Butterscotch einem Kunden von Rylee gehörte. Aber das Halsband sah uralt aus.

„Woher haben Sie das?“

Logan fuhr herum und stand Karl gegenüber, der mit steifer Haltung an der Schwelle des gegenüberliegenden Büros stand und einen Stoß Papiere unter dem Arm hielt.

Logan zuckte die Achseln. „Das hat mir gerade jemand in die Hand gedrückt.“

Der Anwalt riss ihm das Hundehalsband aus der Hand und nahm ihm dann auch den Zettel ab. „Das gehört mir.“

Alles an Karl – sein maßgeschneiderter Anzug, seine glänzenden Lederschuhe, sein perfekt gebräunter Teint und besonders der Umstand, dass Rylee viel von ihm hielt – störte Logan. Seine Grobheit gab dem Ganzen noch den Rest.

Logan lächelte. „Er hat gesagt, es wäre für mich.“

„Das war offensichtlich ein Irrtum. Was machen Sie hier? Das ist ein Privatbüro.“

Logan gefiel sein Tonfall nicht, aber er war nicht gekommen, um mit ihm zu streiten. Er mochte diesen Mann nicht, aber um Rylees willen musste er mit ihm zusammenarbeiten.

Der Journalist kramte in seiner Hemdtasche und

zog den zusammengefalteten Scheck heraus. „Ich bringe Rylees Kaution vorbei."

Karl lächelte dünn. „Ich habe die Kaution bereits überwiesen. Aber selbst wenn ich das nicht getan hätte, wären Sie der letzte Mensch, dem ich erlauben würde, ihr Geld zu geben. Und jetzt verschwinden Sie aus meinem Büro, bevor ich die Polizei hole."

Diesem eingebildeten Schnösel einen Boxhieb zu versetzen würde ihn vermutlich nicht weiterbringen und nur großen Schaden anrichten. Logan war dennoch versucht zuzuschlagen. Dieser arrogante Idiot dachte, er könnte sagen und tun, was er wollte. Es war an der Zeit, dass ihn jemand eines Besseren belehrte.

Aber dieser Jemand durfte nicht Logan sein. Nicht jetzt. Wichtig war jetzt, Rylee aus dem Gefängnis zu holen, und es spielte keine Rolle, wie das geschah. Eigentlich sollte er erleichtert sein, denn sein Vater hatte ihm den Scheck nur widerwillig ausgestellt. Er fürchtete, dass sein Sohn sich dadurch nur in noch größere Schwierigkeiten brachte.

„Sie brauchen mich nicht zur Tür zu bringen. Ich finde allein hinaus", sagte Logan.

„Das hoffe ich."

„Grüßen Sie Butterscotch von mir."

Er drehte sich nicht um, um das Gesicht des Anwalts zu sehen.

Du gehörst mir. Du gehörst mir. Ich besitze dich. Du bist in meiner Hand.

Logan wog die Worte ab, aber egal, wie er es drehte und wendete, es blieb eine Drohung. Jemand bedrohte

Karl Sebastian. Vielleicht wurde er sogar erpresst. Aber er konnte nicht herausfinden, warum und was ein altes Hundehalsband damit zu tun hatte. Vielleicht kannte Rylee den Namen.

Der Reporter saß an seinem Schreibtisch und starrte den Notizblock an, auf dem er die drei Worte niedergeschrieben hatte.

Plötzlich nahm er ein Summen wahr, das aus Rylees Tasche zu kommen schien, die er unter seinen Schreibtisch gestellt hatte. Er öffnete die Tasche und entdeckte ihr Handy darin. Das Display leuchtete und zeigte an, dass sie eine neue SMS bekommen hatte. Insgesamt waren es sogar drei Nachrichten. Alle stammten von Liz, die auch zweimal angerufen hatte.

Er schüttelte den Kopf. Nachdem sie verhaftet worden war und ihr Gesicht in allen Fernsehnachrichten erschienen war, war der einzige Mensch, der versuchte, Rylee zu erreichen und sich nach ihr zu erkundigen, ihre Nachbarin. Nicht einmal ihre Großmutter hatte sich gemeldet. Andererseits hatte die alte Dame wahrscheinlich auch keine Ahnung, was passiert war.

Vielleicht sollte er es ihr erklären. Würde Rylee das wollen? Logan schaute ihre Kontaktliste durch und suchte die Nummer des Pflegeheims. Die meisten gespeicherten Namen waren die von Tieren, nicht von Kunden. Um die Davidsons anzurufen, gab Rylee Toros Namen ein. Er lächelte.

Eine Ausnahme fand er jedoch. Grant Sebastian. Sein Finger stockte, als er den Namen las.

Warum nicht?

Er drückte die Verbindungstaste.

Grant Sebastian meldete sich nach dem ersten Klingeln. Seine Stimme klang väterlich besorgt. „Rylee-Kind! Du bist also wieder frei? Geht es dir gut?“

Logan räusperte sich. „Hier ist Logan Woods. Ich bin ein Freund von Rylee.“

Pause. „Ja. Ich weiß, wer Sie sind, Mr Woods.“

„Ich wollte Sie fragen, Sir, wann Sie in Charleston zurück sind. Rylee steckt in der Klemme und bräuchte Ihre Hilfe.“

„Mein Flugzeug ist gerade auf dem Charlestoner Flughafen gelandet“, sagte Sebastian mit unüberhörbar gereizter Stimme.

Logan richtete sich auf. „Sie sind wieder da? Darf ich dann davon ausgehen, dass Sie Rylees Fall übernehmen?“

„Ich glaube nicht, dass Sie das etwas angeht, Mr Woods.“

Mit diesen Worten wurde die Verbindung getrennt. Sebastian hatte einfach aufgelegt. Logan schluckte seinen Ärger hinunter und schaute noch einmal in ihrem Telefonbuch nach. Ein weiterer Name fiel ihm dabei ins Auge. Aber statt dort anzurufen, nahm er seine Wagenschlüssel und eilte zur Tür hinaus.

Im Auto schaltete Logan das Radio ein. Nach den letzten Takten eines aktuellen Hits begann ein Moderator, die Ereignisse dieses Tages zusammenzufassen. Logan drehte die Lautstärke weiter auf.

„Hast du es schon gehört?“, fragte der Moderator.

Eine weibliche Stimme antwortete: „Was soll ich gehört haben?“

„Sie haben heute Morgen Robin Hood gefasst. Allerdings stellte sich heraus, dass es Lady Marian war. Der Einbrecher war eine Frau."

„Im Ernst? Ich dachte, Frauen tun so etwas nicht."

„Und weißt du, was das Höchste ist? Die Einbrecherin war die Hundesitterin dieser Leute!"

„Die Hundesitterin?"

„Du weißt schon: jemand, der die Hunde der Leute ausführt."

„Hm", erwiderte die weibliche Stimme. „Das hat man davon, wenn man seinen Hund nicht selbst ausführt!"

Er schaltete das Radio aus.

Die Sonne ging schon unter, als er zum zweiten Mal an diesem Tag zu James Island fuhr. Er bog an der Camp Road zu „Bishop Gadsden" ab, parkte sein Auto vor der Seniorenresidenz und nahm denselben Weg, den er von seinem letzten Besuch hier in Erinnerung hatte.

Er sagte sich, dass sein Besuch sicher in Rylees Interesse war. So nah, wie ihr ihre Großmutter stand, wäre sie sicher froh, wenn er der alten Frau versicherte, dass alles gut werden würde, auch wenn er sich dessen selbst nicht ganz sicher war.

Wenn die alte Dame jedoch noch nichts von den Ereignissen wusste, sollte er vielleicht das Pflegepersonal anweisen, dafür zu sorgen, dass sie es nicht herausfand. Logan wusste nicht genau, wie er dabei vorgehen sollte. Er wusste nur, dass es ihm irgendwie half, seine Hilflosigkeit zu bekämpfen, wenn er hier bei Flora Monroe war. Wenn er Rylees Kaution nicht zahlen konnte, wenn er Grant Sebastian nicht überreden konnte, ihr zu helfen, und wenn er den richtigen Robin Hood nicht finden konnte, dann konnte er wenigstens ihre Großmutter beruhigen.

Die Schwester, die letztes Mal Dienst gehabt hatte, war nicht da. Statt ihrer war eine Frau in geblümtem Kleid und mit freundlichem Gesicht für die Station verantwortlich. Trotz ihrer Höflichkeit war sie nicht allzu erpicht darauf, Logan zu Rylees Großmutter zu lassen.

„Wenn Sie Mrs Monroe besuchen wollen, brauchen Sie die Erlaubnis ihrer Enkelin."

„Rylee hat mich letztes Mal hierher mitgenommen", erklärte er. „Ich bin ihretwegen hier."

Die Frau runzelte die Stirn und wollte nach dem Telefon greifen. „Dann rufe ich sie einfach kurz an, ja?"

„Sie haben es offenbar noch nicht gehört."

„Was habe ich noch nicht gehört?"

„Rylee wurde heute Morgen verhaftet. Deshalb bin ich hier. Sie würde bestimmt nicht wollen, dass ihre Großmutter es zufällig mitbekommt und niemand da ist, der ihr die Sache erklärt."

Wenn er ihr erzählt hätte, dass er vom Mond käme und eine Botschaft für die Erdenbewohner hatte, hätte die Altenpflegerin ihn nicht erstaunter ansehen können. „Ist das ein Witz?"

„Ich wünschte, es wäre einer", sagte er. „Hören Sie, als ich das letzte Mal zu Besuch hier war, war eine andere Schwester da. Sie wird sich an mich erinnern. Wenn Sie sie fragen, kann sie bestätigen, dass ich die Wahrheit sage."

Sie diskutierten noch fünf Minuten weiter, aber schließlich ging sie ans Telefon, und keine zehn Minuten später tauchte Schwester Melanie auf. Ihr Gesicht verriet Besorgnis.

Er berichtete, was passiert war, und versuchte dann, ihr zu erklären, warum er gekommen war, obwohl seine Motive mit jeder Sekunde unklarer wurden.

Logan strich sich mit den Fingern durch die Haare. „Vielleicht sollte ich nicht einmal hier sein. Ich weiß nicht. Ich dachte einfach ... Ich meine, Mrs Monroe ist alles, was noch von Rylees Familie übrig ist, und wenn ihr diese Nachricht irgendwie zu Ohren kommt ..."

Schwester Melanie unterbrach ihn mit erhobener Hand. „Sie brauchen nicht weiterzusprechen. Kommen Sie mit."

Vor der Tür zu Rylees Großmutter blieben sie stehen. Mit leiser Stimme schlug Schwester Melanie vor, dass sie zuerst eintreten wolle und erst dann Logan ins Zimmer holen würde, wenn sie es für richtig hielt. Da ihm keine andere Wahl blieb, nickte er.

Er lehnte sich an die Wand und ließ den Kopf zurückfallen. Es war sicher der falsche Schritt, eine senile alte Dame zu besuchen, der er nur ein einziges Mal begegnet war. Er würde wahrscheinlich mehr Schaden anrichten, als Gutes tun.

Schwester Melanie spähte durch die Tür. „Okay. Ich glaube, sie ist bereit."

Als er das letzte Mal hier gewesen war, hatte Mrs Monroe aufrecht im Bett gesessen und auf ihren Besuch gewartet. Jetzt lag sie in ihrem Bett und hatte die Decken fast bis zum Kinn hochgezogen. Ihre Augen sahen aus wie dunkle Schlitze und verrieten kaum, dass sie seine Bewegungen wahrnahm.

Er setzte sich auf denselben Stuhl wie beim letzten Mal, in der Hoffnung, dass sie sich dadurch leichter an ihn erinnern würde.

„Was ist?“, fragte sie verwirrt, als hätte er sie gerade geweckt.

Er räusperte sich. „Ich bin Logan Woods. Erinnern Sie sich an mich? Ich bin Rylees … Freund. Wir waren neulich abends hier und haben Sie besucht.“

Sie drehte den Kopf, um ihn besser sehen zu können. Als er aufhörte zu sprechen, entgegnete sie zunächst einmal nichts. Es war, als warte sie auf eine Übersetzung des Gesagten. Die am Fußende des Bettes stehende Schwester Melanie ermutigte ihn mit einem Kopfnicken weiterzusprechen.

„Rylee hat mich geschickt, um Ihnen zu sagen …“

Die alte Frau blinzelte.

„Sie will Ihnen sagen, dass … alles in Ordnung ist.“

Schwester Melanie ging leise zur Tür. „Ich lasse Sie ein paar Minuten allein.“

Logan war nicht sicher, ob das eine so gute Idee war. Er hätte sie beinahe zurückgehalten, aber das wäre noch absurder gewesen. Nachdem er so hart dafür gekämpft hatte, das Zimmer betreten zu dürfen, gab es jetzt kein Zurück mehr.

Nonie starrte ihn einen Moment an, dann schloss sie die Augen.

Ihr Atem wurde tief und regelmäßig. Sie war eingeschlafen.

Auf dem Nachttisch lag der Stapel Fotoalben. Der

Ledereinband glänzte verlockend, wie die Haut der verbotenen Frucht. Der Reporter stand auf, wartete und ging dann leise um das Bett herum. Auf der anderen Seite beugte er sich über Nonie und vergewisserte sich, dass sie schlief. Dann nahm er das oberste Album und schlug es in der Mitte auf.

Er konnte das Foto von neulich nicht finden. Nachdem er ein paar Seiten weitergeblättert hatte, fiel sein Blick auf eine Fotografie von einem Mann in einem Dreiteiler, der in einem Ledersessel saß und in einem kleinen, schwarzen Buch las. Aber nicht der Mann erregte seine Aufmerksamkeit.

Auf dem Seitentisch hinter dem Sessel des Mannes stand eine Figur, die ihm bekannt vorkam. Ein Bronzereiter, der genauso aussah wie die Figur, die unbemerkt aus dem Haus der Bosticks gestohlen und später auf den Stufen der Presbyter-Kirche entdeckt worden war, wo Rylee sie unbedacht mit ihren Händen berührt hatte.

Betroffen schlug er die Seite um. Hier fand er nichts Interessantes. Er blätterte weiter, bis er auf der vorletzten Seite ankam.

In der unteren Ecke der Seite hatte ein Junge sich eine Violine unter das Kinn geklemmt und hielt den Bogen in der Hand. Logan hob das Album ein Stückchen und betrachtete das Instrument näher. Er fragte sich, ob die Details auf dem Foto so deutlich waren, dass Jamison Ormsby sagen könnte, ob das seine Prokop war oder nicht. Und obwohl Logan ihn danach fragen würde, wusste er bereits tief in seinem Herzen, dass es das gesuchte Instrument war.

Wusste Rylee das ebenfalls? Natürlich. Sie musste es wissen. Was bedeutete, dass sie nicht ehrlich zu ihm gewesen war. Sie hatte die ganze Zeit gewusst, dass die gestohlenen Gegenstände irgendwie mit ihrer Familie zu tun hatten, aber sie hatte nie ein Wort darüber verloren. Er wollte den Grund dafür wissen.

„Schläft sie?" Schwester Melanie stand mit hochgezogener Augenbraue im Türrahmen.

Logan klappte das Album zu und klemmte es sich unter den Arm. „Sie ist eingenickt, bevor ich ihr erklären konnte, was passiert ist. Deshalb möchte ich Sie bitten, dafür zu sorgen, dass sie nicht in die Nähe eines Fernsehers oder Radios kommt." Er tippte auf das Album. „Das bringe ich zurück, wenn ich sie wieder besuche."

Bevor die Schwester etwas erwidern konnte, schlüpfte er an ihr vorbei auf den Gang hinaus. Das Album in seiner Hand schien plötzlich so schwer wie ein Stein.

Kapitel 23

Am Gefängnistor hatte man ihm gesagt, dass Rylee nicht vor zweiundzwanzig Uhr dreißig entlassen werden würde. Also begab Logan sich in die Redaktion und hämmerte auf seine Tastatur ein, als sei das sein abendliches Work-out. Sein Artikel über ihre Verhaftung musste in spätestens einer Stunde fertig sein.

Er erwähnte die tatsächliche Verhaftung allerdings nur kurz und konzentrierte sich stattdessen auf die Lücken bei den polizeilichen Ermittlungen. Dabei hob er, so gut er konnte, alles hervor, was er über das gestohlene Gemälde wusste.

Eine Kuratorin des Gibbes-Museums hatte ihm nicht weiterhelfen können, da das Bild in Privatbesitz war. Und seine Anrufe bei Ann Davidson in Bezug auf Rylee und das Bild waren bis jetzt ohne Antwort geblieben. Er hatte viele Informationen über den Maler, Charles Fraser, gesammelt, mit denen er seine Zeilen füllen konnte, bis er mehr konkrete Fakten bekam.

Plötzlich vibrierte sein Handy. Er ging dran, ohne nachzusehen, wer es war, weil er dachte, Mrs Davidson rufe ihn endlich zurück.

„Ich habe gerade die Seiten gelesen, die du geschickt hast", sagte sein Agent. „Diese Hundesitterin ist einfach genial. Das alles ist ja total unglaublich! Die Lektorin war ganz aus dem Häuschen. Aber sie will, dass du Rylee ein wenig aufpeppst. Fühle ihr richtig auf den Zahn. Gib uns einen persönlichen Einblick in ihren Hintergrund, ihre Ängste, was sie denkt und fühlt."

Logan erstarrte. Er hatte seinem Agenten den Rohentwurf geschickt, damit Seth ihm nicht länger im Nacken saß, und war davon ausgegangen, dass sie miteinander sprechen würden, bevor dieser Dora irgendetwas geben würde. Als er seinen Agenten jetzt so über Rylee reden hörte, als wäre sie einfach irgendeine Figur in der Geschichte, hätte er am liebsten alles zurückgenommen.

„Ehrlich gesagt, Seth …" Er lehnte sich auf seinem Stuhl zurück. „… wollte ich ihre Rolle eher verkleinern. Sie vielleicht sogar ganz herausnehmen."

„Nein, nein, nein", wehrte Seth ab. „Ein schönes Mädchen ist immer ein gutes Zugpferd, aber du musst ihre Hintergrundgeschichte ein wenig aufpeppen. Das Opfer, das sich an den Menschen rächt, die das Leben führen, das ihr zustehen würde. Ein weiblicher Robin Hood. Das ist einfach fantastisch."

Logan erschauderte. „Wo hast du das denn gehört? Das habe ich nicht geschrieben."

„Liest du denn deine eigene Zeitung nicht? Es steht alles im Internet. Dora hat mich deswegen heute schon zweimal angerufen."

Er sackte auf seinem Stuhl zurück. „Unglaublich."

„Was ist los? Das ist genial. Vielleicht greifen sogar die landesweiten Nachrichtensender die Geschichte auf. Je größer die Geschichte ist, desto besser verkauft sich das Buch."

„Sie hat es nicht getan, Seth. Und sie hat schon so viel durchgemacht. Sie hat keine Familie. Niemanden, der ihr hilft. Ich werde sie nicht noch weiter ausnutzen."

Seth brauchte einen Moment, bevor er antwortete: „Logan, bist du … hast du … Was läuft da zwischen dir und diesem Mädchen?"

Das war das Problem, wenn der Agent einer der besten Freunde war. Ihm entging nicht viel.

„Sprich mit mir, Mann", drängte Seth.

„Ich werde ihr Privatleben nicht in diese Sache hineinziehen."

Seth lachte. „Du bist mit ihr zusammen, stimmt's? Du Gauner! Du bist mit der Hauptverdächtigen zusammen. Damit machen wir das Buch nicht nur zu einem Verkaufsschlager. Damit wird es für Hollywood interessant."

„Nein."

„Wie lange seid ihr schon ein Paar?"

Er gab ihm keine Antwort.

„Komm schon. Wie oft warst du schon mit ihr aus?"

Einmal. Aber ob einmal oder hundertmal, spielte keine Rolle. Er würde sie nicht in seinem Buch bringen.

„Hör zu, so etwas fällt einem nicht alle Tage in den Schoß, Logan. Du solltest auf die Knie gehen und dem Schutzheiligen der Schriftsteller danken. Wenn sie die

Story ist und du mit ihr zusammen bist, dann bist du die Story. Ich muss Dora sofort anrufen und ihr das sagen."

Logan umklammerte das Telefon. „Warte."

„Ich verstehe, was du meinst", sagte Seth. „Für einen Journalisten ist das ein schwerer Verstoß gegen die Berufsethik. Ich werde dich nicht verraten. Aber wenn dieser Vertrag erst einmal unter Dach und Fach ist, brauchst du dir keine Sorgen mehr wegen irgendeines Verhaltenskodexes zu machen. Deine ganzen Interessenkonflikte werden gelöst sein. Dieses Mädchen wird dann alles sein, was dich interessieren muss."

„Das Buch ist nicht von diesem einen Mädchen abhängig."

„Vergangene Woche vielleicht noch nicht, aber jetzt. Und du brauchst nichts anderes zu tun, als diese Geschichte zu erleben und sie dann aufzuschreiben."

Logan sah Nonies Fotoalbum vor seinem geistigen Auge. Rylee hatte irgendwie mit diesen Einbrüchen zu tun. Das stand jetzt für ihn fest. Aber solange er nicht mit ihr gesprochen hatte, wollte er keine vorschnellen Schlüsse ziehen – oder anderen erlauben, dies zu tun. „Nein, Seth."

„Warum nicht? Du bist doch bestimmt nicht ernsthaft in sie verliebt. Dafür kennst du sie noch nicht lang genug."

„Das heißt nicht, dass ich sie ausnutzen will. Sie ist ein Mensch. Mit Gefühlen. Ihr einziges Verbrechen besteht darin, dass sie zur falschen Zeit am falschen Ort war."

„Jeder in deinem Buch ist ein echter Mensch. Jeder

einzelne Gauner, über den du geschrieben hast, ist ein Mensch mit Gefühlen. Warum sollte es bei ihr jetzt anders sein?"

„Sie ist nicht so wie die anderen." *Hoffentlich.*

Seth stöhnte. „Du machst mich wahnsinnig."

Logan beschloss, es mit einer anderen Taktik zu versuchen. „Lacey würde mir den Kopf abreißen. Sie hat mir bereits ein Ultimatum gesetzt und unmissverständlich klargestellt, dass die Zeitung für mich oberste Priorität haben muss. Wenn sie etwas anderes vermutet, wirft sie mich, ohne mit der Wimper zu zucken, raus."

„Du hast mir gesagt, dass du jedes Opfer bringen würdest. Was hat sich geändert, Logan?"

Der Reporter rieb sich die Augen. „Alles."

Nachdem er aufgelegt hatte, machte er einen Spaziergang durch das Großraumbüro, um wieder einen klaren Kopf zu bekommen, dann versuchte er es wieder bei Ann Davidson. Dieses Mal erwischte er sie.

„Der Fraser?", wiederholte sie seine Frage. „Oh, wir hatten dieses Bild seit ungefähr zwanzig Jahren. Wir haben es damals bei einer Haushaltsauflösung erworben. Nun, natürlich nicht direkt. Es lief über einen Dritten."

„Einen Dritten?" Er klemmte sich das Telefon zwischen Ohr und Schulter und machte sich Notizen. „Erinnern Sie sich, wer das war?"

„Grant Sebastian. Er hat die gesamte Haushaltsauflösung geregelt."

Logan erstarrte. „Das ist ein Scherz."

„Nein, warum sollte ich scherzen? Das Bild

stammte aus dem Haus seines früheren Kanzleipartners, Jonathan Monroe. Da Sie Rylee kennen, sind Sie sicher auch mit der tragischen Geschichte ihrer Familie vertraut. Als er verschwand, waren viele Schulden da, die bezahlt werden mussten, und Grant hat der Familie geholfen."

Logan nahm das Telefon wieder in die Hand. „Geholfen?"

„Das hätte er nicht tun müssen. Er organisierte natürlich alles sehr diskret, um die Würde der Familie zu wahren. Wenn er nicht gewesen wäre, hätten die Monroes wahrscheinlich alles verloren." Sie brach ab. „Ich erlaube Ihnen aber nicht, diese Information in Ihrer Zeitung zu verwenden. Das, was ich eben gesagt habe, ist streng vertraulich, verstehen Sie?"

„Natürlich." In Logans Kopf drehte sich alles. „Sie sagen also, dass das Gemälde, das aus Ihrem Haus gestohlen wurde, früher den Monroes gehört hat? Weiß die Polizei davon?"

„Von mir nicht. Dieses Mädchen steckt ohnehin schon in einer schlimmen Situation."

„Sie halten sie also nicht für schuldig?"

„Ich will Ihnen etwas sagen, junger Mann: In diesem Land ist keiner schuldig, solange seine Schuld nicht bewiesen ist. Wir vertrauen ihr, und solange mir niemand etwas anderes beweist, glaube ich, dass sie dieses Vertrauen verdient. Für das, was hier passiert ist, war sehr viel Hass nötig, finden Sie nicht? Ich glaube nicht, dass Rylee zu so etwas fähig wäre. Trauen Sie ihr einen solchen Hass zu?"

„Nein, Ma'am. Ich sehe das genau wie Sie." Er räusperte sich. „Also, dieser Privatverkauf. Es muss viel mehr verkauft worden sein als nur das Gemälde. Wissen Sie, ob eine Geige oder vielleicht eine Bronzefigur von einem Reiter dabei waren?"

„Ich wünschte, ich könnte Ihnen helfen", antwortete Sie, obwohl er an ihrem Tonfall hörte, dass sie froh war, ihm nicht helfen zu können. „Grant wusste, dass ich Fraser bewundere, und er hat mir das Bild gebracht. Ich habe keine Ahnung, was er sonst noch verkauft oder wer die Sachen erworben hat. Abgesehen natürlich von dem Haus. Aber das weiß ja jeder."

„Das Haus?"

„Das Monroe-Haus", sagte sie. „In der East Battery."

Das Foto aus dem Album tauchte vor seinem geistigen Auge auf, die Fassade, die ihm so bekannt vorgekommen war, die er aber nicht hatte zuordnen können.

„Und wer hat das Haus gekauft?", fragte er.

Sie lachte. „Sie müssen Ihr Wissen über die Geschichte unserer Stadt wirklich auffrischen, junger Mann."

„Könnten Sie mir einen Namen nennen, Madam?"

„Grant Sebastian natürlich."

Logan saß auf einem harten, verkratzten Plastikstuhl, der mit einer langen Reihe gleicher Stühle verbunden war. Er starrte die langweilige, graue Doppeltür an und wartete darauf, dass sich irgendetwas tat. Von Zeit zu Zeit ging die Tür auf, und ein Polizist oder ein Angestellter in Zivil tauchte auf und entlockte ihm ein frustriertes Seufzen. Wenn die Mühlen der Justiz langsam mahlten, dann mahlten die Mühlen der Justiz*irrtümer* noch langsamer.

Endlich kam Grant Sebastian durch die Tür und führte Rylee am Ellbogen. Logan sprang auf und schüttelte die Steifheit aus seinen Beinen.

Sie sah verwirrt und blass aus, als wäre sie eine ganze Woche in einem Keller eingesperrt gewesen und träte jetzt plötzlich ins grelle Licht. Die junge Frau sah ihn ein paar Sekunden benommen an, bevor ein neuer Lebensfunke in ihren Augen aufglomm.

Logan trat vor, konnte aber den abgesperrten Bereich nicht betreten, und sie durfte nicht hinaus, solange nicht alle Papiere ausgefüllt waren. Eine Frau hinter einer Glasscheibe ging eine Reihe sinnloser Fragen durch, die Rylee beantwortete, ohne den Blick auch nur ein einziges Mal von Logan abzuwenden.

Sobald sie auf dem letzten Blatt unterschrieben hatte, warf sie den Stift auf den Tisch und drehte sich zu ihm herum. Doch sie lief nicht in seine Arme – sie flog.

Bevor er wusste, wie ihm geschah, war sie bei ihm.

„Alles okay? Alles okay?", fragte er immer wieder.

Er küsste ihre Stirn. Ihre Wangen. Ihre Nase. Ihre Augen. Ihr Kinn. Ihre Ohren.

Sie umfasste sein Gesicht mit den Händen und zog seinen Mund zu ihrem hinab. Ihre Lippen waren sanft und weich und von etwas Unaussprechlichem aus der Tiefe ihres Herzens erfüllt.

„Ich habe mir solche Sorgen um dich gemacht", sagte er. „Du zitterst ja."

„Bring mich bitte von hier weg", flüsterte sie.

Grant Sebastian trat neben sie und hielt eine Papiertüte in der Hand. „Ist das wirklich alles, was du bei dir hattest, Rylee? Was ist mit deiner Handtasche, deinem Portemonnaie, Schlüsseln, Geld und all den Sachen?"

Sie löste sich aus Logans Umarmung und warf einen Blick in die Tüte. Ein zusammengerollter Gürtel, ein Paar Schnürsenkel und ein Papierumschlag mit ihrem Schmuck lagen darin.

Logan ließ den Anwalt nicht aus den Augen. Der Mann wohnte in Rylees früherem Haus und hatte einen Gegenstand – vielleicht alle Gegenstände – verkauft, die Robin Hood gestohlen hatte.

Noch vor ein paar Stunden hatte er unbedingt gewollt, dass Grant Sebastian Rylees Fall übernahm. Jetzt war er sich da nicht mehr so sicher.

„Das ist alles", erwiderte sie und hängte sich die Kette mit dem Perlanhänger, die sie immer trug, um den Hals. „Ich habe Logan meine Tasche gegeben, bevor sie mich mitgenommen haben."

Logan zwang sich, ihm die Hand zu reichen. „Danke, dass Sie gekommen sind, Mr Sebastian."

Der Anwalt steckte einige Papiere in seine Aktentasche und gab Logan dann die Hand. „Ich habe schon viele Artikel von Ihnen gelesen."

„Das freut mich, Sir."

Grant Sebastian schaute auf seine Uhr. „Sie bringen Rylee nach Hause?"

„Ja, Sir."

Er nickte, tätschelte Rylees Schulter und forderte sie

auf, sich morgen gleich in der Früh bei ihm zu melden. Dann verschwand er.

Logan legte den Arm um sie, während sie zum Auto gingen. In der warmen Nachtluft fühlte sich ihre Haut noch kälter an. Sie schwankte vor Müdigkeit.

„Hast du etwas zu essen bekommen?“, erkundigte er sich ängstlich.

„Nein.“

„Was hältst du von einem Big Mac?“

Sie schob ihren Pony zurück. „Ich würde lieber einfach nach Hause fahren. Ist das okay?“

„Natürlich.“ Er achtete darauf, dass sie nicht hinfiel, und half ihr auf den Beifahrersitz. Dann ging er auf die andere Seite. Als sie auf die leere Straße bogen, schaute er sie kurz an. „Rylee, kennst du einen Hund, der Butterscotch heißt?“

Sie drehte ihm das Gesicht zu, ließ aber den Kopf an der Kopfstütze liegen. „Nein. Sollte ich?“

„Ich habe nur gehört, wie Karl ihn erwähnte. Hat er oder haben die Sebastians oder irgendjemand, den du kennst, je ein Tier gehabt, das ‚Butterscotch‘ hieß?“

„Nicht, dass ich wüsste. Warum?“

Er zuckte die Achseln. „Nur so.“

Rylee lehnte ihren Kopf wieder ans Fenster. „Ich bin hundemüde. Aber falls ich einschlafe, musst du mich unbedingt wecken. Ich habe viel zu tun. Zuerst muss ich duschen. Dann muss ich meine Kunden anrufen. Und ich muss nach Nonie sehen …“

„Es ist fast Mitternacht, Rylee. Alles bis auf die Dusche muss bis morgen warten. Und nach deiner Großmutter habe ich schon geschaut.“

Ihre Augen weiteten sich. „Wirklich?“

„Ich bin am späten Nachmittag zu ‚Bishop Gadsden‘ hinausgefahren. Um sicherzugehen, dass sie nichts gehört hat. Und um dafür zu sorgen, dass sie nichts hören wird.“

Sie streckte den Arm über den Schalthebel und legte ihre Hand auf seine. „Das hast du wirklich gemacht?“

„Es war keine große Sache.“

„Oh, doch.“ Sie lächelte. „Das ist eine große Sache ...“

Sie beugte sich hinüber und küsste ihn wie ein Burgfräulein, das seinen Ritter belohnt.

Er musste ihr alles von seinem Aufenthalt in „Bishop Gadsden“ erzählen. Dass er ein Fotoalbum mitgenommen hatte und warum er das getan hatte. Er musste sie auch nach dem fragen, was Ann Davidson gesagt hatte. Aber sie sank mit geschlossenen Augen gegen die Beifahrertür, und er beschloss, sie lieber schlafen zu lassen.

Den Rest des Heimweges legten sie schweigend zurück. Er lauschte auf ihren Atem, aber die Klimaanlage übertönte ihre Atemgeräusche.

An einer roten Ampel blieben sie stehen. Die Kreuzung wurde von Straßenlaternen beleuchtet. Er warf einen Blick auf sie und betrachtete ihr jungenhaftes Profil. Die leichte Stubsnase. Das anmutige Kinn. Den langen Hals. Die Rundung ihrer Brust. Den flachen Bauch. Die langen Beine. Die Fransen um ihre abgeschnittene Jeans, die in der Lüftung flatterten.

Sie würde die Hose jetzt wahrscheinlich wegwerfen, da sie bestimmt nicht an den heutigen Tag erinnert werden wollte. Wieder betrachtete er ihre Beine. Es war ein Jammer.

Als sie vor ihrer Wohnung ankamen, wurden die Erinnerungen an ihre unabsichtlich verbrachte gemeinsame Nacht wach, als sie nebeneinander in seinem parkenden Auto geschlafen hatten.

Dieses Mal strich er mit seinem Handrücken zärtlich über ihre Wange, bis sie die Augen aufschlug.

„Sind wir da?"

Er holte ihre Tasche vom Rücksitz und kam um das Auto herum, um ihr die Tür aufzuhalten. Mit einem Blick auf den Parkplatz stellte er fest, dass sie ihr Auto noch holen mussten, aber das konnte warten. Sie war jetzt nicht in der Verfassung, Auto zu fahren. Vielleicht könnte er Wash anrufen, wenn er sie in ihre Wohnung gebracht hatte, und sie könnten Rylee ihren Wagen bringen.

Die junge Frau ging vor ihm, da sie es nicht erwarten konnte, nach Hause zu kommen, während sie wackelig die Treppe hinaufstieg. Er streckte die Hand aus, um sie aufzufangen, falls sie stolperte.

Als sie ihre Wohnungstür erreichten, lehnte sie sich mit geschlossenen Augen an die Wand. „Du hast die Schlüssel."

Logan kramte zwischen den vielen Sachen, die sie in ihrer Tasche hatte, und wartete darauf, ein klirrendes Metallgeräusch zu hören. Schließlich ertasteten seine Finger den unverkennbaren Schlüsselbart.

Er verfehlte mit dem Schlüssel das Schloss. Die Tür ging trotzdem einen Spaltbreit auf. „Rylee."

„Hmm?“ Sie öffnete die Augen.

Logan schob die Tür weiter auf.

„Warte hier“, flüsterte er.

Vorsichtig tastete der Reporter sich an der Wand entlang, schaltete das Licht ein und blieb dann wie erstarrt stehen.

Manche Verwüstungen und Zerstörungen waren willkürlich und unpersönlich. Etwa ein Tornado, der durchzieht und ein Chaos hinterlässt. Wenn man die Trümmer betrachtete, hinterließ der Wirbelsturm nie eine Botschaft. Die Natur tat, was sie tat, wollte damit aber nichts mitteilen.

Die Szene in Rylees Wohnung war ganz anders. Was er hier sah, sprach eine deutliche Sprache. Es schrie regelrecht. Und er kannte die Stimme nur zu gut. Ihr Sofa war brutal ausgeweidet worden, ihre Bücher waren aus den Schutzumschlägen gerissen, die Regale umgeworfen und einige Bretter waren zerbrochen.

Die CD-Hüllen lagen geöffnet auf dem Boden, die CDs waren systematisch zerstört worden. Rylees DVDs waren ebenfalls zertrümmert. Die Küche war verwüstet worden, alles kaputt, der Inhalt des Kühlschranks lag noch frisch auf dem Linoleumboden. Etwas Zähflüssiges und Klebriges, von dem er hoffte, dass es nur roter Saft war, war auf den Oberflächen getrocknet. Aus der geschlossenen Mikrowellentür tropfte eine Flüssigkeit.

Logan ging weiter und schaltete alle Lichter ein. Sein Körper zog sich schmerzhaft zusammen.

Die Stofffetzen, die auf dem Boden im Schlafzimmer verstreut waren, waren vorher ihre Kleider gewesen. Jetzt lagen sie in zerknüllten, zerrissenen Bündeln fast wie Leichen da. Man konnte darauf die Abdrücke von Schuhen und den Gummiabrieb sehen, wo mit den Absätzen brutal zugetreten worden war.

Das rote Kleid, das sie bei ihrem Besuch bei Nonie angehabt hatte, lag zerrissen über dem Bett. Die Laken waren bis zur Unkenntlichkeit aufgeschlitzt. Eine Schublade hing aus dem Nachttisch.

Der junge Reporter drehte sich um und erwartete fast, dass Rylee hinter ihm stehen würde. Aber sie stand wie gelähmt an der Wohnungstür, hielt sich die Hand über den Mund und hatte die Augen schreckerfüllt aufgerissen. Er bedeutete ihr, dort zu bleiben. Das hätte er sich sparen können. Sie sah aus, als hätte sie nicht vor, sich in ihrem ganzen Leben je wieder zu bewegen.

Das Geräusch von fließendem Wasser kam aus dem Badezimmer. Logan trat auf die beschädigte Tür zu, aber bei jedem Schritt drang Wasser aus dem Teppich und er wusste, was ihn dort erwartete. Langsam schob er die Tür auf und schaute hinein.

Der Badewannenhahn war aufgedreht und das Wasser lief über den Wannenrand. Logan watete über den Boden und drehte den Hahn zu. Die Wasseroberfläche beruhigte sich.

Aus dem Augenwinkel sah er etwas auf dem Wasser schwimmen. Er riss den Vorhang zurück.

Im oberen Teil der Wanne schwamm ein durchnässter BH, rosa und weiß gestreift und mit Spitzen am Rand. In der Mitte der Wanne schwamm ein dazu passender Slip. Als hätte hier eine Frau gelegen, deren Körper sich aufgelöst hatte und von der nur die Unterwäsche übrig war.

Sein Magen zog sich zusammen. Er drehte sich um, erschrak und rutschte nach hinten. Halt suchend ergriff er den Duschvorhang und riss ihn und die Stange dabei zu Boden. Kaltes Wasser ergoss sich auf seine Schuhe und seine Jeans.

Die Worte waren mit einem dicken, schwarzen Stift auf die Unterseite des Toilettendeckels geschrieben. In unübersehbaren, großen Buchstaben.

DU GEHÖRST MIR.

Kapitel 24

Als er das letzte Mal in ihre Wohnung eingebrochen war, hatte er keine Spuren hinterlassen. Nur eine stumme Nachricht auf ihrem Bett. Nun hatte er dafür gesorgt, dass es keine Missverständnisse gab. Sie starrte die Worte an. Sie konnte sie förmlich hören. Ein wütendes, fauchendes Schreien.

Trotz des warmen Luftzugs, der durch die offene Wohnungstür hereinwehte, stand sie zitternd in der Badezimmertür. So fest sie auch ihre Arme um sich legte, das Zittern wollte einfach nicht aufhören. „Was hat das zu bedeuten?"

Logan drehte sich um, als er ihre Stimme hörte. „Du solltest nicht hier drinnen sein."

Seine Haut war genauso blass wie die weiße Kunststoffwanne. Sie schaute ins Wasser und sah, dass noch eine andere Botschaft hinterlassen worden war.

Ihre Unterlippe zitterte. „Was hat das zu bedeuten?"

Er schüttelte den Kopf. „Ich weiß es nicht."

„Glaubt er, ich würde ihm gehören?" Sie bekam einen Hustenanfall, der drohte, ihr die Luft abzuschnüren.

Logan griff nach dem Toilettendeckel und ließ ihn so vorsichtig hinab wie ein Museumsstück.

Sie beugte sich vornüber, stützte die Hände auf ihre Knie und sog hastig Luft ein. „Wer ist dieser Kerl? Was will er?“ Sie schaute das Wasser an, das um ihre Füße herumschwappte. „Offensichtlich nicht meine Sachen … denn er hat alles zerstört … alles, was ich auf der Welt hatte.“

Im nächsten Moment war er bei ihr und legte die Arme um sie. Sie merkte erst jetzt, dass sie am ganzen Körper zitterte. Rylee verkrampfte sich vor Entsetzen. Ihr Hals schmerzte, ihre Augen brannten.

Sie drückte sich an ihn und verbarg ihr Gesicht an seiner Brust.

Rylee konnte nicht sprechen. Sie konnte ein Schluchzen in ihrer Kehle hören, aber sie hatte keine Ahnung, woher es kam.

Er versicherte ihr wieder und wieder, dass alles gut werden würde, und flüsterte ihr diesen Satz wie eine Beschwörungsformel ins Ohr.

Dann sprudelte alles aus ihr heraus wie lauwarmes Badewasser. Ihre aufgestauten Gefühle brachen sich Bahn, bis sie triefend nass, aber auch in gewisser Weise taub war.

Sie glitt aus seinen Armen und wollte nicht berührt werden. Aus dem Spiegel schauten sie dunkle, leere und feucht glänzende Augen an. Die Haut in ihrem Gesicht war gerötet.

Logan trat an die Wanne und starrte hinein. „Das verstehe ich nicht.“

Ihre Hand tauchte wie eine Möwe in die sich

kräuselnde Wasseroberfläche und packte den BH und den Slip. Sie zog die Sachen aus dem Wasser, dann drehte sie sich um und schleuderte sie auf die andere Seite des Schlafzimmers.

„Rylee." Er berührte sanft ihre Schulter. „Ist das eine Art Botschaft?"

„Ja", fauchte sie. „Die Botschaft lautet: ‚Ich bin ein kranker Perverser.' Das ist das universelle Symbol dafür."

„Entschuldige. Ich dachte nur …"

„Nein, ich muss mich entschuldigen. Ich habe dir nicht alles erzählt. Erinnerst du dich, dass dieser Kerl die Sachen aus meiner Sporttasche gestohlen hat? Genau das hat er mitgenommen."

„Was? Genau diese Sachen?"

„Nicht genau diese Sachen. Die habe ich weggeworfen. Ich wollte sie nicht mehr anziehen, nachdem …" Sie brach abrupt ab, als ihr bewusst wurde, was sie gerade unabsichtlich gesagt hatte.

„Du hast sie weggeworfen? Aber ich dachte, er hätte sie mitgenommen, es wäre …"

„Er hat sie mitgenommen", erklärte sie. „Und gestern Abend hat er sie zurückgebracht."

„Gestern Abend? Als wir unterwegs waren?"

„Ja. Er brach in die Wohnung ein und … machte mein Bett. Und hat die Sachen in die Schublade zurückgelegt. Ich wollte heute ein neues Sicherheitsschloss anbringen, aber bevor ich dazu gekommen bin, hat dein Baseballkumpel mich ins Gefängnis geworfen."

Logan schwieg einen Moment lang. Schließlich

nahm er sie am Arm, führte sie aus dem Badezimmer und half ihr, sich auf die Bettkante zu setzen. Als er sich zu ihr hinabbeugte, sah sie ihm an, wie sehr er sich bemühte, ruhig und sachlich zu bleiben. Es war, als wäre er beim Bombenentschärfungskommando und müsste herausfinden, welchen ihrer Drähte er durchtrennen müsste, um zu verhindern, dass sie explodierte.

Aber sie wollte explodieren. Sie wollte um sich treten und schlagen und fluchen und …

„Wir müssen die Polizei benachrichtigen", sagte er.

Falscher Draht.

„Wir müssen was?" Sie sprang auf und ging mit einer Stimme, die Glas zum Bersten gebracht hätte, und einem tödlichen Blick auf ihn los.

Er zuckte jedoch nicht zusammen. „Haben wir denn eine andere Wahl?"

„Du sprichst von den Leuten, die fünfzigtausend Dollar wollten, damit ich aus dem Gefängnis rauskonnte? Von den Leuten, die glauben, ich hätte das Haus der Davidsons verwüstet und mein eigenes Auto aufgebrochen? Was werden sie tun, wenn sie hier sind? Mich verhaften, weil ich meine eigene Wohnung demoliert habe?"

Sie war ganz außer Atem und betrachtete die Zerstörung um sich herum. Nein, es war nicht nur eine Zerstörung, es war eine Entweihung. Die letzten Überbleibsel ihres Lebens mit Nonie am Folly Beach waren ihr genommen worden. So ziemlich alles, was sie auf der Welt besaß, lag in Scherben und Trümmern. Zerstört.

Und wozu? Um ihr irgendeine wirre Botschaft zu übermitteln? Eine Botschaft, die angeblich etwas bedeuten sollte?

„Es tut mir leid." Er ergriff ihre Hand. „Wir müssen sie anrufen, Rylee. Sie können unmöglich auf die Idee kommen, dass du dir das selbst angetan hast."

Sie wollte ihm widersprechen, aber in diesem Moment wurde die Tür mit einem Quietschen geöffnet.

„Rylee?"

Es war Liz.

„Sag ihr, dass ich hier bin", sagte sie und entzog ihm ihre Hand.

Logan drehte sich um, aber bevor er ein Wort sagen konnte, stürmte Liz schon ins Schlafzimmer und hatte die Hände vors Gesicht geworfen wie die Frau auf dem Filmplakat von „Scream".

„Was ist denn hier passiert?"

Sie wartete jedoch nicht auf eine Antwort, sondern eilte zu Rylee und schloss diese in die Arme. Beruhigend redete sie auf diese ein, wiegte sie und versuchte, sie zu trösten, bis Rylee erneut in Tränen ausbrach.

Nachdem Logan die Polizei verständigt hatte, begaben sie sich in die Wohnung von Liz. Rylee rollte sich auf dem Futon zusammen, zog sich eine Wolldecke über die Schultern und vergrub das Gesicht in ihren Händen. Dass die Polizisten ihre zerstörten Sachen durchwühlten, war genauso abstoßend wie das Ungeheuer, das ihr das alles angetan hatte.

Liz wusste nicht, wie sie ihre Freundin trösten sollte, und flatterte nervös herum. „Kann ich dir etwas bringen? Hast du Hunger? Oder willst du duschen? Du willst dich doch bestimmt waschen?"

Rylee schüttelte bei jeder Frage den Kopf. „Wir müssen Mr Sebastian anrufen. Er wird nicht wollen, dass ich ohne ihn mit der Polizei spreche."

Während sie sprach, schaute sie zu Logan hinüber und erwartete, dass er sofort aktiv werden würde. Aber er blieb seltsam still.

„Was ist?"

Er fuhr sich mit den Fingern durch die Haare. „Ich weiß nicht. Nichts wahrscheinlich."

Sie seufzte. „Willst du lieber, dass ich Karl anrufe?"

„Nein." Er nahm ihr Handy, suchte in ihrer Kontaktliste, trat hinaus auf den Flur und schloss die Tür leise hinter sich.

Als die Polizei eintraf, blieb sie bei Liz. Beim Gedanken an die Verwüstung in ihrer Wohnung brach sie wieder in Tränen aus. Liz legte den Arm um sie.

„Ich bin nur froh, dass du nicht zu Hause warst, als das passierte", sagte Rylee.

Es klopfte an der Tür und eine Frau mittleren Alters trat leise ein. Ihre kurzen, schwarzen Haare und ihr unvorteilhaft enger Hosenanzug verrieten, dass sie im Dienst war. Eine Polizeimarke baumelte von ihrem Hals. Sie stellte sich vor, aber Rylee konnte sich ihren Namen nicht merken. Sie erwartete, dass die Frau grob war, aber zu ihrer Überraschung sprach sie ruhig und einfühlsam mit ihr.

„Kommt Detective Campbell auch noch?", wollte Rylee wissen.

Als sie seinen Namen hörte, zog ein dünnes Lächeln

über die Lippen der Polizistin. „Er wird jeden Augenblick hier sein."

Rylee nickte und presste dann die Hände zusammen. „Verstehen Sie mich nicht falsch, aber ich habe meinen Anwalt angerufen, und ich möchte nichts sagen, solange er nicht da ist."

Die Frau nickte. „Unter den gegebenen Umständen kann ich das gut verstehen."

Nachdem sie fort war, hörte Rylee, wie sie draußen auf dem Flur einen anderen Polizisten zurechtwies.

„Weißt du was?", sagte die Polizistin. „Ich glaube nicht alles, was ich in der Zeitung lese oder im Fernsehen sehe. Ich schaue mir den Tatort an. Und solange mir der Tatort nichts anderes sagt, ist das Mädchen da drinnen ein Opfer."

Ein Hauch von Wärme durchzog Rylees Herz. Sie schaute Liz an. „Ich mag sie."

Logan erschien in der Tür und führte Grant Sebastian herein.

Aus der betroffenen Miene des Anwalts schloss sie, dass er schon in ihre Wohnung geschaut hatte. „Es tut mir so leid, Rylee. Geht es dir gut?"

Bevor er zu sprechen begann, hätte sie gewettet, dass sie keine Tränen mehr hatte. Aber die Quelle schien unerschöpflich zu sein.

„Entschuldigung", meinte sie und wischte sich die Augen. „Wer ist diese Polizistin?"

„Sheila Santos. Nate kann die Frau nicht ausstehen", entgegnete Logan.

Na, das macht sie doch gleich noch sympathischer, dachte Rylee.

„Du hast keine Aussage gemacht, nicht wahr?“, fragte Mr Sebastian.

Sie schüttelte den Kopf.

„Gut. Dann gehe ich jetzt hinaus und schaue, ob ich etwas in Erfahrung bringen kann. Wenn du mich brauchst, ich bin gleich vor der Tür.“

Er verließ die Wohnung und Logan folgte ihm. Einige Augenblicke später erhob sich auch Rylee.

„Wohin willst du denn?“, fragte Liz.

„Nach draußen.“ Aber an der Tür blieb sie zögernd stehen.

„Warum?“

„Weil mir gerade aufgefallen ist, dass ich Logan und Mr Sebastian alles für mich tun lasse.“

Liz lachte schluchzend. „Schätzchen, in den vergangenen vierundzwanzig Stunden wurdest du verhaftet, deine Wohnung wurde verwüstet, und du wurdest bedroht. Unter diesen Umständen, würde ich sagen, ist es okay, dich ein wenig verhätscheln zu lassen. Also setz dich wieder und versuche, dich zu beruhigen.“

Rylee erkannte, dass ihre Freundin nicht unrecht hatte, aber sie wollte dennoch nicht tatenlos zusehen. Also stellte sie sich an die Tür und lauschte, was draußen los war. Logan und Mr Sebastian unterhielten sich mit gedämpften Stimmen.

„Ich habe heute mit Ann Davidson gesprochen“, sagte Logan gerade. „Sie behauptet, dass sie das Bild, das ihr gestohlen wurde, ursprünglich von Ihnen bekommen hat. Dass Sie es für Flora Monroe verkauft haben.“

Rylee stockte der Atem. Sie schob den Vorhang

leicht vom Fenster zurück, um hinausschauen zu können.

„Das war eine vertrauliche Sache. Ich bin nicht befugt, darüber zu sprechen."

„Nun, ich habe Grund zu der Annahme, dass einige, vielleicht sogar alle Dinge, die Robin Hood gestohlen hat, ursprünglich der Familie Monroe gehörten."

Mr Sebastians Gesicht – von seinen Krähenfüßen bis zu seinem Kinn – sackte plötzlich zusammen. Sein Körper schwankte leicht, seine Hand klammerte sich an Logans Oberarm, um sich abzustützen. „Ist das Ihr Ernst?"

Logan nickte.

Die Stimme des alten Mannes war nicht viel lauter als ein Flüstern. „Welchen Anlass haben Sie zu dieser Annahme?"

„Ich bin nicht befugt, darüber zu sprechen."

Grant Sebastian baute sich zu seiner vollen Größe auf und betrachtete ihn mit einem durchbohrenden Blick. „Ich dachte, Sie stünden auf Rylees Seite."

Logan versteifte sich sichtlich. „Das tue ich auch."

„Dann muss ich Ihnen wohl nicht erzählen, wie nachteilig sich das, was Sie soeben gesagt haben, auf Rylees Fall auswirken könnte. Ihre Theorie würde der Polizei genau das geben, was ihr fehlt: ein plausibles Motiv. Das ist Ihnen doch hoffentlich klar?"

„Natürlich ist mir das klar."

„Wenn Sie auf Rylees Seite stehen, dann werden Sie das in Zukunft hoffentlich berücksichtigen. Wenn nicht, ist das zu Rylees Schaden. Für Sie ist es nur eine Story, aber für Rylee geht es um ihr Leben."

Sie entfernten sich weiter von der Tür, sodass Rylee sie nicht mehr verstehen konnte.

Die junge Frau schob die Tür zu und hielt sich mit der Hand am Türrahmen fest. Ihr Puls pochte in ihren Schläfen, und ihre Lunge zog sich zusammen, dass sie kaum Luft bekam.

Liz kam zu ihr. „Ist alles okay?"

„Ich weiß es nicht."

Sie haben es für Flora Monroe verkauft …

„Setz dich lieber hin. Du siehst aus wie … ach, vergiss es."

Einige, vielleicht sogar alle Dinge, die Robin Hood gestohlen hat, gehörten ursprünglich der Familie Monroe …

Sie lehnte den Kopf an die Tür. Es gab eine Verbindung zwischen den Dingen, die Robin Hood gestohlen hatte, und ihr? Wie? Und warum hatte Logan ihr nichts gesagt?

Für Sie ist es nur eine Story, aber für Rylee geht es um ihr Leben …

War es nur eine Story für ihn? Karl hatte sie immer wieder davor gewarnt. Aber sie hatte ihm nicht geglaubt. Sie hatte ihm nicht glauben *wollen*.

Aber Logan hatte sich seltsam verhalten, als sie Mr Sebastian hatte anrufen wollen, und als sie an diesem Abend in seinem Wagen saß, hatte er sie nach irgendeinem Hund gefragt. Butterscotch. Er wusste also etwas. Und er hielt es vor ihr geheim.

„Rylee, es ist mein Ernst." Liz zog sie am Handgelenk. „Du musst dich setzen. Ich hole ein Beruhigungsmittel. Ich schätze, dich holt jetzt alles ein."

„Ja." Sie ließ sich von Liz zum Futon zurückführen. „Wahrscheinlich hast du recht."

„Ich fahre jetzt, Liebes." Mr Sebastian zog einen Umschlag aus der Innentasche seiner Jacke und reichte ihn Rylee. „Jetzt, da Amelia und ich zurück sind, besteht kein Grund mehr, dass du dich weiter um Romeo kümmerst. Ich bin dir wirklich dankbar, dass du ihn versorgt hast, solange wir fort waren."

Sie legte den Umschlag auf Liz' Tisch. „Das habe ich gern gemacht. Er ist ein süßer Hund. Sie können mich jederzeit wieder anrufen, wenn Sie mich brauchen."

Die Tür wurde geöffnet. Sie hatte mit Logan gerechnet, aber der Erste, der eintrat, war Nate Campbell. Detective Santos folgte ihm dicht auf den Fersen, danach kam Logan. Das kleine Wohnzimmer war kaum groß genug für alle. Unbehaglich schauten sie sich an, unsicher, wer die Sache in die Hand nehmen sollte.

„Miss Monroe." Campbell musste sich räuspern, bevor er weitersprach. „Ich muss Sie um eine Handschriftenprobe bitten."

Logan warf die Hände in die Höhe. „Jetzt hör doch endlich auf, Nate. Bist du denn blind?"

Detective Santos lehnte mit verschränkten Armen im Türrahmen und genoss diesen Augenblick sichtlich.

„Meine Mandantin ist nicht verpflichtet, Ihnen irgendetwas zu geben", sagte Mr Sebastian. „Und unter diesen Umständen sieht das sehr nach Polizeischikane aus."

Campbell ignorierte die beiden und beugte sich so weit nach vorn, dass er mit Rylee auf Augenhöhe war. „Hören Sie zu. Es ist für Sie am besten, wenn Sie mit mir kooperieren."

„Detective …", begann Mr Sebastian.

Rylee hielt ihn zurück. „Ist schon gut. Ich würde Ihnen ein Tagebuch oder einen Brief oder irgendetwas anderes geben, aber es würde zu lang dauern, das Konfetti zusammenzukleben. Ich schreibe Ihnen einfach etwas auf, und Sie können es dann analysieren lassen."

Er reichte ihr seinen Notizblock und seinen Stift. Ohne zu zögern, beugte sie sich über den Block und schrieb.

Nach einem kurzen Blick auf den Satz, den sie geschrieben hatte, schlug Campbell den Notizblock zu und marschierte steif aus der Wohnung.

Bevor sie ihm folgte, drückte Detective Santos Rylee eine Karte in die Hand. „Falls Sie etwas brauchen, rufen Sie mich bitte an."

„Danke." Sie steckte die Karte in ihre Tasche.

Logan schaute den beiden nach und machte hinter ihnen die Tür zu. „Was hast du geschrieben?"

Zum ersten Mal, seit sie in ihrer Wohnung angekommen waren, lächelte sie. „Detective Campbell ist ein Idiot mit einer Polizeimarke."

Rylee duschte, dann nahm sie ein Vollbad, dann duschte sie erneut. Als sie fertig war, war ihre Haut ganz runzelig, aber sie fühlte sich sauber. Wunderbar, herrlich sauber.

Sie zog eine Jogginghose und ein T-Shirt von Liz an, rieb sich die Haare mit einem Handtuch trocken und stapfte dann ins Wohnzimmer. Liz war nirgends zu sehen. Sie war unterwegs, um etwas zu essen zu besorgen, aber vorher hatte sie darauf bestanden, dass Rylee so lange wie nötig bei ihr wohnte.

Logan war auf dem Futon eingeschlafen. Ihre Tasche lag auf dem Wohnzimmertisch.

Die junge Frau setzte sich auf die Tischkante und kramte darin nach ihrem Handy. Sie wählte die Nummer ihrer Mailbox, klemmte sich das Telefon zwischen Ohr und Schulter und begann, ihre Nägel sauber zu machen.

„Hier ist Doug Bostick. Ich kann Ihnen gar nicht sagen, wie schockiert und enttäuscht ich bin. Sie sind selbstverständlich aller Aufgaben in unserem Haus entbunden. Mit sofortiger Wirkung. Werfen Sie die Schlüssel bitte in den Briefkasten."

Piep.

„Hier ist Latisha … Ich weiß nicht, was ich sagen soll. Bitte … machen Sie sich nicht die Mühe wiederzukommen. Ich bin so … sprachlos. Ich kann nur …"

Piep.

„Rylee. Hier ist …"

Sie legte das Telefon auf ihren Schoß und ließ die Nachrichten ablaufen. Die Stimmen erkannte sie sogleich, auch wenn sie die Worte nicht richtig verstehen konnte. Aber das war nicht nötig. Sie wusste, was sie sagten.

Die junge Frau kramte in ihrer Tasche nach dem großen Bund mit den farbig markierten Schlüsseln.

Sie löste einen nach dem anderen heraus und warf sie auf den immer größer werdenden Haufen neben sich.

„Was machst du da?“

Sie blickte auf. Logan hatte sich aufgesetzt und schaute sie fragend an.

„Wonach sieht es denn aus?“

„Es sieht so aus, als würdest du weinen.“

„Wirklich?“ Sie berührte ihre Wange. „Dann weine ich wohl.“

Er erhob sich vom Bett und nahm ihr Handy, hörte eine Minute zu und stellte es dann stumm. „Du brauchst sie nicht.“

Oh doch. Sie brauchte sie alle, jetzt mehr als je zuvor. Sie wollte ihm das sagen, aber ihre Lippen zitterten zu sehr.

Er legte seine Hand auf ihre, um sie zu beruhigen. „Rylee.“

Sie blinzelte. Eine Träne tropfte auf seine Hand.

Sanft zog er sie an sich, bis sie den Schlüsselbund losließ.

„Ich liebe sie.“ Sie schaute ihn an. „Sie sind … sie sind meine Familie.“

„Die Tiere?“

Sie nickte. „Und sie lieben mich auch.“

Er zog sie näher an sich heran und nahm sie in die Arme.

Als sie nach einer Weile wieder ruhig atmete und der scharfe Tonfall der Nachrichten auf ihrer Mailbox nur noch ein dumpfer Schmerz war, trat sie einen Schritt zurück. „Ich habe dich vorhin vor der Tür gehört“, sagte sie. „Als du mit Mr Sebastian gesprochen hast. Du hast gesagt, die Dinge, die Robin Hood gestohlen hat, hätten meiner Familie gehört. Und dass Mr Sebastian für Nonie ein Bild verkauft hat. Was hatte das zu bedeuten?"

„Das weißt du nicht?"

Sie zuckte die Achseln. „Würde ich fragen, wenn ich es wüsste?"

„Wir müssen jetzt nicht darüber sprechen."

„Ich will aber darüber sprechen."

Er strich über ihre Arme. „Morgen, okay?"

„Verheimlichst du mir etwas, Logan?" Rylee strich sich mit den Fingern durch ihre feuchten Haare. „Das kannst du nicht. Verstehst du das? Wenn ich dir vertrauen soll – und ich muss dir vertrauen können –, dann musst du mir auch vertrauen. Du benimmst dich ... irgendwie anders. Seit ..." Ihre Lippen zitterten. „Seit ich verhaftet wurde."

Er fuhr sich mit den Handflächen über die Stirn und wünschte, er könnte dieses Gespräch beenden.

„Du musst es mir sagen."

Der Reporter seufzte. „Also gut. Warte hier. Ich bin gleich zurück."

Bevor sie etwas sagen konnte, sprintete er zur Tür. Sie hörte seine Schritte auf dem Korridor, dann vernahm sie in der Ferne Schritte auf der Treppe. Eine Autotür ging auf und wurde dann wieder zugeschlagen. Wieder Schritte auf der Treppe. Einen Moment später war er zurück.

In der Hand hielt Logan nun ein braunes, lederndes Fotoalbum.

Es war eines von Nonies Alben. Er setzte sich neben

sie und blätterte es durch. Dann reichte er ihr das Album und deutete mit dem Finger auf eine Stelle. Es war ein Foto von ihrem Urgroßvater, der ein Buch las.

„Ich verstehe nicht, was du meinst."

Er blätterte weiter und deutete auf ein Bild von ihrem Großonkel als Junge bei seiner Musikstunde.

Sie riss ihm das Album aus den Händen. „Was machst du überhaupt mit dem Album?"

„Schau es dir einfach an. Willst du mir sagen, dass du diese Bilder noch nie gesehen hast?"

„Natürlich habe ich sie schon gesehen." Übelkeit überkam sie. „Logan, hast du dieses Album aus Nonies Zimmer mitgenommen? Ich dachte, du wärst bei ihr gewesen, um ihr zu sagen, dass es mir gut geht."

Sein Gesicht wurde rot. „Das habe ich auch getan."

„Sie hätte dir nie erlaubt, dieses Album mitzunehmen."

„Nun ja … sie hat geschlafen. Ich wollte sie nicht stören." Er konnte ihr nicht in die Augen schauen.

Rylee schluckte. „Ich glaube dir nicht. Das ist für deine Story, nicht wahr? Es ging dir immer nur um deine Story. Das Essen in North of Broad. Der Besuch bei Nonie. Der Strand."

„Nein, Rylee, ich kann …"

„Ach, hör doch auf." Sie legte ihm die Hand auf den Mund. „Hör einfach auf und sag nichts mehr, okay? Du lügst mich nur weiter an, und das bricht mir das Herz. Also halt einfach den Mund. Und geh." Sie zog ihre Hand zurück. „Ich bin zu müde für das alles. Ich sage Dinge, die ich nicht sagen will. Geh einfach."

Er rührte sich nicht vom Fleck.

„Ich meine es ernst." Sie umklammerte das Album. „Du hast das Album einfach mitgenommen."

„Das musste ich tun, Rylee. Du hast mir keine andere Chance gelassen."

Sie starrte ihn an. Dieselben schokoladenbraunen Augen. Dieselben ungezähmten Haare. Dasselbe kantige Kinn. Aber es war, als würde sie ihn überhaupt nicht kennen.

„Geh einfach", flüsterte sie.

„Es tut mir leid, okay? Ich hätte es nicht mitnehmen sollen. Aber darum geht es nicht. Ich ..."

„Doch, genau darum geht es. Nur darum geht es. Du hast Nonie das Album gestohlen. Du hast es hinter meinem Rücken einfach mitgenommen. Als ich im Gefängnis war. Sitz also nicht da und sag mir, worum es geht. Du hast mich betrogen. Du und alle anderen."

Er versuchte, den Arm um sie zu legen.

Sie zog sich abwehrend von ihm zurück.

Ihre Vehemenz schien ihn zu schockieren und wachzurütteln. Glaubte er, er könnte sich aus der Sache herausreden? Wohl kaum.

„Es tut mir leid. Aber schau dir das Album an, okay? Alles ist da drinnen."

„Gute Nacht, Logan", sagte sie.

An der Tür versuchte er, noch etwas zu sagen, aber die Worte erstarben auf seinen Lippen. Er stieß die Tür auf. Sie folgte ihm, drückte sich das Album an die Brust und nahm sich fest vor, nicht zu weinen.

Liz begegnete Logan auf dem Flur. Die Tüte eines Fast-Food-Restaurants baumelte in ihrer Hand. Sie drehte sich halb um und sagte etwas zu ihm, als sie aneinander vorbeigingen. Aber Logan stapfte nur missmutig zur Treppe.

„Er geht?“, fragte Liz. „Ich habe genug für alle mitgebracht.“

Rylee schloss die Tür. „Ich habe keinen Hunger mehr.“

„Bist du sicher?“

Ohne zu antworten, durchquerte sie Liz’ Zimmer. „Ich lege mich ein paar Minuten hin.“

Liz runzelte die Stirn. „Okay, Liebes.“

Rylee schloss leise die Tür hinter sich und warf sich dann aufs Bett.

Sie vergrub ihr Gesicht in ihren Armen und dachte an die Verwüstung in der Wohnung nebenan. Aber dieses Chaos war nichts im Vergleich zum Tumult ihres Herzens.

Kapitel 25

Lacey sah aus wie eine Frau, die eine Entscheidung getroffen hatte und beabsichtigte, an ihr festzuhalten. Ihr Blick folgte Logan zum Stuhl. Sobald er sich hingesetzt hatte, reichte sie ihm einen Umschlag.

„Was ist das?"

„Deine Einladung."

Er zog eine Karte aus dem Umschlag. Irgendein Künstler, von dem er noch nie etwas gehört hatte, lud am Wochenende zu einem Empfang ein, der in einem protzigen Penthouse im *People's Building* stattfand. Die Einladung war auf seinen Namen ausgestellt. *Logan Woods und Begleitung.*

„Das verstehe ich nicht", sagte er.

„Dein neuer Auftrag. Ich habe beschlossen, dich von der Robin-Hood-Geschichte abzuziehen. Du lässt mir keine andere Wahl."

Er starrte sie an und konnte nicht glauben, dass sie das wirklich ernst meinte. Aber ihre stahlharte Haltung und ihr Blick sprachen Bände.

Er fuchtelte mit der Karte durch die Luft. „Das ist also meine Strafe?"

„Es liegt nicht mehr in meiner Hand, Logan. Ehrlich gesagt kannst du von Glück reden, dass du überhaupt noch einen Job hast. Es war nicht gerade leicht, dir diesen Auftrag zu beschaffen."

„Ach, so sieht das also aus, wenn du dich für mich einsetzt?"

Sie lächelte über seinen Sarkasmus. „Du bist jetzt sauer, aber irgendwann wirst du mir dankbar sein. Jetzt verschwinde. Und sorg dafür, dass das, was du über den Empfang schreibst, druckreif ist."

Draußen auf dem Gang begann er wieder zu atmen. Das war es also. Er wurde von der Robin-Hood-Story abgezogen. Gestern war er noch die Story gewesen. Jetzt ging Rylee nicht ans Telefon, wenn er anrief, und seine Zeitung dachte, er sei besser geeignet, Gesellschaftsklatsch zu schreiben.

Seth würde ausrasten. Aber tief in seinem Inneren war Logan erleichtert. Er betrachtete noch einmal nachdenklich die Einladung. *Logan Woods und Begleitung.* Er würde Rylee bitten, ihn zu begleiten. Trotz ihrer angespannten Beziehung und obwohl sie nicht auf seine Anrufe reagierte, würde er nicht aufgeben.

Das Album mitzunehmen war falsch gewesen. Das wusste er. Aber wenn sie sich die Fotos anschaute, würde sie ihn verstehen. Sie würde ihm vergeben. Das wollte er zumindest fest glauben.

Er war sicher, dass sie nicht wusste, wer der Einbrecher war. Vielleicht wusste sie nicht einmal, dass die gestohlenen Gegenstände ihrer Familie gehört hatten. Vielleicht wusste sie nicht, dass Grant Sebastian im

Haus ihrer Familie wohnte. Aber nein, das musste sie doch wissen.

Irgendwann würde sie ihm wieder so weit vertrauen, dass sie mit ihm sprechen würde. Es war dumm von ihm gewesen, nach allem, was sie durchgemacht hatte, gestern auf dieses Thema einzugehen. Eine schlechte Entscheidung. Eine sehr schlechte Entscheidung.

Laceys Tür ging auf. „Noch etwas."

„Ja?"

Sie warf einen Blick auf sein T-Shirt und seine ausgebleichte Kakihose. „Du musst mir versprechen, dass du beim Empfang nicht in dieser Kleidung aufkreuzt. Vergiss nicht, wen du dort repräsentierst."

Er versuchte, nicht zu lächeln, konnte es sich aber nicht ganz verkneifen. „Versprochen."

Seit Lacey ihn unter ihre modebewussten Fittiche genommen hatte, war Logan Stammkunde bei *Ben Silver* in der King Street. Obwohl er den Stil nicht ganz übernommen hatte – er hatte wenig übrig für Seersuckeranzüge und Fliegen –, hatte er so manches Monatsgehalt für Jacketts, Baumwollhemden und das eine oder andere Paar handgefertigter englischer Schuhe ausgegeben. Das Ergebnis hatte seine Mentorin nicht ganz zufriedengestellt. Wenn sie ihn in seinen tabakbraunen Wildlederschuhen und seinem karierten Leinenjackett mit einer ausgefransten Jeans sah, verdrehte sie die Augen und murmelte etwas vom bevorstehenden Weltuntergang.

Aber angesichts seines neuen Auftrags verlor er keine Zeit und fuhr zu *Ben Silver.* Kaum, dass er durch die Tür trat, nahm sich eine fürsorgliche Verkäuferin seiner an. Innerhalb von zehn Minuten hatte sie ein weißes Hemd, eine schwarze Seidenkrawatte und einen grauen Anzug ausgesucht. Dann zog sie ein leinenes Taschentuch aus einem Regal, faltete es und steckte es in die Jacketttasche, bis nur eine dünne, weiße Ecke herausschaute.

„Wie Cary Grant in ‚Der unsichtbare Dritte'“, sagte sie. „Perfekt.“

Logan schaute in den Spiegel und hoffte, sie hatte recht.

Sie reichte ihm eine schwarze Sonnenbrille. „Das fehlt noch.“

Er setzte sie auf und zwang sich, nicht auf das Preisschild zu schauen. Er würde die Brille nehmen, egal, was sie kostete.

Schließlich zog er wieder seine Straßenkleidung an und senkte dann die Stimme. „Ich bräuchte noch bei etwas anderem Ihre Hilfe, aber es könnte ein bisschen schwierig werden.“

Kurz danach trat er auf die Straße und hatte sich seine Einkaufstasche über die Schulter geworfen. Unter dem Arm trug er eine große, weiße Schachtel.

„Er ruft immer wieder an“, sagte Liz.

„Ich spreche mit ihm, wenn ich so weit bin.“

Mit Müllbeuteln bewaffnet, wappneten sie sich für die unausweichliche Aufräumaktion, um das, was von ihren Sachen übrig geblieben war, zu sortieren und das, was ganz geblieben oder nur leicht beschädigt war, von den völlig zerstörten Dingen zu trennen.

„Wir sollten eine Liste aufstellen", sagte Liz. „Für die Versicherung."

Rylee zwang sich zu einem Lachen. „Was für eine Versicherung?"

Sie verbrachten eine Stunde im Wohnzimmer. Liz hielt Dinge zur Begutachtung hoch und Rylee erklärte sie entweder für „gut" oder verdammte sie in den Müll. Meist Letzteres.

Zuerst war ihr bei jedem kaputten Bilderrahmen und zerstörten Gegenstand nach Weinen zumute, aber bald hatte sie eine Mauer um ihr Herz aufgebaut. Statt daran zu denken, wie sehr sie zum Beispiel ihr Fernsehgerät vermissen würde, erklärte sie entschieden, wie glücklich sie sei, dass sie das Ding los sei; sie hatte es schon längst weggeben wollen.

Sobald es jedoch um Dinge aus ihrer Kindheit ging, war es mit ihrem Optimismus vorbei. Bei den Watteinnereien und Fellstreifen, die von der Teddybärensammlung aus ihrer Schulzeit übrig geblieben waren, wurde ihr schwer ums Herz. Zu jedem Geburtstag, Weihnachten, Ostern und Valentinstag hatte Nonie ihr einen neuen Bären geschenkt. Kein Einziger war mehr heil.

Sie wiegte das Material, mit dem sie ausgestopft gewesen waren, in den Händen. „Wie krank muss jemand sein, der Teddybären zerstört?"

Liz kam mit Gummihandschuhen und einem Desinfektionsmittel in der Hand aus dem Schlafzimmer. „Ich muss zur Arbeit, Liebes. Machen wir für heute Schluss?"

Rylee schob die Reste der Teddybären in den Müllbeutel. „Nein, ich denke, ich mache noch eine Weile weiter."

Liz ging neben ihr in die Hocke. „Nein, Rylee. Ich will wirklich nicht, dass du hier ganz allein bist. Nicht nur, weil es gefährlich ist, sondern auch, weil du eine Pause brauchst. Jetzt komm mit. Wir müssen nicht alles an einem Tag schaffen."

Rylee schaute ihre Freundin an. Ihre langen, blonden Haare waren hochgesteckt, und die Enden standen in alle Richtungen ab.

„Denkst du, ich sollte mir die Haare wachsen lassen?"

Liz blinzelte. „Das wäre ein Neuanfang. Aber sie sehen kurz auch gut aus."

Rylee strich sich mit der Hand über den Nacken. „So machen sie eindeutig weniger Arbeit."

„Komm jetzt. Hören wir für heute auf. Außerdem dachte ich, du wolltest dich auf die Suche nach einer Arbeitsstelle machen."

Sie erschauderte. Aber was für eine andere Wahl blieb ihr? Bei so vielen Lücken in ihrem Terminkalender würde ihr das Geld sehr schnell ausgehen. Rechtlich stand ihr eine Kündigungsfrist zu, aber sie würde ihre ehemaligen Kunden bestimmt nicht anrufen und ihnen die Verträge vorlesen, die sie unterschrieben hatten.

Die Davidsons, die von allen den größten Schaden erlitten hatten, waren die Einzigen, die ihr nicht gekündigt hatten. Sie hatte also immer noch Toro.

Die junge Frau erhob sich mühan. „Ja. Okay."

„Du könntest jederzeit mit mir im ‚Queen Anne's

Revenge' arbeiten. Dort ist immer Platz für eine junge, fleißige Frau, weißt du?", bot Liz an.

Sie lächelte sie unverbindlich an. „Mal sehen."

Rylee ging in sechs verschiedene Geschäfte und gab ihre Bewerbungen ab. Fünf der sechs Personalchefs kannten ihren Namen aus den Nachrichten. Der sechste war vermutlich zu jedem grob, gleichgültig, ob er beschuldigt wurde, Häuser ausgeraubt zu haben, oder nicht.

Niemand suchte neue Mitarbeiter. Zumindest stellte niemand sie ein.

Sie gab es für heute auf, ging dorthin zurück, wo sie Daisy geparkt hatte, und holte Nonies Album vom Rücksitz. Rylee beschloss, einen Spaziergang zu machen, um wieder einen etwas klareren Kopf zu bekommen.

Dabei musste sie an ihre Zeit im Gefängnis denken. An diesen kurzen Moment, in dem sie auf den Berggipfel gestiegen war und zum ersten Mal gesehen hatte, was alles hinter ihr lag. Und die Möglichkeiten, die vor ihr lagen.

Nie hätte sie es für möglich gehalten, dass jemand ihre Wohnung verwüsten würde. Dass ihre Kunden sich so schnell von ihr distanzieren würden. Dass Logan sich nur wegen seiner Story für sie interessierte.

Ihre Kunden konnte sie irgendwie verstehen. Aber Logan?

Sie schluckte. Der Gedanke, dass alles, was er gesagt und getan und mit ihr unternommen hatte, nur von seinem Wunsch motiviert gewesen war, einen

Zeitungsartikel zu schreiben, riss die Wunden aus ihrer Vergangenheit wieder auf.

Und obwohl sie wusste, dass Gott bei ihr war, dass er sie nicht verlassen würde, dass er vertrauenswürdig war, wäre es trotzdem nett gewesen, Eltern zu haben, an die sie sich hätte wenden können. Sosehr sie Nonie auch liebte, es war einfach nicht das Gleiche.

Der Gedanke an ihre Eltern zog sie unweigerlich zum Marion Square. Sie hatte fast keine Erinnerungen an ihre Kindheit. Manchmal schloss sie die Augen, konzentrierte sich und versuchte, Bilder aus ihrer frühen Kindheit hervorzuholen, aber ihr Gedächtnis ließ sie im Stich. Selbst die Bilder in Nonies Fotoalben halfen nicht viel. Manchmal dachte sie, ihr Hirn funktioniere nicht richtig.

Aber am Marion Square spürte sie den Geist ihrer Eltern. Deshalb behandelte sie diesen Ort ein wenig wie heiligen Boden. Sie ging nie nur zur Entspannung dorthin. Sie suchte diesen Platz nur auf, wenn die Einsamkeit sie überkam, und wenn sie ihn wieder verließ, fühlte sie sich nicht mehr ganz so allein. Wenn sie sich diesem Platz näherte, erinnerte sie sich jedes Mal spürbar, wie sie mit ihrer Mama und ihrem Papa dort gewesen war und sie an jenem dämmrigen Abend ein Picknick gemacht hatten.

Wenn ihre Beziehung zu Logan besser verlaufen wäre, hätte sie ihn bestimmt irgendwann mit hierhergenommen und ihn vorher darauf vorbereitet, die Bedeutung dieses Platzes zu würdigen.

Aber jetzt sah es so aus, als würde das nie geschehen.

Als sie den Rasen erreichte, zog sie ihre Sandalen aus, verlangsamte ihre Schritte und genoss das Gefühl von Gras an ihren Zehen.

„Was für Eltern wärt ihr gewesen?“ Ihre Stimme wurde vom Wind davongetragen. Wie immer hatte dieser Platz eine beruhigende Wirkung auf sie. Sie mied die vielen Menschen in der Nähe des Springbrunnens. Stattdessen setzte sie sich in den Schatten einer alten Eiche und schaute zwei jungen Müttern zu, die ihre Kinder auf eine Decke setzen wollten. Diese kreischten. Sie waren ein wenig jünger, als Rylee damals gewesen war, als ihre Eltern mit ihr hier gewesen waren, als die Musik gespielt und der Rock ihrer Mutter im Wind geflattert hatte.

Jon und Stella. Nüchtern betrachtet, völlige Fremde für sie.

Rylee schlug das Album auf ihrem Schoß auf und blätterte es ziellos durch. Wenn Logan schon ein Fotoalbum stehlen musste, dann hätte er sich wenigstens ein neueres aussuchen können. Sie wollte ihre Eltern sehen, aber stattdessen sah sie Seite für Seite nur steife Monroes aus längst vergangenen Zeiten mit abnehmbaren Hemdkragen und gestärkten Spitzen. Darüber hatte er sich so ereifert? Sie verstand nicht, was daran so interessant sein sollte.

Beim ersten Bild, das er ihr gezeigt hatte, hielt sie inne. Ihr Urgroßvater, der in seiner Bibliothek saß und ein Buch las. Dann weiteten sich ihre Augen.

Hinter der Rückenlehne seines Stuhls grinste sie eine Bronzefigur an. Ein Reiter, der seine Hand in die Hüfte stemmte.

Die kleinen Härchen auf ihrem Unterarm stellten sich auf. Kein Wunder, dass ihr diese Figur so bekannt vorgekommen war. Sie hatte sie im Haus der Bosticks bemerkt und gedacht, das sei der Grund gewesen. Aber vielleicht war sie ihr nur deshalb aufgefallen, weil sie sie schon früher einmal gesehen hatte. Hier in Nonies Album, ohne dass ihr das wirklich klar gewesen war. Das Bild war in ihrem Unterbewusstsein hängen geblieben.

Aber das konnte nicht sein. Sie hatte dieses Bild bis jetzt nie wirklich wahrgenommen. Sie hatte kaum einen Blick in diese älteren Alben geworfen.

Hatte sie es schon früher gesehen? Als Kind?

Sie blätterte die Seite um und betrachtete jedes Bild genau. Bei einem anderen hielt sie wieder inne. Auf einem Sideboard in einem Flur stand eine kunstvolle Schatulle, die wie ein Sarg geformt und deren Seiten bemalt und mit römischen Kreuzblumen verziert waren. Konnte das Karls Schmuckschatulle sein?

Rylee schüttelte den Kopf. Er hatte gesagt, die Schatulle sei seit Jahren Eigentum seiner Familie. Einige Seiten weiter fand sie das andere Bild, auf das Logan sie hingewiesen hatte. Ein Uronkel als Kind, das Geige spielte. War das wohl Mr Ormsbys Geige?

Das hatte Logan gemeint. Das war die Verbindung zwischen den Robin-Hood-Einbrüchen und ihr.

Wenn sie nach „Bishop Gadsden“ fuhr und die anderen Alben durchblätterte, würde sie auf den Fotos wahrscheinlich irgendwo auch die Bronzeuhr aus dem 19. Jahrhundert, das Charles-Fraser-Gemälde und die schwarze viktorianische Brosche finden.

Die junge Frau hob den Kopf und blinzelte mit zusammengekniffenen Augen in die Sonne. Kein Wunder, dass er sich so seltsam verhalten hatte. Er hatte gefragt, ob sie die Alben gesehen hatte, und sie hatte bejaht. Als er den Zusammenhang entdeckt hatte, musste er logischerweise annehmen, dass sie es bereits wusste.

Schließlich klappte sie das Album zu und stand auf. Sie hatte den Tag damit verbracht, vergeblich nach Arbeit zu suchen. Aber das war jetzt vorbei. Jetzt brauchte sie erst einmal Antworten.

Als er dieses Mal versuchte, Rylee telefonisch zu erreichen, meldete sie sich.

„Geht es dir gut?", fragte er.

„Alles okay."

„Hör zu, Rylee, wegen gestern: Es tut mir leid, dass ich dich mit dem ganzen Zeug überrumpelt habe. Das war das Letzte, was du brauchtest …"

„Logan …"

„Was?"

„Ich habe mir das Album angeschaut."

„Ja, das Album", seufzte er. „Das war falsch von mir. Ich wusste, dass ich es nicht hätte mitnehmen dürfen, aber ich habe es trotzdem getan. Das tut mir ehrlich leid. Ich hätte dich vorher fragen sollen …"

„Ich habe es angeschaut."

Logan schwieg einen Moment. „Und?"

„Ich habe gesehen … Ich weiß nicht, was ich sagen soll."

Er schob seinen Stuhl zurück und stand auf, aber

das Telefonkabel hielt ihn an seinem Schreibtisch fest. „Hör zu, ich will darüber nicht am Telefon sprechen. Wo bist du? Ich komme zu dir. Ich muss dich sowieso um einen Gefallen bitten."

„Welchen Gefallen?"

„Nicht am Telefon", wiederholte er. „Kann ich dich irgendwo abholen?"

Schweigen. Er strengte seine Ohren an, um irgendwelche Hintergrundgeräusche zu hören, und versuchte herauszufinden, wo sie war. Er hörte nichts als das Summen stiller Luft.

„Bist du noch dran?"

Sie räusperte sich. „Ich bin bei Nonie. Sie schläft gerade. Ich habe ein Bild von ihr als Jugendliche auf meinem Schoß. Sie hat eine schwarze Brosche angesteckt, Logan. Eine Onyxbrosche. Ich bin mir nicht sicher, aber …"

„Warte auf mich. Ich bin schon unterwegs."

„Nein."

Der Reporter setzte sich langsam wieder auf seinen Stuhl. „Nein?"

„Entschuldige. Ich wollte nicht so schroff klingen. Ich versuche bloß, das alles irgendwie zu verarbeiten. Ich habe den ganzen Vormittag in meiner Wohnung aufgeräumt und mich nach einer neuen Stelle umgesehen, und heute Nachmittag habe ich diese Bilder angeschaut. Und ich …" Sie atmete tief ein. „Ich muss immer noch meinen Kunden ihre Schlüssel zurückbringen."

„Lass mich das machen."

„Nein. Ich habe nichts Unrechtes getan. Und

deshalb werde ich mich nicht mit eingezogenem Schwanz in der Ecke verkriechen."

Er lächelte. Sie sprach sogar in Bildern aus der Hundewelt. „Dann lass mich wenigstens mitkommen."

„Nein. Ich muss das allein machen. Ich … ich will das selbst machen. Und heute Abend werde ich mit Toro ausgiebig spazieren gehen. Wenigstens habe ich ihn noch."

„Okay", sagte er. „Aber ich will dich sehen. Ich habe etwas für dich."

Nachdem sie aufgelegt hatten, starrte er eine E-Mail von Seth an, in der dieser ihn aufforderte, ihn über den aktuellen Stand zu informieren.

Sein Telefon klingelte. Er ging schnell dran.

„Schatz, hier ist deine Mutter. Ich schaue gerade die Nachrichten. Es sieht so aus, als sei die junge Frau, von der du deinem Vater erzählt hast, aus dem Gefängnis freigelassen worden."

„Ja." Er hätte schon früher daran denken sollen, sie anzurufen. Logan warf einen Blick auf seine Uhr. „Wie wär's, wenn ich zum Essen komme und euch alles erzähle?"

„Ich freue mich auf dich."

Nach dem Essen erhob sich sein Vater vom Tisch und führte Logan durch die Schiebetüren in den Garten hinter dem Haus. Die Grillen zirpten so laut, dass sie seine Gedanken übertönten. Er fragte sich, wie er hier hatte aufwachsen können, ohne sie wirklich zu hören. Vielleicht hatte sein Hirn die vertrauten Geräusche ausgeblendet. Jetzt gelang ihm dies nicht.

„Du hast uns da einen ziemlich schwer verdaulichen Brocken gegeben“, sagte sein Vater. „Ich würde lügen, wenn ich sagen würde, dass ich mir in Bezug auf dieses Mädchen keine Sorgen mache.“

Logan starrte auf sein Glas Eistee hinab.

„Aber wenn es dir mit ihr ernst ist …“ Sein Vater warf ihm einen Blick von der Seite zu. „Und dir ist es ernst mit ihr, nicht wahr, mein Junge?“

Er zögerte nicht. „Ja, sehr ernst.“

Sein Vater nickte. Sie gingen zur Feuerstelle hinüber, einem der jüngsten Renovierungsprojekte seines Vaters. Logan setzte sich auf die Steinmauer, die um die Feuerstelle herum gebaut war, während sein Vater zu den leuchtenden Sternen am Himmel hinaufschaute. Eine Weile herrschte behagliches Schweigen zwischen ihnen.

Doch Logan spürte die Unruhe seines Vaters. Durch das Küchenfenster konnte er sehen, wie seine Mutter den Tisch abräumte. Ihre Bewegungen waren zielstrebig und energiegeladen. Er konnte es nicht mit Bestimmtheit sagen, aber er bildete sich ein, dass sich ihre Lippen bewegten. Führte sie Selbstgespräche oder betete sie?

„Und was ist mit Mama?“, fragte er.

„Sie würde das Mädchen gern kennenlernen. Das würden wir beide gern. Und sie macht sich natürlich Sorgen, dass dir die Sache über den Kopf wächst“, entgegnete sein Vater nachdenklich.

Logan betrachtete das Eis in seinem Glas. „Glaubst du das auch?“

„Die Tage, in denen ich dir einfach sagen konnte,

was du tun sollst, sind lange vorbei. Aber ich vertraue darauf, dass du das Richtige tust, mein Junge. Egal, wofür du dich entscheidest, du weißt hoffentlich, dass wir immer hinter dir stehen. Aber sei bitte vorsichtig, hörst du?“

„Ja.“

Als sie wieder ins Haus gingen, stand seine Mutter mit einem Geschirrtuch in der Hand in der Küche. „Ich wollte dir sagen, wie schön es war, dich wieder in der Kirche zu sehen, Logan. Und ich hatte den Eindruck, dass dir die Predigt gefallen und dass es dir gutgetan hat, alle deine Freunde wiederzusehen.“

„Ja. Pastor Andersons Predigten fordern mich immer heraus. Aber ich habe danach vor allem deshalb mit den Leuten gesprochen, weil ich Rylee Aufträge beschaffen wollte. Seit in den Nachrichten über sie berichtet wurde, haben ihre Kunden sie fast alle fallen gelassen. Sie muss den Pflegeplatz ihrer Großmutter finanzieren, und ich weiß, dass sie knapp bei Kasse ist. Deshalb habe ich mich umgehört, ob irgendjemand einen Hundesitter sucht oder jemanden braucht, der sein Haustier betreut.“

Mama warf einen kurzen Blick zu seinem Vater und wischte sich dann eine Haarsträhne aus dem Gesicht. „Und du bist sicher, hmm, dass sie vertrauenswürdig ist?“

Er beugte sich zu ihr hinüber und gab ihr einen Kuss auf die Wange. „Ich bin sicher. Mach dir keine Sorgen, Mama. Sie ist ein tolles Mädchen. Du wirst sie lieben.“

Er parkte in der *South Battery* und ging zu dem Denkmal, bei dem er Rylee das erste Mal gesehen hatte. Es war wohl ungefähr die richtige Uhrzeit, denn er ging davon aus, dass sie ihren Terminplan trotz des plötzlichen Ausfalls ihrer anderen Kunden nicht geändert hatte. Er legte die weiße Schachtel von *Ben Silver* auf eine Bank, dann wartete er.

Ein Liebespaar schlenderte Arm in Arm an ihm vorbei und bemerkte ihn überhaupt nicht. Einige Zeit später torkelte eine Gruppe Männer in Hawaiihemden und Strohhüten vorbei und ließ eine Zigarrenrauchwolke hinter sich zurück. Er schaute wieder auf seine Uhr und befürchtete schon, dass er vergeblich gekommen war.

Aber als er kurz danach das Geräusch von Inlinern auf dem unebenen Pflaster vernahm, wurde er hellhörig.

Logan drehte sich um, als sie im Licht auftauchte und der große Hund an der Leine vor ihr herlief. Ihr Baumwollkleid flatterte im Wind und eröffnete ihm einen Blick auf ihre trainierten Beine. Sie hatte die Ohrstecker in den Ohren und schien ihn nicht zu bemerken. Als sie näher kamen, erwartete er, dass sie an ihm vorbeilaufen würde. In letzter Minute zog sie an der Leine und drehte dann einen Halbkreis, bevor sie vor ihm stehen blieb.

„Ich hätte nicht übel Lust, meinen Hund auf dich zu hetzen. Einfach um der alten Zeiten willen", begrüßte sie ihn.

„Und ich hätte nicht übel Lust, auf das Denkmal zu springen."

Sie schob ihre Unterlippe vor. Am liebsten hätte er sie geküsst. Aber das wäre nicht der passende Schritt, um das Eis zwischen ihnen zu brechen.

„Wartest du schon lange?"

„Ich hätte auch die ganze Nacht gewartet, wenn es sein müsste. Wie ich schon sagte, ich habe etwas für dich." Er beugte sich zur Seite, öffnete die weiße Schachtel und drehte sie so, dass Rylee den Inhalt sehen konnte.

Mit großen Augen rollte sie ein Stück vor, drückte die Hände zusammen und legte die Fingerspitzen an ihre Lippen. „Was ist das?"

„Wonach sieht es denn aus?"

„Sieht aus wie ein Kleid. Wofür ist es?"

„Dieses Wochenende gehe ich zu einem Empfang. Ich muss eine Begleitung mitbringen."

Sie wickelte die Hundeleine um die Armlehne der Bank, dann beugte sie sich über die Schachtel und betrachtete den Inhalt genauer. Sie strich mit der Hand über die grüne Seide und zog sie dann zurück. „Das ist für mich?"

„Für wen sonst?"

Rylee verzog skeptisch den Mund. „Woher weißt du denn meine Größe?"

Logan lächelte. „Ich dachte, ich könnte dich einfach beschreiben." Er zeichnete mit beiden Händen eine Sanduhr in die Luft. „Aber das funktionierte nicht besonders gut. Deshalb habe ich Liz angerufen und sie hat mir deine Größe verraten. Ich hoffe, es gefällt dir."

Sie verbarg die Hände unter ihren Achseln, als habe

sie Angst, es zu berühren. „Mir hat noch nie jemand ein Kleid geschenkt."

„Ich habe auch noch nie jemandem ein Kleid geschenkt. Gefällt es dir?"

Die junge Frau richtete ihre großen Augen auf ihn und sah ihn nur schweigend an.

Er hielt ihr die Schachtel hin. „Schau es dir an."

Nach einigen Sekunden zog sie es schließlich heraus, schüttelte den Stoff vorsichtig auf und drückte ihn vorsichtig an sich. Sie hielt es an sich und versuchte, sich vorzustellen, wie es ihr stehen würde. Die Seide schimmerte im schwachen Laternenlicht und bewegte sich leicht im Wind.

„Und, was meinst du?", fragte er.

Sie rollte mit einem Lächeln auf den Lippen zu ihm hin. „Ich meine, dass wir beide auf eine Party gehen."

Kapitel 26

Statt der üblichen roten wählte er ein Dutzend rosafarbene Rosen, deren Blütenblätter so zerbrechlich wirkten wie handbemaltes Porzellan. Der Duft erfüllte das Auto und machte ihn leicht benommen.

Als er klopfte, öffnete Liz die Tür. „Sieh dich nur an. So elegant. Und du hast Blumen mitgebracht. Sie sind wunderschön!"

Sie drehte sich zur Schlafzimmertür um und rief: „Rylee? Logan ist da."

Liz trat einen Schritt zur Seite und ließ ihn eintreten. Außerdem gewährte sie ihm einen Blick auf ihre berüchtigte Arbeitsbekleidung in der Piratenbar. Diese bestand aus einem kurzen, eng anliegenden Rock und einem hautengen Oberteil. Außerdem trug sie kniehohe Stiefel mit hohen Absätzen und jeder Menge Bändern.

Sie setzte sich auf den Futon und begann, die Bänder zuzuschnüren. „Das Kleid, das du ihr gekauft hast, passt perfekt. Sie war so entmutigt, weil niemand sie einstellen wollte, aber jetzt schwebt sie auf Wolke sieben."

Er warf einen Blick zur geschlossenen Schlafzimmertür und fragte sich, ob Rylee Liz' Rufen gehört hatte.

„Ich habe meinem Chef von ihr erzählt", berichtete Liz. „Er hat gesagt, dass er sie sofort einstellen würde. Er hat immer Bedarf an jungen, hübschen Mädels."

Logan betrachtete ihr Outfit. *Nur über meine Leiche.*

Die Schlafzimmertür ging auf und Rylee schwebte regelrecht auf ihn zu. Ihre Lippen glänzten, ihre Haare schimmerten schwarz. Das grüne Seidenkleid schmiegte sich an ihren Körper. Über dem Rock schwebte eine Lage zarter Gaze und schimmerte bei jeder ihrer Bewegungen. Sie hatte die Schärpe auf eine Seite gezogen und ließ die Enden wie einen Wasserfall nach unten hängen.

„Du hast mir Rosen mitgebracht?"

„Ich hoffe, sie gefallen dir."

Sie nahm die Blumen mit einem heiteren Lächeln und atmete den Duft ein. „Ich liebe sie. Danke, Logan."

„Du siehst toll aus."

Rylee hielt die Blumen zur Seite und drehte sich für ihn im Kreis. „Gefalle ich dir?"

Du hast ja keine Ahnung, wie sehr. Er nickte.

„Ich stelle die Blumen ins Wasser", bot Liz an, nahm sie Rylee ab und drückte ihr stattdessen eine Handtasche in die Hand. „Los, verzieht euch!" Sie grinste.

Rylee zog eine Rose aus dem Strauß und drückte dann ihre Wange an die von Liz. „Danke für alles."

„Es hat Spaß gemacht. Ich spiele gern Schönheitssalon."

Logan öffnete die Tür, wartete, bis Rylee hinausgegangen war, und drehte sich dann zu Liz um.

„Danke für deine Hilfe bei dem Kleid“, sagte er und hielt den Daumen anerkennend hoch.

„Danke für deine Hilfe bei meiner Freundin.“

Ihre ersten Minuten in dem vornehmen Haus übertrafen all ihre Erwartungen. Zwei Stockwerke, die über eine breite Treppe miteinander verbunden waren, eine Fensterfront mit Blick auf den Hafen in der Abenddämmerung, glitzernde Kleider und Parfümwolken, höfliche Küsse und dezentes Lachen.

Eine Musikkapelle mit Livemusik hätte sie nicht überrascht, aber stattdessen kam die Musik von einem Discjockey an einer eigens für ihn eingerichteten Bar. Er legte die gleiche laute Technomusik auf, die man in den Designerboutiquen in der King Street hörte.

Begrüßt wurden sie von der Gastgeberin höchstpersönlich. Diese hatte ein faltenloses Gesicht, das von einem ausgezeichneten Gesichtschirurgen zeugte, und sah mit ihren über fünfzig Jahren aus wie eine Porzellanpuppe Anfang dreißig, mit klimpernden Augen und einem starren Lächeln. „Jeder Freund von Lacey ist mir herzlich willkommen“, sagte sie und tätschelte Logan mit einer Hand, die im auffallenden Gegensatz zu ihrem Gesicht von vortretenden Adern durchzogen war.

Rylee lächelte und war erleichtert, dass die Frau sie nicht aus den Nachrichten erkannte.

Während sie sich zwischen den anderen Gästen bewegte, fühlte sie sich wie Aschenputtel im schönsten

Ballkleid. Hoffentlich würde auch sonst niemand sie erkennen. Sie klammerte sich fester an Logans Arm.

Die beiden unterhielten sich trotz der lauten Musik, verstanden nur die Hälfte von dem, was gesagt wurde, nickten aber zu allem und bahnten sich ihren Weg weiter in Richtung der Fenster, um den Blick besser genießen zu können.

„Das ist ja unglaublich", sagte Rylee, als sie dort angekommen waren.

Er beugte sich näher zu ihr und hielt sich eine Hand als Trichter ans Ohr. „Ich habe gesagt, das ist ja unglaublich."

„Es ist komisch, wenn man sein ganzes Leben lang hier wohnt und dann das Gefühl hat, man sähe die Stadt zum ersten Mal." Sie drückte seine Hand, um ihm zu zeigen, dass sie ihm recht gab.

Er beugte sich zu ihrem Ohr hinab. „Amüsierst du dich?"

Sie nickte. „Ja."

„Okay, dann sage ich dir jetzt etwas." Er legte die Hand auf ihren Rücken und streichelte sie sanft. „Wenn das alles vorbei ist und wir wieder frei durchatmen können, gehe ich mit dir zu vielen Partys. Aber nicht, weil ich von meiner Chefin hingeschickt werde."

Sie lächelte. „Ich wäre vorsichtig, ich könnte dich nämlich beim Wort nehmen."

Zigarrenrauch stieg ihr in die Nase. Sie warf einen Blick hinter sich. „Logan, guck mal."

Er drehte sich um. Eine Gruppe Männer hatte sich zusammengerottet, jeder in einem Smoking und mit einem Whiskeyglas in der Hand. Unter ihnen befand sich Marcel Gibbon.

„Was macht der denn hier?“, fragte Logan.

Gibbon blickte auf und schaute Logan mit zusammengekniffenen Augen an, dann wanderte sein Blick zu Rylee, die er lüstern begutachtete.

Sie strich mit der Hand über ihr Kleid und tat so, als hätte sie ihn nicht bemerkt.

Nun klopfte Gibbon dem Mann neben sich auf die Schulter, dann kam er mit einer Zigarre und einem Whiskeyglas in seiner rechten Hand zu ihnen herübergeschlendert.

„Du darfst hier drinnen rauchen?“, fragte Logan.

Sein Gegenüber antwortete ihm nicht. „Oh, Miss Monroe, es ist mir immer wieder ein Vergnügen, Sie zu sehen.“ Er blieb direkt vor ihr stehen und ließ einen anzüglichen Blick an ihr hinabgleiten.

Finster und desinteressiert gab sie den Blick zurück.

Logan nahm sie an der Hand und zog sie hinter sich. „Du hast uns neulich Abend versetzt. Ich würde gerne wissen, warum. Ich nehme an, es gab einen Grund, warum du wolltest, dass wir um diese Zeit in den Park kommen?“

Gibbon steckte sich die Zigarre in den Mund und eine gewisse Befriedigung funkelte aus seinen Augen. Er genoss die Wirkung, die er auf sie hatte, und den Beschützerinstinkt, den er bei Logan auslöste. „Ich würde wirklich gern mit dir plaudern, aber ich habe im Laufe der Jahre gelernt, vorsichtig zu sein. Mit anderen Worten, ich lasse mich nicht aushorchen. Woher soll ich wissen, dass du keine Wanze an dir trägst?“

„Willst du nachsehen?“ Logan begann, sein Jackett aufzuknöpfen.

Gibbon richtete seine ganze Aufmerksamkeit auf Rylee. „Wie ist es mit Ihnen, Miss Monroe?“

Logan schaute ihn finster an. „Wir haben keine Wanzen bei uns, und das weißt du genau.“

„Vielleicht nicht, aber du schreibst ein Buch.“

„Stimmt. Und du musst dich entscheiden, ob du ein Guter oder ein Böser darin sein willst.“

„Einer der Bösen natürlich.“

„Einer der Bösen, die die Leute lieben, oder einer, den sie hassen? Oder einer, den sie von ganzem Herzen hassen?“

Gibbon bedachte ihn mit einem nachsichtigen Lächeln. „Wenn du glaubst, ich würde dir alles erzählen, nur damit ich in deinem Buch gut wegkomme, dann überschätzt du dich ein wenig, mein Freund.“

„Du hast mir gesagt, wenn ich die Verbindung zwischen den Gegenständen herstelle, die Robin Hood stiehlt, würde ich den Täter finden. Ich habe die Verbindung gefunden. Die Sachen gehörten alle Jon Monroe und wurden von Grant Sebastian verkauft.“

Rylee warf Logan einen scharfen Blick zu.

Mit einem Kopfnicken drehte Gibbon das Whiskeyglas in seiner Hand und ließ die Eiswürfel an den Glasrand klirren. „Ah. Du kommst der Sache schon näher, wie ich sehe.“

„Grant Sebastian wohnt außerdem im Haus der Monroes.“

Rylee atmete hörbar ein. Logan drückte beruhigend ihre Hand.

Gibbon bedachte ihn mit einem grüblerischen Blick. „So, so. Ich bin beeindruckt."

„Aber ich kann mich des Eindrucks nicht erwehren, dass du in die Sache verwickelt bist. Zuerst setzt du dich für George ein. Dann machst du mit mir dieses fingierte Treffen aus ..."

„Fingiert?" Gibbon lächelte. „Ich hätte unsere Verabredung eingehalten, Logan, wenn du allein gekommen wärst."

„Du hast mir gesagt, dass ich sie mitbringen soll."

Gibbon schaute Rylee an. „Ich spreche nicht von ihr."

„Würdest du mich dann bitte aufklären, was du meinst?"

Er zog an seiner Zigarre und schaute Logan mit einem durchdringenden Blick an, den Rylee lieber nicht deuten wollte.

Logan wich zurück. „Willst du damit sagen, dass uns jemand gefolgt ist?"

„Ich will gar nichts sagen." Sein Gegenüber wandte sich zum Gehen und blieb dann noch einmal stehen. „Übrigens bin ich am liebsten einer der Bösen, die die Leute von ganzem Herzen hassen."

Er stieg die Treppe hinauf, schlenderte am Ehrengast der Party vorbei, der missmutig in sein Champagnerglas starrte und so aussah, als wäre er lieber irgendwo anders, nur nicht auf einer Party der Charlestoner Gesellschaft. Im ersten Stock tauchte Gibbon dann in der Menge unter.

„Wie hast du das gemeint, dass Mr Sebastian in unserem Haus wohnt?", fragte Rylee. „Du kannst doch nicht das Haus in der East Battery meinen. Das Haus, in dem er wohnt, solange ich denken kann. Das Haus, in dem ich die ganze Zeit, als ich mich um Romeo gekümmert habe, aus- und einging. War das unser Haus, Logan? Das Haus, in dem ich geboren wurde?"

„Logan?" Die Kuratorin des Gibbes-Museums trat mit einem Lächeln auf sie zu. Ihre braunen Haare hüpften attraktiv um ihre Schultern. „Hast du dich entschieden, die Kriminalreportagen an den Nagel zu hängen und dich lieber auf Kunst und Feuilleton zu konzentrieren?"

„Angela. Schön, dich wiederzusehen." Logan stellte Rylee der jungen, brünetten Frau vor, die ihm einen Schnellkurs über Charles Fraser gegeben hatte.

Sie verbrachten die nächste Stunde damit, sich unter die Leute zu mischen und Stimmen für den Artikel einzufangen, den Logan schreiben musste. Rylee lächelte und nickte, dachte aber an nichts anderes als an Logans Worte zu Gibbon, die ständig in ihrem Kopf widerhallten.

Immer wieder sah sie sich in der Menge nach Marcel um, aber der Mann war wie vom Erdboden verschwunden.

Als sie sich schließlich von ihren Verpflichtungen befreit hatten, zog sie Logan in eine stille Ecke. „Ich will wissen, was los ist."

Er gab ihr einen schnellen Kuss, aber sein Gesicht war von Sorgenfalten durchzogen. „Verschwinden wir von hier, dann erkläre ich dir alles."

Als sie draußen in der warmen Sommernacht

waren, führte er sie den Gehweg hinab und warf ihr immer wieder Seitenblicke zu.

Was erwartete er von ihr? Dass sie zusammenbrach und weinte, den Mond anheulte und gestand, dass sie nicht mehr wusste, wem sie noch vertrauen konnte?

Sie verlangsamte ihre Schritte zunehmend, bis sie fast stehen blieben.

„Ist mit dir alles okay?“, fragte er.

Rylee atmete die schwüle Nachtluft ein. „Hat Mr Sebastian etwas mit Robin Hood zu tun?“

Er blieb stehen, zog sie an sich heran und hielt sie fest.

„Logan?“ Fast schrie sie.

Seine Hand berührte ihren Nacken, ihren Hinterkopf und drückte sie beschützend an sich.

Wie viel Zeit war vergangen? Sie wusste es nicht. Als sie sich von ihm zurückzog, war sein Jackett nass.

Sie gingen zu seinem Auto. Sie gingen Hand in Hand und ihre Körper bewegten sich im selben Takt. Rylee konnte richtig fühlen, wie er nachdachte und nach den richtigen Worten suchte. Statt ihre Autotür zu öffnen, lehnte er sich an die Motorhaube und zog sie an sich.

„Was weißt du?“, fragte er.

„Dass die Reiterfigur und möglicherweise auch die Geige, die Onyxbrosche und vielleicht sogar die Schmuckschatulle auf alten Fotos in Nonies Fotoalben abgebildet sind“, entgegnete sie.

„Die Schmuckschatulle auch? Bist du sicher?“

„Ich weiß überhaupt nichts mehr mit Gewissheit.

Aber das Album liegt noch im Kofferraum. Ich kann es dir zeigen."

Er hob ihre Hände an seinen Mund und küsste ihre Fingerknöchel. „Wusstest du, dass Grant Sebastian die Haushaltsauflösung für deine Großmutter durchgeführt hat, nachdem deine Eltern … nicht mehr da waren?"

„Ja. Aber ich wusste nicht, dass er heute in unserem Haus wohnt. Nonie hat nie ein Wort darüber verloren. Vielleicht wollte sie warten, bis ich älter bin, und als ich dann alt genug war, konnte sie nicht mehr klar denken. Aber wenn sie überhaupt über die Vergangenheit spricht, dann immer nur über ihre Kindheit, nicht über die Zeit, als ich noch in Kind war."

Die Party begann, sich aufzulösen. Die Gäste strömten an ihnen vorbei, ohne sie jedoch zu beachten.

Sie drückte sich ihre Hand an die Stirn. „Du denkst doch nicht, dass Mr Sebastian in diese Sache verwickelt ist? Er war nicht einmal in Charleston."

„Er muss etwas damit zu tun haben, Rylee."

„Aber er war immer nur gut zu mir, Logan. Er hat sich um mich gekümmert, als niemand sonst für mich da war."

Logan schwieg nachdenklich.

Sie fuhr mit der Hand über ihren Bauch und ihre Hüften und hörte nicht auf, den schimmernden Seidenstoff glatt zu streichen. „Glaubst du, mein Vater hat ebenfalls damit zu tun?"

Er zog den Kopf zurück. „Dein Vater? Keine Ahnung. Auf diesen Gedanken war ich bis jetzt nicht gekommen."

Sie nickte. „Logan, Marcel hat dein Buch erwähnt. Aus seinem Mund klang es so, als ginge es um die Robin-Hood-Einbrüche. Ich dachte, dein Buch sei bereits fertig. Und es ginge darin um frühere Verbrechen und du wärst nur damit beschäftigt, einen Verlag zu finden, der es herausbringt."

Er streichelte ihre Haare und rieb die kurzen Enden zwischen seinen Fingern. „Die Robin-Hood-Einbrüche spielen eine Rolle in meinem Buch." Sein Blick wanderte zu ihren Augen. „Eine ziemlich große Rolle sogar."

„Und ich?", fragte sie und hielt den Atem an. „Spiele ich eine Rolle in deinem Buch?"

„Nein. Nein, du kommst darin nicht vor."

„Aber ich wurde angeklagt, der Robin-Hood-Einbrecher zu sein. Alles, was gestohlen wurde, gehörte früher meiner Familie. Wie kannst du mich aus der Geschichte heraushalten?"

Sein Adamsapfel hüpfte. „Das weiß ich noch nicht genau."

„Verstehe." Sie trat einen Schritt zurück.

„Rylee …"

„Ich glaube, ich möchte jetzt nach Hause."

Er stieß sich vom Auto ab und hielt ihr die Tür auf. Da bemerkte er, dass ein brauner Umschlag unter dem Scheibenwischerblatt auf der Beifahrerseite steckte.

„Was ist das?", fragte sie und deutete darauf.

„Keine Ahnung." Er zog den oberen Teil der Papiere heraus und versuchte, im gelblichen Licht der Straßenlaterne etwas zu lesen. „Das sieht nach ein paar Hintergrundinformationen aus. Vielleicht von dieser

Kuratorin oder so. Ich schaue es mir später genauer an, wenn ich mehr Licht habe."

Er warf den Umschlag auf den Rücksitz, machte ihre Tür zu und ging dann auf seine Seite herum. Als sie ihren Sicherheitsgurt angelegt hatte, nahm er ihre Hände in seine und schaute sie mit ernstem und aufrichtigem Blick an. „Geh nicht wieder zu Liz. Lass mich dich zu meinen Eltern bringen. Sie würden sich freuen, wenn du bei ihnen wohnst."

Sie schüttelte den Kopf. „Ich kann mir immer noch alles bis auf meine Zahnbürste von Liz leihen. Und ich habe deine Eltern noch nicht einmal kennengelernt. Was würden sie von mir denken?"

„Sie werden dich nicht verurteilen, Rylee. Meine Mutter wird dich mit selbst gekochtem Essen verwöhnen. Mein Vater wird dir unanständige Witze erzählen. Wie kannst du dir das entgehen lassen?"

Sie lächelte, ließ sich aber von ihrem Entschluss nicht abbringen. „Nein, ehrlich nicht. Liz ist meine beste Freundin. Bei ihr kenne ich mich aus. Dort fühle ich mich sicher."

Logan ließ ihre Hände mit einem Seufzen los. Dann zog er einen zusammengefalteten Zettel aus der Innentasche seiner Jacke.

„Was ist das?"

„Ein paar Leute in meiner Nachbarschaft, die eine Hundesitterin brauchen." Er legte den Gang ein und fuhr los.

Die junge Frau schaltete die Innenbeleuchtung ein. In seiner sauberen, männlichen Handschrift hatte er Namen, Adressen und Telefonnummern aufgelistet.

„Was ist damit?“ Sie deutete auf verschiedene Uhrzeiten, die neben die Namen geschrieben waren.

Der Reporter warf einen Blick auf den Zettel. „Um diese Uhrzeit erwarten die Leute dich morgen. Sei also pünktlich.“

Die unangenehmen Vorstellungsgespräche von diesem Vormittag schossen ihr durch den Kopf. „Wissen sie, wer ich bin? Dass ich im Gefängnis war?“

Ohne den Blick von der Straße abzuwenden, nickte er. „Ja.“

Sie schluckte. „Und sie wollen mir trotzdem vertrauen und mich in ihr Haus lassen? Mir ihre Tiere anvertrauen? Warum sollten sie das tun?“

„Weil ich sie darum gebeten habe.“

Sie faltete den Zettel sorgfältig wieder zusammen und fuhr mit den Fingern über jede Falte. Sein Buch hatte Alarmglocken in ihrem Kopf ausgelöst. Aber jetzt begannen diese Bedenken, sich in Luft aufzulösen.

Rylee steckte die Liste in ihre Handtasche und schaltete das Licht wieder aus.

Kapitel 27

„Wer hat das schon gesehen?“, fragte Lacey und blätterte zur letzten Seite der eidesstattlichen Erklärung.

„Niemand außer dir.“ Logan umklammerte immer noch den leeren Umschlag, den er am Vorabend unter seinem Scheibenwischer gefunden hatte. „Sag mir, dass ich nicht verrückt bin. Ist das wirklich das, was ich denke?“

Sie nahm ihre Lesebrille ab. „Du hast es Rylee Monroe nicht gezeigt?“

„Ich habe dir doch schon gesagt, dass sie bei mir war, als ich den Umschlag gefunden habe. Aber als ich den Namen ihres Vaters darauf las, habe ich ihn unauffällig beiseitegelegt. Sie ist was ihn betrifft ziemlich empfindlich.“

Logan hatte die Sache mit dem Umschlag so gut er konnte heruntergespielt, und Rylee war durch die Begegnung mit Gibbon so abgelenkt gewesen, dass sie kaum darauf geachtet hatte. Sobald er den Umschlag auf den Rücksitz geworfen hatte, hatte sie ihn offenbar vergessen. Er jedoch nicht. Das wenige, was er gelesen hatte, brannte sich in sein Gedächtnis.

„Wer, glaubst du, hat dir das ans Auto gesteckt?“, fragte Lacey.

Der Reporter zuckte die Achseln. „Ich vermute, es ist ein Geschenk vom Cherub, da wir kurz vorher mit ihm gesprochen haben. Aber ganz sicher weiß ich es natürlich nicht.“

„Nun“, entgegnete seine Chefin und tippte mit dem Finger nervös auf das Blatt Papier, das sie in Händen hielt. „Wenn das hier echt ist, dann hat Jonathan Monroe diese eidesstattliche Erklärung geschrieben, um Grant Sebastian auffliegen zu lassen.“

„Aber er hat es dann doch nicht getan, sondern ist verschwunden. Das ergibt keinen Sinn.“

Lacey legte die eidesstattliche Erklärung auf ihren Schreibtisch und begann dann, in einer der Schubladen in ihrem Büroschrank zu kramen. „Ich dachte, ich hätte dich von dieser Story abgezogen.“

Er hielt kapitulierend die Hände in die Höhe. „Dieser Umschlag fiel mir regelrecht in den Schoß.“

Schließlich zog sie einen dicken, braunen Ordner aus dem hinteren Teil der Schublade, der mit verschieden großen Papieren so vollgestopft war, dass diese teilweise an den Seiten herausragten. Die Journalistin breitete ihn auf ihrem Schreibtisch aus, blätterte in dem Stapel und legte ganze Stöße gleichzeitig zur Seite. Logan sah Ausdrucke, ältere getippte Seiten und ein Blatt mit handgeschriebenen Notizen.

„Ich habe über Monroes Verschwinden recherchiert“, erklärte sie ihm. „Vor Jahren.“

„Ich weiß. Ich habe die ganzen alten Geschichten ausgegraben.“

„Was mich bei der Sache immer gestört hat, war, dass ich Jon kannte. Ich kannte die Familie. Ich wusste, wie er sich fühlte, weil sein Vater die Familie verlassen hatte. Jon war der letzte Mensch, von dem ich mir hätte vorstellen können, dass er seine Familie einfach zurücklässt. Er und Stella liebten sich. Aber die Beweise sagten etwas anderes. Grant hat mir damals ihre Finanzunterlagen gezeigt."

Endlich fand sie, was sie suchte: einen alten Spiralblock, aus dem die Hälfte der Seiten herausgerissen war. Sie blätterte den Rest durch und reichte Logan die entsprechenden Notizen. Ein Bericht über Jonathan Monroes leer geräumtes Bankkonto.

„Was ist mit Stella? Konntest du mit ihr sprechen, bevor sie starb?"

„Ich hatte einen Termin mit ihr vereinbart. Über Grant."

„Und sie war tot, bevor ihr euch dann treffen konntet?"

„Diese eidesstattliche Erklärung ändert alles", erwiderte sie grimmig lächelnd.

„Man setzt doch nicht ein solches Dokument auf und verschwindet dann mit dem Familienvermögen. Er hatte vor, zur Polizei zu gehen."

„Vielleicht", sagte sie. „Oder er dachte, er könnte seinen Partner zwingen, den Leuten ihr Geld zurückzuzahlen. Er könnte diese Erklärung als eine Art Druckmittel aufgesetzt haben. ‚Gib diesen Leuten ihr Geld zurück oder ich gehe zur Polizei.' Etwas in dieser Art. Nur dass er dazu keine Gelegenheit mehr bekam."

„Das heißt?"

„Das heißt, dass es nicht so leicht ist, spurlos zu verschwinden, wie du vielleicht denkst. Wusstest du, dass Flora Monroe einen Privatdetektiv damit beauftragte, ihren Sohn zu suchen?" Lacey schaute ihn direkt an. „Es wurde nie eine Spur von ihm gefunden."

„Du glaubst, er wurde ermordet?"

Sie antwortete ihm nicht, aber er konnte sehen, dass sie genau das dachte.

„Von Sebastian?"

„Natürlich nicht von ihm persönlich. Er hätte sich nicht die Hände schmutzig gemacht. Aber er hatte für solche Dinge immer die richtigen Beziehungen. Unseren Freund Gibbon zum Beispiel."

„Und was ist mit Stella?"

Seine Chefin spielte nachdenklich mit der Perlenkette, die sie um ihren Hals trug. „Falls sie sich tatsächlich selbst getötet hat, würde das auf tiefe Trauer schließen lassen. Als hätte sie gewusst, dass Jon nie zurückkommen würde. Aber wenn sie noch die geringste Hoffnung gehabt hatte, ist es doch ein wenig zu bequem … und verdächtig, dass Stella eine Überdosis genommen hat und ihre kleine Tochter als Waise zurückließ."

Logans Verstand arbeitete auf Hochtouren. Das Puzzle fügte sich nicht so zusammen, wie er erwartet hatte. Jetzt ergab sich ein völlig anderes Bild und er musste alles neu ordnen. Grant Sebastians Karriere war auf einer Lüge aufgebaut. Er hatte sich als Vaterfigur für Rylee aufgespielt, aber vorher hatte er sich ihrer Eltern entledigt.

„Wenigstens haben wir jetzt Beweise“, meinte er schließlich.

„Nein, haben wir nicht.“ Lacey gab ihm die eidesstattliche Erklärung zurück. „Falls dieses Dokument echt ist, beweist es nur, dass Grant Sebastian Menschen betrogen hat, deren Häuser er verkauft hat. Mehr nicht. Der Rest ist Spekulation.“

„Warte mal.“ Logan starrte den Umschlag in seiner Hand an. „Da ist noch etwas. Ich weiß zwar nicht, in welchem Zusammenhang das zu der Sache steht, aber ich glaube, Karl Sebastian wird erpresst.“

Er schilderte ihr schnell die Episode in Sebastians Büro, als der Kurier ihm versehentlich den Umschlag gegeben hatte. Die Nachricht darin war die Gleiche wie die Nachricht, die in Rylees Wohnung hinterlassen worden war.

„Du glaubst, dass es einen Zusammenhang zwischen der Erpressung und der Robin-Hood-Einbrüche gibt?“, fragte sie. „Und das Ganze hat widerum etwas mit der eidesstattlichen Erklärung zu tun?“

„Ich weiß noch nicht genau, was ich glaube. Aber jemand verteilt sehr viele braune Umschläge ohne Adresse oder Absender.“

„Der Cherub?“

„Das wäre meine erste Vermutung.“

Lacey nickte. „Wer auch immer es ist, er will eindeutig, dass diese Sache auf der Titelseite erscheint. Und genau das bekommt er auch.“

„Ich dachte, du hast mich von der Story abgezogen.“ Logan spannte sich innerlich an. „Außerdem bin ich nicht sicher, ob das eine so gute Idee ist.“

Sie kniff die Augen zusammen. „Weil du dir diese Geschichte für dein Buch aufheben willst?“

Er schüttelte den Kopf. „Das ist es nicht. Bevor wir irgendetwas in dieser Sache unternehmen, muss ich mit Rylee sprechen. Das bin ich ihr schuldig. Findest du nicht?“

Lacey wippte mit dem Bein und schaute ihn einen langen Moment kritisch an. „Ich warte nur so lange, bis du mit ihr gesprochen hast. Und lass das Original hier bei mir.“

„Das dachte ich mir schon. Deshalb habe ich eine Kopie gemacht. Aber ich will mehr als nur mit ihr reden. Ich will ihre Zustimmung.“

„Logan, sie will doch bestimmt nicht, dass das geheim gehalten wird. Sie hat ihr Leben lang gedacht, ihr Vater hätte das Bankkonto leer geräumt und seine Frau und seine Tochter sitzen gelassen. Das muss für sie eine gute Nachricht sein.“

„Ich weiß. Aber ich will trotzdem, dass sie zustimmt. Ich will sie nicht ausnutzen, Lacey.“

Der Reporter rechnete mit einer längeren Diskussion, aber seine Vorgesetzte willigte mit einer Handbewegung ein. „Sie wird einverstanden sein. Und betrachte diese Story wieder als deine Aufgabe. Du weißt, was das heißt.“

„Was?“

„Ich will eine Stellungnahme von Grant Sebastian.“

Er verließ Laceys Büro mit einem klaren Auftrag. Vorher war er unsicher gewesen. Er hatte keine Erfahrung mit rechtlichen Dingen, um seinen Verdacht bestätigen zu können.

Lacey hingegen verfügte über diese Erfahrungen. Und wenn sie die eidesstattliche Erklärung für echt hielt, dann bestand kein Grund, daran zu zweifeln. Er konnte Rylee die Wahrheit sagen.

Dieser Gedanke versetzte ihn in Aufregung. Ihre Überzeugung, dass Menschen, die sie liebte, sie irgendwann im Stich lassen würden – was dadurch bestätigt worden war, dass ihre Kunden ihr den Rücken kehrten –, würden plötzlich über den Haufen geworfen.

Ihre Eltern hatten sie geliebt. Ihr Vater hatte sie nicht verlassen. Ihre Mutter hatte nicht Selbstmord begangen. Zumindest schien das sehr unwahrscheinlich. Als Logan über all diese Dinge nachdachte, konnte er sich vorstellen, dass ihr Gesicht strahlen würde und dass die Last, die sie seit ihrer Kindheit mit sich herumtrug, schlagartig von ihr genommen würde.

An seinem Schreibtisch blieb er stehen und betrachtete die eidesstattliche Erklärung noch einmal. Aber wenn sie über seine Untersuchungsergebnisse nicht glücklich wäre? Immerhin hatte er vor, ihr zu sagen, dass ihre Eltern ermordet worden waren. Dass man ihr ihr Erbe gestohlen hatte. Und dass der Mann, der für alles verantwortlich war, in all den Jahren der einzige Mensch gewesen war, von dem sie gedacht hatte, dass sie sich auf ihn verlassen könnte.

Vielleicht sollte er sich alles noch einmal gut überlegen.

Aber nein. Was Rylee brauchte, war die Wahrheit, und nur er konnte sie ihr erklären. Das Buch war unwichtig. Die Zeitung war unwichtig. Alles, was zählte, war sie.

Aber zuerst musste er zu Grant Sebastian fahren.

Und er würde mehr aus dem Mann herausquetschen als nur eine Stellungnahme.

Rylees neue Kunden hatten eines gemeinsam: Sie waren Mitglieder von Logans Baseballmannschaft. Einige waren verheiratet und hatten Kinder. Andere waren Singles und wollten wissen, ob sie auch kochen konnte.

Nur drei hatten tatsächlich einen Hund. Die anderen besaßen eine wilde Mischung aus Katzen, Hamstern und sogar einem Kakadu. Ihre Wohnungen, Häuser und Doppelhaushälften befanden sich über ganz James Island verteilt. Das war ein weiter Weg von South of Broad.

Die junge Frau fand das letzte Haus auf der Liste und bog hinter drei anderen Autos in die Einfahrt eines kleinen, weißen Schieferhauses. Der Garten bestand aus mehr Erde als Gras und war völlig schmucklos.

Nachdem sie zweimal geklopft hatte, wurde die Tür geöffnet, und vor ihr stand ein schlaksiger, rothaariger Mann Mitte zwanzig in überdimensionalen Sportshorts und einem Hockeytrikot mit abgetrennten Ärmeln.

„Ich bin Mike“, sagte er. „Sind Sie die Tiertante?“

„Rylee Monroe.“ Sie reichte ihm die Hand.

„Hey, Leute!“, rief er nach hinten. „Sie ist da.“

Zwei andere Männer kamen eilig zur Tür. Beide waren ungefähr in ihrem Alter. Einer hatte die gleichen roten Haare wie Mike und war wohl sein Bruder. Dem anderen hing eine lange, dunkle Mähne in die Augen. Sie bildeten einen Halbkreis um sie und schwiegen.

Sie räusperte sich. „Ich habe gehört, dass ihr eine Hundesitterin braucht?"

Ein panischer Blick trat in Mikes Augen. „Eine Hundesitterin? Ich dachte, du bist eine Tante für alle Tiere. Du kümmerst dich nur um Hunde?"

Sie lächelte. „Nein, nein. Ich kümmere mich um fast alle Haustiere."

Er stieß einen Seufzer der Erleichterung aus. „Puh. Du hast mir einen Schrecken eingejagt." Er schob die Tür weiter auf. „Dann komm doch rein."

Die jungen Männer traten zur Seite und führten sie in einen großen Raum, der Wohnzimmer, Esszimmer und Küche in einem war. Das Ganze erinnerte mit seinen bunt zusammengewürfelten Möbeln, Pizzakartons und einem überdimensionalen Flachbildschirm, bei dem an allen Seiten Kabel für Videospiele herabhingen, an eine Studentenbude.

„Das ist mein Bruder Randy", sagte Mike. „Und das ist Harold."

Rylee nickte jedem zu. „Ich nehme an, ihr seid alle ‚Mets'?"

„Randy und ich sind ‚Mets'. Harold ist ein ‚Oriole'."

Der Oriole zuckte entschuldigend die Achseln.

„Schön, euch kennenzulernen."

Randy führte sie in eine Ecke, in der ein riesiges Terrarium im hellen Sonnenlicht stand, das durch die Terrassentür hereinschien. Zwischen einer Pflanze und einem hohlen Ast sprang ein faustgroßer, limonengrüner Laubfrosch herum.

„Das ist Kleeblatt." Randy holte den Frosch heraus, nahm dann seinen linken Fuß zwischen die Finger und winkte leicht damit. „Kleeblatt, sag Hallo zu Rylee. Sie ist deine neue Tante."

Rylee winkte zurück. „Hallo, Kleeblatt."

Alles sahen sie erwartungsvoll an. Sogar der Frosch.

Sie streckte die Hände aus. Randy setzte ihr den Frosch auf die Handfläche. Dessen glatte, gummiartige Haut fühlte sich kühl an.

„Wie lang habt ihr ihn schon?", fragte sie.

Harold schaute auf seine Uhr. „Seit zwei Stunden."

Die junge Frau schaute von einem zum anderen. „Logan hat mir eure Adresse gestern Abend gegeben."

Mike kratzte sich am Kinn. „Ja, also, wir wollten schon lange ein Haustier, aber wir hatten Angst, uns eines zu kaufen, weil keiner von uns Zeit hat, es, ähm, auszuführen."

Harold verdrehte die Augen.

Rylee hätten genauso gut eine Fahrradpumpe an ihr Herz anschließen können. Sie fühlte, wie ihr Herz anschwoll. „Ihr habt euch also diesen Frosch gekauft, weil Logan euch von mir erzählt hat. Ist das richtig?"

Mike zuckte hilflos die Achseln. „Die Frau in der Zoohandlung hat gesagt, Laubfrösche seien für Anfänger wirklich gut geeignet."

Randy mischte sich ein. „Ja. Und ich habe ihm schon beigebracht, Befehlen zu gehorchen. Schau mal." Er hielt dem Frosch die Handflächen hin. „Komm, Kleeblatt!"

Der Frosch blinzelte langsam, machte aber keine Anstalten, zu ihm zu hüpfen.

Er grinste unsicher. „Er muss wahrscheinlich noch ein bisschen üben."

Harold verdrehte wieder die Augen. Das war augenscheinlich seine Rolle in diesem Dreiergespann.

Rylee setzte Kleeblatt wieder ins Terrarium zurück und zählte den Männern einige Möglichkeiten auf, wie sie sich um den Laubfrosch kümmern könnte, bis dahin, dass sie Grillen als Futter für ihn züchten könnte.

Randy betrachtete sie skeptisch. „Du willst also sagen, dass ein schönes Mädchen wie du – entschuldige, wenn ich das so sage – für uns zigtausend Grillen paart und züchtet?"

„Ja."

Die Männer schauten sich gegenseitig an. „Cool. Hast du zufällig eine Hundesitterfreundin, die du mal mitbringen könntest?"

Als sie James Island verließ, nahm sie an, dass sie fast jeden Spieler in Logans Mannschaft besucht hatte.

Kein Einziger von ihnen brauchte einen Tiersitter. Sie halfen einfach nur einem Freund.

Logan.

Und Logan half ihr.

Demut, Verwunderung und Dankbarkeit regten sich in ihrer Brust. Nicht nur für Logans Geste, sondern auch für die seiner Freunde. Sie waren echte Freunde. Freunde, die bereit waren, sich für ihn richtig ins Zeug zu legen, egal, worum er sie bat.

Erst als die Straße vor ihren Augen verschwamm, merkte sie, dass sie weinte. Sie fuhr an den Straßenrand und stellte Daisys Automatikschalter auf Parken.

So lange war Liz der einzige wirkliche Freund gewesen, den sie gehabt hatte. Was hatte sie an sich, dass sie nur oberflächliche Freundschaften hatte? Oder gar keine Freunde? Sie wohnte schon ihr ganzes Leben lang in Charleston, aber sie hatte nur Liz. Warum?

Lag das vielleicht daran, dass sie Angst hatte, diese würden nicht zu ihr halten, wenn es ihr schlecht ging? Sie würden sie verlassen? Wie ihre Eltern sie verlassen hatten? Wie ihre Kunden sie verlassen hatten?

Ein großer Lastwagen rollte dröhnend an ihr vorbei, dass ihre Scheiben vibrierten.

Rylee erkannte, dass sie loslassen musste. Sie musste ihre Angst loslassen. Sie musste die Mauer einreißen, hinter der sie sich ihr Leben lang verschanzt hatte.

Dieser Gedanke machte ihr Angst. Aber sie musste immer wieder an diese drei Männer denken, die sich ein Haustier zugelegt hatten, nur um Logan – und damit ihr – zu helfen. Die Erkenntnis, dass das jemand für ihn, für sie tat, erfüllte sie mit einer starken Sehnsucht.

Ich will das auch, Herr. Ich will auch solche Freunde haben. Und ich will anderen ein solcher Freund sein.

Sie dachte an all die Gelegenheiten, die sie gehabt hatte, Freundschaften zu schließen, aber sie hatte immer einen Rückzieher gemacht und sich nicht darauf eingelassen.

Das war jetzt vorbei. Sie war es müde, die Welt auf

Abstand zu halten. Sie hatte genug von oberflächlichen Beziehungen. Sie wollte nicht länger allein sein.

Und wenn sie sich dadurch, dass sie diese Mauer einriss, verletzbar machte, dann wollte sie das in Kauf nehmen. Denn zum ersten Mal wurde ihr bewusst, dass es schmerzhafter war, sich dahinter zu verstecken, als diese Mauer einzureißen und ihr Herz zu riskieren, um das zu bekommen, was Logan und seine Freunde hatten.

Okay, Gott. Du musst mir helfen. Denn diese Mauern sind sehr dick, und es ist viel Kraft nötig, um sie niederzureißen.

Sie kramte Taschentücher aus ihrer Tasche und wischte sich das Gesicht ab, putzte sich die Nase und fuhr weiter.

Logan parkte am Straßenrand in der East Battery. Er hatte ein leichtes Leinenjackett angezogen, um dahinter das digitale Aufnahmegerät in der Brusttasche seines Hemds zu verbergen. Jetzt schaltete er das Gerät ein.

Auf der Straße blieb er stehen und ließ das Bild, das sich ihm bot, auf sich wirken. Das Haus, das jetzt dem Mann gehörte, der für den Sturz der Familie Monroe verantwortlich war.

Karls silbernes Cabriolet stand in der Einfahrt. Der Kofferraum war offen, mehrere Lederkoffer standen daneben. Als er sich den Stufen näherte, die zur Veranda hinaufführten, tauchte Karl mit einer Schachtel aus dem Haus auf. Eine Vase, eine Pflanze und ein gerahmtes Bild verhinderten, dass er deren Deckel schließen konnte.

Er blieb stehen, als er Logan erblickte.

„Ziehen Sie aus?“

„Wie sieht es denn aus?“ Der Anwalt ging die Stufen hinab, schob sich unsanft an ihm vorbei und stellte die Schachtel auf den Rücksitz.

„Ich komme gerade aus Ihrer Kanzlei“, erklärte Logan, der ihm zuschaute. „Dort hat man mir gesagt, dass ich Ihren Vater hier finden würde.“

Karl hob das Gepäck in den Kofferraum, verstaute darin so viele Koffer, wie er konnte. Schließlich knallte er den Deckel zu und hievte die restlichen Sachen auf den Rücksitz.

„Gehen Sie freiwillig?“, erkundigte sich Logan. „Oder vertreibt Sie jemand, der Ihnen Angst eingejagt hat?“

Karl blieb an der offenen Fahrertür stehen und drehte sich um. „Sehe ich aus, als hätte ich Angst?“

„Es ist nur dieses Hundehalsband von neulich. Die Nachricht darin. Sie lautete genauso wie die Nachricht, die in Rylees Wohnung hinterlassen wurde, als dieser Irre sie verwüstet hat. Ich dachte, vielleicht wissen Sie, wer dafür verantwortlich ist. Vielleicht ist es derselbe Mann, der Sie erpresst. Wenn Sie Rylee helfen wollen, sollten Sie mir sagen, was Sie wissen.“

Karl wischte sich den Staub von den Händen und bedachte Logan mit einem finsteren, feindseligen Blick. „Wenn ich Rylee helfen will, dann brauche ich dazu bestimmt nicht Ihre Hilfe.“

Er setzte sich auf den Fahrersitz und knallte die Tür zu. Logan sah ihm nach, wie er die kurze Einfahrt hinabfuhr, dann in die East Battery einbog und entschlossen davonrauschte.

Kopfschüttelnd stieg Logan die Stufen zur Tür hinauf und klopfte.

Schon wenig später wurde ihm von Grant Sebastian höchstpersönlich geöffnet, der ihn einen Moment lang mit glasigem Blick anstarrte, bevor er ihn erkannte. „Oh. Offenbar ist er fort."

„Karl? Er ist gerade weggefahren."

„Wirklich?" Der ältere Mann trat einen Schritt zurück. „Nun, wenn das so ist, dann kommen Sie herein."

Als sie sich das erste Mal auf der Polizeiwache begegnet waren, hatte er einen Nadelstreifenanzug getragen. Jetzt sah Sebastian in seiner Freizeithose und seinem hellblauen Polohemd aus, als sei er gerade vom Golfplatz gekommen.

„Er ist also weg?", erkundigte er sich erneut, als könne er es noch nicht ganz glauben.

Logan roch den Alkohol in seinem Atem. „Ich habe ihn wegfahren sehen."

Ein Lächeln trat auf das Gesicht des alten Anwalts, ein langsames, aber unverkennbares Grinsen, als ob er gerade festgestellt hätte, dass die Zahlen auf seinem Lottoschein mit den Gewinnzahlen übereinstimmten, und er langsam begriff, dass er tatsächlich gewonnen hatte.

„Kommen Sie rein, kommen Sie rein." Mit überschwänglicher Stimme führte er Logan an einer Treppe vorbei. Logan wusste nicht genau, was er von dem ehemaligen Monroe-Haus erwartet hatte, aber er war überrascht, wie gewöhnlich es aussah.

Nett, ja, aber auch nicht verschwenderischer als das Haus der Davidsons oder der Petries. Die Einrichtung war vielleicht teurer, und im Gegensatz zu den anderen Häusern von Rylees Kunden wirkte dieses Haus mehr wie ein Museum, in dem alles präzise seinen Platz hatte.

Grant Sebastian winkte Logan in sein Büro, ein Zimmer mit Bücherwänden und weißen Holzpaneelen und Fenstern, die zur Bucht hinausgingen. Ein Fenster stand ein Stück offen und ließ warmen Wind, Vogelgesang und Straßengeräusche herein.

Der Anwalt ging direkt zu den Whiskeyflaschen auf dem Sideboard und goss eine großzügige Menge der bernsteinfarbenen Flüssigkeit in zwei Gläser. Er machte es sich in einem Sessel bequem und bot Logan den zweiten Sessel an, von dem aus dieser den Blick aus dem Fenster genießen konnte. Dann reichte er ihm eines der Gläser.

„Auf den Sieg", sagte Grant und hob sein Glas.

Logan stieß mit ihm an, trank aber nicht. Er wusste nicht, was sie eigentlich feierten. Aber die unerwartete Stimmung, in der der Anwalt sich befand, konnte zu seinem Vorteil dienen. Er beschloss, die Fotokopie der eidesstattlichen Erklärung vorerst in seiner Tasche stecken zu lassen.

„Sie haben keine Kinder", begann Grant. „Deshalb können Sie das auch nicht verstehen."

Logan stellte sein Glas auf einen Seitentisch. „Karl verlässt das Nest?"

„Er wird hinausgeworfen, könnte man eher sagen." Ein weiterer Schluck Whiskey, gefolgt von einem Lachen. „Ich habe schon nicht mehr gedacht, dass ich das noch mal erleben würde. Sie haben ja keine Ahnung, wie oft ich ihm schon ein Ultimatum gestellt habe. Wie oft ich ihm schon gesagt habe, dass er ausziehen soll …" Er kniff die Augen zusammen. „Was ich hier sage, ist vertraulich. Verstehen Sie?"

Er nickte.

Sebastian nahm wieder einen Schluck und lehnte sich dann auf seinem Sessel zurück. „Meine Frau ist mit ihren Freundinnen ausgegangen. Sie wird erleichtert sein, wenn sie zurückkommt. Er sollte eigentlich fort sein, bevor wir zurückkommen. Das war er jedoch nicht. Aber jetzt ist die Sache erledigt, und das ist alles, was zählt."

„Ihre Frau kann Karl nicht besonders leiden?", erkundigte sich Logan.

Sein Gegenüber schwenkte sein Glas ein wenig und sah zu, wie die bernsteinfarbene Flüssigkeit das Sonnenlicht einfing. „Sie sagt, ich habe ein Ungeheuer zum Sohn." Er leerte sein Glas. „Und ich muss zugeben, dass man nicht so weit kommt wie ich, ohne ein paar Eier zu zerbrechen. Aber ich habe immer versucht, diese notwendigen Übel mit der einen oder anderen guten Tat wiedergutzumachen."

Wut erfüllte Logan. Er zog die eidesstattliche Erklärung aus seiner Hosentasche und knallte sie auf den Tisch. „Das hier würde ich kaum als ein notwendiges Übel bezeichnen, das man mit der einen oder anderen guten Tat wiedergutmachen kann."

Sebastian nahm die Papiere und brauchte eine Weile, um seine Brille aufzusetzen. Offensichtlich war der Whiskey, den er gerade getrunken hatte, einer von vielen an diesem Tag gewesen. Vielleicht hatte er sich Mut antrinken müssen, bevor er seinen Sohn aus dem Haus geworfen hatte.

Als er die Seiten überflog, entglitten ihm seine Züge. „Woher haben Sie das?“

„Laut Jon Monroe haben Sie in den Siebziger- und Achtzigerjahren unzählige Witwen und Waisen betrogen. Als er Sie zur Rede stellte, weigerten Sie sich, das Unrecht wiedergutzumachen. Wenige Tage, nachdem diese eidesstattliche Erklärung aufgesetzt wurde, ‚verschwand‘ Monroe. Und wenige Tage, nachdem er verschwunden war, nahm seine Frau wiederum zu viele Schlaftabletten. Was ist wirklich aus ihnen geworden, Sebastian?“

Sebastian erblasste.

Logan warf die Schultern zurück. „Sie haben sie getötet. Beide. Habe ich recht?“

Die Augen des Anwalts funkelten wütend. „Verschwinden Sie aus meinem Haus!“

„Monroe hat gedroht, Sie anzuzeigen. Deshalb haben Sie ihn und seine Frau getötet. War es nicht so?“

Sebastian nahm Logans unberührtes Glas und trank einen großen Schluck. „Sie sehen zu viel fern, Woods.“

„Von dieser eidesstattlichen Erklärung gibt es ausreichend Kopien.“

Sebastians Knurren war von einem Schluckauf begleitet. „Was? Sie wollen mir drohen? Mit einem juristischen Dokument?“ Sein Lachen klang hart und bitter. „Seien Sie nicht albern. Das ist nichts im Vergleich zu dem, was ich mir gerade vom Hals geschafft habe.“

Logan stockte der Atem. „Sprechen Sie von Karl? Hat Karl die Monroes getötet?“

Sebastian erhob sich mit unsicheren Bewegungen und musste sich an seiner Sessellehne festhalten. „Karl hat Probleme. Die hatte er schon immer. Aber soweit ich weiß, gehörten die Monroes nicht zu seinen Opfern.“

Der alte Mann lallte die Worte, aber Logan konnte sie dennoch verstehen. Die Haare in seinem Nacken stellten sich auf. „Karl hat also in der Vergangenheit Menschen umgebracht, nur nicht die Monroes? Wollen Sie das damit sagen?“

Sebastians wässrige Augen hingen wie die eines Bluthundes nach unten und zeigten das Rot am Rand. „Jon hat mich in die Ecke gedrängt. Mir blieb keine andere Wahl. Aber ich habe mich um sein Mädchen gekümmert. Ich habe sie wie meine eigene Tochter behandelt.“ Grant Sebastian schwankte, und einen Moment lang dachte Logan, er würde umfallen. Aber er klammerte sich fest an den Stuhl und konnte sich auf den Beinen halten.

Logan stand langsam auf. „Rylee, meinen Sie? Rylee ihr Haus, ihr Vermögen, ihr Erbe zu stehlen, das nennen Sie ‚sich um sie kümmern‘?“

Sebastian schmatzte mit den Lippen, dann hob er das Glas an den Mund und trank es aus. „Ich habe sie vor Karl beschützt. Wenn sie hiergeblieben wäre, in diesem Haus, in dieser Gegend, hätte alles Mögliche passieren können. Ich habe dieses Mädchen auf die andere Seite von Charleston gebracht. Bis hinaus zum Folly Beach. Ich habe mich um sie gekümmert. Jawohl."

In diesem Augenblick begann das Telefon auf dem Schreibtisch zu klingeln. Grant Sebastian wollte abnehmen, warf es dabei aber aus der Ladestation. Die Person am anderen Ende der Leitung rief etwas ins Telefon. Grant Sebastian hielt es an sein Ohr.

„Was willst du?" Seine Augen funkelten wütend. Er fuchtelte mit der Hand durch die Luft. „Hast du immer noch nicht genug, Karl?" Er schaute Logan an. „Ja, er ist hier. Aber er will nicht mit dir sprechen. Und ich auch nicht."

Er machte Anstalten, wieder aufzulegen.

„Warten Sie!" Logan machte einen Satz zum Telefon. „Karl, sind Sie das?"

„Ich habe gerade jemanden besucht, der Ihnen nahesteht."

„Rylee?"

„Quatsch, die macht sich nichts aus Ihnen. Ich spreche von diesem fetten, Zigarre rauchenden Abschaum, der Ihnen immer Material für Ihre Storys liefert. Aber er wird Ihnen in Zukunft nicht mehr von Nutzen sein. Er hatte etwas, das mir gehört. Jetzt hat er es nicht mehr."

„Wovon sprechen Sie?"

„Ich habe eine Nachricht an meinen Vater", fuhr er fort. „Aber ich glaube, er wird sich an nicht mehr viel von dem erinnern, was er jetzt hört. Also schreiben Sie es ihm auf."

„Was für eine Nachricht?", fragte Logan.

„Sagen Sie ihm, dass wir wegfahren."

„Wer ist *wir*?"

„Sagen Sie ihm, dass er keinen von uns je wiedersehen wird. Er will keinen Sohn haben. Also hat er jetzt auch keinen mehr. Aber er wird auch keine Tochter haben. Das habe ich entschieden. Sagen Sie ihm das."

„Karl?" Logan umklammerte das Telefon. „Karl!"

Aber die Verbindung wurde getrennt.

Logan fuhr herum und schaute Grant Sebastian an. „Er sagte, Sie würden auch keine Tochter mehr haben. Was meint er damit?"

Der alte Mann zuckte die Achseln.

Logan packte ihn vorne am Hemd und schüttelte ihn. „Was meint er damit?"

„Er spricht von Rylee", knurrte der alte Mann. „Er will sie mitnehmen."

Logan wartete nicht länger. Er ließ Grant Sebastian zitternd an seinem Schreibtisch stehen, von wo aus er ihm lallend etwas nachrief.

Der Reporter stürmte hinaus, die Treppe hinab und über die Straße. Eilig steckte er den Schlüssel ins Zündschloss.

Karl war irgendwo da draußen und suchte Rylee. Vielleicht hatte er sie schon gefunden. Logan musste ihm zuvorkommen.

Aber er wusste nicht, wo er mit der Suche beginnen sollte.

Kapitel 28

Die Sonnenstrahlen, die durch die Windschutzscheibe fielen, heizten die Sitze unangenehm auf, und Daisys Klimaanlage war zu schwach, um das Autoinnere abzukühlen. Rylees Tasche lag auf dem Sitz neben ihr. Darin befanden sich neue Schlüssel, eine neue Kundenliste, ein neuer Anfang.

Während sie mit den Fingern über den rosa-gelb-gemusterten Stoff ihrer Quilttasche strich, dachte sie an Logan und an alles, was er für sie getan hatte. Sobald sie Toro ausgeführt hatte, wollte sie ihn anrufen. Vielleicht hatte er Lust, heute Abend in ihrer Wohnung mit ihr eine DVD anzuschauen.

Sie seufzte. Besser gesagt, in Liz' Wohnung.

Die Blätter an den Bäumen entlang der Meeting Street leuchteten im Wind. Sie parkte am Straßenrand und nahm dann eine Abkürzung durch die Prices Alley zum Gartentor der Davidsons, das von wuchernden Feigenbäumen halb verdeckt wurde. Trotz der Hitze lief ihr eine Gänsehaut über die Arme, als sie an den Stalker dachte, der ihr hierher gefolgt war, und an den Einbruch in diesem Haus. Sie schob die Tasche, die durch das Gewicht ihrer Inliner nach unten gezogen wurde, höher auf ihre Schulter hinauf.

Sie könnte sie bei zwei ihrer neuen Tiere benutzen, und obwohl sie die historische Wohngegend vermissen würde, wären die ebenen Gehwege auf James Island eine angenehme Abwechslung zum Kopfsteinpflaster, das sie in South of Broad immer kräftig durchrüttelte.

Das Einzige, was noch von der ganzen Aufregung vor ein paar Tagen zeugte, war ein winziger Fetzen gelbes Absperrband, das in einem Buchsbaum hängen geblieben war. Zumindest von außen sah man sonst nichts mehr. Den Schaden im Inneren des Hauses zu beheben würde länger dauern. Als sie das erste Mal nach dem Einbruch wieder hier gewesen war, war ihr das sehr schwergefallen. Rylee zog das Stückchen Absperrband vom Strauch, ging zur Veranda hinauf und steckte den Schlüssel ins Schloss.

„Ist jemand zu Hause?“

Ein Bellen aus dem Inneren des Hauses, das Tapsen von Pfoten auf der Treppe und das Klappern von Krallen auf dem Parkett bereiteten sie auf Toros Ankunft vor. Jemand hatte vergessen, ihn einzusperren.

Augenblicke später kam er auch schon um die Ecke gestürmt. Sie umarmte ihn und strich mit den Fingern über sein kurzes, raues Fell. „Hey, mein Freund. Wie geht es dir?“

Als sie nichts anderes aus dem Haus hörte und davon ausging, dass niemand zu Hause war, nahm sie seine Leine vom Garderobenständer in der Eingangshalle. „Okay. Gehen wir.“

Er schaute freudig zu ihr hinauf, sprang an ihr hoch und blieb mit seiner Pfote an ihrer Gürtelschlaufe hängen.

„Ruhig, mein Junge. Bleib unten." Lachend setzte sie sich draußen auf die Stufen und ließ ihn durch den Garten laufen, während sie sich die Schuhe auszog und nach ihren Inlinern griff.

Toro lief an den Beeten entlang und blieb hin und wieder stehen, um in der Erde zu wühlen. Die Zeit, in der alles geblüht hatte, war längst in die South-Carolina-Hitze übergegangen, die alles braun färbte. Aber das Laub und der Grünspan auf den Bänken strahlten trotzdem viel Charme und etwas Historisches aus.

„Rylee?"

Sie fuhr hoch. Im Torbogen, der zur Straße führte, stand Karl mit einem schiefen Lächeln im Gesicht.

Sie drückte sich die Hand auf ihre pochende Brust. „Du hast mich zu Tode erschreckt!"

„Verzeihung." Er hielt entschuldigend die offenen Handflächen nach oben.

„Was machst du hier?", erkundigte sie sich.

Immer noch lächelnd kam er zu ihr herüber, setzte sich auf eine Stufe unter ihr und ließ nur ein paar Zentimeter Platz zwischen ihnen. „Das sollte ich dich fragen. Hast du schon einmal das Sprichwort gehört: ‚zum Ort des Verbrechens zurückkehren'? Wenn ich du wäre, würde ich einen weiten Bogen um dieses Haus machen."

„Auf keinen Fall." Sie deutete auf Toro, der breitbeinig in der Ferne stand und den Neuankömmling neugierig beäugte. „Ich möchte den täglichen Auslauf dieses Kerls um nichts auf der Welt missen."

Karl nickte. „Du magst diese Tiere wirklich, was?"

„Ja."

Obwohl er wirklich attraktiv aussah und sie sich in den Wochen, in denen sie Romeo ausgeführt hatte, angefreundet hatten, war sie sehr froh, dass sie nie mit ihm ausgegangen war. Er war bei Weitem nicht so ein Mann wie Logan. Nicht mal ansatzweise.

Rylee hoffte, dass er nicht hier war, um sie erneut einzuladen. Sie erhob sich und brauchte einen Moment, bis sie auf dem Pflaster ihr Gleichgewicht gefunden hatte.

Er hielt sie am Ellbogen fest.

Sie lächelte. „Ich komm schon klar. Danke."

Der Wind war unangenehm warm. Sie nahm ihre Tasche und hängte sie sich über die Schulter. „Bist du so weit, Toro?"

Toro knurrte leise.

„Benimm dich." Sie stapfte in ihren Inlinern über das Gras zu Toro und streichelte seinen Kopf. „Er ist nach allem, was passiert ist, wahrscheinlich nervös."

Karl schaute Toro so gleichgültig an, wie er wohl einen seelenlosen Gegenstand anschauen würde.

Sie richtete sich auf. „Hör zu, Toro kann es nicht erwarten, dass wir aufbrechen. Ich sollte also lieber …"

„Rylee", unterbrach Karl sie mit sonderbar belegter Stimme.

„Was ist?"

„Ich bin hier …" Seine Stimme brach ab. „Ich bin hier, um dich zu retten."

Sie neigte den Kopf zur Seite. „Mich retten? Vor wem?“

„Du weißt, vor wem“, entgegnete er. „Vor meinem Vater.“

„Karl, bitte.“ Sie wusste, dass die Situation zwischen ihm und seinem Vater angespannt war. Aber sie hatte nicht die Absicht, sich in die Sache hineinziehen zu lassen. „Dein Vater hat so viel für mich getan. Ich fühle mich überhaupt nicht wohl, wenn du …“

„Mein Vater ist ein böser Mensch, der es liebt, andere zu manipulieren. Weißt du, was er getan hat?“

Obwohl die Sonne auf ihre Haut hinabbrannte, wurde ihr eiskalt. Sie verschränkte die Arme fest vor sich. „Entschuldige, Karl, aber ich werde mir nicht anhören …“

„Rylee.“ Er trat näher. „Er hat deine Eltern ermordet.“

Die junge Frau erstarrte. Ihre Augen konnten nicht klar sehen. Sie konnte nicht einmal blinzeln. Sie atmete stoßweise, trat einen schnellen Schritt zurück und stieß gegen Toro. Ihre Inliner rollten weg, aber es gelang ihr, sich auf den Beinen zu halten.

Karl rieb sich den Nacken und lächelte in sich hinein. „Nein, das ist nicht ganz richtig. Er hat sie nicht getötet. Er hat jemanden dafür bezahlt, dass der das für ihn erledigt.“

Ihre Brust zog sich zusammen und erschwerte ihr das Atmen. „Wie bitte?“

„Ich war damals noch sehr jung. Ungefähr achtzehn.“ Karl schaute zum Himmel hinauf. „Dein Vater hatte ein Dokument, das mein Vater unbedingt haben wollte. Deshalb hat er Marcel gesagt, er solle es ihm besorgen, egal, zu welchem Preis."

Sie atmete schnell und flach und rang nach Luft. Die Tasche, die von ihrer Schulter hing, glitt zu Boden. „Marcel Gibbon?"

Karl nickte. „Der war damals wie ein Mentor für mich. Er hat mich unter seine Fittiche genommen. Für mich kam er gleich nach James Bond. Aber ich kannte ihn noch nicht wirklich. Genauso wenig wie meinen Vater."

Ihr Magen zog sich vor Übelkeit zusammen.

„Er hat mich mitgenommen. Ich habe zugeschaut, wie er deinen Vater getötet hat."

Ihre Knie drohten unter ihr nachzugeben. Sie tastete nach der Bank, die neben ihr stand, und hielt sich daran fest, um nicht umzukippen.

„Marcel hat mir die Manschettenknöpfe deines Vaters gegeben. ‚Als Erinnerung an diesen Tag', hat er gesagt." Karls Blick und seine Stimme wurden sanft. „Sie sind aus vierzehnkarätigem Gold und das Emblem der Alma Mater deines Vaters ist darauf abgebildet. Ich trage sie manchmal zu Hause, wenn niemand da ist."

Gleich würde sie in Ohnmacht fallen. Oder sich übergeben. Oder beides. Rylee stützte sich auf die Bank, ging langsam darum herum und setzte sich.

„Zumindest habe ich das früher gemacht. Bis dieser dumme George meine Schmuckschatulle gestohlen und versucht hat, das Ganze so aussehen zu lassen, als wäre Robin Hood der Einbrecher gewesen", höhnte er. „Dann hat er das Ding ausgerechnet Marcel gegeben." Karl schüttelte den Kopf. „Sie gehörte deinem

Vater, weißt du. Ein tolles Teil mit vielen Schubladen und Türchen. Ich habe meine Schätze darin aufbewahrt. Die Manschettenknöpfe deines Vaters. Das Parfüm deiner Mutter. Die Brille meines Juraprofessors. Alles. Keiner wusste, was es mit diesen Sachen auf sich hatte … keiner bis auf Marcel."

Sie öffnete den Mund und atmete langsam aus.

Er verzog angewidert die Lippen. „Er erkannte natürlich sofort die Manschettenknöpfe und den Parfümflakon deiner Mutter. Und dann begriff er, was alles andere darin zu bedeuten hatte." Er fuhr sich mit der Hand durch seine dichten, blonden Haare und stieß ein bellendes, ungläubiges Lachen aus. „Und er besaß die Kühnheit, diese Sachen gegen mich zu verwenden. Gegen mich. Kannst du das glauben?"

„Das Parfüm meiner Mutter?", keuchte Rylee heiser und berührte ihren Perlanhänger. „Du … du hast meine Mutter getötet?"

Er gestikulierte mit den Händen. „Nein. Hör zu. Ich habe nur zugeschaut, wie deine Eltern starben. Die anderen … das war viel später."

Ihr Verstand begann wieder zu arbeiten. Sie musste von hier verschwinden. Sie musste Hilfe holen. Aber ihre Beine waren wie Gummi, und sie befürchtete, dass sie, wenn sie aufstehen würde, in Ohnmacht fiele, bevor sie ein paar Schritte tun könnte.

„Mein Vater hat deine Eltern getötet. Er hat den Gewinn vom Verkauf eures Vermögens eingestrichen. Er hat euch euer Haus gestohlen. Und ich habe es satt, mit anzusehen, wie freundlich du ihn behandelst. Wie eine Vaterfigur oder so etwas. Das ist nicht richtig."

Toro war um die Ecke verschwunden. Er war irgendwo im Garten, aber sie wusste nicht, wo. In diesem Augenblick bemerkte sie, dass das Handy in ihrer Tasche vibrierte. Doch Karl stand einfach zu dicht bei ihr und würde bemerken, wenn sie danach griff.

Ihre Augen brannten. Sie wischte darüber und erwartete, Tränen zu fühlen, doch die Haut war trocken. Ihre Hand zitterte. „Wenn ich das geahnt hätte …"

„Und jetzt glaubt er, er sei mich los. Fort aus seinem Haus. Aus der Kanzlei. Aus seinem Leben." In seinem Lächeln lag eine böse Befriedigung. „Er war wütend, als er feststellte, dass alles, was ich gestohlen habe, früher Jon Monroe gehört hatte. Aber das war nichts gegen seinen Zorn, als er sah, was ich mit deiner Wohnung angestellt habe."

Ihr stockte der Atem.

„Du hättest ihn sehen sollen. Er hat sich aufgeführt, als wärst du seine Tochter. Wie verdreht ist das denn?" Karl knöpfte seine Manschetten auf und begann, die Ärmel bis zu den Ellbogen hochzukrempeln. „Augenscheinlich wollte er die ganze Zeit lieber dich und nicht mich. Aber mach dir keine Sorgen. Ich bringe das in Ordnung. Du kommst mit mir. Und er wird uns nie finden."

Jeder Instinkt in ihr riet ihr wegzulaufen. Aber sie hörte auf ihren Verstand.

Verhalte dich ruhig. Mach keine plötzlichen Bewegungen. Atme tief durch.

Sie stand von der Bank auf und blieb ruhig stehen, um sich zu vergewissern, dass ihr nicht mehr schwindelig war. Ihre Beine trugen sie. Ihr Kopf war klar.

Der junge Anwalt steckte die Hand in seine Hosentasche. Als er sie herauszog, funkelte ein Klappmesser im Sonnenlicht. Er öffnete die Klinge und blickte lächelnd auf das glänzende Messer hinab.

Ihre Stimme wurde um eine Oktave höher. „Karl?"

„Du gehörst mir."

Das sind die Worte, die auf dem Toilettendeckel in meinem Badezimmer geschrieben standen, schoss es ihr durch den Kopf.

Ihr Handy vibrierte erneut.

Er benutzte das Messer als Zeigestab und betonte jedes Wort mit einer Bewegung seines Handgelenks. „Komm, es ist Zeit zu gehen."

„Karl." Sie richtete sich steif auf und benutzte den gleichen Tonfall, mit dem sie mit ihren Hunden sprach, wenn sie ihr gehorchen sollten. „Steck das weg."

Doch ihr Gegenüber stand zwischen ihr und dem Haus und hatte sie in die Gartenecke gedrängt. Mit ihren Inlinern konnte sie kaum um ihn herumlaufen. Um sie mit seiner Klinge zu erwischen, bräuchte er nur einen schnellen Satz auf sie zuzumachen.

„Ich habe zugesehen, wie du von einem Kind zu einer Frau herangewachsen bist", erzählte er ihr weiter. „All die Jahre habe ich immer wieder an dich gedacht. Ich habe mich immer gefragt, ob du auch an mich denkst." Sein Blick wanderte lüstern über ihren Körper. „Und kannst du dir meinen Schock vorstellen, als ich herausfand, dass mein Vater das Gleiche dachte?"

Sie griff nach ihrer Tasche.

„Lass sie liegen", fuhr er sie an. „Ich habe alles, was du brauchst. Komm jetzt."

Rylee rollte rückwärts um die Gartenbank herum. Toro trabte um die Ecke und blieb dann abrupt stehen. Er hatte Ohren und Schwanz aufgestellt.

Karl schaute ihn an und bewegte das Messer in der Hand.

„Rühr ihn nicht an, Karl. Das ist mein Ernst."

Er drückte die Rückseite der Klinge an seine Lippe wie einen Finger, mit dem man jemanden zum Schweigen auffordert. Dann schaute er Toro fast nachdenklich an. Die Dogge ging in Angriffsstellung und fletschte die Zähne.

„Wenn ich gewollt hätte, hätte ich diesem Tier einiges antun können." Er bewegte die Klinge durch die Luft und durchschnitt ein imaginäres Ziel. „Vielleicht mach ich's ja noch." Er lächelte bei diesem Gedanken.

Toro machte bellend einen Satz auf ihn zu. Karls Hand, in der sich das Messer befand, schoss nach vorne.

Ohne nachzudenken, trat sie mit dem Fuß zu.

Dann passierte alles gleichzeitig. Das Heulen des Hundes, das Knirschen der Rollen unter ihrem Schuh, der stechende Schmerz, der an ihrem Bein hochschoss, das Messer, das durch die Luft flog.

Heulend humpelte Toro durch den Garten und durch den Torbogen hinaus und zog seine Leine hinter sich her.

Karl wand sich auf dem Gras. Das Messer lag nur wenige Zentimeter von seiner Hand entfernt. Blut war auf dem Metall zu sehen.

Sie griffen beide danach. Aber er bekam es zuerst

zu fassen und machte vom Boden einen Satz auf sie zu. Schnell drehte sie sich zur Seite.

„Komm her!“, rief er.

Bevor er aufstehen konnte, taumelte sie zur Mauer, stieß sich ab, streckte die Arme hoch und hielt sich am oberen Rand fest. Als sie festen Halt hatte, schwang sie sich hinauf und warf ihr Bein mit Schwung darüber.

Ihr Rollschuh klapperte auf der Mauer. Sie holte wieder mit dem Bein aus, blieb an der Kante hängen und zog sich nach oben.

Er versuchte, mit dem Messer auf sie einzustechen. Im selben Moment ließ sie sich auf die andere Seite der Mauer fallen. Als sie landete, spürte sie ein scharfes Brennen auf der Hinterseite ihres Oberschenkels. Als sie die Stelle mit der Hand berührte, fühlte sie Blut.

Karl tauchte ebenfalls auf der Mauerkrone auf. Das Messer hielt er dabei fest umklammert.

„Wage es ja nicht, vor mir wegzulaufen!“, zischte er. „Du gehörst mir.“

Sie kämpfte sich auf die Beine und stolperte durch den Nachbargarten, aber ihre Inliner knickten auf dem Gras immer wieder um. Acht, vielleicht zehn Meter entfernt befand sich ein gepflasterter Weg. Wenn sie ihn erreichte, könnte sie ihm entkommen.

Bei jedem Schritt wurden die Schmerzen in ihrem Bein stärker. Sie rang nach Luft. Ihre Lunge brannte. Hinter ihr sprang Karl mit den Füßen voraus von der Mauer. Er landete gut und lief leichtfüßig über das Gras.

Kapitel 29

Logan drückte das Gaspedal durch und wählte noch einmal Rylees Nummer. Als sich wieder nur ihre Mailbox meldete, versuchte er es bei Harold Hearn, bei dem sie den letzten Termin auf James Island gehabt hatte.

„Tut mir leid, Kumpel. Sie ist schon vor einer Weile gefahren. Sie hat gesagt, dass sie in der Stadt einen Hund ausführen muss."

Toro. Der Reporter versuchte es erneut auf Rylees Handy. Immer noch keine Antwort. Er schickte ihr eine SMS, dann rief er Nate an und hinterließ ihm eine Nachricht. Er berichtete ihm mit knappen Worten, was er in Erfahrung gebracht hatte, und forderte den Detective auf, sofort zu den Davidsons zu kommen.

Dort angekommen, fand er Daisy in der Prices Alley. Karls Cabrio parkte direkt dahinter. Logan sprang aus seinem BMW und eilte an ihren Autos vorbei. Dabei berührte er beide Motorhauben.

Seine war noch leicht warm. Ihre war kalt.

Logan lief die Straße entlang, dann durch das offene Gartentor in den Garten der Davidsons. Dort entdeckte er Rylees Tasche unweit einer antik aussehenden Bank im Garten.

„Wage es nicht, vor mir wegzulaufen“, rief eine Stimme in diesem Augenblick.

Panisch schaute sich Logan um. Woher kam die Stimme?

„Du gehörst mir.“

In der hinteren Ecke des Gartens saß Karl Sebastian rittlings auf der Mauer.

Logan ballte die Fäuste und ging in Verteidigungshaltung, da er damit rechnete, dass Karl gleich herabspringen und ihn angreifen würde.

Aber Karl sah ihn nicht einmal. Er schwang das Bein über die Mauer und bewegte sich von Logan weg und nicht auf ihn zu. Logan sah etwas Metallenes in Karls Hand funkeln. Dann sprang Karl in den Garten auf der anderen Seite.

Seine Beute befand sich auf der anderen Seite der Mauer. Rylee.

Logan machte einen großen Satz und rannte mit eilenden Schritten zur Mauer. Er stieß sich von der Bank ab, segelte regelrecht durch den Garten, klammerte sich mit den Armen oben auf der Mauer fest und zog sich hinauf.

Bevor er hinabspringen und den Anwalt zu Boden reißen konnte, war Karl jedoch bereits außerhalb seiner Reichweite. Er lief durch den Garten auf Rylee zu, die kurz vor einem Pflasterweg der Länge nach auf dem Rasen lag. Ihre Inliner hatten auf diesem Untergrund wohl keinen Halt gehabt. Nun hob sie eine

Hand, um Karl abzuwehren. Mit der anderen umklammerte sie ihren blutenden Oberschenkel.

Das Bild, wie sie hier auf der Erde lag, brannte sich in Logans Gedächtnis. Sein ganzer Körper spannte sich an.

Sanft und mit federnden Knien landete er auf dem Boden, dann sprintete er weiter und zielte auf Karls untere Körperhälfte. Seine Schritte auf dem Gras waren so leise, dass Karl ihn nicht hörte. Rylee jedoch sah ihn.

„Du fängst wirklich an …“ Karl musste eine Veränderung an ihr bemerkt haben. Er drehte sich genau in dem Moment um, in dem Logan ihn rammte.

Bei dem Zusammenstoß schlugen Logans Zähne knirschend aufeinander. Karl wurde von den Füßen gerissen. Sie krachten beide zu Boden. Schnell griff Logan nach der Hand, in der Karl das Messer hielt.

Aber Karl erholte sich rasch von dem Überraschungsangriff. Er krallte mit seiner freien Hand nach Logans Gesicht und hielt das Messer so, dass der Reporter es nicht fassen konnte.

Und er suchte nach einer Möglichkeit zuzustechen.

Während sie mit angespannten Muskeln über die Erde rollten, sah er aus dem Augenwinkel, wie Rylee sich erhob und auf ihrem verletzten Bein rückwärtstaumelte.

„Lauf!“, schrie Logan. „Lauf weg!“

Doch er hätte lieber all seine Kraft auf den Kampf konzentrieren sollen. Karl nutzte die Gelegenheit, um mit dem Messer über Logans Unterarm zu fahren. Eine blutende Wunde klaffte auf und ein furchtbares

Brennen durchfuhr den Reporter. Er wand sich und ermöglichte es Karl damit, sich zu befreien. Auf die Füße zu kommen. Ihr zu folgen.

Rylee stieß einen Schrei aus.

Achte nicht auf die Schmerzen.

Eine kurze Schwäche übermannte ihn, aber Logan rappelte sich auf die Beine. Obwohl er nicht wusste, ob sein Arm noch zu gebrauchen war, kam er dem Angreifer näher.

Dieses Mal sah Karl ihn kommen. Er wedelte mit dem Messer und hatte ein böses Lächeln auf den Lippen. Er genoss diese Situation. Logan war sich bewusst, dass er nur eine falsche Bewegung machen musste, und diese Klinge würde in ihm stecken. *Lieber in mir als in Rylee.*

Die junge Frau geriet auf den Inlinern erneut ins Taumeln. Logan umkreiste den Anwalt, um sich als Schild zwischen die beiden zu stellen.

„Lauf", rief er, aber es schien sie schon ihre ganze Energie zu kosten, sich auf den Beinen zu halten.

Karl kam näher. „Sie geht nirgendwohin. Und du auch nicht."

„Die Polizei kommt gleich."

„Wirklich?" Karl neigte den Kopf zur Seite. „Ich höre keine Sirenen."

Sein selbstzufriedenes Lächeln verbreiterte sich. In diesem Moment schlug Logan zu. Er machte einen einzigen Schritt, dann warf er sich gegen ihn. Seine kräftigen Oberschenkel kamen ihm in dieser Situation zugute.

Karl wich zurück, aber es war zu spät. Logan umfasste sein Handgelenk, als ihre Körper zusammenprallten, und wieder lagen sie auf der Erde.

Unter ihm wand sich Karl und riss die Hand mit dem Messer frei.

Die Klinge funkelte. Logan zuckte und rechnete mit dem tödlichen Stoß.

In diesem Augenblick landete ein Inliner mit großer Wucht auf Karls Unterarm und hielt ihn auf dem Boden fest. Eine Blutspur lief über Rylees Knie, aber sie legte ihr ganzes Gewicht auf ihr Bein. Logan schaute zu ihr hinauf. Dann setzte er seine ganze Kraft ein, um Karl herumzurollen, bis dieser mit dem Gesicht im Gras lag.

Er legte seinen unverletzten Arm um Karls Kehle und nahm ihn dann mit seinem verwundeten Arm in den Schwitzkasten.

Die beiden Männer kämpften wie wild. Karl wand sich nach Kräften, um sich zu befreien. Seine Stärke schien ständig zuzunehmen. Logan kämpfte jetzt nicht nur gegen den Mann, sondern auch gegen das Böse in ihm. Er musste all seine Energie zusammennehmen, um ihn festzuhalten. Es dauerte eine halbe Ewigkeit, aber endlich verließ Karl allmählich die Kraft. Seine Muskeln wurden matt.

Karl stieß einen letzten Schmerzensschrei aus. Es war der verzweifelte Schrei eines geisteskranken Mannes, dem bewusst wurde, dass er um seinen Lohn gebracht wurde.

Als Logan schließlich die Augen aufschlug, lag das Ungeheuer regungslos unter ihm. „Er ist bewusstlos."

Sein eigener Körper fühlte sich schwer an. Aber es

war noch nicht vorbei. Er musste Rylees Wunde versorgen. Und seine eigene. Er befreite seinen Arm und versuchte aufzustehen.

Rylee atmete aus und humpelte ein paar Schritte weg, bevor sie sich ins Gras fallen ließ.

Logan zog das Messer aus Karls Hand, kniete sich über Rylee und schaute sich ihre Wunde an. „Wie fühlst du dich?"

„Er hat gesagt, dass er meine Eltern ermordet hat." Ihre Augen waren glasig. Ihr Gesicht war kreidebleich. „Er hat gesagt, dass es sein Vater war. Er hat gesagt …"

„Pssst." Der Reporter zog sein Hemd aus und machte daraus einen provisorischen Verband. Sie zuckte zusammen, als er ihre Hände wegschob und darunter eine tiefe Fleischwunde an ihrem Oberschenkel zum Vorschein kam. Er knüllte das Hemd noch mehr zusammen und drückte es auf die Wunde.

Sie stöhnte.

„Es tut mir leid, Schatz." Er legte ihre Hand auf das Hemd. „Versuch, es auf die Wunde zu drücken."

Er öffnete seinen Gürtel, zog ihn aus den Laschen seiner Hose und wickelte ihn um ihr Bein, um das blutgetränkte Hemd zu fixieren. Dann rief er in der Notrufzentrale an.

Rylee umklammerte panisch seine Hand. „Er ist es. Er ist der Robin-Hood-Einbrecher. Er ist der Mann, der in meine Wohnung eingebrochen ist. Er hat mir alles gesagt."

Beide blickten zu Karl, der regungslos im Gras lag. Seine Haut war von der Anstrengung gerötet. Sein Körper hob und senkte sich bei seinen Atemzügen.

„Ich war noch nie so froh, diese Inliner zu sehen, wie in dem Augenblick, als du sie auf seinen Arm gedrückt hast, in dem er das Messer hielt."

Ihr Griff um seine Hand wurde schwächer. Ihre Lider fielen fast zu.

„Versuch, wach zu bleiben, Rylee."

Sie öffnete die Augen und schaute ihn mit großen Pupillen an. „Du hast mir gerade irgendwie das Leben gerettet."

Er lächelte und strich ihr über die Haare. „Mag sein. Aber du hast mir auch irgendwie das Leben gerettet."

„Er ist …" Sie hatte Mühe zu sprechen. „… krank."

„Ja." Logan presste die Finger auf ihr Handgelenk. Ihr Puls war so schwach, dass er ihn kaum fühlen konnte.

„Er hat gesagt, Mr Sebastian hätte meine Eltern getötet." Die Worte kamen so leise aus ihr, dass er sie kaum hören konnte. Sie begann, am ganzen Körper zu zittern. „Gibbon hat es getan. Karl hat ihm dabei zugeschaut."

„Pssst." Er setzte sich hinter sie, streckte die Beine und legte die Arme um sie, um sie zu wärmen.

„Er hat uns nicht im Stich gelassen", sagte sie. „Mein Vater hat uns geliebt."

Der junge Reporter legte seine Wange an ihre. „Natürlich hat er euch geliebt."

Logan stand hinter dem Krankenwagen, dessen Türen weit offen standen. Rylee, die immer noch ihre Inliner trug, lag darin auf einer Trage. Ein Rettungssanitäter legte gerade eine Manschette um ihren Oberarm und maß ihren Blutdruck.

Zwei Polizisten stiegen in einen anderen Krankenwagen, in dem Karl mit Handschellen an die Trage gekettet war. Nate Campbell schloss die Türen hinter ihnen und ging dann auf Logan zu. „Meine Leute haben Grant Sebastian und George verhaftet. Die Leiche des Cherubs haben wir noch nicht gefunden, aber das wird sicher nicht mehr lange dauern."

Die beiden Freunde standen nebeneinander. Keiner sprach ein Wort, während um sie herum reger Betrieb herrschte. Nate trat mit dem Schuh gegen ein Steinchen und zuckte die Achseln. Logan wusste, was jetzt kommen würde.

Nate räusperte sich. „Ich muss mich bei dir entschuldigen."

„Du musst dich bei Rylee entschuldigen. Und zwar offiziell im Fernsehen und vor der ganzen Presse."

Das Gesicht des Detectives glühte. Er warf einen nervösen Blick in den Krankenwagen, als wollte er die Sache jetzt gleich hinter sich bringen, aber der Sanitäter sprach gerade mit Rylee.

„Das erledige ich so schnell wie möglich." Er trat näher an Logan heran. „Und ich werde mich auch persönlich bei ihr entschuldigen. Es tut mir wirklich leid, Logan. Meine einzige Entschuldigung ist, dass ich sie wirklich für schuldig gehalten habe."

Nach kurzem Zögern hielt Logan ihm seine aufgeschürfte Hand hin.

Nate schlug ein. „Wie schlimm sind deine Verletzungen?"

Logan hielt seinen verbundenen Unterarm hoch, um ihm den zweiten Verband an seiner Seite zu zeigen. „Es sind nur ein paar Kratzer. Das wird schon wieder. Aber Rylees Welt wurde völlig aus den Angeln gehoben. Wir sprechen später weiter, in Ordnung?“

Er stieg in den Rettungswagen und dankte Gott, dass die Wunde an ihrem Bein nur genäht werden musste. Er hatte befürchtet, dass sie eine Bluttransfusion benötigen würde, da sie viel Blut verloren hatte.

Logan streichelte ihr gesundes Knie und drückte es sanft. „Es ist vorbei, Rylee. Sie bringen Karl unter polizeilicher Bewachung ins Krankenhaus. Und Grant Sebastian wird gerade ins Gefängnis gebracht.“

„Und was ist mit Gibbon?“, flüsterte sie.

„Sie werden Karl keine Ruhe lassen, bis er ihnen verrät, wo der ist.“

Ihr traten Tränen in die Augen. „Er … sie … Ich dachte die ganze Zeit …“

Der Sanitäter nahm die Blutdruckmanschette von ihrem Arm, machte einen Eintrag auf seinem Klemmbrett und ließ sie dann allein.

Logan rutschte neben sie und strich eine Strähne ihres Haares zurück. „Ich weiß. Das ist sehr viel für dich.“

„Nonie wird es nicht verstehen. Ich kann es selbst kaum begreifen.“

Er nahm ihre Hand und legte sie an seine Wange. Dann gab er ihr sanft einen Kuss auf die Handfläche.

Eine Träne lief aus ihrem Augenwinkel. „Toro ist fort.“

„Ihm geht es gut“, sagte er. „Sie haben ihn auf der Veranda angebunden.“

Ihre Augen fielen zu und neue Tränen liefen ihr über die Wangen. „Gott sei Dank.“

Der Reporter drehte sich zu ihren Füßen und begann, die Inliner aufzuschnüren.

„Er ist verletzt“, sagte sie.

Logan nickte. „Ja. Aber die Polizei fährt im Krankenwagen mit. Du brauchst dir also keine Sorgen zu machen.“

„Ich meinte Toro.“

Er blickte auf. „Toro? Nein, ihm geht es gut. Jemand hat schon nach ihm geschaut. Er hat nur einen Kratzer.“ Logan zog den Inliner von ihrem gesunden Bein.

„Der arme Hund. Er hat jetzt wahrscheinlich Todesangst. Und er muss dringend ausgeführt werden.“ Sie wollte sich von der Trage hochschieben.

„Moment.“ Er hob die Hände, um sie zu beruhigen. „Warte. Du wirst diesen Hund heute auf keinen Fall ausführen. Du bleibst in diesem Krankenwagen und fährst ins Krankenhaus, damit sie dein verletztes Bein versorgen können. Du musst jetzt auf dich achten.“

„Aber was ist mit Toro?“

Er holte tief Luft. „Ich kümmere mich um ihn.“

„Du?“

Ich? „Ja, ich.“

Sie sank auf die Trage zurück. „Das würdest du für mich tun?“

„Es gibt nichts, was ich nicht für dich tun würde!“, entgegnete er liebevoll.

Sie biss sich auf die Lippe. „Du solltest dir aber lieber vorher ein Hemd anziehen, sonst erschreckst du die Nachbarn."

Logan blickte an sich hinab. Er hatte völlig vergessen, dass er sein Hemd dazu verwendet hatte, um ihre Blutung zu stillen. Er fühlte, wie ihm die Röte ins Gesicht stieg.

Sie lächelte. Es war das erste Lächeln an diesem Tag. „War nur Spaß, Logan. Du siehst gut aus … sehr gut sogar, finde ich."

Er warf ihr einen vielsagenden Blick zu. „Du auch, Schatz. Du auch."

Bei diesen Worten zog er ihr vorsichtig den zweiten Inliner aus.

In diesem Augenblick kam der Sanitäter mit einem Infusionsbeutel in der Hand zurück. „Wir müssen jetzt fahren, Sir."

Logan nickte. „Ich komme ins Krankenhaus nach, sobald ich Toro ausgeführt habe." Er beugte sich über sie und gab ihr einen Kuss, dann sprang er durch die Hintertüren hinaus.

Ihr Lächeln war wie die Sonne, die nach einer Sonnenfinsternis wieder auftaucht. Am liebsten hätte er Rylee in seine Arme genommen und sie nie wieder losgelassen.

Epilog

Wenn der Mann und der Hund nicht so ein süßes Paar abgegeben hätten, wäre Rylee fast eifersüchtig geworden. Obwohl sie bei Logan nicht ganz sicher war, ob er den Hund wirklich so sehr liebte. Er scherzte unbeholfen mit ihm, warf die Frisbeescheibe über den Rasen und lief zwischen den Bäumen hin und her.

Die Nachmittagssonne fiel in der Ferne auf das Wasser. Der leichte, angenehme Wind fühlte sich gut an auf ihrer Haut. Sie legte sich auf die Decke und rollte sich leicht zur Seite, um die weiße Linie auf der Hinterseite ihres Oberschenkels zu begutachten. Die Wunde war gut verheilt, aber je brauner sie wurde, desto heller schien die glatte Narbe.

Es war der Polizei gelungen, fast jede Trophäe in Karls Schmuckschatulle einem Verbrechen zuzuordnen. Die Brille hatte einem Juraprofessor aus Georgetown gehört, der in Karls zweitem Studienjahr verschwunden war. Das Hundehalsband stammte von einem Golden Retriever, der den Nachbarn der Sebastians gehört hatte. Er war vor vielen Jahren entsetzlich gequält und mit seinen schweren Verletzungen liegen gelassen worden. Karl war damals noch zur Schule gegangen. Es gab noch viele Fälle, die ganze Aktenordner füllten, aber Rylee hatte Logan gebeten, ihr nicht noch mehr zu erzählen. Sie erschauderte. Karl war gefährlicher, als sie oder Logan sich je hätten vorstellen können. Nach dem, was sie in Erfahrung gebracht hatten, hatte Grant Sebastian, der sich dessen bewusst war, verzweifelt versucht, Karl aus seiner Kanzlei, seinem Haus, seinem Leben zu verbannen.

Karl hingegen hatte nicht die Absicht gehabt, den Lebensstil aufzugeben, der ihm seiner Meinung nach zustand. Deshalb hatte er begonnen, systematisch die früheren Besitztümer der Monroes zu stehlen, an denen sein Vater vor Jahren gut verdient hatte.

Die Botschaft an seinen Vater war klar: *Gib mir, was ich will, oder ich verrate deine Geheimnisse.*

Grants Doppelleben gab Rylee erneut das Gefühl, von Menschen im Stich gelassen worden zu sein. Die Erinnerungen an ihre Eltern kamen wieder in ihr hoch. Aber der erdrückende Schmerz, der früher immer mit diesen Erinnerungen einhergegangen war, war einem bittersüßen Frieden gewichen.

Ihre Eltern hatten sie also doch nicht im Stich gelassen. Sie waren ihr geraubt worden. Von Grant und Karl Sebastian, die im Gefängnis auf ihren Prozess warteten, ohne die Möglichkeit, gegen Kaution freizukommen.

Grants Eigentum war vom Gericht beschlagnahmt worden, einschließlich des Hauses von Rylees Familie. Aber sie verspürte auch nicht den Wunsch, in dem

Haus zu wohnen, in dem die Mörder ihrer Eltern gelebt hatten.

Sie schüttelte sich und setzte sich auf. In der Ferne versuchte Logan gerade, dem Hund einen neuen Trick beizubringen.

„Lass ihn einfach etwas holen, das du wegwirfst", rief sie. „Das mag er am liebsten."

Rylee nahm eine halb leere Wasserflasche und trank einen kräftigen Schluck. Logan hatte sie eines Abends überrascht, als er mit einem Hund an ihrer Tür erschienen war, der aussah wie eine Miniaturausgabe von einem Deutschen Schäferhund und irgendetwas anderem.

Der Reporter hatte gesehen, wie der Hund hinter einem Auto hergelaufen war, das schnell weggefahren war. Er war stehen geblieben und hatte den zitternden Hund gerettet, der damals fast nur aus Haut und Knochen bestanden hatte.

Die beiden hatten sich auf den Küchenboden gesetzt, während sie seinen bebenden Körper festhielt und ihn streichelte und beruhigend auf ihn einredete. Sein Fell war so verfilzt und so voll Kletten gewesen, dass ihr nichts anderes übrig geblieben war, als zur Schere zu greifen und ihn kahl zu schneiden. Sie badeten ihn und fuhren am nächsten Morgen zum Tierarzt, um ihn impfen zu lassen.

Rylee hatte darauf bestanden, dass Logan ihm einen Namen gab. Nachdem er lange hin und her überlegt hatte, hatte er ihn schließlich „Steve Rogers" genannt, nach seiner Lieblingscomicfigur Captain America. Seit er einen Vertrag über drei Bücher unterschrieben hatte, arbeitete er von zu Hause aus und leistete Steve den ganzen Tag Gesellschaft.

Logan warf die Frisbeescheibe in ihre Richtung, aber danach schienen weder er noch Steve sich für die Scheibe zu interessieren.

Die junge Frau schob ihre Sonnenbrille hoch, um besser sehen zu können. Der Hund hatte sich in etwas verbissen, und Logan versuchte vergeblich, es ihm abzunehmen.

Der Hund knurrte glücklich, als sie um den Gegenstand rauften.

Sie legte sich zurück und schloss die Augen.

Augenblicke später kamen Logans Schritte näher, dann machte der junge Mann es sich neben ihr bequem.

„Hast du es endlich aufgegeben?“, fragte sie.

„Keine Sorge, er mag es überhaupt nicht, wenn ich ihn ignoriere. Er wird jeden Augenblick da sein.“

„Hast heute etwas von Dora gehört?“

„Ja. Sie hat mir ein Foto vom Cover meines Buches gemailt.“

Sie fuhr hoch. „Wirklich? Warum hast du mir das nicht gesagt?“

„Es ist fantastisch“, erwiderte er lächelnd.

„Ich kann es kaum erwarten, das Bild zu sehen!“

Eine Woche, nachdem der Robin-Hood-Fall aufgeklärt worden war, hatte sie einen Anruf von Seth Altmeyer bekommen. Logan hatte einen sechsstelligen Betrag für einen Buchvertrag abgelehnt, weil er sich geweigert hatte, sie in seinem Buch zu erwähnen.

Sie war sprachlos gewesen. Logan hatte nie ein Wort

davon erwähnt. Er hatte sie nie auch nur gefragt, ob er sie in seinem Buch nennen durfte. Als sie ihn danach gefragt hatte, hatte er geantwortet, dass keine noch so hohe Geldsumme es wert sei, sie auszunutzen.

Nachdem sie lange auf ihn eingeredet hatte, durfte sie endlich sein Manuskript lesen. Es war fantastisch. Er hatte gut zwei Drittel fertig, als klar wurde, dass er persönliche Details aus ihrem Leben aufnehmen musste, da sonst einfach etwas fehlte.

Statt davor zurückzuschrecken, hatte sie diese Idee befürwortet. Wie könnte sie ihre Eltern besser ehren als durch ein Buch, von dem vielleicht mehrere Hunderttausend Exemplare verkauft wurden?

„Ist er schon da?", fragte Logan.

„Noch lange nicht."

Er setzte sich auf und gab ihr einen schnellen Kuss, dann klatschte er in die Hände, um Steve zu sich zu rufen.

Das Konföderierten-Denkmal stach von der funkelnden Bucht ab. Sie zählte die Monate, die seit jenem ersten Abend vergangen waren. Wer hätte ahnen können, dass alles so enden würde?

„Er hat etwas im Maul", sagte Logan. „Aber ich kann ihn nicht dazu bringen, hierherzukommen. Ruf du ihn doch mal."

„Hierher, Junge! Komm, Stevie!"

Der Hund blieb abrupt stehen und neigte den Kopf zur Seite. Aber er trabte weiter, ohne zu ihnen zu kommen.

„Sieht so aus, als hätte er heute seinen eigenen Kopf."

„Versuch es noch mal“, sagte Logan. „Ich will nicht, dass er zu weit wegläuft. Sonst muss ich ihm nachlaufen.“

Sie lächelte. „Na und? Ich weiß doch, dass du schnell laufen kannst.“

„Haha. Würdest du ihn jetzt bitte rufen?“

Sie steckte die Finger in den Mund und stieß einen scharfen Pfiff aus. Auf der anderen Seite des Parks spitzte Steve die Ohren. Sie rief seinen Namen und er kam auf sie zugelaufen.

„Was hat er da im Maul? Ich kann es auf diese Entfernung nicht erkennen.“ Sie beugte sich vor, kniff die Augen zusammen und konnte eine kleine Einkaufstasche aus schwerem Stoff mit geflochtenem Griff erkennen.

„Logan, ich glaube, er hat jemandem etwas weggenommen.“

Einige Leute picknickten in der Nähe der Bäume, bei denen Steve gewesen war. Sie hielt sich die Hand als Schutz über die Augen, um zu sehen, ob vielleicht jemand etwas vermisste oder suchte.

Steve kam näher. Statt wie üblich auf Rylee zuzulaufen, blieb er an Logans Füßen stehen. Oh, Mann. Die Oberseite der Tasche war von seinem Speichel ganz nass und ziemlich zerkaut.

„Bring das nicht mir“, sagte Logan. Er schickte den Hund zu Rylee. „Das gehört ihr.“

„Was hat er denn da?“, fragte sie langsam.

Steve drückte sich an ihr Bein und ließ die nasse Tüte neben ihr auf den Boden fallen. Logan kraulte ihm den Kopf. „Braver Junge.“

„Was ist das?"

„Mach es auf und schau nach."

Sie öffnete die Tasche vorsichtig und griff mit den Fingerspitzen hinein. Als sie eine harte, filzige Oberfläche mit runden Kanten berührte, zuckte ihre Hand zurück.

„Mach es auf", sagte er.

Noch bevor sie die kleine, schwarze Schmuckschachtel aus der Tasche geholt hatte, setzte sich Logan auf und kniete dann vor ihr nieder.

Die Schachtel zitterte in ihren Fingern. Sie brauchte zwei Anläufe, um den Deckel zu öffnen.

Als es ihr endlich gelang, fing der Stein einen Lichtstrahl ein.

„Willst du mich heiraten, Rylee?"

Sie schaute ihn an. Seine warmen, braunen Augen blickten ernst und hoffnungsvoll.

„Ja!", rief sie. „Natürlich. Ja!"

Er steckte ihr den Ring an den Finger und zog sie an sich. Doch bevor er seinen Antrag mit einem Kuss besiegeln konnte, bewegte sich eine lange, raue Zunge zwischen ihre Gesichter und leckte beiden über die Lippen.

Logan fuhr zurück und wischte sich mehrere Male mit der Hand über den Mund.

Lachend fuhr sich auch Rylee übers Gesicht. Dann warf sie die Frisbeescheibe über den Rasen und Steve stürmte hinter ihr her.

Sie ergriff Logan am Hemd und zog ihn an sich heran. „Was hältst du von einem zweiten Versuch?"

„Sehr viel. Aber eines möchte ich klarstellen: Ich

habe ein echtes Problem mit einer Ehefrau, die ihre Küsse so großzügig verteilt. Von jetzt an gehören all deine Küsse mir. Verstanden?“

Sie legte die Arme um seinen Nacken. „Ja. Verstanden.“

Anmerkung der Autoren

Deeanne hatte die spontane Idee, dass sie und Mark zusammen ein Buch schreiben könnten, rechnete aber fest damit, dass er Nein sagen würde. Statt den Vorschlag zu verwerfen, erkannte er sofort, dass das eine gute Idee war. Obwohl keiner von uns je zuvor mit einem anderen Schriftsteller zusammengearbeitet hat und obwohl unser Schreibstil und unsere Vorgehensweisen völlig verschieden sind, beschlossen wir, es zu wagen.

„Wir probieren es", waren wir uns einig.

Das war der leichte Teil. Uns darauf zu einigen, welche Geschichte wir erzählen wollten, und noch wichtiger, wie wir sie erzählen wollten, nahm mehr Zeit in Anspruch. Mark wollte über Charleston schreiben. Deeanne wollte, dass die Heldin eine Hundesitterin ist. (In diesem Fall, so Mark, müsste der Held Angst vor Hunden haben!) Nach und nach nahm der Roman Form an. Dann schrieben wir ihn. Und schrieben ihn um. Und schrieben ihn wieder um.

Anfangs dachten wir, wenn zwei Autoren an einer Geschichte schreiben, würde dadurch die Arbeit halbiert werden. Falsch gedacht. Es hat doppelt so viel Zeit gekostet! Wir gingen beide jede Zeile, jedes Detail durch und wollten alles richtig machen. Das Ergebnis ist dieses Buch, ein Buch, das keiner von uns ohne den anderen hätte schreiben können.

Wir raten Ihnen dringend: Versuchen Sie nicht, nach Mitternacht in den Washington Park zu gehen. Aber abgesehen davon können Sie die Straßen von Charleston mit diesem Buch in der Hand abgehen, Rylees Wege nachverfolgen und diese schöne Stadt selbst kennenlernen. Noch bevor wir die ersten Worte zu Papier brachten, wussten wir, dass Charleston in dieser Geschichte groß herauskommen würde. Wenn Sie Lust haben, können Sie in „City Lights" einen Kaffee trinken, in der Presbyter-Kirche den Gottesdienst besuchen oder in *Slightly North of Broad* essen gehen. Danach können Sie durch die *East Battery* schlendern und versuchen herauszufinden, welches Haus wohl Grant Sebastian gehörte. Und um für diese Gelegenheit richtig gekleidet zu sein, können Sie zu *Ben Silver* gehen, wo Logan seinen Anzug gekauft und Rylees Kleid ausgesucht hat.

Und wenn Sie sportlich und ein bisschen verrückt sind, können Sie versuchen, Logans Sprung auf das Konföderierten-Denkmal in den *White Point Gardens* nachzuahmen. Aber wir würden es Ihnen nicht empfehlen.

Allerdings müssen wir eines gestehen: Wenn es die Geschichte verlangte, haben wir die Umgebung ein wenig verändert. Logan findet im historischen Wohnviertel viel leichter einen Parkplatz, als Sie einen finden werden, und Rylee rollt auf ihren Inlinern einige Wege entlang, für die man im wahren Leben ein besonderes artistisches Geschick bräuchte. Aber zum größten Teil wird das Charleston, das in diesem Buch beschrieben wird, seinen Bewohnern und Besuchern gleichermaßen bekannt vorkommen.

Auf der Suche nach dem Mann fürs Leben.

Texas, 1894: Ob es nun um das Radfahren geht, das Fangen von Schlangen oder das Herunterrutschen von Treppengeländern: Essie Spreckelmeyer entspricht so gar nicht dem gängigen Ideal der „braven Hausfrau". Ihre Eltern befürchten, dass nur ein besonderer Mann diese „Eigenheiten" schätzen wird.

An Essies 30. Geburtstag ist noch immer kein potenzieller Kandidat in Sicht. Deshalb listet Essie kurzerhand alle geeigneten Junggesellen der Stadt mit deren Vorzügen und Mängeln auf, schließt die Augen, lässt ihren Finger kreisen – und das Schicksal entscheiden.

Wird Essie den „Auserwählten" von seinem Glück überzeugen können?

GerthMedien

Deeanne Gist · Die eigenwillige Jungfer · Roman.
Taschenbuch · 416 Seiten · ISBN 978-3-86591-680-8

Zwei Frauen zwischen Liebe und Verrat.

Die New Yorker Antiquitätenhändlerin Jane Lindsay, die gerade von ihrem Mann verlassen wurde, findet in einem alten Gebetbuch versteckt einen kostbaren Ring mit der Inschrift „Jane". Bei ihren Nachforschungen stößt sie auf das Leben der Adligen Jane Grey, die im England des 16. Jahrhunderts zur Königin ausgerufen wurde, bis sie – nach nur neun Tagen – von Mary, der Tochter von Heinrich VIII., verdrängt wurde.

Faszniert taucht Jane Lindsay immer tiefer in das Leben ihrer Namensvetterin ein, was nicht ohne Folgen bleibt …

GerthMedien

Susan Meissner · Neun Tage Königin · Roman
Roman · Gebunden · 384 Seiten · ISBN 978-3-86591-752-2